佐藤泰正

中原中也という場所

思潮社

中原中也という場所

佐藤泰正

装画　佐藤京

中原中也という場所　佐藤泰正

I

「朝の歌」をめぐって

1

我々は詩人中原中也の評伝としては、僅かにその友大岡昇平の『朝の歌』（昭33・12）一巻を持つにすぎない。然も作者自身の青春への自己検証ともいうべく――また「大岡氏が今までのあらゆる方式、その芸風と思われるものを作り出していた一切の方式を捨て、自己の本位的様相と見えていたものまで惜しげなく破り捨て、いわば赤裸の魂となって綴らねばならぬ伝記」（寺田透）ともいうべき深い意義をもったこの一巻も、またその生涯の前半を記す未完のものにすぎない。

この作家らしい触覚と、批評的な考証や分析とをないまぜにした、のびやかな一種独自な味わいをもった評伝の裡に――大岡氏は、中原の詩法や思考をたえず対人的に発想されたものとして、その微妙な生臭い人間関係とのからみ合いの裡に、見事にときほぐして見せてはいるが、然し、更にその根底にあるより深い発想、詩法の秘密については、ついにふれていないようである。

大正十四年十一月、長谷川泰子は中原中也の許を去り、小林秀雄と同棲した。中原の生涯はこの事件を抜いては語れない……

大岡氏は、この詩人の若年の日の「一挿話」を軸として、その事件の顚末を記しつつ、その破綻のきわみに「救済者として現われるのは神の観念である」と断じ、また「やがて『羊の歌』のあたりで完成する告白体の自由詩は、かういふ神に替つて歌ふといふ傲慢から生れたと思われる」(傍点筆者)と記している。

茲《ここ》には、おそらくこの無類の散文家――『俘虜記』や『野火』の作者の、自身をつらぬくひとつのきびしい批判がこめられているのだが、然もなお敢ていえば、この詩人における「神」の問題こそ、彼の詩の内奥を照らし出す軸となるものではないのか。我々はここで、いわば大岡氏の「対人的発想」という軸に対して、「対神的発想」ともいうべき軸をつき合わせることによってのみ、より深くその核心に迫ることが出来よう。

私が女に逃げられる日まで、私はつねに前方を瞶めることが出来てゐたのと確信する。つまり、私は自己統一ある奴であつたのだ。若し、若々しい言ひ方が許して貰へるなら、私はその当時、宇宙を知つてゐたのである。(略) 私は厳密な論理に拠つた、而して最後に、最初見た神を見た。

然るに、私は女に逃げられるや、その後一日々々と日が経てば経つ程、私はたゞもう口惜しくなるのだつた。(略)とにかく私は自己を失つた! 而も自己を失つたとはその時分つてはゐなかつたのである! 私はたゞもう口惜しかつた、私は「口惜しき人」であつた(中略の箇所は大岡氏引用のまま)

大岡氏は、中原の「我が生活」からこのように引用した後に、次のように記している。

中原が自己統一の確信を持つことを妨げることは出来ないが、それがダダ的否定としてしか表われることがなかったのは、富永や小林の証言がある。宇宙も神も、この段階では単なる名称にすぎまい。とはいえ「口惜しき人」だけを自分の真実と思うのも傲慢であろう。生活に繰り返されるのは「現実」であって、真実は恐らく人がその口惜しさにも拘らず、宇宙と自己統一を夢みることが出来る自由の中にあろう。しかし中原が半年の後「朝の歌」が書けたのには、一種の「救ひ」が働いていたと思われるのだが。

ここでも先ず、詩人の告白の裡に現われる「神」はひとつの観念「単なる名称にすぎ」ぬものとみられる。然し敢ていえば、この引用は厳密とはいえない。この引用のすぐ前に省かれてはいるが、次のような言葉がある。

近代にあつて、このむしの状態に陥らないためには、人は鈍感であるか又、非常に所謂「常に目覚めてあれ」の行へる人、つまりつねに前方を瞶めてゐる、かの敬虔な人である必要がある。

また「私は厳密な論理に拠つた」云々の前には——「手短かに云ふなら、私は相対的可能と不可能の限界を知り、さうして又、その可能なるものが如何にして可能であり、不可能なるものが如何に不可能であるかを知つたのだ」という言葉が省かれている。

この省略された両者を補ってみるならば、おのずから明らかであろう——そこにみるものは、単に夢みられた「宇宙」や「神」ではなく「常に目覚めて」あろうとする姿勢、即ち「相対的可能と不可能の限界」の前に、常に敬虔であろうとする姿勢に他ならない、この姿勢をぬきにして「私は厳密な論理に拠つた」云々という文脈をただしく辿ることは出来ない。大岡氏のいう「青春の恣意」としての「神」——それをみずから意識せずしては、詩人はこの言葉を記しえなかった筈だ。

すでに明らかなように、大岡氏の引用や省略には、ひとつの意図的なものが感じられるのだが、それは次のような箇所にも、おのずから示されている。中原の「朝の歌」をめぐりつつ、その詩法にふれた箇所で、再び前の部分が次のように引用されている。

私が女に逃げられる日まで、私はつねに前方を瞶むることが出来てゐたことを確信する。（略）然るに私は女に逃げられるや、その後一日々々日が経てば経つ程、私はただもう口惜しくなるのだつた。——このことは今になつてようやく分るのだが、そのため私はかつての日の心の平和を失つたのであつた。全然、私は失つたのであつた。一つには、だいたい私がそれまで殆んど読書らしい読書をしてゐず、術語だの伝統だのまた慣用形象などに就いて知る処が殆んど皆無であつたので、その口惜しさに遇つて自己を失つたのでもあつたらう。

大岡氏はこれを評して「『術語を知らなかつたために自己を失つた』と中原が考えていたのは興味がある。してみると、ここにいわれる自己とは、明瞭に言葉をもって限定された自己、つまり彼がダダの詩やノートで、繰り返しいい替えたような自己を指すもののようである」と記している。

ここでは、冒頭の一行の次に「つまり私は自己統一ある奴だつたのだ」以下の部分が省略され、更にそれと関連して「私はかつての日の自己統一の平和を失つたのであつた」という部分が「心の平和」云々と言い変えられている。これは何故か。

大岡氏はここで「自己統一の平和を失つた」＝「心の平和を失つた」＝「自己を失つた」という等式を辿っているが――もはや繰返し言うまでもなく、詩人にあって「自己統一」とは所謂自己とか心とかいう曖昧さを意味しない。「相対的可能と不可能の限界を知り」つつ「常に目覚め」て「前方を瞶めてゐる、かの敬虔の人である」こと――即ち詩人にあっては「宇宙を知」るとは――また〈ゆふがた、空の下で、身一点に感じられれば、万事に於て文句はないのだ〉(「いのちの声」)という祈りに通ずるものであり、即ち「自己統一」とはこのような敬虔な「自己限定」の謂に他ならない。

「術語を知らなかつたために自己を失つた」という言葉も、大岡氏のいう如く、単に「言葉をもつて限定された自己」ではなく、むしろ「術語だの伝統だのまた慣用形象など」という言葉にみる如く、ひとつの超越的な秩序の裡にくみ込まれ、限定された自己の発見にほかなるまい。

すでにみる如く、大岡氏の詩人に対する批判が、とりわけ「神」の問題をめぐって、きびしく辛辣であるのは何故か。恐らく氏自身の青春の知的傲岸、さらには若年の一時期のキリスト教への感傷的な傾倒――それら一切への自身をつらぬく批判をそこに汲みとらねば無意味であろう。然し、この問題については大岡氏の『野火』や『俘虜記』をめぐって、後にふれるとして――「私は厳密な論理に拠つた、而して最後に、最初見た神を見た」という告白、いわば詩人の生涯をつらぬくこの主調低音をぬきにしては、彼の詩の内奥にふれることは出来ない。たとえば、前記の「我が生活」に語られた事件より凡そ半年の後作られた「朝の歌」――彼が真の詩人となりえたと目されるこの一篇の意義にもまた、ふれることは出来まい。

2

天井に　朱きいろで
　戸の隙を　洩れ入る光、
鄙びたる　軍楽の憶ひ
　手にてなす　なにごともなし。

小鳥らの　うたはきこえず
　空は今日　はなだ色らし、
倦んじてし　人のこころを
　諫めする　なにものもなし。

樹脂の香に　朝は悩まし
　うしなひし　さまざまのゆめ、
森竝は　風に鳴るかな

ひろごりて　たひらかの空、
　土手づたひ　きえてゆくかな
うつくしき　さまざまの夢。

（「朝の歌」）

この一篇について詩人は、後に次のように記している。

大正十五年五月、「朝の歌」を書く。七月頃小林に見せる。それが東京に来て詩を人に見せる最初。つまり「朝の歌」にてほゞ方針立つ。方針は立つたが、たつた十四行書くために、こんなに手数がかゝるのではとガッカリす。

（「詩的履歴書」昭11）

「朝の歌」一篇はソネット形式による文語定型詩として、それに先立つダダイスムの時期、いわば未定着な擾乱の詩風を全く払拭したものとして、詩人自身の言葉の示す如く、その詩の出発点、詩風確立の意義をになうものとして、最も注目されるものである。然し、この早熟な詩人、十八才の作品の裡に、多くの評家は詩人の生涯をつらぬく「倦怠」という主調音のひびきを、余りにも深く聞こうとしているようだ。然し、果してそうか。

実際に中原の本当の意味での詩作は、「ダダ手帖」の混乱の終ったところから……失われた希望、そしてその倦怠を定着した「朝の歌」にはじまるとすること、定説であって、異論はない。（中村稔、傍点筆者）

「朝の歌」の第一連がぼくたちに喚起するイメージは彼らのデカダンスの二重性である。つまり、いわゆるデカダンスの文学とかつてよばれたサンボリズムの文学風土のなかに自分たちの存在を確かめながら、同時に近代日本文学が最初に達成したもろい『スペインの城』の崩壊に立合わざるをえなかったからである。だから「朝の歌」の第一連のなかにはっきりと聴きとれる旋律はひとりの詩人の内面に鳴りひびいていただけでなく、その詩人を含めた一群の若い作家たちが一様に耳にしていたものである。過去に対する無意味な追憶と現在に対するヒステリックな無気力さ。そして未来に対する諦念的な尊大さ。その当時の彼らの表情を分析的に語れば、こんなことになるが……。（篠田一士）

「朝の歌」に彫み込まれている中原中也の精神を、一つの言葉で表現すれば、私は倦怠《アンニュイ》という言葉以外には求められないと思う。（佐古純一郎）

どうやら倦怠、宿命、諦念という言葉は、中原にしろ、朔太郎にしろ、これら独自な詩人を彩る護符のごときものらしい。然し端的にいって「朝の歌」一篇の味わいには、これらの言葉を超えた、あるさわやかさがある。

大岡昇平氏は、先に記した一事件後の「口惜しき」人から、その自己喪失から、やがて半年の後「朝の歌」が書けたのには、一種の「救いが働いていたと思われるのだが」と記し、またその作品中「『朝の歌』のように整った情感を盛ったものは少いのであるが、詩人がこれをもって自分の詩の出発点と見做していたことには、意味がある。今日伝説化している彼の生活の混乱の裡に、いつも秩序と形式に到達せんとする努力があったことが、中原の詩人としての存在理由と考えられるからである」と語っている。伊藤信吉氏の言う「表現の抑制、節度」にもつながるものであろう。然し、この「秩序と形式に到達せんとする」志向の根底にあったものは何か。大岡氏はそれについてはふれていないが、単にそれは表現上、詩法上のことのみではあるまい。恐らくは、〈静けさを罪と心得――きざむこと善しと心得〉という倫理的姿勢にかかわると共に、さらにそれを超えた深いものにつながっていると言えよう。

「ダダ」の時代を去って「朝の歌」の生まれる迄、その移行を示す作品のあまりにも尠いことが、この間の消息の解明の障害となっていた。従来、「ダダ」時代、即ち大正十三年以後「朝の歌」までの作品としては、大岡氏の記すごとく、日附のはっきりしている「秋の愁嘆」(大14・10・7)「むなしさ」(大15・2)二篇のほか、「山羊の歌」冒頭の「春の日の夕暮」「月」「サーカス」「春の夜」四篇がそれと目されている。ここでは僅かに大岡氏の記す如く、「春の夜」の〈あゝこともなしこともなし／樹々よはにかみ立ちまはれ〉に、「『朝の歌』の詩境に近い」ものを感ずるにすぎない。

しかし、三十五年三月刊行の新しい『中原中也全集』(角川書店)が出るに及んで、後記に記される如く「旧全集では制作年代不明としてあった「無題(緋のいろに心はなごみ)」以下の七篇を、大正十四年―十五年と定めたこと」、即ち「ダダより『朝の歌』への推移」を示す作品たることが明らかにされたのは、大きな収穫である。

即ち、七篇中「涙語」「浮浪歌」には、なおダダ風の口調の余響がみられ、「(かつては私も)」「(秋の日を歩み疲れて)」「無題(ああ雲はさかしらに笑ひ)」の三篇には、事件の打撃と自己喪失から徐々に恢復してゆこうとする詩人の心境をよみとることが出来る。しかし、とりわけ次に掲げる「無題(緋のいろに心はなごみ)」「秋の日」二篇の裡に、単にそれが「朝の歌」と同じ文語調のソネット形式であるという詩型上の相似のみならず、その根底的な発想の上で、深いつながりをみることができよう。

緋のいろに心はなごみ／蠣殻の疲れ休まる／／金色の胸綬《コルセット》して／町を行く細き町行く／／死の神の黒き涙腺／美しき芥もみたり／／自らを恕す心の／展りに女を据えぬ／／緋の色に心休まる／あきらめの閃きをみる／／静けさを罪と心得／きざむこと善しと心得／／明らけき土の光に／浮揚する／蜻蛉となり

（「無題（緋のいろに心はなごみ）」、傍点筆者）

ぬ
秋の日は　白き物音／むきだせる　輔石の上に／人の目の　落ち去りゆきし／あゝ　すぎし　秋の日の夢／空にゆき　人群に分け／いまこゝに　たどりも着ける／老の眼の　毒ある訝かり／黒き石興ををさめて／あゝ　いかに　すごしゆかんかな／乾きたる　砂金は頸を／めぐりてぞ　悲しきつゝましさ／涙腺をみてぞ　静かに／あきらめに　しりごむけふを／あゝ天に　神はみてもある

（「秋の日」、傍点筆者）

恐らくこの二篇には、「朝の歌」のモチーフをとく大切な鍵が隠されているとみていい。なかんずく〈自らを恕す心の／展りに女を据えぬ……静けさを罪と心得／きざむこと善しと心得〉の詩句には、事件後失われた「自己統一」を恢復しようとする詩人の姿勢が、最も深く現われているといえる。おそらく言葉をきざむ以外に、救いは彼にはない。然し〈きざむこと善しと心得〉というその告白には、にがい何かがある。彼にとって詩作とは、唯一絶対の行為であった筈だ。然も彼はただに言葉をきざむことのみに晏如とすることを許されない。何かがたえず彼を駆りたて、彼をみまもる。あの「土の眼」がたえず彼を捉えてはなさぬ。

なにが悲しいたつてこれほど悲しいことはない／草の根の匂ひが静かに鼻にくる、／畑の土が石といつしよに私を見てゐる。／――竟に私は耕やさうとは思はない！／ぢいつと茫然《ぼんやり》黄昏の中に立つて、／なんだか父親の映像が気になりだすと一歩二歩歩みだすばかりです

（「黄昏」）

また「帰郷」の終句——

〈あゝ　おまへはなにをして来たのだと……／吹き来る風が私に云ふ〉は、はじめ詩誌「四季」昭和八年夏季号掲載時には、次のようになっている。

庁舎がなんだか素々《しらじら》として見える、／それから何もかもがゆつくり私に見入る。／あゝ何をして来たのだと／吹き来る風が私に言ふ……

故郷とは自身がゆっくり見入る何かではなく、〈私に見入る〉何かなのだ。〈竟に私は耕やさうとは思はない〉——この不肖の長子、耕やさざる白い手の意識の上に、あの「土の眼」はたえず注がれていた筈だ。〈きざむこと善しと心得〉の詩句より一転して、〈土の光に……〉と結ばれる終句の意味は、この「土の眼」をぬきにしては、ついに理解されえまい。

家族や故郷の期待に反し、ついに耕やさざる白い手であった〈自らを恕す心の〉その展りの上に見すえた自身の姿を、彼はいみじくも、あの黝々とした「土の眼」の——その光の照り返しの裡に浮揚する蜻蛉であると告白する。我々はあの「朝の歌」に記された〈手にてなす　なにごともなし〉の一句に、この強いられた詩人誕生のにがい告白のひびきを聞きえねば、無意味であろう。と同時に、〈倦んじてし　人のこころを／諌めする　なにものもなし〉の一句ににじむ、新しい出発への、あるさわやかな孤絶の情を、そこに重ねて聞きとることも出来る筈だ。

評家たちは、余りにもここにフランスのサンボリズムの影響や、世紀末的な頽廃や倦怠《アンニユイ》の気分を読みとろうとしすぎている。然し、この一篇の示すものは、その題名にふさわしい、もっと淡くさわやかな何かだ。それはあるやすらぎを、更に言えば全一的ななにものかへの傾きと共感を告げる。大岡氏の言う如く、中原の多くの破調的な告白詩の中にあって、「朝の歌」の示す整った情感は珍しい。それは中原の根底にあった「秩序と形式」への志向にかかわるものでもあるが、またそれ以上の何かが、それを支えている。

確かに大岡氏の言う如く、「朝の歌」の詩境は「象徴派の所謂『何でもないもの』にかなり近づいているといえる」。それは純粋な音楽の状態に近く、告白的な体臭は消され、中原特有の破調の好みも押さえられている。この淡さはたとえば〈倦んじてしわれのこころを〉でなく、〈人のこころを〉という語法にも窺われ、また大岡氏が「力弱い」欠点と目する〈うしなひしさまざまのゆめ……うつくしき　さまざまの夢〉の、結句の第三連第二句の繰り返しの部分にもつながっている。この淡く整った古典的情感——にも拘らず評家の多くが、ここに倦怠の深さを見るとするならば、それはやはりあの〈手にてなす　なにごともなし〉、更にはまた〈倦んじてし　人のこころを　諫めする　なにものもなし〉という詩句のリフレインに似たひびきの裡に、それを読みとろうとするものであろう。然し、果してそうか。私はここで、ひとつの仮説的な反論を呈示してみよう。

3

大岡氏は先にも引いた如く、「春の夜」の一句——〈あゝこともなしこともなし／樹々よはにかみ立ちまはれ〉を、「かなり『朝の歌』の詩境に近い」ものと見ているが、その語調が、「朝の歌」の五七に対し、七五であることをみれば、その「詩境」の近さとは、〈あゝこともなしこともなし〉という詩句に、〈なにごともなし……なにものもなし〉に通ずるものを感得されたものと言えよう。

大岡氏の「朝の歌」につけられたコメントが、すぐれたものであることは評家の注目するところであるが、氏は先の詩句を含む一、二連について、次のように記している。

「鄙びたる軍楽の憶ひ」は依然たる軍事への思慕であるが、「馬の嘶き」や「戦車の地音」のような殺伐な趣きはない。「手にてなす　なにごともなし」のまどろみによる麻痺か、「前進する」ことをやめた自己の自発的放棄か、とにかくそういう無為の中に憶われる音楽にすぎない。「小鳥らの　うたはきこえず／空は今日　はなだ色らし」は少しむづかしい句だ。いつもは聞える小鳥のうたが、今日は聞えない、それにも拘らず、空はやはり青いであろう、といえば無意味となるが、恐らくはただ中原がここに「きこえず」という否定句をおく気分になっていたにすぎないだろう。従って「倦んじてし　人のこころを／諫めする　なにものもなし」ということになる。

大岡氏は、先ずここで〈手にてなす　なにごともなし〉を、まどろみによる麻痺、あるいは無為という風に断じているが――然し、軍医であった父の長子に対する愛情と期待――いわば俗世間的な出世という意識が、どんなに重く詩人の上にのしかかっていたかを思えば、〈鄙びたる軍楽〉というさり気ない詩語は、多くの評家の指摘する如く、単に「幼時への郷愁」とのみ言い捨てるべきものでなく、やはりあの「土の眼」の残響のごときものがひびき、〈手にてなす〉の詩語がその後に対置される時、そこにこめられたひそやかな葛藤――ある距離感ともいうべきものを、見逃すことは出来まい。

大岡氏は更に、〈倦んじてし……〉の一行にも、「否定句をおく気分」以上のものをみようとはしていないが、氏はそこに、余りにも象徴派風の、意味を消した音楽のみを聴こうとしすぎているようだ。然しそれでは、大岡氏が「朝の歌」の詩境に最も近しと目する、あの〈あゝこともなしこともなし〉の一句はどうか。そこには無為や倦怠とは異ったもの——ある整序的な、さわやかな何かがある。この矛盾は何か。私は今ここに、ひとつの詩を引いてみよう。唐突のようだが、『海潮音』（明38）中の「春の朝」である。

時は春／日は朝《あした》／朝は七時／片岡に露みちて／揚雲雀なのりいで／蝸牛枝に這ひ／神、そらに知ろしめす／すべて世は事も無し

『海潮音』を含む『上田敏詩集』が大正十二年に出版され、ランボオやヴェルレーヌと共に、中原が影響をうけたであろうこと、また「富永、中原の文語詩は、大正の口語詩に対する反動として作られたもので、遥かに有明、敏の象徴主義の復活とも考えられる」とは大岡氏の記すところであるが、このような点からも、この『海潮音』中の一篇は、中原の脳裡に深くあったといっていい。

超越者の摂理と支配の下に、ものなべてがあるべきところにあって自在である——この詩境が、事件後の恢復途上にあった中原に、何かを投げかけたことは充分肯ける。〈すべて世はこともなし〉の一句は転調して、「春の夜」の〈あゝこともなしこともなし〉となり、また、「朝の歌」にあっては、〈なにごともなし……なにものもなし〉という、詩人のあるさわやかな自己限定、自己発見につながっている。大岡氏が直覚的に感得した二つの詩のつながりは、「春の朝」一篇を媒介とすることによってのみ、はじめて明らかになる。

ブラウニングを引くことは唐突のようだが、然しこれには根拠がないわけではない。更にあげれば、

同じく「朝の歌」に先立つ詩篇として、さきにあげた「秋の日」の結句は、最後に転調して、〈あゝ、天に　神はみてもある〉と記されている。恐らくは先の〈神、そらに知ろしめす〉からの、中原流の破調的な転調と言えよう。〈あ、こともなしこともなし――樹々よはにかみ立ちまはれ〉が、詩人一流のパロディ――含羞的な転調とするならば、この両詩を含めて、ブラウニングの詩篇の影響は明らかであり、それはまた必然的に「朝の歌」一篇にもつながっている。

大岡氏は〈手にてなす〉〈諫めする〉の二句を「文法的無理」を冒した欠点と目しているが、むしろこの詩篇全体のなめらかな詩調の中に、意識的におかれたこの語法の強調こそ――恩寵的な、超越的な光の整序の裡に、自らを限定せんとする、さわやかな姿勢とも言えよう。そこにはまさしく、「朝の歌」と名づくるにふさわしい出発の歌が、自恃のひびきがある。

私は「朝の歌」一篇にふれて、余りにも、そこに超越者の眼差を語りすぎたであろうか。然し、更に言えば、詩句におけるブラウニングのそれと共に、ヴェルレーヌの「無題」一篇の影響をも重ねてあげることが出来よう。

空は屋根のかなたに／かくも静に、かくも青し。／樹は屋根のかなたに、／青き葉をゆする。
打仰ぐ空高く御寺の鐘は／やはらかに鳴る。／打仰ぐ樹の上に鳥は／かなしく歌ふ。ああ神よ。質朴なる人生は／かしこなりけり。／かの平和なる物のひびきは／街より来る。
君、過ぎし日に何をかなせし。／君今ここに唯だ嘆く。／語れや、君、そも若き折／何をかなせし。

言うまでもなく『珊瑚集』中の訳詩である。『海潮音』に遅れること八年、荷風独自の訳業もまた、中原のひそかに親しむところであったろう。然しここでは、荷風の訳業全般との関連にふれる余裕はない。中原が生涯、最も深く傾倒したヴェルレーヌの詩境と、根源に於て深くつながるところに、目をとめればたりよう。ヴェルレーヌの詩篇にみる、あるさわやかさ、恩寵的な整序感ともいうべきものが、そのまま「朝の歌」の詩境に近いことは、一見して感得される。

然し――〈ああ神よ、質朴なる人生はかしこなりけり……君過ぎし日に何をかなせし〉――このヴェルレーヌの悔恨も、あの「土の眼」の光りは知らなかった筈だ。ヴェルレーヌの眼に映る〈質朴なる人生〉――そこにはいかにも透明な、あるいは簡浄な形姿ともいうものが、あざやかに定着され、――そこに対置される彼の悔恨と嘆きもまた純一な、さわやかさを湛えている。然し、中原が対峙せねばならなかった人生は、世間は、〈質朴なる――〉と言いうるほど、簡明なものではなかった。そこにはたえず、あの「土の眼」が意識された。

中原の「朝の歌」がその根底に於て、ヴェルレーヌの詩篇につながる、恩寵的な整序感を湛えつつ、なお倦怠の膜をはり、仮感のたゆたいを示しているのは何故か。〈質朴なる人生〉に対して、彼の眼底に映されたものは何か。我々は彼を「倦怠」の詩人とよぶ前に、その「倦怠」の含むにがさと逆説を、その意味を、さらに吟味すべきであろう。

評家たちは「朝の歌」を目して、たとえば、「中村稔のいうように、この詩は中原の『詩風』を確立したものであって、人生観（人生感?）を確立したものでない」（花木正和「『朝の歌』と『在りし日の歌』」、中村稔編『中原中也研究』）という風に見ているが、むしろ逆ではないのか。

大岡氏は「何よりも事件によって自己を失ったと自称する中原が、六ヶ月の後に、こういう詩を推敲する気分になったことを慶賀したい」と、詩の含むモチーフよりも、詩人の言葉の彫琢自体に、ある「救い」をみようとしているようだが、然し、詩人はむしろ、たえずこの言葉の彫琢と技巧への埋没から脱け出してゆこうとする。有明、泣菫による象徴詩運動の含む、「コトバの彫刻」「コトバの芸術性」への一方的な傾き――詩人の主体的な苦痛や葛藤から疎外された、その傾斜を批判しつつ、吉本隆明氏は「確乎たる生活者の意識を、近代詩の表現に見出すために、わたしたちは、石川啄木と高村光太郎まで待たなければならない」と語っているが――然し、この生活者の意識と言葉の芸術性への埋没との葛藤を、その一身に、言わば負《ふ》の世界として示したものこそ、中原の世界ではなかったのか。彼の裡にある生活者としての自己疎外のしたたかな意識こそ、近代詩をつらぬく課題を集約的にになうものだが、多くの評家はこれにふれようとはしない。然し、この課題はもっと後に、中原における「家」の問題をめぐってふれることになろう。

彼の中の何かが、「朝の歌」の静謐と整序の世界から、言葉の彫琢への傾きかけから、再び彼を駆り立てる。それは評家の言葉を借りれば、「獅子身中の虫」（花木正和）というべきものか。彼は再び、〈あ、こともなしこともなし／樹々よはにかみ立ちまはれ〉という、あの含羞と自虐のパロディに立ち還ってゆく。「朝の歌」にみる五七の詩調の、整った内観的なしらべから、七五の饒舌に、破調の身ぶりに還ってゆく。彼の生活の破調も、無頼《ぶらい》も――然し、それを包み、支える何かを、彼はひそかに信じていた筈だ。こうして――「最後に、最初見た神が」また現れる。

「冬の長門峡」をめぐって

1

正確にいえば中原には特に「晩年」といつた文学現象はなかつた。殆んどすべての夭折した天才には、それが指摘出来るのにである。（中略）しかし死ぬ前の一年は、脳を患つて殆んど囚人のように精神病院に入れられ、出て来て鎌倉で落着こうとしたが、ここも彼の期待を裏切り、遂に東京を逃れて郷里へ引籠ろうと決心したことは、人一倍妄執の強い中原には辛いことだつたろう。先ずそんなところに、彼の「晩年」の抒情が生れた。

河上徹太郎氏は、その「中原中也」（『日本のアウトサイダー』）の中で、こう語りつつ、その「晩年」の抒情を示すものとして、「冬の長門峡」一篇を掲げている。

長門峡に、水は流れてありにけり。
寒い寒い日なりき。

われは料亭にありぬ。

酒酌みてありぬ。
われのほか別に、
客とてもなかりけり。

水は、恰も魂あるものの如く、
流れ流れてありにけり。

やがても蜜柑の如き夕陽、
欄干にこぼれたり。

あゝ！　――そのやうな時もありき、
寒い寒い　日なりき。

「これは東京からの友人を郷里へ迎えて近傍の名勝長門峡に遊んだ時のもので、死の一年足らず前の作だが、何か冷たく、侘しいものがある。なまじっか何もお膳立をしないで、水と夕日と自分だけ出しているので、水が彼の心をつつ抜けに洗っているようで、やがて水の代りに『時間』が果てなく流れ出すのである。」――この河上氏の言葉は、氏一流の見事な評文であり、「氏のたくまざる老年の抒情が豊かに滲みで」たものであるが、自分の「印象と決定的にちがう」として、篠田一士氏は、次の如く反論している。

この長門峡には水は流れていない。ここにはなにかが凝りついているだけで、一種のかなしい妄執めいたものが横たわっているのである。二行詩の文語調を連ねた詩形式も不自然なユガミを感じさせ、とても、「果てなく流れ出す時間」の水音など聞けるはずもない。この作品は決してすぐれた作品ではない。なにか極めて個人的なものに蝕ばまれたおそろしく不健全な詩作品である。

（「傍役の詩人中原中也」）

この一篇の詩をめぐる両者の決定的な相違は、何によるのか。おそらくその根因は、両者の意識を超えたところにあるようだ。中原に対して否定的な篠田氏の「この作品は決してすぐれた作品ではない」という言葉に、同ずることはできぬが、たしかに、ここには「一種のかなしい妄執めいたもの」があり、また「極めて個人的なものに蝕ばまれ」たものが感じられる。然し、それは篠田氏の言う如く、そのまこの詩を否定する材料としてではなく、むしろそれらの批評を超えた――深淵につながっている。かなしい妄執と蝕ばまれた意識の果てに、詩人が深く見据えていたそのものに、我々は踏込んでゆかねばなるまい。

この「冬の長門峡」の示す詩調には、一種独自の味わいがある。その意義を精細に論じたものに、花木正和氏の評文（「『朝の歌』と『在りし日の歌』」）があるが、その詩語の特性にふれて、次のように語っている。

この詩はたしかに文語調だが、それはなにかへシ折られたような、或いは、乾燥して亀裂《ひび》が入ったような文語である。……この亀裂している文語体が、この詩にただよっている一種の「永訣」感に、実によく適合しているのである。この詩はいわゆる追憶から生まれたものではない。追憶とか郷愁とかにまつわる粘着性が、この詩には全く欠けている。そこから、次のような事が言えるだろう。中原はこの詩で、追憶という心的作用を、したがって追憶の修辞学を、一行ごとに破壊していったのだ、と。そこでこの詩に歌われたものは、それは「そのやうな日」への愛惜ではなく、いってみれば、「そのやうな日」があったが、あったという事はどうしようもないという詠嘆なのである

花木氏の評文は、この詩の律調をするどく分析したものだが、氏は更に、その詩句の部分にふれて、たとえば、終行の〈寒い寒い　日なりき〉の、〈寒い寒い〉と〈日なりき〉の間を、殊更一字分あけて書くことによって、七音の詠嘆的な語調を排し、またその前行、〈あゝ！　そのやうな日もありき〉の、〈あゝ〉についている感嘆符もまた、「『あゝ』という言葉が誘発する詠嘆を、わざわざ打消すため」であり、この「何かガラスの表面をナイフで傷つける時の軋音」にも似たひびきは、「『あゝ』という言葉がそれを発した本人及びそれを聞く相手の胸に何物かを沈澱させようとする、その瞬間にその沈澱物をはね返すための符号である。……この詩全体がもたらすなにか鉱物質めいた非情の感触は、こういう点にもつながっているのではないか。」と評している。そうして、氏はここにも、「『朝の歌』の詩人が十年にして歩み着いた場所を、『罪と罰』のスヰドリガイロフが歩み着いた場所のように想見するのである」という。

この詩の律調にみる、このような特性は何によるのか。花木氏はその要因を目して、次のように語っている。

この詩には、少年の日から中原の裡にあって、詩になりたくてムズムズしながら、それまではたゞ「破調」というような形で手や足を出すことしかできなかったものが、ここにはじめて全身をあらわして、一篇の詩としての現実的に存在したのであり、この「身中の虫」が、おそらく中原の主観的には愛児の死によって、客観的にはファシズムの足音の高まりによって、中原の裡で漸く偏執化するとともに、それ自身が『山羊の歌』の抒情を押しのけて詩そのものになろうとしている事を、この作品がはじめて示していると思う。

ここには、日本の近代詩の流れに即した大切な問題が語られている。「思想の肉化」という文学的根源から離れ、言葉の彫琢という技法の裡に、抒情性へのもたれかかりの裡に、ともすれば埋没しようとする近代詩の拡散的な歩みにつながる、根底的な問題が示されている。花木氏は、所謂中原調の詩風の裡にあって、「身中の虫」として存在を主張しつつ、その抒情の世界をより深く切り拓いた――その「ある存在」について、言わば韻律的な詩型の側面から語っているが、私はいま、その「ある存在」について別の側面から、その根底にあるものを、さらに深く掘り起してみたいと思う。

2

先ず、「冬の長門峡」一篇の草稿に眼を向ければ、これがはじめから、花木氏の言う如く「なにかヘシ折られたような、或いは、乾燥して亀裂が入ったような」、独自の律調を目指したものではないことに気づく。（角川版『中原中也全集』巻頭写真版、昭35・3参照）

推敲のあとは数箇所にみられるが、特に注目されるのは、一連と六連にみる〈寒い寒い日なりき〉の詩句が三、四、五連に夫々繰返され、さらに、〈あゝ！　そのやうな時もありき、／寒い寒い　日なりき〉の、六連の詩句がそのまま、もう一度最後に繰返され、然も二、三連は、はじめ二連としてまとめられているところをみれば、草稿に於ては、〈寒い寒い日なりき〉の詩句はすべての連に繰返され、その詩調の未定着なひびきの背後に、ある衝迫的な何かを感じさせるものがある――それは何か。

我々はここで、未刊詩篇中の一篇「夏の夜の博覧会はかなしからずや」が、一九三六・一二・二四とあるように、即ち「冬の長門峡」と同じ日に記されていることに気づく。

夏の夜の、博覧会は、哀しからずや／雨ちよと降りて、やがてもあがりぬ／夏の夜の、博覧会は、哀しからずや／女房買物をなす間、かなしからずや／象の前に余と坊やとはゐぬ／二人蹲《しやが》んでゐぬ、かなしからずや、やがて女房きぬ／三人博覧会を出でぬかなしからずや／不忍《しのばず》ノ池の前に立ちぬ、坊や眺めてありぬ／そは坊やの見し、水の中にて最も大なるものなりき　かなしからずや、／髪毛風に吹かれつ／見てありぬ、見てありぬ、／それより手を引きて歩きて／広小路に出でぬ、かなしからずや／広小路にて玩具を買ひぬ、兎の玩具かなしからずや

以上は詩篇中〈1〉の部分であり〈2〉は略すが、もはや逐一指摘するまでもあるまい。その即興的な、無造作な詩調はもとより、〈哀しからずや〉のリフレインは、そのまま残響的に「冬の長門峡」の、

〈寒い寒い日なりき〉のあの繰返しにつながっている。

この詩は、長男文也の死（昭11・10）より、凡そ一ヶ月半の後、その愛児の追憶をうたった最初の詩篇である。さらに半歳の後、愛児をうたった二つの詩篇を、我々は再び未刊詩篇の中に、見出すことができる。

みまかりし、吾子はもけだし、今頃は／何をか求め、歩《あり》くらん？……／薄曇りせる、磧をか？／何をも求《と》めず、歌うたひ／たゞひとりして、歩《あり》くらん
何をも求《と》めず、生きし故／何をも求《と》めず、暮らすらん／何さへ求《と》めず、歌うたひ／さびしさとさへも、云ひ出でず／たゞひとりして、歩《あり》くらん
さば、かくてこそ、あらばあれ／さてそののちは、如何ならん？／たゞつぶらなる、瞳して／空を仰いで、ありもすれ／さてそれだけにて、あるらんか？
もし、それだけの、ことならば／よしそのうちに、欣怡の／十分そなはるものとしても、なほ今生なるわが身には／いたましこととおもはるなり
なにせよ、分らぬことなれば／分らぬこととは知りながら／分りたいとは思ふなり／吾子はも如何になせるらん／吾子はも何をなせるらん

＊

想ひとどかぬことなれば／想ひとどかぬことかなと／いまさらわれは思ふなり／せめて吾子はもあの世より／この身にピストル撃ちもせば

こよなきことにぞ思ふなるを／さるをピストル撃たばこそ／石ばかりなる、磧なれ／鴉声くらゐは聞けもすれ／薄曇りせる、かの空を
眺めてありくばかりなれ／げにさばかりのことなれば／げに命とや、何事ぞ？／なにせよ何も分らねば／分りたいとは、思ふなり
（「こぞの雪今いづこ」）

このモチーフは、他の一篇「初夏の夜に」の中でも再び、〈彼《あ》の世の磧から、此の世の僕等を看守つてる〉子供らのイメージとして描かれる。中原の詩に、死児のイメージをうたった詩篇の多いことは、すでに評家たちも指摘する処である。

空は死児等の亡霊にみち
（「含羞」）

お庭の隅の草叢に／隠れてゐるのは死んだ児だ
（「月の光　その一」）

森の中では死んだ子が／螢のやうに蹲んでる
（「月の光　その二」）

河上徹太郎氏は、その一篇「この小児」を挙げ――

コボルト空に往交《ゆきか》へば、／野に／蒼白の／この小児。／／黒雲空にすぢ引けば、／この小児／搾る涙は／銀の液……　（後略）

これは「明らかに長男文也を失つた悲しみを歌つたものである」が、「死んだ児の運命をコボルトの揺

籃に預けた不安から始まりながら、悲しみが内に籠つてゐないで、赤ん坊が空に漂つて遍在してゐるやうな末広がりの明るさがあるのが、中原のこの種の挽歌の特徴である」とし、ヴェルレーヌの詩篇からイメージを借りつつ、ヴェルレーヌ風の敬虔さはなく、もっと「異教趣味」が強いことを指摘し、「中原も私と共に『神』を見てゐるつもりでも、どうしても『神々』を見てゐるやうである」と語り、また、「カトリシズムに漲る非常に健康な現実肯定の精神をそのまま異教的に色鮮かな外界観照にすりかへて、のうのうとしてゐるといふ始末にもなるのである」と語っている。この後の言葉は、むしろ氏自身を語っているかに見えるが、氏はこのように中原におけるカトリシズムの受容と、そのなかにあっての異教性を、異教的な明るさを屢々語っている。然し、亡児を歌ったこれらの詩篇の根底に——あの世の磧を歩む愛児の、つよいイメージがあったことを忘れてはなるまい。「月の光」や「この小児」などの小唄調、童謡調に転調される以前に——その最も自身の心情に深く密着した姿で語られた二つの未刊詩篇が、仏教的な「賽河原」のイメージの裡に見据えられていたことは、注目すべきであろう。

我々はさらに、中原の晩期の詩に漂う永訣感、人生との、自然との乖離、深い疎外感——それらの根底に、この磧のイメージを見出すことができる。〈ホラホラ、これが僕の骨だ〉と歌った「骨」の詩——

故郷《ふるさと》の小川のへりに、／半ばは枯れた草に立つて、／見てゐるのは、——僕？／恰度立札ほどの高さに、／骨はしらじらととんがつてゐる。

という、故郷の川、おそらく、大岡昇平氏も言う如く湛野《ふしの》川であろう——この異様な情景の背後にも、しらじらと乾いた磧の感触を感ずることができる。或いはまた、小林秀雄の言葉を借りれば、彼が我々に遺した最も美しい遺珠のごとき作品、「一つのメルヘン」をみるならば――

秋の夜は、はるかの波方に、／小石ばかりの、河原があつて、／それに陽は、さらさらと／さらさらと射してゐるのでありました。／／陽といつても、まるで硅石か何かのやうで、／非常な個体の粉末のやうで、／さればこそ、さらさらと／かすかな音を立ててもゐるのでした。／／さて小石の上に、今しも一つの蝶がとまり、／淡い、それでゐてくつきりとした／影を落としてゐるのでした。／／やがてその蝶がみえなくなると、いつのまにか、／今迄流れてもゐなかつた川床に、水は／さらさらと、さらさらと流れてゐるのでありました……

昏い夜の果ての向うに、しろく明るむ仮幻の世界が展がる。この世の果てのうつつの世界――ここにも小石ばかりの磧はしらじらと光っている。

彼が死のイメージと磧に、いかに深く執着したかは、たとえば未刊詩篇中の一篇、「蟬」（昭8・8・14）に――

それから彼の永眠してゐる、墓場のことなぞ目に浮ぶ……／／それは中国のとある田舎の、水無河原《みづなしがはら》といふ／雨の日のほか水のない／伝説付の川のほとり、／藪蔭の砂土帯の小さな墓場、／――そこにも蟬は鳴いてゐるだろ／チラチラ夕陽も射してゐるだろ……

という詩句などのあることを以ても、容易に窺われる。

「彼が自分と子供との間にどこまでけじめをつけてゐたかは疑はしい」（大岡）とすれば、あの世の磧をただひとり、空を仰いで歩く幼児の姿に――中原はそのまま自身の姿を見ていなかったと、どうして言えよう。彼を狂気にまで追込んだ愛児の死――いわば彼の分身の死という痛切な体験から生まれた一篇の詩にひろがる、磧のイメージは――彼がこの世の果てに見出した、というよりは、彼の魂の底部に、その暗部に、深く横たわるものではなかったか。彼の歩きつくしたこの土壌こそ、しらじらと乾いた磧そのものではなかったか。我々は、彼が踏まえていた、この魂の暗部をぬきにして、彼の詩に漂う歪みに、あるふかい疎外感に、真にふれてゆくことはできまい。

篠田氏は、いみじくも「冬の長門峡」ににじむ「一種のかなしい妄執めいたもの」について、なにかに「蝕ばれ」、「なにかが凝りつい」たような、その深い印象について語っているが、この詩ににじむ深い永訣感が――同じ時に記された愛児の死への嘆きの、その残響から生れたものであることを思えば、ここでも彼が、この世の果てでひとり深く見据えていたものは、深い暗部――あの磧のイメージであったと、言えなくはなかろう。確かに「この長門峡には水は流れてはいない。ここにはなにかが凝りついている」。

どうやら、私はながくこの磧のイメージに執していたらしい。然し、それにも理がないわけではない。中原の詩については、フランス象徴詩の影響、ランボオやヴェルレーヌとの深いつながり、カトリシズムへの親近などがすぐ語られるが、一面、彼の魂の底部に根ざす、その深い土着的なものもまた、見逃してなるまい。

「精神といふものは、その根拠を自然の暗黒心域の中に持つてゐる。……精神が客観性を有するわけは、精神がその根拠を自然の中に有するからのことだ」（「芸術論覚え書」未発表、昭和九年十二月から翌十年三

月ころまでの間と推定)
「自然——手を差伸べもしないが手を退きもしないもの、——が人間の裡にあつては恩愛的な作用をつとめる、その作用……」(「詩に関する話」「白痴群」第六号、昭5・4)

これらの言葉に示されるものは、意外に深い意味を持つ。中原は、自然というものを、そのように深く見た、と同時に、彼の精神が、生が、歌が——その自然にふかく身を浸していること、浸すべきであることを真率に深く感じていた。中原にとって伝統とは、土着性とは、この自然の属性の一部に他ならなかった。人は偏見をはなれて、その詩論や作品に接する時、彼の発想や志向が、いかに深く伝統や土着性の上に根ざしていたかに気づく筈である。

3

篠田一士氏は、河上徹太郎氏の、中原に「晩年」はなかったという言葉を、そのまま「成熟」という言葉に置きかえて、中原に「成熟」はなかったといっている。

「作品そのものよりも、作者の曖昧な面影を、あるいは、日常的な環境から屹立した想像力の世界よりも、そこにウゴメいている登場人物に白々しい興味を示す、ぼくたちの現在の文学的風土は呪わるべきである」——篠田氏は、このような未成熟な風土と意識にもたれかかったものとして、中原の詩篇の未熟さを指摘している。然し、詩にあって、一箇の詩人にあって、成熟とは何か。中原はむしろ成熟という代りに、それを「皺」といった。

「生きることは老の皺を呼ぶことになると同一の理で想ふことは想ふことゝしての皺を作す。/想ふことを想ふことは出来ないが想つたので出来た皺に就いては想ふことが出来る。/私は詩《うた》はこの皺に因るものと思つてゐる」（「小詩論――小林秀雄に」（未発表、昭和二年初頭と推定）――「皺」とはいかにも中原らしい言葉であるが、想いは深い。

「私は自分の文体を、全くギリギリの所で捉へた」「まづは詩であるためには、苦しいと云へば苦しい、長い道を歩いたことであつた」――そういう彼が、常に自己に真率であれと言い、「芸術家にとつて先生はゐないといつていい。あればそれは伝統である――私は伝統から学べる限り学びたい」と語ったことを思えば、詩の造型、韻律、肉感における伝統性の問題をはずして、「想像力」や「成熟」などという言葉をふりまわしてみてもはじまるまい。「皺」という一語には、このような志向への、したたかな反語的批評の意味あいも含まれていた筈だ。

　中原は、その詩論の集約ともいうべき「芸術論覚え書」の中で、次のように語っている。

> 「これが手だ」と、「手」といふ名辞を口にする前に感じてゐる手、その手が深く感じられてゐればよい。
>
> 芸術といふのは名辞以前の世界の作業で、生活とは諸名辞間の交渉である。
>
> 生命の豊かさ熾烈さだけが芸術にとつて重要なので……生命の豊かさそのものとは、畢竟小児が手と知らずして己が手を見て興ずるが如きものであり……

　彼の詩論の根底には、この「名辞以前」の思想があったが、それは彼の別の表現で言えば、「直観層」「純粋持続」「生命の豊かさ」などという言葉でも表わされた。彼は更に次のようにも表現している。

芸術は、認識ではない。認識とは、元来、現識過剰に堪られなくなつて発生したとも考へられるもので、……生命の豊富とはこれから新規に実限する可能の豊富でありそれは謂はば認識の豊富のことである。

彼がここで、その芸術論の核心を表わすに、「現識」という仏教語を使っていることは、注目すべきであろう。「現識」とは『仏教大辞典』によれば、「阿頼耶識の異名。有情根本の心識にて、其人の受用すべき一切の事物を執持して没失せざる義。一切の事物の種子を含蔵する義」とある。中原は、これを言わば感性の最も原質的な意味に於て使っているようであるが、更にまたその評文に、「つまり、ドヤドヤと現れた西洋文学は、そのフォルムを迄了得する余裕を我々に与へなかつたのである。云換れば、それらの西洋文学は、我々自身の現識或ひは我々の従来の文学が云つてゐたこととの如何いふことに該当するか、その相関関係が十分に納得出来ないうちに、西洋文学の筆法だけを採用し、ともかく我々は筆を執つたのである」（「撫でられた象」昭10・10、傍点筆者）という時、「我々自身の現識」という語法には、つよい伝統性の意識、言いかえれば、我々の感性を浸し、つらぬく土着性そのものが、つよく意識されていることがわかる。

彼が屢々「現識」なる仏教語を使った根底には、仏教的発想、志向へのふかい親近があったと考えられる。事実、十五才、中学三年の夏と冬の休みに再度、「思想匡正」のために、大分県の或る真宗の寺に遣られている。大岡昇平氏が、中原家の家族から聞いた処によれば、帰ってから「暫くは廊下を歩く時も便所へ入る時も『なんまいだぶ、なんまいだぶ』を唱へてゐたといふ」。然し、「この最初の宗教的目醒について、中原自身はかなり違つた話」を大岡氏に告げ、「彼がこの寺にやられて得るところがあつたのは、たゞ親鸞の『ひとを千人殺してんや』といふ逆説を知つただけであつた」(「中原中也伝――揺籃」昭24・8)という。いずれにしても、十五才という多感な時期に、彼が無意識にも感得しえたものを、過小に評価することはできまい。然し、彼の思想には、親鸞よりも、たとえばその「名辞以前」という発想などの背後には、むしろ禅的な認識論への近よりが感じられる。

中原がいかに伝統的発想、志向の裡に深く身を浸していたか――その一例が、たとえば吉田秀和氏の語る次のような想い出の一駒に、いかにも鮮やかにとどめられている。中原が「よくヴェルレーヌやランボーの詩をふしをつけて朗読」したり、バッハの「バッサカリア」のバス主題を歌ったりしたなかでも、彼が最も好んできかせてくれたのは、「ひさかたのひかりのどけきはるのひにしづこころなくはなのちるらん」の一首であり、チャイコフスキーのピアノ組曲「四季」の中の六月にあたる「舟唄」にあわせて歌うのだが、その印象は忘れがたいものがあるという。「彼の肉体に接しられる一切合財を含めて、この歌をきいてる時がいちばん彼の全体にふれてるような気がした。……この和歌には、彼を通じて流れる宇宙の秩序みたいなものがあったのではなかろうか」(「中原中也のこと」、「文芸」昭37・5)――おそらくここには、中原の「うた」の、「時間」の、原型があった。

河上徹太郎氏は、中原の「詩の中に流れる『時間』の観念」の特異性にふれ、たとえばベルジャーエフの次のような言葉と結びつけて説明しようとしている。

われわれの世界は未完成の世界である。それは創造しつづけられてゆくのである。世界はわれわれの内的実存の立場の認識にとつては、進化するのではない。世界は創造されるのである。進化としての世界は、すでに第二義的なものであり、この変化はつねに決定論の相のもとにある。進化は客体化の世界に属する。これに反して内的実存は創造を知つて、進化を知らない。自由を知つて、決定論を知らない。精神の作用《アクト》を知つて、自然過程の因果律を知らない。進化は時間の中で起り、時間の威力の下にある。然し精神の第一義的作用は、時間そのものを生みだす。時間に決定されず、時間を決定する変化があるのである

（「孤独と愛と社会」）

言わばここに語られる「永遠の今」、実存的な時間、また決定論に対する創造的意志の自由の揚言――これらの思想にふれつつ、ベルジャーエフの言う「あらゆる宗教の中で最も正しい時間の観念を持」つキリスト教の考え方が、「中原のように言葉より行為を、しかも無意識な状態で捕えようとする詩人にピッタリ」したものであることを指摘している。河上氏の中原論におけるキリスト教との近似は、むしろ屢々評者自身を語るに性急なるかにみえるが、然し、中原における「時間」の問題を、単にこのようなカトリック的な立場からのみ裁断することが、果して妥当であろうか。

先ず、中原における「言葉より行為を」という――その「行為」がいかなる内実を示していたかが、吟味されねばなるまい。中原の言う行為という観念、時間という観念の根底には、近代の進歩思想や、日本の近代社会の拡散的、外発的な歩みに対するつよい批判を踏まえつつも――また同時に、根強く伝統的発想や傾斜の裡に、身を浸すものがあった筈だ。「中原にあつて行為とは『告白』に他ならなかつた。然も彼は自分の告白の中に閉ぢこめられ、どうしても出口を見附ける事が出来なかつた。彼を本当に閉ぢ込めてゐる外界といふ実在にめぐり遇ふ事が出来なかつた。彼も亦叙事性の欠如といふ近代詩人の毒を充分呑んでゐた」（「中原中也の思ひ出」昭24・8）とは小林秀雄の語るところである。

僕はたゞ物の哀れへ浸ることのいよ深きを希求するばかりだ
虚心といふのは何もない心ではなくて何でも出発し得る起点の心的状態だ
「不安の文学」とか「西欧の没落」とか云ふけれど……一と先づ退くことを知れば——
凡そ分析なるものは、私には吸気の気持でなく呼気の気持でなされるものと思はれる。……私は近時芸術の萎凋する理由を、時代が呼気的状勢にあるからだといふやうに考へる

（「詩に関する話」）

もはや、これ以上引用する必要もあるまい。「物の哀れ」「虚心」「一と先づ退く」「吸気」——これらの語が、近代社会のあしき外的志向、世俗性に対する深い批判を踏まえたものとしても、尚かつスタティックな、諦観的な、伝統的志向に立つことは、疑うべくもない。たとえば、彼の「時間」論における「永遠の今」の思想が、河上氏の言う如く、決定論に対する意志の自由や、キリスト教的実存に立つとのみ考うべきでなく、たとえば、「いまといふ道は、行持よりさきにあらず、行持現成するを、いまといふ」（「正法眼蔵—行持」）という風な発想につながりがあるのではないかと、考えることも許されなくはなかろう。中原の詩論は、すでにふれた如く、そのまま存在論、認識論となるていのものであるが、彼が屢々「吸気」の姿勢を言い、自己への沈潜を説き、「忘念の善性」を失い雑念に執し、「みることをみようとする態度」を固執する近代病の悪弊を指摘し、更には、「豊富性とは何事をか発現し終るや直ちに楽々とその虚心に立戻る能力の謂である」と語る時、あながち道元の語を引くことも附会の言とのみは言えぬであろう。

仏道をならふといふは、自己をならふなり。自己をならふといふは、自己をわするるなり。自己を忘

るるといふは、万法に証せらるるなり。万法に証せらるるといふは、自己の身心、および佗己の身心をして脱落せしむるなり（「現成公案」『正法眼蔵』）
而今の山水は、古仏の道現成なり。ともに法位に住して、究尽の功徳を成せり。空劫已前の消息なるがゆえに、而今の活計なり。朕兆未萌の自己なるがゆゑに、現成の透脱なり（「山水経」『正法眼蔵』）

現成透脱、あるいは透体脱落とは何か。而今現成とは何か。ここにはおそらく「無」による絶対否定即絶対肯定の全的発現がある。中原が詩における虚心——一切の雑念、はからいを捨て、「名辞以前」の世界を踏まえつつ、物の全一な把持、表現を説く時、この自己脱落における、物の現成化への志向がはかられていると、言えなくはなかろう。ここから、このような彼の発想、批評が常に「断定的であり、最後的で」あって、「分析的にも綜合的にもひろがるべき道を持たなかった」（大岡信）という批評、更には、その所謂「歴史的意識の欠如」や「市民性の欠如」（黒田三郎）への批判も生れて来る。確かに、生の豊富性を語って「何事かを発現し終るや直ちに——虚心に立戻る」云々と語る時、そこに示されるものは、紛うべくもなく極めて日本的、伝統的発想であり、閉鎖的、非論証的志向と目されることも必然である。然し、この非市民的、非論証的な中原の批評が、すぐれて根源的な「近代」批評でありえた処に、むしろ近代の歪みもまたあざやかに露呈されている。ドヤドヤと入り込んできた整理のつかない「西洋」を、「我々の現識」をもって如何に受けとめ、整理し、我々の伝統のうちにくみ込むべきか——彼の「近代」批判の根底には、常にこの土着性を踏まえた志向があったことを、見逃してはなるまい。

言わば、「現識」という語の本来の意味に於て、中原の語義に従えば、その感覚（＝受動）的発現に於て、彼の批評の根底にあるものは、大体、上述の如きていのものであった。然し中原の本質がここにのみあったわけではない。むしろ彼の真の面目は、このような一側面を根底に蔵しつつ、なお魂（＝能動）の発現に於て無類に真率であり、その存在そのものが一箇の象徴たりうる、真の詩人の道を示しえたことであった。そこに彼の発見し得た様態は、ほぼ次のごときものであった。

「彼は新しく眼醒めた初々しい魂を抱いて索漠たる東洋の気層と文明都市を転げ廻つてはつらいつらいと言ひながら生命をかけた祈りと頌歌と悲歌をさりげない古風な格調に托し、愛情をもてあましては切なくも大審判をやつてゐた」（阿部六郎「中原中也のこと」）。――しかも「真向から神を信じ、詩を信じ、生命を信じ、一元的な実在の喜びを信じ、すべてさういふものの一元を信じ」た彼が、なお示した、あの数々の矛盾はなにか。「傲然たる信仰をもつて謙虚を説き」、「どこかで頌歌である彼の歌」が「どれもこれも臨終の歌だつたやうに思はれる」のは何故か。いや、これはなにひとつ矛盾などというものではあるまい。「直覚と行為とが世界を新しくする」と彼はいう。「そしてそれは、希望と嘆息の間を上下する魂の或る能力、その能力にのみ関つてゐる」という。この魂の、言わば無類に真率な垂直運動のなかから、彼の讃歌が、また挽歌が生れた。評家の言葉を借りれば「己の全機能を全解放にしたまま疾走」（原崎孝）したのが、彼の生涯の様態であった。

ただ斯くまであらぶる世の混濁と擬態に、詩人の全一な存在性を、純粋性を終始対峙させた彼が、なおかつ自身の裡に強いられた世俗性を、あの「土の眼」（前出「『朝の歌』をめぐって」）を意識せざるを得なかったのは無残なことだ。

我々は、彼の詩稿の随処に、また後年、彼がその精神を侵された時期の「千葉寺雑記」の手記の中に、不肖の長子としての、父母に対する深い負い目を語っているのを見ることができる。「愛児を失つて彼の神経が混乱した時、家人は屢々『正行』の名が彼の口から洩れるのを聞いた」と大岡氏は「中原中也伝——揺籃」の中で記し、これを、中原が九才の時の最初の詩稿が、亡くなった弟を歌ったもので、「学校の読本の、正行が御暇乞の所（今一度《ひとたび》天顔を拝し奉りて）といふのがヒントをなした」（「詩的履歴書」）という詩人自身の回顧と結びつけているが、むしろ「正行」とは、彼の父に対する、また亡児に対する、彼の父であり子である二重に屈折した深い負い目の意識——その裂け目から発したものとみることができよう。

「あらくれた世」からの疎外感が深まれば深まるほど、彼の裡なる「幼な児」はあざやかに自覚された。

いとしい者の上に風が吹き／私の上にも風が吹いた／／いとしい者はたゞ無邪気に笑つてをり／世間はたゞ遥か彼方で荒くれてゐた／／いとしい者の上に風が吹き／私の上にも風が吹いた／／私は手で風を追ひのけるかに／わづかに微笑み返すのだつた／／いとしい者はただ無邪気に笑つてをり／世間はたゞ遥か彼方で荒くれてゐた

（「山上のひととき」）

このような彼の眼の前で、この無垢な幼児が、彼の分身が死んでいったことが、何を意味するかは、問うまでもあるまい。爾来、幼児は彼の心の奥底に、あのしらじらとした磧の上に生きはじめる。

彼の晩期の詩篇の示す、あの深い永訣感は、もう我々の手のとどかない処に詩人があることを感じさせる。詩人は、ふと遠くこちらを振返って呟く——〈あゝ！　そのやうな日もありき／寒い寒い　日なりき〉と。——こうして我々に最後の疑問が残る、——詩人はこの人生とついに和解しえたのであろうか。

中原の呟きが聞える——〈あれはとほいい処にあるのだけれど／おれは此処で待つてゐなくてはなら

ない〉（「言葉なき歌」昭11・12）――彼が名づけがたく、ただ「あれ」といったものは何か。それは、ひとつの「生の原型といったもので」（中村稔）もあったろうか――答えはここに遺されていない。「此処で待つ」といった――その「此処」を、我々もまた自身の裡に、深く掘り下げてゆくほかはないであろう。

大岡昇平の「中原中也論」をめぐって

1

私が初めて積極的に父に反抗したのは、十三才の秋、聖書を買ふ買はないについてであつた。……キリスト教にかぶれた私は、新旧合本の大聖書を座右に備へるのを、必要と信じた。四円五十銭といふ、当時の子供の持つ本としては、法外な値段であつた。父はもつと安いのを選べといへば、よかつたのであるが、日本は仏教で沢山だ、耶蘇などよせといつたので、面倒になつた。いくら思春期のセンチメンタリズムとはいへ、信仰は信仰である。私は言葉を返した。

これは大岡昇平の「父」（昭26・6）の一節であるが、中村光夫氏はその「大岡昇平論」（『中村光夫作家論集 3』所収）のなかで、この言葉を引きつつ、次のように述べている。

……彼の精神の最初の目ざめがキリスト教（新教）によつて与えられたのは興味ある事実です。彼の信仰はやがて「教会の大人達」に失望したために「文学がそれにかわつて」しまいますが、それが単に「思春期のセンチメンタリズム」に終らなかつたことは、恐らく作者自身にも意外な形で『野火』

に出ています。

然し、この「少年時の神」は、『野火』に於て追求される以前に、先ず『俘虜記』に記された自身の戦場体験を通して、彼の前に現れる。『俘虜記』はその題銘に、周知の如く「歎異抄」の一節――「わがこころのよくてころさぬにあらず」の一句を引いている。中村氏は、然し「ここに提出されている本当の問題は『わがこころのよくてころされぬにあらず』」であり――「なぜ全滅した小隊に属しながら自分だけ生命が助かったか、そのために彼が越えなければならなかった細い無数の偶然は一体何を意味するか、これらが恐らく復員以来彼の心底にわだかまる疑問であって、『野火』はその最も直接な現われ」であるという。

確かに、ここでは根源的には人間の実存の問題、被企投者としての人間をあやつる偶然性の問題が問われている。然し、そのエピグラフの示すものがまた同時に、「ころさぬにはあらず」という倫理的な課題を含んでいることも事実だ。『俘虜記』の中心が、彼の前に登場したひとりの若い米国兵士に向って、遂に発砲しなかった――その心理の精細な分析にあることは言うまでもないが、その分析のなかで敢て脱落させた部分について、彼は後に再び「レイテの雨」のなかで記している。それが「少年時の神」の登場である。

米兵が去った後の索漠たる深い空虚感の裡に――その時「神が現はれた」。彼が敢て、敵を殺そうという意志を放棄した――その善意の、奇蹟の証人として、保護者としての神の観念である。「即ちあの時私が敵を射つまいと思つたのは私が『神の声』を聞いたのであり、米兵が迫つて私がその声に従ふことも出来るか出来ないか不明に立ち到つた時、別の方面で銃声を起らせ、米兵をその方へ立ち去らせたのは『神の摂理』ではなかつたか、という観念である。」――然し彼はそれを、この「神学に含まれた自己愛」の故に斥ける。彼はこうして、この「自己流の神学」を作品の記述にはとり入れなかったが、なおこの運命的な事件を、この「無稽の観念をもつて飾るといふ誘惑に抗し切れ」ず――「歎異抄」の一句をとってエピグラフとする。

彼は「レイテの雨」のなかで、自分の現在この事件について達している結論として――自分が兇器を使うことを拒んだ理由を、ヒューマニティや肉体の本能や神によって色づけることとの無意味を悟り――ことの核心は、自分が「国家によつて強制された『敵』を撃つことを『放棄』したといふ一瞬の事実しかなかつた。そしてその一瞬を決定したものは、私が最初自分でこの敵を選んだのではなかつたからである。すべては私が戦場に出発する前から決定されてゐた。この時私に向つて来たのは敵ではなかつた。敵はほかにゐる」と記している。この終行の一句は意味深い。然し、その「敵」の意味するものは何か。この「敵」の意味するものが、根源的な意味に於て追求されたならば――『野火』はまたおのずから、別な相貌を帯びた作品となりえたであろう。

2

さて、この「レイテの雨」における「保護者としての神」の観念こそ、「野火」のテーマを結晶せしめる深い契機ともなるものである。現在「野火」論として、最も精細にその成立の経緯や主題の展開について論じたものに、三好行雄氏の論攷がある。(「国文学　解釈と鑑賞」昭37・7―38・11) 三好氏は「『俘虜記』の脱稿にくびすを接して構想され、書きはじめられた」「野火」の原型としての「狂人日記」にふれ、この完全な記憶喪失症にかかっているレイテ島の俘虜だった帰還兵の主人公が、しだいにその記憶を回復してゆく――一種推理小説めいたプラン――その原構想に、神の観念が含まれていなかった事実の重要性を指摘し、次のような作者自身の言葉を引いている。

「二一年の『狂人日記』には『神』はなかつたのですが、それは罪悪感からの解放者とすることが、二三年の新しい思いつきでした」(創作ノート)。「野火」に神のモチーフがはじめて現われた時期と、「レイテの雨」(昭23・8)執筆との時期の一致を考えれば、確かに三好氏の言う如く、「『レイテの雨』で語られている『無稽の観念』(少年時の神)を必然の場所に展開させることで、『野火』の主題は成立したのである」と断ずることはできよう。

然し、「『レイテの雨』においてかれをみまう神の観念がその背後に、米兵を射たなかった『俘虜記』の記憶をもっていた以上、大岡にとって真に重要なのが神の観念そのものではなくて、神をもちだささるをえないような形でしか生きえなかった戦場での生の記憶にほかならぬのもまた明らかであろう」という時――「神」は、戦場体験の意義を照らし出す、単にひとつの軸にすぎぬものであろうか。また、「戦場にいくまで、私の生活は個人的必要によつて、少くとも私にとつては必然であつた。それが一度戦場で権力の恣意に曝されて以来、すべてが偶然となつた。生還も偶然であつた」という一節を引き、「現代人にとって、偶然は神の摂理にひとしく、逆にいえば、現代の神は偶然の司祭者にすぎぬのである。『俘虜記』＝『偶然』＝神＝『野火』という方程式の成立したゆえんである」という時、ここに、ひとつの深い欠落が見出されないか。ここに神は「偶然の司祭者」として、「負《ふ》」の存在として、登場する。ここから人間の倫理につながる道はない。

「沈黙が神だ、不在が神だ、神は人間の孤独だ。――もし神が存在するなら人間は虚無だ。もし人間が存在するならば――神なんか存在しない」――サルトルの戯曲「悪魔と神」の末尾で、主人公ゲッツはこう叫ぶ。ドイツ農民戦争を舞台に、神への賭、その選んだ信仰の故に無抵抗の道を強い――その故に無残に殺戮された無辜の農民の血を見つつ、ゲッツははげしく絶対者を糾問する。このいささか大時代な台詞の裡に、この言葉の裡にこもる、あついひびきは何か。絶対者への糾問は、然し裏返せば、罪の糾問者としての絶対者という、深い意識をになっている。「権力の恣意」にさらされつつ――射たざるが故に射たれ、殺さざるが故に殺されざるをえない――この不条理を前に、人間は絶対者を敢て糾問する。ここには否定にせよ、肯定にせよ、熱い倫理の脈絡がある。

恐らく、その台詞が大時代にひびくほど、神の告発、糾問という主題は、わが近代文学にとっても、現代文学にとっても無縁なものであろう。

「それ（保護者としての神の観念）は僕の少年時代の幻影で、大人の知慧には敵いそうもないので、それを狂人の頭に宿らせることにしたのです」（「創作の秘密」）――この大岡氏の言葉は、この間の消息をあざやかに語っている。中原ならば「多勢に無勢」という処であろう。三好氏はこの言葉にふれて、「レイテの神を少年時の幻影としてしりぞける大岡昇平は、決して神を信じていないはずだ。神を信じない作家がどのようにして、実在者としての神をえがきうるか。狂人の妄想にそれを托した『野火』の方法は、たしかにみごとな処理であった」と語っている。果してそうか。

この作品における「神」の問題は、信じない作家が云々という風に、見事に割り切れる問題ではあるまい。肝腎なことは、作者がこの作品の主要なモチーフとして、なお少年時代の神という観念に固執したことだ。「俘虜記」の題銘にみるごとく、深い誘惑に抗しきれず、再びそれをとりあげたことだ。「レイテの神を少年時の幻影としてしりぞける大岡昇平は、決して神を信じていないはずだ」――ここには評者自身の願望が読みこまれてはいないか。この無類の散文家、意識家を、「神」という無稽な観念からへだてようとする——現代の多くの評家をつらぬくひとつの志向が、はたらいてはいないか。然し、我々はここで、この極めて意識的な作家が、「無稽」という言葉にふくめた、あるにがさを見逃してはなるまい。

朝の陽に光る十字架に向つて歩きながら、私は不思議な感動を覚えた。十字架に向つて歩くのは初めてではなかつた。東京のミッションスクールの中学生であつた私は、ひと頃この異国の神の象徴に対して、甚だ感傷的だつたものである。……現代の私は何も信仰も持つてゐないが、前線で弱兵たる私の心が少年時に帰るのを意識し、病める俘虜の閑暇にあつて、聖書にいささか頼るところがあつた。ナザレの大工が神の子であるとは信じ難く、マリヤの処女懐胎に西洋の蒙昧を察した新井白石の合理主義に、私は大体賛成であるが、この無稽なものに、今私の心が動くのは事実である。そして戦場で私の中で起ることは、どんなに無稽なものであらうとも、すべて真実と見做して来た経験の延長として、この感動もまた否定したくない。ただそれを私の中のどこへおくかが問題だ。（傍点筆者）

ここで問われていることは、「無稽な観念」の当否ではなく、それに心が動くという真実の確認である。「戦場で私の中に起ることは、どんなに無稽なものであらうとも、すべて真実と見做して来た経験の延長として——」という言葉は、きわめて意味深い。ここに一箇の散文家が誕生する。然も人々はそこに、知的な分析家、考証家をのみ見出そうとした。

彼が復員後間もない頃、半ば眠った頭の状態で棋書にならって石を並べていた頃、故本因坊秀哉が盤の前の感想として、「水面に石を投げて、その波紋の拡がるのを見守るやうな気持」といった言葉に感服し、「ものの他力の働きの範囲を見守る如き無私の心境ありとすれば、たしかにこれは其の最も高尚な部分であらう」（「神経さん」）と語っている。この言葉は彼自身の意識を超え――この作家の爾後の働きを意味深く暗示するかのようである。彼の『俘虜記』をはじめ戦中、戦後の体験を語る文章の――一種平明簡潔な味わいは、単なる分析家のものではなく、この水面の波紋を見守るごとき、無心な眼の果てに捉えられたものとみることができる。『野火』をつらぬく、あの冷たい、時に、蠟人形のそれをさえ思わせるような、ひややかな感触、そのスタティックな文体をつらぬくものも、またこれと無縁ではあるまい。

病兵として部隊から追放され、もはや死のみを予告されて、「最後の息を引き取るその瞬間まで、私自身の孤独と絶望を見究めようといふ、暗い好奇心」を抱きつつ、歩きはじめる処から――『野火』の主人公の、あの孤独な彷徨がはじまる。然も、この「見る者」から、いつか「見られる者」に転換するところに、「野火」の主題が、あの「無稽の観念」が、ふたたび登場することになる。

3

彼は、たえず自分をみつめている一つの存在を考える。普通に言う世間の目を思いきり拡大したような一つの目である。自分のそとにあるという意味で、自意識とも違う。といって、キリスト教にいう神でもない。キリスト教を知らぬ者にもわかり易い、たんに「見るもの」としての、一切の神学をもたない神だ。その導入によって彼は内心の劇「野火」を書こうとしたのである。

村松剛氏は、その「大岡昇平論」（『現代作家論叢書――昭和の作家たちⅢ』所収）のなかで、こう語っている。然し、にも拘らずこの「試みは失敗に終った」という。「『見る』存在にすぎないはずだった神に、大岡は宗教的意味をあたえすぎてしまったのである」——どうやらここでも、神は単に、そこに「展開されるロマネスクの質的な深まりをたすけ」るための軸として、よばれるにすぎない。神に「宗教的意味をあたえすぎ」たとは、無稽なことばだ。然も、この無稽な言葉が正面切って放たれる処に、大きな欠落がある。こうして、村松氏のみならず、多くの評家が、『野火』の後半の失敗を指摘する。「後半で神の問題が出て来るあたりから、僕はあまり感心しなくなった。……発狂者も神も道具に終っている」（埴谷雄高）「気狂いというのは、大岡君のさっきのあれでいうと、テレだと思う。だから最後の二章はとくによくない。最後の一章はむしろないほうがいいと思う」（中村光夫）——大岡氏を論ずる座談会（「近代文学」昭35・10・11）で評家たちは、これらの批評に殆どみな同じている。然し、果してそうか。発狂者も神も、単なる道具にすぎないものであるのか。

まだあたたかい桜色の肉を前に、私はただ吐いてゐた。空の胃から黄色い液だけが出た。もしこの時既に、神が私の体を変へてゐたのであれば、神に栄えあれ。私は怒りを感じた。もし人間がその飢ゑの果てに、お互いに喰い合ふのが必要であるならば、この世は神の怒りの跡にすぎない。そしてもし、この時、私が吐き怒ることが出来るとすれば、私は天使である。私は神の怒りを代行しなければならぬ。私は立上り、自然を超えた力に導かれて、林の中を駈けて行つた

村松氏は、この「人肉食」の場面にふれて、「この場合も、不自然さを一番よく知っていたのは作者自身だった。だからこそ終りで主人公は狂人にされる。すべてが狂人の幻想として片づけられているので

ある」と言っている。「狂人」が神を扱う場としてもち込まれたものではなく、その逆であることは、すでに述べた。然し、「狂人日記」に、救済者としての神がもち込まれたことが、単に、多勢に無勢的なしいられた方法とか、作者のテレという気質的な志向とかの裡にのみ、片づけられうるものであろうか。「狂人の手記」という手法には、最後的な保留が示されている。三島氏の言葉を借りれば大岡氏一流の「ナイナイづくし」という、たえざるアリバイ工作がなされているとも言える。『野火』の終末部に示す三章――「狂人日記」「再び野火に」「死者の書」に於て、はじめてその主題は明らかにされるのだが、ここではじめて作者は、「私」が狂人であることを告げる。更にまた、その信ずる神の観念が、次の如きものであることが告げられる。

「私共に一番興味があるのは、あなたの神の映像ですね。普通私共はこれを罪悪感を補償するために現はれるコンプレックス――メシア・コンプレックスと呼んでゐるんですが、あなたは今でも自分が天使だと信じてゐられますか」「いや、どうだかわかりません。さうですね。多分これを書きながら見附けて行つたのでせう。ふむ、メシア・コンプレックスとしては、僕の神の観念は甚だ不完全なものですね」『まあ、それだけあなたの症状が軽いといふことですから御心配はありません。いや、人が発狂時に書くことには、案外深い人生の真実が潜んでゐることがある」

この医師と「私」の対話の裡に、作者は二重の留保を示す。それがメシア・コンプレックスにすぎないことを――、同時にまた、そのような狂人の妄想と断ずる処にしばしば「深い人生の真実が潜んでゐること」を――。作者はここで、二重のアリバイを作る。自身が作品の主題の内にあることへの、同時にまた、外にあることへの――。然し、評家たちはここに一方的なアリバイをのみ見ようとしているようだ。

もし私が私の傲慢によつて、罪に堕ちようとした丁度その時、あの不明の襲撃者によつて、私の後頭部が打たれたのであるならば／もし神が私を愛したため、予めその打撃を用意し給うたならば／もし打つたのが、あの夕陽の見える丘で、飢ゑた私に自分の肉を薦めた巨人であるならば／もし、彼がキリストの変身であるならば／もし彼が真に、私一人のために、この比島の山野まで遣はされたのであるならば／神に栄えあれ。

この『野火』の最後の「詠唱」部にふれて、三好氏は次のように断じている。

「神に栄えあれ」という最後の詠唱が、ことごとく仮定形で語られた条件法を前においている事実は注意されてよい。小説の真の主題は、この仮定形に「否」という答えを用意して成立するのではないか。狂気の妄想をすべてはぎとってみよう。狂い、飢えた兵士が、喰うべき人肉をもとめて山野を彷徨している。この冷たい石のごとき事実が、小説の最後に残されている。かれが人肉を喰わずにすませたとしたら、それは偶然の一撃があったからである。その一撃を、「私」は狂気ゆえに、神の恩寵と信じた。狂気の妄想にのみ神が実在するとすれば、それを裏返していえば、正常な人間にとって神はつねに不在である三好氏は、この仮定形に、作者のアリバイをみようとする。その全的な否定の裡に、主題は発現するという。果してそうか。『野火』の真の主題とは、むしろこの仮定形に「『否』という答えを用意して成立するのでは」なく――この仮定形をそのままに、いわば作者が常に自身に課した二重のアリバイという平衡感覚に於て――受け入れられるべきものではないのか。狂人の手記という手法もまた、この「仮定形」の上に立つ、強いられた技法に他なるまい。それは「仮定形」であることによってはじめて、真にひとつの「問」となる。

『俘虜記』と『野火』とのつながりについては、多くの評家がふれているが、その両者をつなぐ接点として、主人公がフィリッピンの女を射殺する場面がとりあげられる。なかでも、これが『俘虜記』で米兵を射たなかったことの裏返しであり、「あの殺し場は、アメリカの兵士を射たなかつた記憶、といふより記憶の反流」というべきであろうとする、寺田透氏の所論は、見事な指摘であるが、この「反流」という言葉を、ここでも使ってみれば、『野火』の神こそ、『俘虜記』の神、書かれざる神の反流と目すべきであろう。私はここにこそ、『野火』の真のモチーフが、両者の接点が、ひめられているとみる。

『俘虜記』に於て、神は、それに宿る作者自身のエゴイズムの故に、つよく排された。作者がどのような立場から描こうと、それが無神論であれ、否定、肯定いずれの視点であれ、結局は、神を語る彼の手つきに、エゴイズムのかげを払拭することはできぬ。　――残された道はただひとつ――もうひとりの自分、いや、その自己をさえ排した「狂人」という仮構の視点の裡にのみ、はじめて絶対他者としての神を描くことが許される。尠くともそこにのみ、エゴイズムの意識なくして、この無稽の観念の純粋な追求がなされた筈だ。「レイテの雨」に於て、神の観念にまつわるエゴイズムを指摘すると共に、同じ時期に、『野火』の原型たる「狂人日記」に、敢て再び救済者としての神をとりあげようとした意識は、この反流するモチーフの一点をぬきにしては、無意味となろう。

4

……自然に音はなく、水底のやうに静かである。あれら丘も木も石も草も、すべてあの高い空間を沈んで来て、こゝに、自然の底に落着いたらしい。神が空の高いところでそれを造り、こゝまで沈めた。その巨大な体を縦に貫いて、ここまで降りるのを許したのである。神が沈むために与へた時間を使ひ尽し、もうこれ以上沈むことが出来ない、不動の姿である。私、不遜なる人間は暗い欲情に駆られ、この永遠を横切つて歩いて行く。銃を肩に、まるで飢ゑてなぞゐないかのやうに、取りつくろつた足取である。何処へ行く。野火へ向ひ、あの比島人がゐるところへ行きつゝある。すべてこの神に向ひ縦に並んだ地球の上を、横に匍つて、神を苦しめてゐる人間共を、懲しめに行くのだ。しかしもし私が天使なら、何故私はかう悲しいのであらう。もはや地上の何者にも縛られないはずの私の中で、何故かう不安と恐怖に充たされてゐるのであらう。何か間違ひがなければよいが。

（「死者の書」）

評家たちは『野火』の後半の部分、なかんずく「死者の書」の章を、その形而上的な気分や表白の故に、なくもがなと評しているが、むしろこの章に漂う沈痛な詩情をぬきにして、その真の主題にふれることは出来まい。ここに漂うものは、大岡氏の作品の根底を流れるものであり、そのある面は、近くは「花影」の終末の哀切な描写に、また一面は、戦後の最も早い時期における代表的な評文のひとつ、「中原中也伝——揺籃」につながるものである。

「水底のやうに」無気味にしずまる、この「自然の底」を、「永遠に」よぎってゆくひとつの不幸な影

――恐らく彼が中原の裡に探ろうとしたものもまた、このような人間の強いられた存在の原型ともいうべきものであった筈だ。

「中原の不幸は果して人間という存在の根本的条件に根拠を持つてゐるか。いひ換へれば、人間は誰でも中原のやうに不幸にならなければならないものであるか」――大岡氏は、この一箇の無垢な自然人、この天成の詩人の生涯を通して、ある核心に迫ろうとする。二十三年はじめに記されたこの「中原中也伝」を中心にして数篇が発表され、後再び三十一年一月より九月に亘って発表された諸篇を集めて、『朝の歌』一巻が編まれる。「中原中也伝」に於て彼の家郷の周辺が語られ、「朝の歌」に於ては、「いつも宇宙を所有してゐると信じ、また詩人の自覚として、さういふ自己を保持しようと努め」「いつも自己を中心に生き、考へてゐた中原の周辺にあつた人の生活と思想が、どういふ風に、中原のそれと交渉したか、或ひは交渉しなかつたか」が確められる。ここに、中原の情念に痕跡を残した故郷の自然について、また彼の詩の殆どすべてが対人的発想に立つとする、交友的な側面は、つぶさに語られているが、彼の内面を語るに欠くことの出来ない――「神」の問題については殆どふれられていない。いや正確に言えば、『朝の歌』の数ヵ所に於て、否定的な言辞を以て片づけられているのは何故か。

「宇宙も神も、この段階では単なる名称にすぎまい」「昭和二年の『宇宙の機構悉皆了知』『たゞ働きます』の傲慢な詩人が、世の中にどうにもならぬことがあるのを知つたのは、泰子を通じてである。この時救済者として現はれるのは神の観念である」（傍点筆者）「最後の句（河上徹太郎宛書簡中、末尾の「芸術とは自然の模倣ではない。神の模倣である」をさす、注筆者）は泰子宛の『芸術の動機』中『底の底まで、落ちて神を摑むのです』と照応してゐるのだが、神を模倣するとは、明らかに冒瀆である。或ひはそのやうにして摑まれた神は、決して人間を救ひはしない。中原は一生神に憧がれただけで死んだのだが、たゞ彼がこゝで汎神論的観照ではなく、ヴェルレーヌ風の人間的な求道を詩法として摑んだことだけは確かである。……『叡智』風の歌ひ振りは、中原の詩では数は多くないのだが、やがて『羊の歌』のあたりで完成する告白体の自由詩は、かういふ神に替つて歌ふといふ傲慢から生れたと思はれる」（傍点筆者）

以上が、『朝の歌』に散見する、「中原における神」を語る大岡氏の批評のすべてであるが――この否定的言辞の意味するものは何か。ここでは神という一箇の名辞にすぎぬ観念性が批判され、「神に替つて歌ふという傲慢さ」が糾問される。すでに明らかな如く、大岡氏が中原の裡にみたものもまた、あの戦場体験につながる「保護者としての神」の観念にまつわる、したたかなエゴイズムであったにちがいない。氏の潔癖が、それを切り棄てようとする。そこに「告白」とは、結局「神に替つて歌ふという傲慢」にすぎぬという糾問が生まれる。ここには、あの『野火』の裏側としての、戦場体験につながる、はげしい「反流」がみられる。更に、これを文学的視野にまでひろげれば――自然主義文学発生以来の、「告白」という、エゴイズムの手垢のしたたかについた文体に対する、きびしい批判さえ、聴きとることができる。

無限に拡大する自我の問題こそ、近代文学をつらぬく最も主要な課題であった筈だ。この視点に立って、近代日本文学の流れを真向から批判したもののひとつに、福田恆存氏の「近代日本文学の系譜」（『作家の態度』所収）がある。氏はここで、神なくして告白せんとする自然主義文学者たちの「自己表白による自己救済、自己主張による自己完成」という、そのしたたかな自我主義の不毛を糾弾している。「神なくして自己の完成とはなんであらうか——それが単なる自我主義に堕さずにすむわけがなかつた。それゆゑに日本の自然主義の求道は奉ずるに神なくして、ひるがえつて詩神を立てざるをえなかつた」と。——ここにこそ、逆に中原が大岡氏の糾問にも拘らず、近代文学の流れに対して「反流」する姿勢をみることができる。

死の時には私が仰向かんことを！
この小さな顎が、小さい上にも小さくならんことを！
それよ、私は私が感じ得なかつたことのために、
罰されて、死は来たるものと思ふゆゑ。

あゝその時私の仰向かんことを！
せめてその時、私も、すべてを感ずる者であらんことを！

（「羊の歌」「I 祈り」）

ここに、中原という詩人の信仰告白《クレド》の核心が、その最も見事な告白がある。「信仰を口にするのが愧ぢられるこの世紀に中原は真向から神を信じ、詩を信じ、生命を信じ、一元的な実在の喜びを信じ、すべてさういふものの一元を信じてゐた」（阿部六郎「中原のこと」）——近代の功利性、政治性、拡散性に対して、中原は常に一元を、全体性を、純粋をはげしく希求した。彼の性急さも、苛立ちも、無頼も、それらすべてをつらぬいて、なお、〈死の時には私が仰向かんことを！　この小さな顎が、小さい上にも小さくならんことを！〉と歌った詩人の凝縮した小さな像が、そのまま一箇のきびしい象徴と化しつ

つあることを疑うことはできない。自身を俎上にのせ、審かんとするものもまた自分に他ならぬという――あのしたたかな自我主義に対して、それは無言のきびしい問い――たえざる一箇の問いとなる。「中原は本質的には魂の抒情詩人だつた」（阿部六郎）という――その魂とは何か。詩人にとって魂とは、信仰とは何でありうるのか。「信仰について」という小文のなかで、小林秀雄は次の如く語っている。

自己はどんなに沢山の自己でないものから成り立つてゐるか、本当に内的なものを知つた人の眼には、どれほど莫大なものが外的なものと映るか、それが恐らく魂といふ言葉の意味だ

おそらくここには、小林秀雄における批評家、大岡における小説家、そして中原における詩人の誕生にかかわる、そしてそれらを深くつなぐ靱帯ともいうべきものが、示されている。ここから小林秀雄のドストエフスキイ研究が、大岡昇平の『俘虜記』や『野火』が、そして中原の「告白」が、「詩《うた》」が、生まれた。然もなお、中原が歌うところを、「神に替つて歌ふ傲慢」と言わざるを得なかったところに、むしろ近代が彼らに強いた歪みの深さがあったといっていい。

大岡氏にとって、「神」という名辞にさえまつわるエゴイズムの糾問が課題であることは、言うまでもない。然し同時にまた、この「神」という無稽の観念を「私の中のどこへおくかが問題だ」という、あの課題こそ、氏のこれからの活動にあって、その存在を主張しつづけてゆくであろう。否、それは大岡氏のみならず、現代文学が、これから問いつづけてゆかねばならぬ、重要な課題であるとも言えよう。

II

中原中也の世界——その主題と方法をめぐって

はじめに

「中原中也の世界」と題してみたが、さてこの無類の詩人についてどう語ればよいのか。彼の詩を語ることは中原という詩人をまるごと語ることであり、彼がみずから編んだ生前と死後にわたる二冊の詩集（『山羊の歌』『在りし日の歌』）の背後には多くの未刊の詩篇があり、評論、日記、書簡の類がある。そのすべてをつくして彼は何事をか語り続けた。表現とはいかなる「描写」でも「断じてない」。「表現とは」まさに「自分自身であることの褒賞」（長谷川泰子宛書簡、昭4・6・3）であるという彼は同時に、その〈表現〉以前においても常に自分自身であり続けようとした。その詩と生とは彼にあってまさに〈二者一元〉ともいうべきものであった。

「中原は、言はば人生に衝突する様に、詩にも衝突した詩人であつた。彼は詩人といふより寧ろ告白者」（小林秀雄「中原中也の思ひ出」昭24・8）であったとは友人小林秀雄の語るところであり、その詩は「その一つずつが生の一片」「あるいは、ほとんど直接的な生の断片と呼んでもいいもの」であり、「それが、彼の詩法であった」（秋山駿『知れざる炎』）とは後代の評家の評するところである。また身近かにあった友人たちは中原を目して「わが近代詩人中まれにみる宗教詩人」であり、「観念としてではなく、イメージそのものに宗教的なものの見方がはいつた詩人は、近代日本では中原が典型的なもの、或は極論すれば、嚆矢であり、唯一である」（河上徹太郎「詩人との邂逅」）と言い、また「信仰を口にするのが愧ぢられるこの世紀に中原は真向から神を信じ、詩を信じ、生命を信じ、一元的な実在の喜びを信じ、すべてさういふものの一元を信じてゐた」（阿部六郎「中原のこと」）という。

しかし彼が「傲然たる信仰をもつて謙虚を説き」「どこかで頌歌である彼の歌」が「どれもこれも臨終の歌だつたやうに思はれる」（同）というところに、この土壌と風土が詩人にしいた矛盾もまた明らかであろう。〈頌歌〉がそのまま〈臨終の歌〉ともみえるという。これを常に根源的であろうとした詩人を引き裂く当為《ゾルレン》と実在《ザイン》の乖離と言ってもいいが、中原の生涯をつらぬく悲劇の本質もまたここにあった。私はこれを二つの詩碑、あるいは墓碑銘というかたちで次章に語ってみたいと思うのだが、いずれにせよ中原を語ることはまた、我々の生きるこの〈近代日本〉という風土そのものを語ることでもある。

ある帰郷

中原はその三十年の生涯を鎌倉の地で閉じたが、晩年の書簡をみれば「十月になつたら田舎に引上げます。」「関東の自然はやつぱり僕にはつまらない。枯れた葭に押寄せた寒い宵かなんかみたいで、どうも肉感が足りなくて仕方がない。」（河上徹太郎宛、昭12夏頃）、あるいは「ほとほともう肉感に乏しい関東の空の下にはくたびれました。」「瀬戸内海の空の下にでもゐたならば、また息を吹返すかも知れないと思ひます。」（阿部六郎宛、昭12・7・7）など深い望郷の想いを抱き、故郷での再起を考えていたようだが、この願いはついに果たされなかった。いや、その〈帰郷〉は皮肉にも没後三十年（昭40・6）近くにして果たされたと言ってよい。今その詩碑は生家の近く山口湯田の井上公園に建てられているが、碑面には〈これが私の故里だ／さやかに風も吹いてゐる（…）あゝ　おまへはなにをして来たのだと……／吹き来る風が私に云ふ〉という詩篇「帰郷」の一節が刻まれている。

除幕の日、夜来の雨に洗われたすがしい黒御影の石に刻まれた詩句を眺め、混声合唱で歌われた「帰郷」の詩句を聴きながら、私はひそかに涙の滲むのを覚えた。詩人の来歴と故郷への屈折した心情を想いつつ、今ここにひとつの〈帰郷〉が果たされたという深い感慨を禁じえなかった。中原思郎氏の挨拶に、兄は東京での生活が息苦しくなるとひそかに還っては、故郷の空気でその空白をみたしていたようだとあった。また母堂の健在は、母を早く喪った自分にとってはまことに羨ましいものであったとは、小林秀雄氏の式後の集会で語るところであった。たしかに母の存在を含めて故郷の〈肉感〉はひとつの癒しであったが、またその屈折するところも深い。

恐らく中原の故郷を語って大岡昇平の「中原中也伝――揺籃」を超えるものはあるまい。深い鎮魂の想いを込め、一種沈痛な気配をにじませたこの一文は、中原における故郷のすべてを語ってあますなきかとみえる。「人間は誰でも中原のように不幸にならなければならないものであるか」「それなら彼の不幸な詩が、今日これほど人々の共感を喚び醒ますのは何故であるか」という自問をかかえて、戦地から帰還後の大岡氏は中原の郷里を訪ねる。「十年振りで見る中原の顔は、かつて棺の前で私を打ったと同じくらい強く私を打った。」「生涯を自分自身であるという一事に賭けてしまった人の姿がここにある。」「いかにも不幸な人であったが、この不幸は他の同情を拒んでいる。」〈あゝ　おまへはなにをして来たのだと……〉――「私はかつて中原が故郷の風から聞いたと同じ声をこの写真から聞くように思った」という。

「中原が『恰度立札ほどの高さに』自分の骨を見たらしい、椹野《ふし》川の河原」からの眺望を大岡氏は次のように描く。「西から北へこの流域の背景を形づくる山地は、日本海と霧と寒気を偲ばせる暗い雲に覆われているが、東と南は防府徳山へ続く準平原性の丘陵が起伏して、北の威容に応える南の柔和を示している。大陸から吹きつける北の寒気が、初めて瀬戸内海の温暖に迫り同化されるあたりである。中国山脈の南辺に沿って来た年平均十四度の等温線はこの附近から北へ曲って日本海に出で、山陰を蔽う一五〇〇―二〇〇〇ミリの雨量地帯はここを通って北九州へ及ぶ。

湯田の側から見渡す川の対岸には近々と松に蔽われた丘陵が続き、身投げ姫の伝説を持つ姫山が優美な曲線を河原まで滑り下している。狭い岸には一面に竹が繁って、一月には珍しい暖い風に（中原の詩に常に吹いていた風）一帯の薄緑をしなわせて、この風景全体に何ともいえない女性的な柔かさを与えている。流れは早く水底の砂礫を鳴らして、囀るような瀬音を空中に漲している。この河原は京都風に造園された山口市の後《うしろ》河原と共に、中原がその故郷で最も愛した場所であった。」

さらに「もう一つ中原が愛したという権現山」からの眺望――その「山口市、湯田を含む一帯の盆地」のゆるやかな眺めを描いて、「この美しい流域、この小さな静かな谷に、中原は八歳から十六歳まで生きていたのである」という。たしかにこの自恃のひとを包む故郷の自然はいかにもやさしく、牧歌的ですらあったが、同時にその人為の環境は詩人をいたくたわめていった。

「温泉の町、小さな遊蕩の町、しかし華やかさも冒険もない湯治客の遊蕩の町、その名の示す通り、最初田から湯が湧いて、疲れた腰を延ばすために来る近郷の農民を待って開けた田園風な遊蕩の名残の消えない町、その無邪気な懶惰に父の軍人的な厳格と母の家附娘の慎重が対抗して少年の感覚を屋内につなぎとめようとする。両親の理想主義は隣接の山口市の封建主義によって鼓舞され助長される。封建が明治政府の官僚机の上に移行したにすぎぬ地方政治の中心。県庁、学校、病院を除き大建築のない町、一本の工場の煙突もない町、そこでは大人は子供に昔ながらの戒律を課するほか手を持たない——これが中原の少年時代を培った人間的雰囲気であった。明らかに『ひとを千人殺してんや』と思っている少年を止めるよりは、出て行けとすすめる雰囲気である。」

こうして詩人は故郷を出るが、「広漠たる東京にはもはや自然はなく」「長い戦いの後に中原は疲れて帰る。いや、帰ろうとしたのだが、「この不安な魂に故郷で安らぎがあったと空想してはならない」。「故郷もいわば彼の不安と苦悩の『裏』の意味しかなかったのである」。こうして自然が常に「人より先にあり、人を取り巻き閉じ籠め」るものであるとすれば、それが詩人の「情念に痕跡を残」さぬはずはない。「彼の詩にある一種の優しさと親しさは、椹野川の瀬音と姫山の曲線と平行であった」。しかし「環境が人間を決定するのはここまでである」。大岡氏の一文はここで終る。そうして詩人のドラマもまたここから始まる。

現在、詩碑の立つ井上公園には明治の元勲井上馨の記念像があり、また一方には放浪の俳人種田山頭火の句碑がある。これは中原の生れた故郷とともに、彼の生きた近代日本という風土を語っていかにも象徴的である。しかもそこに「俗と反俗の精神を同一次元に風化してしまう時間のからくり」（分銅惇作『中原中也』）をみるとすれば、そのはざまにあって放浪ならぬ、形而上と形而下のはざまに引き裂かれつつ、〈魂の歩行者〉としての垂直なる歩みを繰り返した詩人にあって、真の〈故郷〉とは何であったかが問い返されねばなるまい。ここで改めて詩碑の一句が、その〈帰郷〉の意味が問われることとなろう。

詩碑の除幕の日、式後の集会で会衆のひとりから「帰郷」第三連の、〈心置なく泣かれよと／年増婦《としま》の低い声もする〉という詩句を省いたのは何故かと問われ、いや、詩碑を建てるのはお祭のようなものだから、そんなに厳密に考えなくてもいいので、やはりこれは省いた方が納まりがいいでしょうという、大岡昇平氏のいかにも尤もな答えがあったが、しかし詩句の改変はさらにそれ以前にもあったわけである。この詩が「四季」（昭8・7）に発表された当初、最終連は〈庁舎がなんだか素々《しらじら》として見える、／それから何もかもがゆつくり私に見入る。／あ、なにをして来たのだと／吹き来る風が私に言ふ〉となっていたが、これを内海誓一郎が作曲の時、改作されたものだという（内海誓一郎「追憶」、「四季」昭12・12）。なるほどこれも作曲するには厄介な部分であろうが、しかしこの初稿の意味するところは深い。

故郷とは自分がみつめるものではなく、自分をみつめ返す何ものかであるという時、〈素々として見える〉〈庁舎〉とともに、詩人の故郷に対する屈折、また疎外の感は深い。私はかつてその背後にあるものを〈土の眼〉と呼んだことがある。そのイメージは「帰郷」と同時期に作られた初期詩篇のひとつ、「黄昏」のなかにあらわれて来る。〈渋つた仄《ほの》暗い池の面《おもて》で、／寄り合つた蓮の葉が揺れる。〉と言い、〈蓮の葉は、図太いので／こそこそとしか音をたてない。〉という時、すでに〈こそこそ〉と囁き立てる蓮の葉が暗く重い人間関係のイメージを示していることは明らかであろう。〈なにが悲しいつたつてこれほど悲しいことはない／草の根の匂ひが静かに鼻にくる、／畑の土が石といつしよに私を見てゐる。〉という時、この詩人をみつめる〈土の眼〉とは、殆ど中原の生涯を圧する何ものかであったはずである。

しかも〈――竟《つひ》に私は耕やさうとは思はない！／ぢいつと茫然黄昏《ぼんやりたそがれ》の中に立つて、／なんだか父親の映像が気になりだすと一歩二歩歩みだすばかりです〉と続く。この転調の妙は無類だが、〈土の眼〉は〈父の映像〉、〈父の眼〉と重なり、しかも〈竟《つひ》に私は耕やさうとは思はない！〉という。この〈土の眼〉が故郷の眼、父の眼とあい重なって詩人の存在を見返すなにものかの象徴であることは疑いあるまい。これをこの現実の圧倒的な規範力とも、土着の心性が詩人にしいる倫理的負荷のおのずからな反映とも言いかえることはできようが、しかしその由来するところはもっと深いとみてよかろう。

中原が「朝の歌」（昭3・5）をもって詩人としての本格的出発としていることは周知の通りだが、それは同時に、自分のもとから長谷川泰子が小林秀雄のもとへ去ったという失意の体験があり（大14・11）、その打撃からどう立ち直るかという自己恢復の問題と無縁ではなかったはずである。初期の習作的詩篇はその心の揺らぎを反映しているが、たとえば次のごとき一節の語るところはどうか。〈自らを恕《ゆる》す心の／展《ひろが》りに女を据ゑぬ／緋の色に心休まる／あきらめの閃《ひらめ》きをみる／静けさを罪と心得／きざむこと善しと心得／明らけき土の光に／浮揚する／蜻蛉《あきつ》となりぬ〉（「無題（緋のいろに心はなごみ）」）――ここには明らかに彼の言葉でいえば「口惜しき人」となった詩人が、失われた「自己同一の平和」をどう恢復してゆこうとしたかという機微がうかがいとれる。恐らく中原にとって言葉を〈きざむ〉こと、詩作とは唯一絶対の行為であったはずだが、詩人としてあらためて再出発してゆこうとする自身の姿を、〈土の光〉に反照されつつ〈浮揚する／蜻蛉〉のごとき存在として捉えていることが注目される。〈きざむこと善しと心得〉と言いつつ、一転して〈土の光に〉という時、ここにも〈土の光〉に見返される詩人の想いは深い。

こうして、やがて「朝の歌」に〈鄙びたる　軍楽の憶ひ／手にてなす　なにごともなし。〉と唱い、〈倦《う》んじてし　人のこころを／諫《いさ》めする　なにものもなし。〉という時、詩人はひとつの訣別（また出発）を告げているはずである。あえて言えば、〈土の光〉〈土の眼〉を反照としつつ、その土壌の上に〈蜻蛉《あきつ》〉のごとく舞い立ってゆくほかはない詩人の必然を唱ったはずである。「確かにこれは中原の詩業にとっての出発の歌となったのだが、それはどこにも出発しない、もう出発というそのこと自身が発想として成り立たないところへ出発したのだといえるだろう」（北川透『中原中也の世界』）という評家の指摘は頷くべきものであろう。〈土の眼〉という時、不肖の長子としての耕やさざる手の意識は深い。しかしまたその負い目こそが逆に、詩人をその独自の詩圏へと高めていったのだといえなくもあるまい。先の「帰郷」の一句が〈おまへはなにをして来たのだ〉という故郷の眼、〈土の眼〉の反照のひとつであり、そこに詩人の〈帰郷〉をめぐる屈折した想いがあるとすれば、私はここでいまひとつの〈帰郷〉について語ってみたいと思う。それは私がひそかに内心に刻むひとつの碑銘と言ってもよい。

山羊の歌・羊の歌

中原はその自選の詩集を『山羊の歌』と名づけた。言うまでもなく昭和九年十二月、中原の生前に刊行された唯一の詩集だが、その命名の由来は定かではない。ただ中原が「羊の年の生れ」であり、「同じ羊でも戦闘的な『山羊』と自分を想像することを好」み、『山羊の歌』の「題名の由来」も「そこにあると」いう大岡昇平の指摘（『中原中也全集Ⅰ』解説）、さらには〈山羊〉は中原の仇名であり、中原の耳が立ち、顎の細いことを自分の特徴としていたという高森文夫の証言（村上護『中原中也の詩と生涯』）は頷くべく、また中原家では山羊を飼い、朝ごとにその声で目をさまし、馴れしたしんでいたという中原思郎の回想（『兄中原中也と祖先たち』、「事典・中也詩と故郷」、吉田凞生編「別冊国文学　中原中也必携」）も参考となろう。同時に詩集『山羊の歌』に山羊の詩がなく、その最終のパートが「羊の歌」と名づけられていることが注目される。

「初期詩篇」「少年時」「みちこ」「秋」と続き「羊の歌」に至る五つのパートが、おのずからに詩人の「詩的履歴書」、あるいは「自叙伝」（秋山駿）の体をなしているとすれば、終末に置かれた「羊の歌」一群（「羊の歌」「憔悴」「いのちの声」）の意味するところは深い。これら「最終詩篇」が「最後に志を述べることによって、詩集全体に一種のまとめを与えるものと考えられていた」（大岡昇平）ことは確かであろうが、さてその〈志〉とは何か。恐らくは〈せめてその時、私も、すべてを感ずる者であらんことを！〉という「羊の歌」「I 祈り」終末の一句、さらには〈ゆふがた、空の下で、身一点に感じられれば、万事に於て文句はないのだ〉という「いのちの声」終末の一句が、その〈志〉の何たるかを語るものであろう。

評家もいうごとく『山羊の歌』と題しつつ山羊の歌がなく、〈羊の歌〉があることはいかにも皮肉なことである。中原は「あごが細いから、おれはだめ人間なんだ」と言い、大岡昇平の証言にも自分のあごは一番いやしい部分だと言っていたという。羊を神の選民とする聖書の思想に立てば、自分は山羊であって羊ではない。「逆に『羊の歌』が神から選ばれた人間の歌」だとすれば、「『羊の歌』とは、挫折した『羊』、すなわち神の代行者たり得なかった詩人の自責の歌である」（吉田凞生『鑑賞日本現代文学⑳中原中也』）という指摘は鋭いが、しかし〈死の時には私が仰向かんことを！／この小さな顎が、小さい上にも小さくならんことを！／それよ、私は私が感じ得なかつたことのために、／罰されて、死は来たるものと思ふゆゑ。〉と唱い、〈あゝ、その時私の仰向かんことを！／せめてその時、私も、すべてを感ずる者であらんことを！〉と続く詩句の展開は、「挫折」や「神の代行者」たりえぬ「自責」の表白のみであろうか。

むしろこのいやしきものが卑小なる上にも卑小ならんことをと念じ、感じえぬことの罪のゆえに、せめてはその時〈すべてを感ずる者〉でありたいとは、感性の全解放という詩法のみならぬ、根源の倫理を語るものではないのか。いや、その根源の倫理――〈信〉においてその卑小のきわみに至るまで砕かれ、そこから摑み出された何ものかにおいて新人（真人）たることこそ中原の詩法の究極であり、また〈志〉ではなかったか。

「私はいまキリストを求めてゐる。それによつて私が救はれるか、救はれないか、問題はここにある。もし永久に私が信仰を発見しなかつたら、私は永久に『苦しき懺悔者』又は『素人詩人』として終るにちがひない」とは〈浄罪詩篇〉を書き続けていた一時期（大正三年秋より翌四年春まで）の朔太郎の言葉だが、〈信〉につながらなければ自分はついに〈素人詩人〉として終るであろうとは、〈信〉と〈詩法〉を二者一元として捉えるものであろう。またこの時期朔太郎に深い影響を与えたドストエフスキイは、その最後の大作『カラマゾフの兄弟』においてゾシマの思想を通じ、その究極の最後の言葉を語ろうとした。それは「ひとは誰でも、すべての事において、すべての人に対して罪がある」という認識である。中原の〈祈り〉の語るところもまたこれに通ずる。

〈私が感じ得なかつたことのために、／罰されて、死は来たるもの〉という時、その罪の意識はドストエフスキイの最後の言葉につながり、〈信〉と〈詩〉を二者一元としてみることにおいて、その詩法への希求は朔太郎のそれにつながる。朔太郎はこの浄罪詩篇期に、我は〈疾患を愛する〉と言い、〈私ガ疾患スルトキ／スベテ見エザルモノガ見エ／タトエバ竹ノ根ニハムラガル見エザル毛ガ煙ノゴトク生エテ見エ……〉と言いつつ、また反面、その浄罪詩篇のモチーフ、〈かかる日の懺悔をさへ／われが疾患より出づるものとしあらば／すべて主のみこころにまかせ給ひてよ〉（「偉大なる懐疑」）と唱った。

恐らくこの一時期、朔太郎はその〈疾患〉――その感性の極、詩法の極が、なお〈信〉において問い返され、砕かれぬ時、詩人が見者《ボワイヤン》たることは何かと問うたはずである。恐らく中原の問うところもまたここにあった。この〈信〉と〈詩〉の究極の融合こそ中原の求めたものであり、彼の詩人としての真の〈帰郷〉はそこに果たさるべきものであった。詩篇としての「祈り」はこの二重の意味において彼の信仰告白《クレド》であった。「帰郷」がそのザインにおける詩人の切なる体感をつたえるとすれば、「祈り」はまさにそのゾルレンにおける詩人の切なる希求を語るものであり、かくして〈臨終の歌〉はそのまま挽歌ならぬ、〈頌歌〉となる。

さて私の筆もいささか高みに昇りつめたようだ。いま筆を返して再び詩人の語る〈修羅〉の軌跡を辿ってみねばなるまい。『山羊の歌』とは別に「修羅街輓歌」も詩集名として考えられていたというが、その一節〈心よ、／謙抑にして神恵を待てよ。〉とはまた「羊の歌」に通じ、「祈り」につながる詩法の顕示であろう。同時にこの詩は〈修羅〉なる現実への挽歌とも、それを生きる己れへの挽歌とも読めるわけだが、作中〈無邪気な戦士、私の心よ！〉と呼びかけ、〈それにしても私は憎む、／対外意識にだけ生きる人々を。／――パラドクサルな人生よ。〉と呼ぶ。「親鸞の逆説に感銘して以来、このexchangeの腕を持った理想家は、いつも人生を裏返して表現することばかり考えていた」（大岡昇平「中原中也伝」）という。たしかに彼の生涯は裏を見せ表を返して散る落葉のごとく、その表裏の錯綜はそのまま逆説的表現となり、詩法の多彩をも生んだ。しかも常に己れ自身でありつづけようとしたこの詩人が、どのような〈修羅〉の刻印を帯びつつ生き抜いたか。その悲運は先ず〈家〉の重圧に始まるとみねばなるまい。

家

中原思郎の『兄中原中也と祖先たち』や母フクの『私の上に降る雪は――わが子中原中也を語る』（中原フク述・村上護編）などを読めば、〈家〉というものが中原にとっていかにも重い存在であったことがわかる。それはまた長州という風土とも無縁ではあるまい。中原家は吉敷毛利家に任えた格式ある士族の家柄であり、父謙助は軍医であったが中原家に婿養子として入ったひとであり、退職後家業の医院をつぎ、中也は六人兄弟の長子として生まれた。父母が結婚後六年目の子であり、中原家としては数十年ぶりの嗣子の誕生であり、祖父政熊は〈奇蹟の子〉として喜んだという。「中也は私たち弟に対して一段高いところにいる兄」であり、「中原家の次代の当主として、大人たちから目的意識をもった長兄教育をうけ」（中原思郎）、その躾のきびしさも徹底したものであったという。「長男であることを忘れてはならんぞ」とは父が日毎に繰り返す訓戒のひとつであった。

父のみではなく祖母や母も含めてその教育は厳格であり、「父の軍隊式、母は小笠原流、実祖母スエは寺小屋式でしつけが行われ」（同）、長兄としての中也が受ける折檻や懲罰は一段ときびしいものであったという。また特に父や祖母が力を入れたのは習字教育であり、兄弟のなかでは中也がとりわけすぐれていたという。山口市吉敷の「中原家累代之墓」の文字も、同じ山口の地にあるカトリック墓地の「中原政熊夫婦之墓」もともに中也の書いたものだが、父ははじめこれを専門書家に書かせるつもりだっだが意に満たず、中也に書かせた。彼が山口中学二年の夏のことだが、何枚か精魂込めて書き上げたその一枚が採られた。「字の巧みよりは、山口中学校の成績がしだいに悪くなっていたころの、中也の久しぶりの緊張をとった。さらには中原家の長男をとったと思いたい」と思郎氏はいう。中也と〈家〉との微妙な結縁はこの墓標の文字に込められたわけだが、やがて詩人と〈家〉との乖離は避けえぬものとなる。

さて、こうした詩人にとって自立とは何か。その「詩的履歴書」に「同年秋（大正十四年、注筆者）詩の宣言を書く。『人間が不幸になつたのは、最初の反省が不可なかつたのだ。その最初の反省が人間を政治的動物にした。然し、不可なかつたにしろ、政治的動物になるにはなつちまつたんだ。私とは、つまり、そのなるにはなつちまつたことを、決して咎めはしない悲嘆者なんだ』といふのがその書き出しである。」という。ここには〈家〉との乖離をなおみずからの〈悲嘆〉と抒情のなかにかかえ込んで歩み出そうとする詩人の自立の意識がある。

その墓標の文字が象徴するごとく、〈家〉の重さは大きく、ついに耕やさざる長子の疎外と悔恨の情はその生涯の負い目ともなった。家名を重んじる父と「理想家肌」の母の期待の重さがその生を圧したというが、その背後に長州という維新以来の立身出世意識の格別つよい風土の重みのあったことは否めまい。晩期「愛児を失って彼の神経が混乱した時、家人はしばしば『正行』の名が彼の口から洩れるのを聞いた」（大岡昇平）というが、これが「学校の読本の、正行が御暇乞の所、『今一度天顔《ひとたび》を拝し奉りて』といふのがヒントをなし」（「詩的履歴書」）ての、九歳の時弟（亜郎）の死を悼む最初の詩を作ったという、その記憶の再現ともみられるが、しかしその錯乱のなかに浮上する〈正行〉のイメージの背後に父と子の、あるいは〈家〉をめぐる詩人の屈折した心情のゆらぎを見ることもまた許されぬことではあるまい。

父と子の宿命をめぐる悲劇は、近代詩人にあって光太郎、朔太郎、賢治などいずれもその例外ではないが、中也と同じく地方（前橋）の旧家に医師の長男として生まれ、〈家〉の重圧と過大な期待をにないつつこれを逸脱して詩人の道を歩んだ朔太郎の場合もまた、晩期に至るまでその〈父〉（＝家）に対する屈折した想いは深い。晩期の散文詩集『宿命』（昭14）に収められた最晩期の詩篇「物みなは歳月と共に亡び行く」に「父の墓に詣でて」と注して唱った短詩――〈わが草木《そうもく》とならん日に／たれかは知らむ敗亡の／歴史を墓に刻むべき。／われは飢ゑたりとこしへに／過失を人も許せかし。／過失を父も許せかし。〉という詩句は、その悔恨の情を最も端的につたえるものであろう。詩人はさらにこれを注して〈父の墓前に立ちて、私の思ふことはこれよりなかつた。〉〈父よ。わが不幸《ママ》を許せかし！〉という。

この悔恨と虚無感は朔太郎にあっていかにも深いが、中也の場合はそれに似ていささか異なる。これを詩人本来のエゴセントリックな資質によるというべきかもしれないが、むしろその発想自体の〈ex-change〉にかかって来よう。〈わが生は、下手な植木師らに／あまりに夙く、手を入れられた悲しさよ！〉（「つみびとの歌」）という悲嘆は、しかし同時に彼の形而上的詩観やその詩作における独自の存在論的志向へのバネともなった。こうしてダダイズムとの出会いから、やがて独自の詩人としての道を歩みはじめることになるわけだが、しかしその前に彼が少年期に身を浸した短歌についてふれておく必要があろう。

短歌

近代の詩人たちの多くがそうであったごとく、中原の文学的表現も先ず短歌に始まった。その作歌は小学六年の後期から京都の立命館中学に転校する頃（大12・4）まで続き、その数は百余首を数え、歌集『末黒野《すぐろの》』に「温泉集」として二十八首が収められている。地方紙「防長新聞」歌壇への投稿に始まり、「子供の純な感情が大人の如く巧に表現されてゐる」というような評価を得つつ、やがて独自の才能を見せはじめる。その歌には先ず明らかに啄木や牧水などの影響がみられ、〈怒りたるあとの怒よ仁丹の二三十個をカリ〳〵と嚙む〉〈大山の腰を飛びゆく二羽の鳥秋空白うして我淋しかり〉など、前者に啄木、さらには「啄木調というより人間関係に正対した時の感情の高揚」を、また後者に牧水、さらには「牧水調というより人間関係を対象とした時の喪失感」を読みとり、この「高揚と喪失感を両端とする軸」のはざまに、その若年時の歌の微妙な展開を見るという評者（吉田凞生『評伝中原中也』）の論は頷くべく、後年の中原の詩調の振幅をも示唆するものであろう。これらの影響関係は少年時の作歌にしばしば見る常套ともいうべきところだが、同時にそこにはすでにこの詩人独自の発想がみられる。

たゞヂッと聞いてありしがたまらざり姿勢正して我いひはじむ
大河に投げんとしたるその石を二度みられずとよくみいる心
静かなる河のむかふに男一人一人の我と共に笑みたり

これらの歌にみる鋭い意識の屈折、

地を嗅ぎてもの漁《あさ》る犬のその如く夕の公園に出でては来しが
蚊を焼けどいきもの焼きしくさみせず悪しきくさみのせざれば淋し
我が心我のみ知る！といひしまゝ秋の野路に一人我泣く

これらに見る疎外感や一種屈折した欠如感、さらには

人みなを殺してみたき我が心その心我に神を示せり
世の中の多くの馬鹿のそしりごと忘れ得ぬ我祈るを知れり

などの〈見神歌〉にみるこの詩人独自の内観的志向の深さなどは、すでに評家の指摘するところでもある。しかしこの短歌という器がこの詩人にとっていかなる自己表現、また自己解放の具たりえたかについては、ことは必ずしも単純ではあるまい。

午前の十時頃、自分は北庭に作文の材料をあつめに出た。チヨイ〳〵日はてつてゐない。たゞ白雲が綿のやうにプアプアたゞよふて居た。そのすきまからは青雲《ママ》がのぞきこんで居た。

亀山のつき出たところの木のすきから白い陽のもれてくるのはつめたい空気を一層つめたくするやうに思はれた。

風とては別にないが折々やさしくつめたい風がふいてきてくちびるをつめたくした。そのたびにてうぼうが少しゆれた。（略）　（「初冬の北庭」）

この小学六年時の作文にみる感性の微妙な屈折と揺れは、短歌よりも詩と散文のなかばに位置するものであり、若年ながらその感性と理念の蕩揺は、ひそかにその未来の表現の場を無意識裡にも求めていたはずである。〈蕩揺〉とはほかならぬ詩人自身のいうところであり、すぐれた芸術というものは感覚を透して「理念（情緒をも含めて）」を「蕩揺させてみせるもの」だが、短歌、俳句、新短歌の類、即ち詩人自身名づけていう〈一呼吸詩歌〉はこれを表現できず、「人一人《ひとひとり》の仕事となる性質のもの」（「新短歌に就いて」）ではないという。

短歌論としては後年のものであり、いささか偏狭な見解ともみえるが、しかしここには中原の詩業に一貫する詩法の骨骼が語られ、遡っては初期短歌にもおのずからにつながるものであろう。やがて京都時代のダダとの出会いにその〈蕩揺〉の世界は始まるわけだが、その短歌がすでに用法の限界をみせながらも、詩歌は「理念」の「蕩揺」なりという詩人独自の詩法のありかをかいまみせていることは見逃せまい。

この〈一呼吸詩歌〉なるもの即ち短詩型への批判に対して、朔太郎の伝統詩歌観はいかにも対照的である。「今日単に『詩』といへば純粋の抒情詩を意味してゐる。そしてそれが純粋であるが為には、益々以て詩形が短縮する必要が迫つてゐる。（その理由は、一方から散文が、どしどし詩の領域に食ひこんでくるからだ。）この世界的風潮から押して考へるに、我が国の和歌や俳句やは、その詩形の最小限を示すことに於て、正に抒情詩の未来主義に属してゐる。」「約言すれば、和歌、俳句の短詩形は、正に抒情詩の未来主義であり、日本が世界に誇り得る最高の芸術である。」

これは「短詩形芸術を如何に観るか」（大11・9）と題した一文であり、『青猫』の詩篇が書きつがれたあとの頃のものだが、この詩観はさらに十年余の後、『氷島』（昭9・6）刊行の時期に至るまで一貫してつながる。「芸術としての詩が、すべての歴史的発展の最後に於て、究極するところのイデアは、所詮ポエヂイの最も単純なる原質的実体、即ち詩的情熱の素朴純粋なる詠嘆に存するのである。（この意味に於て、著者は日本の和歌や俳句を、近代詩のイデアする未来的形態だと考へて居る）」とは、『氷島』自序としてみずからいうところだが、口語自由詩の確立といわれる『青猫』から文語詩調の『氷島』へと詩風は一変するが、そこに一貫するこの伝統詩観は注目すべきものがあろう。

これは朔太郎詩の展開を解くひとつの鍵でもあるが、いまその仔細についてふれる余裕はない。ただいずれにせよ、短詩型を近代詩の目指すべき〈未来主義〉、あるいは〈未来的形態〉とみる朔太郎に対して、このような〈一呼吸詩歌〉をもってしてはついに理念の〈蕩揺〉、動態を表現しえずとした中原の論は、さらに注目すべきところであろう。これは中原のいう〈自然詩人〉か、〈人間詩人〉かという問題、さらには詩型や韻律をどう考えていたかという問題にもかかわるところだが、これはまた後にふれてみたい。ただ、いまひとつ注目すべきものとして〈短歌〉から〈詩〉へという移行の問題があるが、朔太郎や賢治らに、あるなだらかな移行のかたちがみられるとすれば、中原にはある画然たる断絶がある。

たとえば朔太郎の場合、その短歌歴は明治二十五年、十六歳の頃から大正二年末あたりまで十余年にわたっており、先ず与謝野晶子への心酔にはじまる晶子調、続いては啄木や白秋らの影響がみられる。(このあたりの消息については萩原隆『若き日の萩原朔太郎』や大岡信『萩原朔太郎』〈近代日本詩人選10〉、共に筑摩書房刊などが参考となる)。その作歌の中期から末期にかけて個性的な歌を引けば――〈拳もて石の扉をうつ如き愚かもあへて君ゆゑにする〉〈我が肺にナイフ立てみん三鞭酒栓ぬく如き音のするべし〉などの屈折から、〈なにごとも花あかしやの木影にてきみ待つ春の夜にしくはなし〉〈しなだれてはにかみぐさも物はいへこのもかのもの逢曳のそら〉〈ふきあげのみづのこぼれをいのちにてそよぎて咲けるひやしんすかな〉などの最末期の作にみる優婉な歌調にふれて、ここには白秋の『桐の花』などの影響とともに、さらに意識的な古風さが装われ、つまり「これらは近代の景と情の上にふうわりとかぶせられた八代集的な装いではないのか」と大岡氏はいう。

「いわば萩原朔太郎は、彼の短歌時代の終焉と抒情小曲の開始とがまさにぴったり重なり合うこの大正二年春という時期に、白秋の『桐の花』を右手にし、小倉百人一首や『新古今集』を左手にして、独特なやり方で、みずからの短歌制作の最後の仕上げをしていたので」あり、その試みはおのずからに古歌にもかよう「ある種の虚構の雰囲気」や「物語的雰囲気」をも生み出すこととなる。こうして「朔太郎は和歌のこういう要素の有効性を試しつつ、それが内包している虚構性、物語性の必然に従って、短歌形式から抒情小曲の形式へと進みでる以外になかったので」あり、「そこには確乎たる首尾一貫性があり、論理の必然があった」という。〈しののめのまだきに起きて人妻と汽車の窓より見たるひるがほ〉

という この作歌最終期の歌と小曲集中の「みちゆき」(「朱欒」大2・5、改題「夜汽車」)の――〈有明のうすらあかりは/硝子戸に指のあとつめたく/ほの白みゆく山の端は/みづがねのごとくにしめやかなれども/まだ旅びとのねむりさめやらねば/つかれたる電燈のためいきばかりこちたしや。/あまたるきにすのにほひも/そこはかとなきはまきたばこの烟さへ/夜汽車にてあれたる舌には佗しきを/いかばかり人妻は身にひきつめて嘆くらむ。〉と唱い、〈まだ山科《やましな》は過ぎずや/空気まくらの口金《くちがね》をゆるめて/そつと息をぬいてみる女ごころ/ふと二人かなしさに身をすりよせ/しののめちかき汽車の窓より外《そと》をながむれば/ところもしらぬ山里に/さも白く咲きてゐたるをだまきの花。〉と終結部へ転じてゆく詩句の展開が、先の短歌にくらべて「遥かにすぐれていることは言うまでも」ないが、「この記念すべき小曲(集)が大正二年にこうして誕生するためには、たしかに彼の十余年の短歌史が必要だった」のだと大岡氏はいう。

この短歌から詩へという殆ど地続きの移行はまた、初期の賢治にもみられるところである。賢治の作歌は十五歳(明44)の頃から大正十年、二十五歳の頃まで十年余にわたって続き、その数も千首近くに及ぶが、その移行は短歌→短唱(「冬のスケッチ」)→詩(心象スケッチ)という経路をたどる。すでにその短歌に――〈ゆがみひがみ窓にかゝれる赭焦げの月われひとりねむらずげにものがなし〉〈ちばしれるゆみはりの月わが窓にまよなかきたりて口をゆがむる〉〈鳥さへもいまは啼かねばちばしれるかの一つ目はそらを去りしか〉など、賢治独自の感性の屈折がみられ、やがて短歌から賢治が「冬のスケッチ」と呼ぶ短唱形式に移り、さらに〈心象スケッチ〉と呼ぶ独自の詩法に転移する。そのあたりの機微を短歌的抒情と韻律から、やがて独自のイマージュ形成へと変ってゆく推移にしぼってみればどうか。

たとえば〈かがやきの地平の紺もたよりなし熱のなかなるまぼろしなれば〉から〈地平線/かゞやき

の紺もいかんせん／透明薔薇の身熱より来しなれば〉へと転じ、〈あまりにも／こゝろいたみたれば／いもうとよ／やなぎの花も／けふはとらぬぞ。〉から〈けふはぼくのたましひは疾み／鳥さへ正視ができない／あいつはちやうどいまごろから／つめたい青銅《ブロンズ》の病室で／透明薔薇の火に燃される／ほんたうにけれども妹よ／けふはぼくもあんまりひどいから／やなぎの花もとらない〉（「恋と病熱」）へと転じてゆく。この転移はすでに短歌的韻律のなかに閉じこめられていた硬質なイメージや意識の屈折からの、おのずからの解放ともみられるが、評家もいうごとくその短歌的表現自体のおのずからに孕む散文性、言わば「ことがらを、順直平明に叙述する散文の一片に、わずかに音数律の衣をきせたといった印象をぬぐうことはできない」（岡井隆「宮沢賢治短歌考」）――その賢治短歌の本質にその要因はあろう。

賢治もまた移るべくして詩へと移行したと言ってよい。朔太郎と言い、賢治と言い、その特性はかなり異なるが、ともにその短歌から詩への移行には「論理の必然」があり、「首尾一貫性」があった。しかし中原にあったものは「論理の必然」ならぬ逆転であり、短歌から詩への飛躍には大きな断絶があった。言うまでもなくそこに介在するものはダダイズムとの出会いである。それは詩法の変革であるとともに、その〈存在〉そのものの変革を、自己解放を促した。彼はこの出会いの遇然を必然と化した。いや、彼の資質がそれを招きよせたといってもよい。ダダの水脈はその生涯をつらぬき、彼の詩法を決した。

ダダイズム

中原の詩はダダとの出会いから始まる。ダダイズムはいうまでもなく第一次大戦の社会的混乱のなかからヨーロッパに生まれた芸術革命運動であり、わが国でも大正なかば、正確には大正九年八月十五日、「万朝報」に掲載された「享楽主義の最新芸術――戦後に歓迎されつつあるダダイズム」（紫蘭）、「ダダイズム一面観」（羊頭生）がその最初の紹介とみられるが、これに触発された高橋新吉の『ダダイスト新吉の詩』（大12・2）はその最もあざやかな詩的実験であり、中原の詩的開眼はこの詩集との出会いに始まる。

「大正十二年春、文学に耽りて落第す。京都立命館中学に転校す。生れて始めて両親を離れ、飛び立つ思ひなり、その秋の暮、寒い夜に丸太町橋際の古本屋で『ダダイスト新吉の詩』を読む。中の数篇に感激。」（「詩的履歴書」）とあるように、この早熟な少年に強烈な生活上の解放感を与えるとともに、ダダとの感応は以後の詩法を決する、ある本質的な側面を孕んでいたはずである。

その巻頭の「断言はダダイスト」にいう――〈DADAは一切を断言し否定する〉〈DADAは一切のものに自我を見る／空気の振動にも、細菌の憎悪にも、自我と云ふ言葉の匂ひにも自我を見るのである〉〈神はオールマイテイだとクリストが言つた〉〈DADAは一切のものがオールマイテイだと断言する／だからオールマイテイは　一燭の電球をオホーツク海に投じても　底の方で　時々灯つてゐるやうなものだと断言する／DADAは一切を否定する／無我を突き摧く　粉々に引き裂く／無二無三になつて無の所で　無理な小便をする／仏陀は其処から蟻ほども退く事が出来なかつた〉〈DADAは滞る所を知らない／DADAは一切を抱擁する／DADAは聳立する〉〈DADAは一切に拘泥する　一切を逃避しないから〉〈DADAは一切のものを出産し、分裂し、綜合する／DADAの背後には一切が陣取つてゐる〉〈DADA位卑屈なものもない　猛烈な争闘心を腰にブラ下げてゐるから瞬時も絶え間なく彼は爆発し粉砕し　破壊しつゞける／一切のものがDADAの敵だ〉（傍点筆者以下同）――このダダ宣言がひとり高橋のみならぬ、中原の詩観、詩法と深く通底することは明らかであろう。

「私のダダは、仏教の擬装したものである」と高橋新吉はいう。また「第一次大戦の終りに、西欧の崩壊に拍車を掛けるダダといふ木馬が、反逆の牙を剝いて奔り出した。私はアジア人として誰よりも早く、此の木馬の轡《くつわ》を捕へた。トロイ戦争の木馬の腹ほどに、ダダイズムが充実したものでなくて、狂熱の手綱をゆるめるとそれが、秩序の解体に過ぎない事がわかつた」(「自伝(海の中より)」)ともいう。「高橋は最も真実を要求する人間であつた。さうして彼自身亦真実であり真剣であつた。——それがその、何と言はうか、つまり高橋流に真実であり真剣であつたのだ。気質として彼は理想家であつた。彼の作品のなかには見せびらかさない真実感が切なく蹲つてゐる。前世紀のデカダンが美を食つたのに対して、高橋は真実を——人間にはどうしてもつかみ切れない真実を貪り耽って、さうしてその結果めちやくちやになつてゐる。——それに因つて、理想家高橋は深い現実家と亦一味相通じてゐる。」「彼は身をもつて書いただけだ。妙に燻つたへんに歪んだ心臓を取出して見せたのだ。高橋の文字のなかには気まぐれらしい出鱈目はあつても虚飾といふものは寸毫もない。」とは佐藤春夫がその序文(「高橋新吉のこと」『ダダイスト新吉の詩』)に評するところだが、これが中原に向けられた言葉であったとしても、さして不思議ではあるまい。

中原自身もまた高橋を評して「こんなやさしい無辜《むこ》な心はまたとないのだ。」「高橋新吉は私によれば良心による形而上学者だ。彼の意識は常に前方をみてゐるを本然とする」という。また「彼の詩のモチーフはヒュマニティではなく、言はゞ、「俺は全てが分つて生きてゐるのに、人々は分らないで俺と同一平面上にゐる」といふことのやうだ。彼の詩が扱つてゐるものは何時も普遍的なものだが、それを扱ふ動力は私的感情だ。」という時、それは高橋を語るとともに殆ど中原自身を語るものでもあろう。「彼が考へることは彼の良心を自覚的にするだけで、だから彼はその自覚的になつた良心でする経験、即ち修得物を詩にすればよいのだが、彼は余りに美事に考へたので、考へたことをその儘詩の中に持ちだしたいといふ欲望があるやうだ」という時、それは自戒をも含めたその技法への保留ともみえるが、しかしその認識を集約して、まさに「彼は行為の前の義務――認識――の上で実に目覚ましい詩人なのだ」（「高橋新吉論」）という時、彼はたしかに得難いひとりの先覚者をみていたはずである。

この批評がやや後年（昭2・9）のものであるとしても、中原がダダ詩人高橋との出会いから得たのは時流としてのダダを超えたものであり、彼は殆ど無意識のうちに己れの裡なる鉱脈に感応する何ものかを発見したと言ってよい。逆にいえば高橋新吉自身もまたその資質によって、いやおうなくダダと直面したといえる。しかしこの必然はまた時代の必然でもあったはずである。

「ダダはある一ツの芸術にのみ限られてはない。新吉の詩は彼の生活で、宗教で同時にまた哲学である。／金山出石寺に彼が御小僧をしてゐた時に大蔵経を片端から読破して、ダダの精神を体得し、それをスチルネルに翻訳して、舐瓜詩《しかし》を制作したのだ。」「彼はダダの精神を最初に最も強く、深く把握した日本に於ける先覚者だ。」とは、『ダダイスト新吉の詩』の編纂者、辻潤の言葉だが、彼はこの跋文を――「現代は危機に瀕してゐた。新興精神のペンデュラムは益益大きく、強く振動して、不安と激動の濁流を滔天させずには置かないであらう」という言葉をもって結び、これもまたひとつの時代の子であることを語っている。

たしかにこの大正期後半は詩的変革の気運の隆興した時期であり、その運動は広く〈新興文学〉の名をもって呼ばれた時期である。『ダダイスト新吉の詩』が登場し、中原がこれに出会った大正十二年は言うまでもなく関東大震災の年であり、詩壇的には朔太郎の『青猫』（一月）、白秋の『水墨集』（六月）、金子光晴の『こがね虫』（七月）などすぐれた詩集が出ているが、同時にこれを包む時代の潮流はこの年一月、萩原恭次郎、壺井繁治、岡本潤、川崎長太郎らによって創刊された「赤と黒」がその宣言にいう

――「詩とは？　詩人とは？　我々は過去の一切の概念を放棄して大胆に断言する！『詩とは爆弾である！　詩人とは牢獄の固き壁と扉とに爆弾を投ずる黒き犯人である！』」という言葉の示すごとく、大きな変革の気運を孕んでいた。この先導者としては「日本未来派宣言運動」（大10・12）の提唱者平戸廉吉があり、「私の未来主義は理論《テオリー》では」なく、「ただ動く瞬間の『生活』そのもの」だというその「直情主義」が、「ただ、今私にあるものは、直行的なる一切のものに過ぎない！　一種の動力的熱量に過ぎない！」と、後の詩集『死刑宣告』（大14・10）の序にいう萩原恭次郎や高橋新吉らに深い影響を与えたことは明らかである。この生涯を窮乏と肺患によって苦しみつつ、二十八年の短い生涯を閉じた詩人の病床末期の凄惨な姿を「しんDA廉吉」などの詩篇に深い痛恨の想いをもって描きつつ、高橋は往時を回顧して「私は廉吉の後塵を拝することを、快ろよしと、しなかったので、自分は、ダダイズムで、飽くまで行かうと思った」（『ダガバジジンキチ物語』）と語っているが、平戸の彼に遺したものは深い。

やがて遅れて来た青年としての中原とダダとの出会いが始まる。中原が高橋新吉の詩集から得たものが「放浪者的な生活感覚」であり、「詩法における否定的な主観の強度」であり、さらにはその接触が「〈家〉からの決定的な脱走を行う」（吉田凞生『評伝中原中也』）契機となったことは確かだが、同時にまた評家もいうごとく平戸廉吉のいう私の「未来主義」とはいかなる「理論《テオリー》」でもなく、「ただ動く瞬間の『生活』そのもの」だという宣言に、「自己の内的な必然にもとづいて形式を探究していこうとするこういう姿勢に芸術前衛の正当な精神をみることができる」（大岡信『昭和詩史　一』）とすれば、中原が平戸―高橋と続く系譜のなかから汲みつくしたものもまた、この内的必然への誠実であったと言ってよかろう。

ダダイズムはやがて社会芸術派とモダニズム芸術派に分岐し、昭和初年に至って衰退してゆくが、中原の赴くところはそのいずれでもなかった。社会芸術派の赴くところが後の中原の言葉でいえば〈呼気〉的表現であるとすれば、彼のそれは〈吸気〉であり、モダニズム的意匠や感覚の拡散に対しては、彼ははるかに内面的な、己れの裡なるドラマに固執してゆく。その最初期の習作的ダダ詩篇とは何か。

そのひとつに恋の情念の屈折があり、その背後には長谷川泰子との生活がある。中原より三歳年長の泰子は広島の出身で、女優を志し、「大空詩人」と称する永井叔に連れられ上京したが、大震災に会い、永井とともに京都に移り、表現座という小劇団に属していた。永井は松山の生れであり、関西学院ほかの神学部を転々とし、やがてキリスト教的反戦主義者にしてアナーキストともいうべき放浪詩人となるが、彼はまた『ダダイスト新吉の詩』の編者辻潤とも親しく、中原が「この放浪詩人を通して」「ダダイストの詩に親近感を持つ可能性は十分にあった」（村上護『中原中也の詩と生涯』）と思われる。中原がこの永井の紹介で泰子を知ったのは十二年の暮であり、翌十三年の四月から二人の同棲生活が始まる。

十七歳の少年と女優の卵との「奇妙な共同生活」が始まるわけだが、泰子は後に「私のほうが年上だけど、中原は兄のようにも父親のようにもふるまい」「中原は私の行くところ、たいていどこにでも現われて、いってみれば保護者みたいな存在でした」（長谷川泰子述・村上護編『ゆきてかへらぬ――中原中也との愛』）と回想している。また「中原との生活は、気の滅入るような淀んだところもありましたが、詩を読んでくれるときには、やはり中原を見なおしました」。彼が「読んでくれる詩には、なにか美しいもの、胸に響くものがあって、自然に涙を流したこともありました」という。同時に「その頃はまだ性に無頓着」で「中原の求めるままに、身体をまかすのはつらく」「自分の生活があまりにみじめに思えて、気の滅入ることが多く」あったという。

この微妙な親和力と異和は、たしかに初期の習作的詩篇にも色濃くにじみ、その多くは男女の微妙な異和を語っている。その痕跡は、当時中原が「ダダ手帖」と呼んでいた二冊のノートは残っておらず、わずかに河上徹太郎が『中原中也の手紙』に引用した「タバコとマントの恋」「ダダ音楽の歌詞」など三篇と「ノート1924」と呼ばれる詩帖に残る約五十篇の作品群に見ることができる。そこには男を苦しめる〈正直過ぎ親切過ぎ〉（「恋の後悔」）る女の性癖や女の〈空想〉癖（「不可入性」）が難じられ、〈多面体〉としてのダダイストを受け入れえず（「（ダダイストが大砲だのに）」）、その悲哀や〈威厳〉を理解しえぬ女の偏狭が（「呪咀」）咎められる。

こうして〈ツツケンドンに／女は言ひつぱなしに出て行つた〉（「（ツツケンドンに）」）、あるいは〈女／自分は道草かしら／女は摘草といふも勿体《もつたい》ないといつた／俺は女の目的を知らないのださうだ／原因なしの涙なんか出さないと自称する女から言はれた〉〈女は鋏《はさみ》を畳の上に出したま丶／出て行つた〉（「（女）」）などの詩句があらわれ、微妙な現実感を漂わす。この未刊の初期詩篇を読み進んでゆくと、はじめのダダ的な手法や寓意の飛躍的な抽象性がしだいに稀薄になり、この「（ツツケンドンに）」という詩篇のあたりから〈女〉よという呼びかけとともに、現実の異和と倦怠の一種屈折したおりのごときものがにじみはじめ、後の中原独自の詩法の基調のごときものが見えかくれして来る。

と同時にまた一面、さらに注目すべきものとして、彼が詩のなかで、その詩法そのものを問いつめ、確認しようとしていることである。〈成程／共に発見することが楽しみなのか／さうか、それでは俺に恋は出来ない／お前を知る前既に／お前の今後発見することを発見しつくしてゐたから〉（「（成程）」）という。この女との異和を語る口調や昂言はいかにも中原らしいが、その詩法への問いもまたこれと無縁ではない。〈百科辞典を引き廻し〉（「（テンピにかけて）」）て何の詩が書けるかと言い、〈自然が美しいといふことは／自然がカンヴァスの上でも美しいといふことかい〉（「（酒は誰でも酔はす）」）と問う。〈尊崇はたゞ／道中にあり〉（「一度」）、〈過程に興味が存するばかりです〉（「（過程に興味が存するばかりです）」）という。〈有限の中の無限は／最も有限なそれ〉であり、〈集積よりも流動が／魂は集積ではありません〉（同）という。

この無限に流動し、過渡なるものとしての〈存在〉への認識、いや認識そのものをも過渡なるものとして見すえる詩人の眼は、その流動する意識そのものの変転のゆえに逆に、一切の現実、歴史的材料を相対化しつつ、詩人が直指する〈命名〉の根源性を顕示する。こうしてダダの詩法そのものを詩の主題と化してみせる。

〈名詞の扱ひに／ロヂックを忘れた象徴さ／俺の詩は〃宣言と作品との関係は／有機的抽象と無機的具象との関係だ／物質名詞と印象との関係だ。〃ダダ、つてんだよ／木馬、つてんだ／原始人のドモリ、でも好い〃歴史は材料にはなるさ／だが問題にはならぬさ／此のダダイストには〃古い作品の紹介者は／古代の棺はかふいふ風だつた、なんて断り書きをする／棺の形が如何《いか》に変らうと／ダダイストが「棺」といへば／何時の時代でも「棺」として通る所に／ダダの永遠性がある／だがダダイストは、永遠性を望むが故にダダ詩を書きはせぬ〉（「（名詞の扱ひに）」）。——すでに詩人のいうところは明らかだが、一切のロジックや概念、さらには言葉の指示的機能や意味をも否定しつつ、なおその〈命名〉の根源性、永遠性をいう時、その発語の主体、いや、現場とは何か。

〈ダダ〉とは、〈原始人のドモリ〉だと言ってもよいという。恐らくこの詩法のありよう、ひとつの〈宣言〉を〈作品〉そのものとして語るところに、次のような詩篇が示される。

認識以前に書かれた詩——

沙漠のたゞ中で
私は土人に訊《たず》ねました
「クリストの降誕した前日までに
カラカネの
歌を歌つて旅人が
何人こゝを通りましたか」
土人は何にも答へないで
遠い沙丘の上の
足跡をみてゐました

泣くも笑ふも此の時ぞ
此の時ぞ
泣くも笑ふも

（「古代土器の印象」大13春、推定）

初期作品、「ノート1924」の中でもすぐれた一篇としてしばしば引かれる作品だが、すでに明らかでもあろう。ダダ的志向はおのずからに詩人を詩的生成の始源の場、詩人のいう〈認識以前〉〈名辞以前〉の世界へと導く。沈黙の瞬後、不意に詩句は〈泣くも笑ふも〉と道化ぶりに転調してゆく。いや、これが道化ならぬ詩人の生きざるをえぬ詩的胎生の場であるとすれば、詩人はしいられてあることの栄光と悲運を予感しつつ、その未踏の場に踏み入るほかはあるまい。爾後その道化ぶりも独自の転調の身ぶりも、ダダの水脈はそのすべてに底流し、そのカトリシズムの受容にもからんで両者は一種ねじ合わされつつ、特異な詩法を顕示してゆく。

〈かつて私は一切の「立脚点」だつた。／かつて私は一切の解釈だつた〉。〈今では私は／生命の動力学にしかすぎない——／自恃《じじ》をもつて私は、むづかる特権を感じます。／／かくて私には歌がのこつた。／たつた一つ、歌といふがのこつた。〉（「処女詩集序」）——彼はこのように己れの〈歌〉の発生を語る。〈むづかる特権〉が彼の歌口をひらき、〈有限の中の無限は／最も有限なそれ〉という認識が彼にダダの身ぶりを、道化をしいる。彼の詩法の特性、またその輝きとは、この〈絶対〉と〈相対〉、求心と遠心のよじれあうその錯綜、点滅にあると言ってもよかろう。

中原におけるダダが、まさに彼のこの根源的志向と〈有限の中の無限〉としての〈最も有限なそれ〉の認識にかかわるとすれば、ダダとは単に初期の詩篇を彩る紋様や技法に終るものではあるまい。その神への謙抑がしばしば神に替って歌う傲慢と解され、論断されるのも、〈信〉の背後にひそむダダ的志向の介在を示すものであろう。〈ダダイストは、永遠性を望むが故にダダ詩を書きはせぬ〉という逆説は、その言葉通り詩型の底に深く伏流しつつ多様な紋彩を描き出していった。この意味で晩期の絶唱ともいうべき「一つのメルヘン」も、「ゆきてかへらぬ」などの詩篇にも、「ダダイズムという生の自己破壊を感覚的に統一した」詩法の成熟、「ダダイズムの完成」（吉田凞生）をみるという指摘も頷くべく、中原におけるダダの意味が改めて問いなおされねばなるまい。

〈タバコとマントが恋をした／その筈だ／タバコとマントは同類で／タバコが男でマントが女だ〉（「タバコとマントの恋」）、〈ウハキはハミガキ／ウハバミはウロコ／太陽が落ちて／太陽の世界が始つた〉（「ダダ音楽の歌詞」）——これらは初期ダダ詩篇のなかでもしばしば引かれるものの一節だが、たしかにこれらのいずれもが〈ダダ音楽〉につけられた〈歌詞〉というべきものであろう。ダダ的理法がいかにも明快に表現されているが、しかし中原にとってこれはやはり作品以前のものであったと思われる。すでに見た「ノート1924」のなかから、彼が『山羊の歌』に収録した唯一の作品として巻頭の「春の日の夕暮」があるが、そこでは〈ダダ音楽〉の〈歌詞〉ならぬ、中原独自の〈音楽〉のなかにダダ的〈歌詞〉が収録され、その詩的情感のなかにみごとに溶解してゆくさまを見ることができよう。

トタンがセンベイ食べて
春の日の夕暮は穏かです
アンダースローされた灰が蒼ざめて
春の日の夕暮は静かです

吁《ああ》！　案山子《かかし》はないか――あるまい
馬嘶《いなな》くか――嘶きもしまい
ただただ月の光のヌメランとするまゝに
従順なのは　春の日の夕暮か

ポトホトと野の中に伽藍は紅く
荷馬車の車輪　油を失ひ
私が歴史的現在に物を云へば

嘲る嘲る　空と山とが
瓦が一枚　はぐれました
これから春の日の夕暮は
無言ながら　前進します
自らの　静脈管の中へです

ここから『山羊の歌』ははじまるわけだが、ここにはたしかに評家のいう「或る固有の音調」（秋山駿『知れざる炎』）ともいうべきものがにじんでいる。彼がダダから、高橋新吉の詩との出会いから摑みとったものの底にあったものは何か。「高橋新吉／まあなんと調子の低い作品を作したのだらう！／世界で一番調子の低い！／それが、彼の素晴しさ！」（日記、昭2・2・5）とは中原のいうところだが、「『調子の低い』こと――それが彼の求めたものであり、生の綱領であった。調子の低い。それこそが彼の魂のリアリティを知らせるもので」あり、「それはまた彼の詩集を一貫して貫く、堅持された詩法であった」（秋山駿）という評家の指摘は頷くべきものがあろう。この「低い調子」こそは「彼の生命のリズムによく似」たものであるとともに、彼が言葉ならぬ〈存在〉そのものの底から、あの〈有限の中の無限〉即ち〈最も有限〉なるものとしての〈我〉の認識から歩みはじめんとする時、彼がいやおうなくえらびとらざるをえぬ詩法の帯びる基調音のごときものであった。

作中〈春の日の夕暮〉は擬人化されているが、〈無言ながら〉〈前進〉する〈春の日の夕暮〉とは、また詩人自身の姿にほかなるまい。〈私が歴史的現在に物を云へば／嘲る嘲る　空と山とが〉という対人的葛藤の喩をかかえて、詩人はしずかに〈自らの　静脈管の中へ〉と〈無言〉の〈前進〉をはじめる。ここに中原が「倦怠者の持つ意志」と題して、〈此の時／夏の日の海が現はれる！／思想と体が一緒に前進する／努力した意志ではないからです〉と唱った、同じ「ノート1924」中の詩篇との深い照応を見る評家（吉田凞生）のすぐれた指摘もあるが、たしかに〈無言〉の〈前進〉の背後には〈倦怠者の持つ意志〉が感じられ、〈思想と体が一緒に前進する〉ところから彼の独自の音調が、あの〈低い調子〉が生まれ出ていることは明らかであろう。こうして詩人の歩行は始まり、『山羊の歌』の世界があらわれる。

すでにその独自な詩法の所在は明らかだが、同時にダダ的志向もまた晩期に至るまで失われてはいない。角川版『中原中也全集』（昭42〜46）の編集に際し「その作品を全部読み返し、特にダダ的傾向が、彼の作品の根底にあり、時々顕著に溢出しているのを認めた」と大岡氏はいう。「新発見の『道化の臨終』は Etude Dadaïstique と傍題され」、後期の作品であることをみれば、ダダは最後まで中原とかかわり、その傍題の示すごとくダダと道化が不離なるものとすれば、中原における道化とは何かが改めて問われねばなるまい。

道化

中原における道化とは何か。恐らくそれはダダイズムに始まり、その詩にしばしば繰り返されるあの独自の転調、一種ふしぎな身ぶりのねじれと無縁ではあるまい。たとえば初期の詩篇「春の夜」をみればどうか。

燻銀《いぶしぎん》なる窓枠の中になごやかに

一枝の花、桃色の花。

月光うけて失神し
庭《には》の土面《つちも》は附黒子《つけぼくろ》。

あゝこともなしこともなし
樹々よはにかみ立ちまはれ。

このすゞろなる物の音《ね》に
希望はあらず、さてはまた、懺悔もあらず。

山虔《つつま》しき木工のみ、
夢の裡《うち》なる隊商のその足竝もほのみゆれ。

窓の中《うち》にはさはやかの、おぼろかの
砂の色せる絹衣《ごろも》。

かびろき胸のピアノ鳴り
祖先はあらず、親も消《け》ぬ。

埋みし犬の何処《いづく》にか、
　蕃紅花色《さふらんいろ》に湧きいづる
　　春の夜や。

この一種ヴェルレーヌ風の敬虔とダダ的飛躍を織りまぜた詩調のなかに――〈あゝこともなしこともなし／樹々よはにかみ立ちまはれ〉という一句の挿入は、殆ど不意打ちのごとくみごとな転調を示す。この背景には明らかに上田敏訳の『海潮音』中の周知の詩篇「春の朝」（ブラウニング）があるとみてよい。〈時は春／日は朝《あした》／朝は七時／片岡に露みちて／揚雲雀なのりいで／蝸牛枝に這ひ／神、そらに知ろしめす／すべて世は事も無し〉という――この終末の部分が、初期の未刊詩篇「秋の日」では――〈あゝ、天に　神はみてもある〉という結句となり、「春の夜」では〈あゝこともなしこともなし〉という詩句に転じているが、詩人はここで一瞬身をねじるようにして、〈樹々よはにかみ立ちまはれ〉と唱う。中原独自の含羞と自虐のパロディとみられるところだが、この含羞から道化の身ぶりに転じてゆく契機として、〈あゝ天に　神はみてもある〉という〈神の眼〉の介在することは注目してよかろう。中原における敬虔と道化は、その詩篇をつらぬく二本の柱のようなものだが、それは一見対極とみえて実は背中合せにはりついている。

〈ああ、神様、これがすべてでございます、／尽すなく尽さるるなく、／心のままにうたへる心こそ／これがすべてでございます！〉（「夏は青い空に……」）と唱い、〈神様、今こそ私は貴方の御前に額《ぬか》づくことが出来ます。／この強情な私奴《め》が、散々の果てに、／またその果ての遅疑・痴呆の果てに、／貴方の御前に額づくことが出来るのでございます。〉（「悲しい歌」）という。この真率な告白体が一転すれば――〈希《ねが》はくは　お道化お道化て、／ながらへし　小者にはあれ、／冥福の　多かれかしと、／神にはも祈らせ給へ。〉（「道化の臨終」）という道化の自画像へと転じてゆく。

この〈Etude Dadaïstique〉と銘うたれた「道化の臨終」の書かれた昭和九年には「骨」「お道化うた」「秋岸清涼居士」「誘蛾燈詠歌」をはじめダダ調の詩篇が多作され「〈道化の臨終〉の季節」（吉田凞生）でもあったが、その多くに死のモチーフが深く流れていることは見逃せまい。〈ホラホラ、これが僕の骨だ、〉に始まり、野ざらしとなった自分の〈骨〉に対面する幻想上の〈僕〉という、この世の時間と非在の時間が交錯しつつ、一種ふしぎなリアリティをかもす「骨」が「洗練された〈道化の臨終〉」（吉田凞生）だとすれば、晩期の詩篇「春日狂想」はまさにその〈道化うた〉の完成であり、さらにはその諸作を貫く生涯の道化ぶりの頂点に立つものであろう。この詩篇の絶妙な詩句の展開はみごとというほかはなく、散文でいえば太宰の語り口を想わせるものがあるが、この〈愛するもの〉を喪った悲しみを〈奉仕の気持〉に生きるほかはないと観じつつ、しかもこの人生との微妙な異和を戯文の体に語り、〈ハイ、ではみなさん、ハイ、御一緒に――／テムポ正しく、握手をしませう〉の結句に至るこの詩篇の展開に、人生との「和解」（中村稔『言葉なき歌』）をみるか、和解ならぬ「当惑の体」（分銅惇作『中原中也』）をみるか、論の別れるところだが、〈陽気で、坦々として、而も己を売らないこと〉（「寒い夜の自我像」）という倫理的表白のヴァリエーションをみるという評家（中村稔）の指摘は頷くべく、ここでも謙抑と自嘲的含羞の道化ぶりが微妙に点滅しつつ見事な一枚のタブローを織りなす。

太宰にあっても〈道化〉がしばしば語られるが、太宰の道化が対人関係を基軸とするのに対して、中原のそれが絶対者の視角のなかに身を横たえる対神的基軸に立つものであることはすでに見てきた通りである。あえて敬虔と道化を盾の表裏と見、二者一元のものともみるゆえんだが、その含羞の転調がしばしば「春の夜」の七五調や「春日狂想」の八七、七八調のごとき軽快な韻律を伴なっていることが注目される。恐らく中原の詩に多く見る七五調もまた、単なる技法の問題を超えたものであり、その道化やダダ的志向に無縁のものではないはずである。

七五調

中原のあの独自の七五調とは何か。それがしばしば道化の体をとり、また時にメルヒェン風の口調ともなることは知られる通りだが、これを単に小唄ぶりの戯調めいた歌いぶりとのみ片づけることはできまい。そこには中原という詩人の本質に関わる微妙な部分が隠されているはずである。その意味では「中原中也にとってほかならぬ七五調こそが、言文一致の口語体そのものなのだった。中原は七五調で、〈歌った〉というよりは〈しゃべった〉のである」（菅谷規矩雄「中原中也の七五調」）という指摘は正しく、また五七調の試みにふれては、その中原が「歌うでもなくしゃべるでもなく〈書く〉とすれば、それは文語体の典雅をもとめての渇望のあらわれいがいになかった」（同）という指摘もまた頷くべきところであろう。

「朝の歌」で「方針は立つたが」「たつた十四行書くために、こんな手数がかかるのではとガッカリす」（「詩的履歴書」）とは中原自身の語るところだが、たしかに「朝の歌」や「臨終」などの五七調の試みは、おのずからなる流露や饒舌をせきとめての〈書く〉という労役、中原の言葉でいえば、言葉をなにものかの碑面にきざむことにほかならなかった。〈秋空は鈍色《にびいろ》にして／黒馬の瞳のひかり／水涸れて落つる百合花／あゝ　こころうつろなるかな〉の詩句に始まる「臨終」の詩調の流れは殆ど完璧だが、しかしこの五七の韻律はモチーフとしての内観には深まらず、ひとつのあざやかなタブローとしての彫琢に終っている。これはまた「朝の歌」にもつながる。

〈倦んじてし　人のこころを／諫めする　なにものもなし〉という詩句などは、情調を内観よりも作品そのものの情調へと押しひらいてゆくものであろう。この場合、五七の韻律がわれならぬ〈人〉という一種婉曲的な言いまわしを引き出すのか、〈人〉というその対象化された距離感をもつ発想が五七のリズムに結びつくのか、いずれにせよ中原における七五調の持つ、あの伸びやかな主体の音調のひびきは消える。これは藤村詩が七五の軽快な語り口から、やがて五七の内観の重さに転じていったことを思えば逆現象だが、中原のなかにはこの完璧な言葉の彫琢を内側からたえず打ち破ってゆこうとする衝迫があり、彼はあえてそれを押しとどめなかった。

ここで中原が七五ならぬ、五七の韻律を試みた時期をみれば、ダダから「朝の歌」に至る時期にその集中がみられる。「ノート1924」後半にみられるものだが、「無題（緋のいろに心はなごみ）」「秋の日」「（秋の日を歩み疲れて）」「無題（あゝ雲はさかしらに笑ひ）」などがそれである。〈秋の日は　白き物音／むきだせる　輔石《ほいし》の上に／人の目の　落ち去りゆきし／あゝ　すぎし　秋の日の夢〉〈あゝ　いかに　すごしゆかんかな／乾きたる　砂金は頸を／めぐりてぞ　悲しきつゝましさ〉〈涙腺をみてぞ　静かに／あきらめに　しりごむけふを／あゝ天に　神はみてもある〉（「秋の日」）、〈秋の日を歩み疲れて／橋上を通りかゝれば／秋の草　金にねむりて／草分ける　足音をみる〉〈忍従の　君は黙せし／われはまた　叫びもしたり〉（「（秋の日を歩み疲れて）」）、さらには〈すぎし日や胸のつかれや／びろうどの少女みずもがな／腕をあげ　握りたるもの／放すとよ　地平のうらに〉〈心籠め　このこと果し／あなたより白き虹より／道を選び道を選びて／それからよ芥箱《ごみばこ》の蓋〉（「無題（あゝ雲はさかしらに笑ひ）」）――などの詩句をみれば明らかであろう。

ここには秋の日の寂寥感や倦怠とからんで、失意の底から〈あきらめ〉をもって立ち上り、新たな〈道〉をえらびとろうとする詩人の微妙な心意のはたらきと息づかいがみえて来る。これを先にも引いた「無題（緋のいろに心はなごみ）」後半の――〈自らを恕《ゆる》す心の／展《ひろが》りに女を据えぬ∥緋の色に心休まる／あきらめの閃《ひらめ》きをみる〉という詩句、さらには続く〈静けさを罪と心得／きざむこと善しと心得∥明らけき土の光に／浮揚する／蜻蛉《あきつ》となりぬ〉という部分を重ねれば、すでにその語るところは明らかであろう。この当時長谷川泰子が小林秀雄のもとに去り、中原自身の言葉でいえば〈口惜しき人〉となったその苦しみから立ち直ってゆこうとする、その微妙な心理の蕩揺がこれらの詩句にみられるわけだが、〈静けさを罪と心得／きざむこと善しと心得〉という時、現実の無為と倦怠から言葉をきざむ詩人の行為に自己恢復の道を賭けんとするその姿勢はあざやかに読みとれよう。

恐らくここから「朝の歌」へは一筋道だが、七五のおのずからなる発語とは異なり、あえて五七の言葉の彫琢、まさに詩句をきざみつづけるその作業の手応えと充実に詩人は己れを賭けたわけであり、〈詩〉はこの時単なる抒情の表白や叫びを超えた、確乎たる存在物でありえたはずである。しかし彼がまた「朝の歌」を書き終えた頃の心境を回顧して、「たつた十四行書くために、こんな手数がかかるのではとガツカリす」と語った時、そこにこめられた言葉の彫琢への微妙な異和感の所在もまた見逃すことはできまい。彼は「朝の歌」や「臨終」以後、再び五七の試みは避けている。いや、その航跡を辿れば昭和五年から八年頃にかけての中期の作に、いくばくかの試みをみることができる。

そのひとつは「風雨」という詩であり、三、三、四、四行という四連からなり、詩形としての整序感は感じられるが、〈雨の音のはげしきことよ／風吹けばひとしほまさり／風やめば　つと和みつつ〉〈雨風のあわただしさよ、／――悲しみに呆《ほう》けし我に、／雨風のあわただし音《ね》よ〉という一、二連以下、悲哀にしずむ情感が心意の昂まるなんの起伏もなく平板に綴られ、中原がふと投げ込む破調の局部もなく、いかにもなだらかなリズムのままに終っている。五七のリズムはここでは何ものも生み出してはいない。またやや後の「(あ丶われは　おぼれたるかな)」という詩はやや注目すべきものだが、詩句は次のように展開する。

〈あ丶われは　おぼれたるかな／物音は　しづみてゆきて／燈火《ともしび》は　いよ明るくて／あ丶われは　おぼれたるかな、／／母上よ　涙ぬぐひてよ／朝《あした》には　生みのなやみに／けなげなる小馬の鼻翼／紫の雲のいろして／たからかに希《(ねが)》ひはすれど／たからかに希ひはすれど／轣轆《(れきろく)》と轎《(くるま)》ねりきて／――／澄みにける羊は瞳／瞼《(まぶた)》もて暗きにゐるよ／――〉――ここでは悲哀と倦怠に沈む己れに対する自己救抜の想いが、珍しく〈母〉への呼びかけとともにあざやかに歌いとられている。これもまたひとつの〈羊の歌〉ともいえるが、この五七のリズムは、その少し前の「修羅街輓歌　其の二」冒頭の「Ⅰ　友に与ふる書」の五七の試みと微妙に呼応していよう。

〈暁は、紫の色、／明け初めて／わが友等みな、／我を去るや……／否よ否、／暁は、紫の色に、／明け初めてわが友等みな、／一堂に、会するべしな。／弱き身の、／強がりや怯《(おび)》え、おぞましし、／弱き身の、弱き心の／強がりは、猶《なほ》おぞましけれど／恕《(ゆる)》せかし　弱き身の／さるにても、心なよらか／弱き身の、心なよらか／折るることなし。〉――この、五七の試みはまた、「修羅街輓歌　Ⅲ」の七五の試みと微妙に連関していることが注目される。

〈まことや我は石のごと／影の如くは生きてきぬ……／呼ばんとするに言葉なく／空の如くははてもなし。〉〈それよかなしきわが心／いはれもなくて拳《こぶし》する／誰をか責むることかある？／せつなきことのかぎりなり〉――このⅢのモチーフからさらに翻って、「其の二」Ⅰでは和解のモチーフへと転じてゆくが、七五もまた五七へと転じ、さらにこれに続く「Ⅱ　ゴムマリの歌」では、〈ゴムマリは、天寿に至り／ゴムマリは天寿のマリよ〉のごとき戯文調の五七へと変じてゆく。

いずれにせよ、これらが「朝の歌」「臨終」以後の五七の試みのすべてである。そこでは生の倦怠や疲労の底に〈おぼれたる〉己れの悲しみを唱いつつ、なおその悲哀の底からの自己救抜の希いが、ある敬虔の情をもって祈りのごとき表白としてうたいとられてゆくのだが、またこれとはうらはらに、中原の詩法の中核をなす詩人内面のドラマ、葛藤、心意の律動のごときものは稀薄となる。恐らく彼は五七の試みが、ともすれば主体の律動を失った修辞的彫琢へと陥りがちなことをよく知っていたはずである。一連の試みをへて「朝の歌」や「臨終」はその彫琢の頂点をきわめるものとなった。爾後、彼は再びこのような集中期を持とうとはしなかった。すでに五七の試みは散発的な、それ自体相対化されたものとして取り扱われる。恐らくそこには近代詩の流れが象徴詩以来、たえず言葉の彫琢のゆえに詩語の肉質そのものを失って来た事実への、殆ど本能的な批判と警戒がはたらいていたとみられる。

と同時に、彼が五七ならぬ七五へと傾斜してゆく背後には、意識的な選択を超えた、この詩人における殆ど生理のごとき何ものかがあったと思われる。たとえば次のような詩篇の展開はその機微をみごとに語っていよう。

丘々は、胸に手を当て
退けり。
落陽は、慈愛の色の

金のいろ。

原に草、
鄙唄《ひなうた》うたひ
山に樹々、
老いてつましき心ばせ。

かゝる折しも我ありぬ
小児に踏まれし
貝の肉。

かゝるをりしも剛直の、
さあれゆかしきあきらめよ
腕拱《く》みながら歩み去る。

（「夕照」）

これは四、四、三、三の四連よりなる整序されたソネット形式をとっているが、第一連は七五のリズムを含みながら、それを抑えた律調を示す。つまり〈胸に手を当て／退けり〉〈慈愛の色の／金のいろ〉というふうに読めば七五だが、〈丘々は、胸に手を当て〉〈落陽は、慈愛の色の〉というふうに行分けをとることによって、七五のかろやかな運びを抑え、五七の感触を生かす。また第二連は明らかに五七だが、最後の行に至って七五にリズムをとる。しかしこの七五もまた前の行とのはこびで、その詩調の加速に歯止めをかけられ、やや佶屈の調を示す。これが第四連に転じるや一気に七五の軽快なはずみを示し、終連へとひと息に続く。

この五七から七五への転調は何か。言うまでもなく一、二連は主体（〈我〉）の登場するための枠組み、背景であり、この〈我〉という主体はこの舞台に登場するや、七五のリズムに乗って一気に演舞し、詠唱し終って立ち去る。七五とはこの詩人にあって、常に主体の演舞であり、詠唱であり、中原の詩が対象世界そのものへの情調ならぬ、常に己れの内界そのものへの自問、葛藤を孕んだ、内的ドラマそのものによって成り立っていることがここでも明らかであろう。この詩篇ではその主体としての〈我〉が詩人によって対象化され、眺められている構図をとることによって、緊縮した抑制感がややつよいが、その構図はどの作品をとっても変りはあるまい。たとえば「悲しき朝」のような作品の場合はどうか。

ここでも第一連の〈河瀬の音が山に来る、〉以下は、明らかに詩人の登場する舞台となる。七五の体をとっているが、第二行、四行が破調となる。こうして第二連に至るや――〈雲母の口して歌つたよ、／背《うし》ろに倒れ、歌つたよ、／心は涸《か》れて皺枯《しわが》れて、／巌《いはほ》の上の、綱渡り。〉というように凝縮感のなかにも、はずみのついた七五のリズムが展開する。明らかに登場した詩人の演舞と詠唱がはじまるわけだが、彼は詩人のわざを危険な〈巌の上の、綱渡り〉にたとえる。この舞台となったのは中原が昭和三年春、父謙助の病気見舞で帰省した折訪ねた郷里、山口市大内小鯖にある曹洞宗の寺、泰雲寺であると中原思郎氏はいう（「事典・中也詩と故郷」、古田灑生編「別冊国文学　中原中也必携」）。その裏山には「山頂から落ちる水が、轟音をたて、飛沫をあげ、巨岩の上を走る『鳴滝』がある」。この「岩壁に沿って山頂から垂れ下がった」「長さ二十メートルばかり」の「鉄の鎖鋼が」あり、「修験者たちは、この鉄綱をつたって山頂に登るのを修業の一つとする」。この寺の方丈「品川雷応師は猿のようにスルスルと鎖を引き寄せて軽々とかけ登る。」それは「清澄な見事さで」、中也も試みたが「鎖の最下部をにぎったまま、ただ凝立してしまうだけで一歩も足が前進しな」かったという。

この体験をふまえてのことだが、詩人は己れの詩作の緊張と危機感を〈綱渡り〉の作業にたとえて唱う。この七五を連ねた第二連から三連へとわたると、一行、一行が岩に彫り込むような鋭角感をもって断ち切られつつ、点綴する。〈知れざる炎、空にゆき！〉〈響の雨は、濡れ冠る！〉――これらの詩句が七五の体をとりつつ、その軽快なリズムを断ち切るような休止と屈折を孕んでいることが注目されよう。前半の硬質的な情景描写と対応するごとく、詩句は鋼《はがね》のごとき輝きを見せ、石に刻むごとき鋭さを示す。

これは七五の韻律が中原にあって一見軽快にしてなだらかな〈言文一致〉と見えつつ、さらに詩人の本質に根ざす、より根源的な場から湧出し、発語されているということではないのか。また〈知れざる炎〉とは、詩人の裡なる情念であり、祈りであり、〈うた〉そのものでもあろう。同時に〈響の雨は、濡れ冠る！〉という時、この〈炎〉がたえず下降と消滅の危機にさらされていることも明らかであろう。〈われかにかくに手を拍く……〉という末尾の一句は、第二連の切迫したなかにも感じられる道化調と対応するものであり、詩人の演舞はこうして、いまひとりの詩人のまなざしのなかに、いささかの戯画とアイロニカルな様相をもって閉じられることになる。

さて、ここでも注目されるのは自然が擬人化されて詩人登場の舞台となっていることであり、自然は「そこで人間関係化され、人間的な関係の構造としてとらえら」（吉田凞生）れているともいえるが、同時に〈知れざる炎、空にゆき！〉という時、詩人の情念や祈り、その熱い抒情の、ゾルレンの輝きを投げ込むべき場として、いわゆる抒情詩人たちの回帰してゆく〈自然〉ならぬ、〈空〉という広大なホリゾントが用意されていることであろう。中原における〈空〉とは、また〈自然〉とは何かが問われねばなるまい。

空

たしかに中原の詩のなかで、〈空〉のイメージは格別な意味を持つ。ある評家は「まさに彼は〈空〉の詩人というべきであって」、作中の〈空〉の数は「驚くべき数に達するにちがいない」（北川透『中原中也の世界』）という。また別の評家はこれを数えて『山羊の歌』『在りし日の歌』中に併せて百十数篇を数えることを指摘し、「まさしく中也はパラノイヤ的に空ばかり見つめて暮らした。おそらく日本一の〝空〟の詩人という他はない」（太田静一『中原中也詩研究』）という。しかしまたその〈空〉の意味するところについては、評家の論は多様に分れる。

その〈空〉をめぐる「多様な諸相」の根底には、「中原の抒情の本質をなす、幻視への広がり」と「存在の根源から衝きあげてくる怖れをうつしだ」すものがあるという指摘（北川透）に対しては、そこには「ほとんどの場合〈女性〉の比寓がひそんでいる」（太田静一）という別の指摘もある。またこれら両者を否定して、そこにあるものは「幼・少年時代の生活と、その生活と共にあった諸々の夢・希望の在り所」であり「嘗ての幼少年期と、それに付随していた夢や希望は、そっくりそのままの形で『空』に昇天した」と中原は考えていた。つまり詩人は「閉ざされた未来への、いわば代償の形で『過去』の幼・少年時を追懐し、『空の国』に嘗ての夢・希望を見たのであろう」（秋山公男「中原中也の詩における『空』の意味」）という見解もある。特に最後の評者の語るところは具体的例証とともに極めて説得的である。

たしかに、〈暗き空へと消え行きぬ／わが若き日を燃えし希望は。〉〈あはれわが、若き日を燃えし希望の／今ははや暗き空へと消え行きぬ。〉などの詩句を含む「消せし希望」、〈薔薇《ばら》と金毛とは、もはや煙のやうに空にゆきました〉（「冷酷の歌」）、〈電線は、心とともに空にゆきしにあらざるか？〉（「幼なかりし日」）、あるいは〈いいえ、空で鳴るのは、電線です電線です／ひねもす、空で鳴るのは、あれは電線です／菜の花畑で眠つてゐるのは、赤ン坊ですけど〉（「春と赤ン坊」）などの詩句をみれば、評者のいう「幼・少年期」の「諸々の夢・希望の在り所」としての〈空〉のイメージは明らかであろう。

またさらには〈秋空は鈍色《にびいろ》にして〉や、〈白き空盲ひてありて〉（「臨終」）などの詩句から〈空〉を「不幸の喩」として捉え、また他の詩篇にもふれつつそこに「喪失感の象徴」「意識の空白感、虚無感」の表白をみるという評家の論（吉田凞生）も頷くべきものとは思われるが、しかし〈空〉とはこのような諸家の論にみるごとく欠落感や喪失感、また不安や怖れのごときネガティブなもの、陰画の相としてのみ見るべきであろうか。たとえば次のごとき詩篇はどうか。

そなたの胸は海のやう
おほらかにこそうちあぐる。
はるかなる空、あをき浪、
涼しきかぜさへ吹きそひて
松の梢をわたりつつ
磯白々とつづきけり。

またなが目にはかの空の
いやはてまでもうつしゐて
竝《(なら)》びくるなみ、渚《(なぎさ)》なみ、
いとすみやかにうつろひぬ。
みるとしもなく、ま帆片帆
沖ゆく舟にみとれたる。

またその顙《ぬか》のうつくしさ
ふと物音におどろきて
午睡の夢をさまされし
牡牛のごとも、あどけなく
かろやかにまたしとやかに
もたげられ、さてうち俯しぬ。

しどけなき、なれが頸《うなじ》は虹にして
ちからなき、嬰児《みどりご》ごとき腕《かひな》して
絃《いと》うたあはせはやきふし、なれの踊れば、
海原はなみだぐましき金《きん》にして夕陽をたたへ
沖つ瀬は、いよとほく、かしこしづかにうるほへる

空になん、汝《な》の息絶ゆるとわれはながめぬ。

（「みちこ」）

この女性のモデルについて大岡昇平氏は「このボードレール風の豊かな女性は、われわれの知っている泰子の像とは一致しない。私は前から中原が京都時代に知っていた葉山三千子ではないか、と感じていた」という。「葉山は谷崎潤一郎の義妹で『痴人の愛』のモデルとされている女性。大正十二年には日活下鴨撮影所に属し、椿寺附近の泰子と同じ下宿にいた。私は中原が三千子を理想的な女性として語るのを、何度か聞いている」（『中原中也』昭49・4）と大岡氏はいう。たしかに詩人の共感と憧憬は詩篇全体に脈動しているが、それにしてもこの豊潤な女体と自然の融和を語る詩篇にみる〈はるかなる空〉〈うるほへる空〉とは何か。

これはまた〈秋は　美し　女の　瞼《まぶた》／泣きも　いでなん　空の　潤《うる》み〉（「秋の日」）などのうるめる〈空〉とも通ずるものだが、注目すべきはこの女体の豊潤が〈空〉そのものに包みとられ、収斂されてゆくことであろう。しかもこの女体のイメージは、単にエロス的情感の表現に終らず、〈あどけなく〉〈嬰児《みどりご》〉のごとき無垢なる存在へと昇華され、〈空〉の〈いやはてまでもうつし〉とるその眼、その存在そのものが、やがては逆に〈うるほへる空〉そのものに包みとられてゆく。〈息絶ゆる〉死そのものがここでは生の終末ならぬ、豊潤なる存在世界そのものへと融合し、その和解と救済の象徴として〈空〉がイメージされる。また中原独自の呼びかけとして〈み空〉のイメージがある。

夜、うつくしい魂は涕《な》いて、
——かの女こそ正当《あたりき》なのに——

夜、うつくしい魂は涕いて、
　もう死んだつていいよう……といふのであった。

湿つた野原の黒い土、短い草の上を
　夜風は吹いて、
死んだつていいよう、死んだつていいよう、と、
　うつくしい魂は涕くのであつた。

夜、み空はたかく、吹く風はこまやかに
　――祈るよりほか、わたくしに、すべはなかつた……

（「妹よ」）

この詩の終連にいう――〈み空はたかく〉〈吹く風はこまやかに〉、そうして〈祈るよりほか〉〈すべはなかつた〉という――この構図こそ中原の詩に〈み空〉のイメージが登場する場合の原型的なものである。〈み空〉とは常に〈祈るほか〉すべもない存在の高みにあらわれるものであり、〈風〉はいつも他界からの息吹きのごとく吹いている。

〈睡るがやうな悲しさに、み空をとほく／血を吐くやうな倦《もの》うさ、たゆけさ〉（「夏」）と唱う時、これはしばしば言われる喪失感、欠落感の象徴、あるいは代償としての〈空〉ではなく、逆に聖なる〈空〉からの疎外のゆえの〈倦《もの》うさ、たゆけさ〉である。〈亡びたる過去のすべてに／涙湧く。〉〈あはれわれ死なんと欲す／あはれわれ生きむと欲す／あはれわれ、亡びたる過去のすべてに〃涙湧く。／み空の方よ

り、／風の吹く〉（「心象」）と唱う時、ここでもただ〈涙湧く〉ほかはない卑小な存在の彼方――〈み空の方より〉〈風〉は吹くのであり、その距離感が注目される。

〈昨日まで燃えてゐた野が／今日茫然として、曇つた空の下《もと》につづく。〉〈鈍い金色を滞《お》びて、空は曇つてゐる、――相変らずだ、――／とても高いので、僕は俯《うつむ》いてしまふ。〉（「秋」）という時、〈茫然〉たる〈野〉とはまた詩人の姿にほかなるまい。ここでも〈空〉との距離感は決定的である。この深い距離感はしばしば引かれる晩期の詩篇「曇天」の語るところでもある。

〈ある朝　僕は　空の　中に、／黒い　旗が　はためくを　見た。〉という。この〈黒い旗〉とは何か。そこに「郷愁と思慕の象徴」（伊藤信吉『現代詩の鑑賞（下）』）を見るというような、これを「象徴詩としてとらえようとする」ごとき読みを排して、北川透はこれを中原独自の「幻視の世界」（『中原中也の世界』）だという。〈手繰り　下ろさうと　僕は　したが、／綱も　なければ　それも　叶《かな》はず、／旗は　はたはた　はためく　ばかり、／空の　奥処《おくが》に　舞ひ入る　如く。〉という、そこに「詩人の意識ではどうしようもないある精神の暗部のようなものを空にうつしだして黒い旗はある」という。

「中原の中には、その疑うべくもない魂の美しさと共に、なんともいえない邪悪なものがあった」（「在りし日の歌」）とは大岡氏の言葉だが、「その清澄さと邪悪（あるいは不吉）さという相反する中原の眼は、それこそが詩人のひとつの眼として、その相剋のままに、彼の〈空〉の諸相をうつしだすのである」と北川氏はいう。〈コボルト空に往交《ゆきか》へば、／野に／蒼白の／この小児〉（「この小児」）と唱う――ここにも「コボルトの往交う〈空〉は不吉な予感をたたえ」、中原の〈空〉はまことに「多様な諸相を示しているが」、これらは「中原の抒情の本質をなす、幻視への広がりの性質をもつという点で統一が与えられ」、「更にまた、存在の根源から衝きあげてくる怖れをうつしだしている点でも共通性を見出すことができる」という。

　中原の暗部をめぐっていかにも鋭い指摘だが、だとすればこの詩篇（「曇天」）の終末部に登場する〈み空〉のイメージはどうか。〈かゝる　朝《あした》を　少年の　日も、／屢々　見たり〉と言いつつ、終連に至り――〈かの時　この時　時は　隔つれ、／此処と　彼処《かしこ》と　所は、異れ、／はたはた　はたはた　み空に　ひとり、／いまも　渝《かは》らぬ　かの　黒旗よ。〉という。〈空〉は〈み空〉へと変貌するが、この変化は何か。評家のひとりはこれに注目して「一篇の詩の中で、〈空〉が〈み空〉に変貌するのは、この詩集では「曇天」だけである。聖なるものの住み給うみ空に、黒旗は〈ひとり〉という人格化されたイメージとして捉えられている」（森田進「『在りし日の歌』論」）という。「この説は『黒旗』が詩人の悔恨であることを暗示する。『曇天』の奥に晴れた空が想像されているか」（吉田凞生）とはまた評者の問うところだが、この問いは意味深い。

　ここで中原における〈空〉の構造が問われねばなるまい。『山羊の歌』終末に収められた「憔悴」という詩篇は、これを解くひとつの鍵を示す。〈私はも早、善い意志をもつては目覚めなかつた／起きれば愁《うれ》はしい　平常《いつも》のおもひ／私は、悪い意志をもつてゆめみた……〉（Ⅰ）という詩句に始まり、抜け出しえぬ〈怠惰〉と倦怠が唱われる。Ⅲの終末では〈あゝ　それにしてもそれにしても／ゆめみるだけの男にならうとはおもはなかつた！〉という悔恨が唱われ、Ⅳでは次のような詩句が展開する。

〈しかし此の世の善だの悪だの／容易に人間に分りはせぬ／／人間に分らない無数の理由が／あれをもこれをも支配してゐるのだ／／山蔭の清水《しみづ》のやうに忍耐ぶかく／つぐむでゐれば愉《たの》しいだけだ／／汽車からみえる　山も　草も／空も　川も　みんなみんな／／やがては全体の調和に溶けて　空に昇つて　虹となるのだらうとおもふ……〉――〈山も　草も／空も　川も〉やがては〈空に昇つて　虹となるのだ

らう〉という。恐らく中原の唱う〈空〉は、常にこの二重の構造を孕んでいる。〈空〉の奥処《おくが》にひそむ不可視の〈空〉。すべてを包み、調和し、溶かしてゆく究極の〈空〉。詩人はそれをみつめ、夢見つつ〈失楽〉の痛みを唱う。続くVの部分もまた例外ではない。

〈さてどうすれば利するだらうか、とか／どうすれば哂《わら》はれないですむだらうか、とかと／／要するに人を相手の思惑に／明けくれすぐす、世の人々よ、／／僕はあなたがたの心も尤《もつと》もと感じ／一生懸命郷《がう》に従つてもみたのだが／／今日また自分に帰るのだ／ひつぱつたゴムを手離したやうに／／さうしてこの怠惰の窗《まど》の中から／扇のかたちに食指をひろげ／／青空を喫《す》ふ　閑《ひま》を嚥《の》む／蛙さながら水に泛《うか》んで／／夜《よる》は夜《よる》とて星をみる／あゝ　空の奥、空の奥。〉――詩人はここでも処世の徒として自分をたわめて生きざるをえぬ痛みを告げ、究極は本来の〈自分に帰る〉ほかはないという。彼は再びその〈怠惰の窗《まど》〉から夜の空を――その〈空の奥〉なる〈空〉をみつめ続けるほかはない。

〈それにしても辛いことです、怠惰を遁《のが》れるすべがない！〉とは、この詩篇の結びの一句だが、この怠惰と倦怠に沈湎する己れの状態を〈理屈はいつでもはつきりしてゐるのに／気持の底ではゴミゴミゴミ懐疑の小屑《をくづ》が一杯です〉(VI)という。この晴れやらぬ、濁った心意の曇りが〈曇天〉のイメージへと転位し、この地上と天上のはざまに〈浮揚〉しつつ、はためき続ける〈黒い旗〉のイメージへと転化していったのではないか。いや、〈空〉が〈み空〉へと変容する時、背後の作者の眼もまた、単なる怠惰や倦怠を唱う抒情の表白ならぬ、卑小なる己れの生のはためきを超絶者の眼のなかに据えつつ、より深い実存の形相として唱いとろうとしているのではないか。

いずれにせよ、〈空〉とは中原の詩にあって単なる情感の投影ならぬ、〈存在〉そのもののありかを問い返し、確証する何かである。〈知れざる炎、空にゆき！〉（「悲しき朝」）と唱い、〈ゆふがた、空の下で、身一点に感じられれば、万事に於て文句はないのだ。〉（「いのちの声」）という時、その〈空〉の孕む硬質な、ネガならぬポジティヴなイメージは何か。恐らくはこの汎神論的風土を〈湿潤〉〈陰暗〉の地として捉え、自然への回帰、慰藉、融和ならぬ、己れの歌を硬質なる抒情の輝き、魂の表白として唱い出んとした時、〈空〉という広大なホリゾントこそ己れの生の、〈うた〉のあかしの場たりえたはずである。〈知れざる炎、空にゆき！〉という時、その熱い抒情の、ゾルレンの耀きを投げ込むべき場は〈自然〉や現実ならぬ〈空〉であり、その抒情の主体が打ち返されれば、〈空の下〉〈身一点〉というザインの確認となる。このように見て来る時、中原における独自の〈空〉とはまた、彼の自然観そのものの特異さと無縁のものではないことがわかって来る。次章ではその〈自然〉についてふれてみたい。

自然

中原の〈自然〉に関する考察には一種独自のものがある。彼は「精神といふものは、その根拠を自然の暗黒心域の中に持つてゐる。」「精神の客観性を有するわけは、精神がその根拠を自然の中に有するからのことだ」（「芸術論覚え書」）という。また「自然――手を差伸べもしないが、手を退きもしないもの、――が人間の裡にあつては恩愛的な作用をつとめる、その作用……」（「詩に関する話」）ともいう。

彼は己れの精神が、生が、歌が、その〈自然〉にふかく身を浸していること、浸すべきであることを真率に深く感じていた。「芸術家にとつて先生はゐないといつていい。あればそれは伝統である…私は伝統から学べる限り学びたい」と言い、「僕はたゞ物の哀れへ浸ることのいよ深きを希求するばかりだ」ともいう。しかしこれは単に伝統回帰、あるいは土着志向とのみ解してはなるまい。中原にとって伝統も土着性も、すべてはこの〈自然〉の属性の一部にほかならなかった。しかしまた彼は単なる自然礼讃者でもなければ埋没者でもない。

その日記（「新文芸日記（精神哲学の巻）」）に「自然に帰るのぢやない、自然から出発してより開化的人工的な方に行かねばならぬ」（昭2・5・30）という。また「すべてラムボオ以前の所謂自然詩人とは風景の書割屋也」（同・31）ともいう。またその書簡には「私は自然を扱ひます、けれども非常にアルティフィシェルにです。主観が先行します。それで象徴は所を得ます。それで模写ではなく歌です」（河上徹太郎宛、昭3、月日不明）と語っている。さらに「河上に呈する詩論」と題した書簡（昭4・6・27）では、「短歌詩人は、せいぜい汎神論にまでしか行き得ない。人間のあの、最後の円転性、個にして全てなる無意識に持続する欣怡の情が彼にはあり得ぬ。彼を、私は今、『自然詩人』と呼ぶ。」「真の『人間詩人』ベルレーヌ如きと、自然詩人の間には無限の段階がある。」「芸術とは、自然の模倣ではない、神の模倣である！」と述べている。

またこれらの書簡に先立つ別の河上宛の書簡では、「人は旧約人として生れる。そして新約人として詩人であり得たのはヴェルレエヌきりだつた。そのことが僕にもどうやら体得出来さうだ――ありがたい――」（昭2、月日不明）とも語っている。すでに彼の目指すことの何たるかは明らかであろう。評家もいうごとく中原の願いは「汎神論的自然の中に自分の孤独を遊ばせることにはな」く（吉田凞生）、これは日本の近代詩人の中では、やはり異数のことであった。中原のこのような独自の志向をあかしするものとして、すでに大岡昇平氏の指摘するところだが、「精神哲学の巻」と傍題された昭和二年一月十二日付から始まる日記帳の扉の右下に書きつけられた漱石漢詩の一節がある。

〈尋仙未向碧山行／住在人間足道情〉（仙を尋ぬるも未まだ碧山に向かって行かず／住みて人間に在りて道情足《おお》し――吉川幸次郎『漱石詩注』の読み下しによる）という一節である。漱石に対しては批判的な口吻を示した中原だが、この一句には深い共感を覚えたようである。恐らく彼が心して読むならば、ここにも〈自然詩人〉ならぬ、この土壌にあっては異貌のひと、したたかな〈人間詩人〉の存在を知りえたはずである。たとえば晩期『明暗』と並行して書きつがれた漢詩が、単に小説執筆によって〈俗了〉された心を閑寂な詩境に解き放っているものではなく、そこにもしたたかな人間凝視の作家の眼の光っていたことは見逃しえぬところであろう。

たとえばその詩に〈明朝市上屠牛客／今日山中観道人〉（明朝市上に牛を屠る客／今日山中観道の人）（大5・10・15）と言い、〈行尽邐迤天始闊／踏残峆嶝地猶新〉（邐迤《りい》を行き尽くして天始めて闊《ひろ》く／峆嶝《とうとう》を踏残して地猶お新なり）（同）という時、矛盾と転変にみちた人間存在の深淵と面峙しつつ、これを問い抜いてゆこうとする認識者の姿勢は明らかであり、〈怙恃両亡立廣衢〉（怙恃両《ふた》つながら亡びて広衢に立つ）（同・9）という、〈怙恃〉の語を父母の意のみならぬ「かつて依拠した何ものかの比喩」（吉川幸次郎）とみるならば、常に無私なる認識者の原点に立って〈明暗雙々〉（同・8・21）の実相を問いつめんとする作家のしたたかな面貌は明らかであろう。

恐らくここにも中原のいう〈有限の中の無限は／最も有限なそれ〉という認識をみずからの方法とし、求心と遠心、求道《ぐ》と認識の二者一元の道を踏み進まんとする不抜の〈人間詩人〉の存在を見出しえたはずである。だが読まずぎらいというか、中原はついに漱石という作家とは無縁であった。しかしいずれにせよ、あえて脱俗的な自然に向かわず、〈人間〉そのものを問い続けるとは、この哲学的断章、形而上的日録ともいうべき日記一巻のエピグラフにふさわしいものであった。自然への回帰ならぬ、〈自然〉からの出発とは、まさに被造者としての始源の一歩から踏み進むということであり、それはまた中原における詩法の根源につながるものでもあった。ここから彼の詩法、また詩観の何たるかが問われることとなる。

名辞以前

「『これが手』だと、『手』といふ名辞を口にする前に感じてゐる手、その手が深く感じられてゐればよい。」「芸術といふのは名辞以前の世界の作業で、生活とは諸名辞間の交渉である。」「生命の豊かさ熾烈さだけが芸術にとつて重要なので」「生命の豊かさそのものとは、畢竟小児が手と知らずして己が手を見て興ずるが如きものであり……」。——言うまでもなく中原の詩論の集約ともいうべき「芸術論覚え書」の一節だが、その詩論の根本にはこの〈名辞以前〉の思想があった。

彼はこれを「直観層」「純粋持続」「生命の豊かさ」などという言葉でもあらわしているが、また次のようにもいう。

「芸術は、認識ではない。認識とは、元来、現識過剰に堪られなくなつて発生したとも考へられるもので」「生命の豊富とはこれから新規に実限する可能の豊富でありそれは謂はば現識の豊富のことである」。彼がここでその芸術論の核心、また〈名辞以前〉の世界をあらわすに〈現識〉という言葉を使っていることが注目される。この語はショーペンハウアー『意志と表象としての世界』の姉崎正治訳（明43）のなかで〈表象〉の代りに使われた訳語で、「中也もその意味で使っている」ことはすでに大岡昇平氏の指摘するところである。またその「翻訳序言」に姉崎が「Vorstellung」を従来通り「写象、表象、観現」などと訳さず、「起信論の現識といふ語を用ひた」ゆえんについても、大岡氏の「『現識』補遺」（「生と歌——中原中也その後」）と題した一文にしるされている。

この〈現識〉なる語を中原がどう理解していたかはなお解明を要する部分が残るが、これを仏教本来の字義に即してみれば、「阿頼耶識の別名。有情根本の心識にて、其人の受用すべき一切の事物を執持して没失せざる義。一切の事物の種子を含蔵する義」（『仏教大辞典』）ということになり、感性の最も原質的な部分を意味することになろう。さらにいえば「一切の事物を執持して没失」せずとはまた、中原が触発された「ダダイスト新吉の詩」にいう――〈DADAは一切を抱擁する〉〈DADAは一切に拘泥する〉〈DADAは一切のものを生産し、分裂し、綜合する。DADAの背後には一切が陣取つてゐる〉という認識と深く通底するものでもあろう。「私のダダは、仏教の擬装したもの」だという高橋新吉の詩法の底にも〈現識〉に通ずるものがあったとみてよかろう。ただ高橋がそれを中原の言葉でいえば時代に対する〈呼気〉として表出したとすれば、中原はそれを〈吸気〉として受け入れたというべく、「一切の事物を執持して没失せ」ず、「一切の事物の種子を含蔵する」ものなりとは、まさに中原の詩法の根源につながるものとみてよかろう。

また中原がその文明論あるいは近代批判の一文脈として、「つまり、ドヤドヤと現れた西洋文学は、そのフォルムを迄了得する余裕を我々に与へなかつたのである。云換れば、それらの西洋文学は、我々自身の現識或ひは我々の従来の文学が云つてゐたことの如何いふことに該当するか、その相関関係が十分に納得出来ないうちに、西洋文学の筆法だけを採用し、ともかく我々は筆を執つたのである。」（「撫でられた象」）という時、〈現識〉即ち、〈名辞以前〉なるものがその近代詩批判、モダニズム批判を含め、詩的認識や詩法の強い発条たりえていることもまた明らかであろう。

同時に「虚心といふのは何もない心ではなくて何でも出発し得る起点の心的状態だ。」「凡そ分析なるものは、私には吸気の気持ではなく呼気の気持でなされるものと思はれる。」「私は近時芸術の萎凋する理由を、時代が呼気的状勢にあるからだといふやうに考へる。」（「詩に関する話」）など評文の随所にみる一連の発言には、まさに一切を「執持して没失せざる」〈現識〉の原義につながるもの、さらには「自己を忘るるといふは、万法に証せらるるなり」（「現成公案」）、「朕兆未萌の自己なるがゆゑに、現成の透脱なり」（「山水経」）という道元の、〈現成透脱〉〈而今現成〉の認識にもつながるものが読みとれよう。

中原のこのような名辞以前と以後の世界の対立をめぐる芸術論は、当然ながら詩人と生活者との対立という構図をとる。「芸術家は名辞以前の世界に呼吸してゐればよいとして、『生活』は絶えず彼に向つて『怠け者』よといふ声を放つと考へることが出来るが、その声が耳に入らない程名辞以前の世界で彼独特の心的作業が営まれつつあるその濃度に比例してやがて生ずる作品は客観的存在物たるを得る」。こうして芸術家がその本来の営みのなかにある限り「他《ひと》に敵対的ではなく、天使に近い」（「芸術論覚え書」）という。芸術の根源なる「生命の豊かさ」とは、「畢竟小児が手と知らずして己が手を見て興ずるが如きもの」という時、中原の詩観、また詩人観の底にひそむ詩人＝天使に近きもの＝小児という等価の構図の所在もまた明かであろう。同時にその構図を砕き、あやうくするものの遍在こそ、中原の詩そのものを浸蝕してゆく影（＝死）のモチーフでもあった。こうして中原における〈子供〉という一主題が、重い意味をもって登場することとなる。

子供・詩人・挽歌

詩人における〈子供〉とは何か。概念や分析を去って無垢なる子供の眼をとは、詩人八木重吉のいうところであり、「究極においては子供のやうな詩を」と言い、〈いちばんやはらかな　いちばんはじめの／こころおどるいずみからものを言ひたい〉とは重吉詩の本髄でもあった。中原の場合はやや違う。いや、その詩的位相においては殆ど対極のものとさえみえる。誤解をおそれずいえば、〈子供〉とは中原にあっては負の相、影の部分であり、その喪失感のいたき代償、その負の影像でもあった。
昭和十一年秋（十一月十日）、中原は未だ三歳にも満たぬ長男文也を亡くしたが、この幼児の死がいかに深い悲嘆となり、詩人の内面を喰い破ったかはよく知られるところである。これと前後して――〈空は死児等の亡霊にみち〉（「含羞」）、〈お庭の隅の草叢に／隠れてゐるのは死んだ児だ〉（「月の光 その一」）、〈森の中では死んだ子が／螢のやうに蹲んでる〉（「月の光 その二」）、〈コボルト空に往交《ゆきか》へば、／野に／蒼白の／この小児。〉（「この小児」）など、晩期の作品に死児や陰画としての小児のイメージが氾濫していることも周知の通りである。またその詩篇に登場する子供たちがしばしば、いやおうない不安の影にさらされているのは何故か。彼はその無垢なる存在のありようを、たとえば次のように唱う。

赤ン坊ではないでせうか?
菜の花畑で吹かれてゐるのは……
菜の花畑で眠つてゐるのは……

いいえ、空で鳴るのは、電線です電線です
ひねもす、空で鳴るのは、あれは電線です
菜の花畑で眠ってゐるのは、赤ン坊ですけど

走つてゆくのは、自転車々々々
向ふの道を、走つてゆくのは

薄桃色の、風を切つて……
薄桃色の、風を切つて
走つてゆくのは菜の花畑や空の白雲《しろくも》
——赤ン坊を畑に置いて

（「春と赤ン坊」）

いかにも中原らしい軽快なスケッチ、またリズムだが、菜の花畑や風や雲を唱いつつ、そののどかな情景とはうらはらに、ある予感的な喪失感、疎外感がにじむ。〈いいえ、空で鳴るのは〉という二連はじめの転調など無類の見事さだが、ここでも見えざるものとの応答はある微妙な不安の影をよぎらせ、〈ひねもす、空で鳴る〉〈電線〉のイメージは、ある予感的な顫えを示す。やがて自転車の影とともに雲が走り、菜の花畑が走り、情景は一挙に浮上して幻想世界を織りなすかとみえ、あとには畑に置かれた〈赤ン坊〉のイメージが残されるが、この存在感はいかにも透明で、また勁い。それは具体の実感よりも、透脱した抽象感というか、無垢なるものの普遍の象徴のごとくそこに置かれる。そこには不思議な明るさと不安が同居している。この〈赤ン坊〉がやがて成長すれば、恐らく次のようなイメージを帯びる。

またひとしきり　午前の雨が
菖蒲《しやうぶ》のいろの　みどりいろ
眼《まなこ》うるめる　面長き女《ひと》
たちあらはれて　消えてゆく

たちあらはれて　消えゆけば
うれひに沈み　しとしとと
畠《はたけ》の上に　落ちてゐる
はてしもしれず　落ちてゐる

お太鼓叩いて　笛吹いて
あどけない子が　日曜日
畳の上で　遊びます

お太鼓叩いて　笛吹いて
遊んでゐれば　雨が降る
櫺子《れんじ》の外に　雨が降る

（「六月の雨」）

この「六月の雨」は「春と赤ン坊」より約一年ばかり後のものであり、「文學界」に発表され（昭11・6）、第六回「文學界」賞の候補ともなった評判の作だが、受賞は逸したものの中原にとっては自信作であったようである。これも第一連の一、三行は七七となるが、あとは中原特有の七五のかろやかなはこびのなかに、前半はしずかな雨の情趣と女の影が溶けあい、みごとな幻想の気分を漂わす。後半で一転、子供の情景へと移り、無心に遊ぶ幼児の姿が唱われるわけだが、そのイメージは具体の実感よりもはるかに稀薄である。

前半にあらわれる女人の姿は、母の影というよりも、むしろ無縁なものとして一瞬の影をにじませて消えてゆく。疾走する菜の花畑ならぬ、女の影を包んだ無限に降り続く雨のイメージが背景だが、ここでも評家の言葉を借りれば、「取り残された幼児」（吉田凞生）のイメージがあらわれる。一、二連の〈たちあらはれて〉は消えゆく女人の影と照応するごとく、幼児の姿も、無限にあらわれては同じ情景を繰り返しつつ消えゆく幻像のごとく、そこに置かれる。そこには幼児が無心に遊ぶいかなる充足感も浄福感もなく、ある深い欠如感、疎外感がにじむばかりである。

この不安のなかにさらされ、取り残される幼児のイメージは、やがて文也の死という現実として起こるわけだが、先にふれた死児らのイメージとともに、さらに注目すべきはあの世からこの現世を、あるいは詩人自身を見返し、問い返す死児たちのイメージの顕現であろう。

〈死んだ子供等は、彼《あ》の世の磧《かはら》から、此の世の僕等を看守《みまも》つてるんだ。／彼の世の磧は何時でも初夏の夜、どうしても僕はさう想へるんだ。／行かうとしたつて、行かれはしないが、あんまり遠くでもなささうぢやないか。／窓の彼方《かなた》の、笹藪の此方《こちら》の、月のない初夏の宵の、空間……其処に、／死児等は茫然《ぼうぜん》、佇《たたず》み僕等を見てるが、何にも咎《とが》めはしない。／罪のない奴等《やつら》が、咎めもせぬから、こつちは尚更、辛いこつた。／いつそほんとは、奴等に棒を与へ、なぐつて貰ひたいくらゐのもんだ。〉〈なにさま暗い、あの世の磧の、ことであるから小さい奴等は、／大きい奴等の、腕の下をば、すりぬけてどうにか、遊ぶとは想ふけれど、／それにしてもが、三歳の奴等は、十歳の奴等より、可哀想だ……〉――ここで、〈――オヤ、蚊が鳴いてる、またもう夏か――〉という冒頭の一句に再び還って、この未刊の詩篇（「初夏の夜に」）は閉じられる。

（一九三七・五・一四）という制作の日付によって文也の死後、半年ばかりのちのものと知られるが、あの世の磧に茫然と佇み、こちらを見返す死児たちの姿はいかにもなまなましい。しかしさらに注目すべきは、この幼児らによって鞭うたれたいという罪責感の表白であろう。これはまた同時期のものと思われる未刊詩篇のひとつ（「こぞの雪今いづこ」）のなかでも――〈せめて吾子《あこ》はもあの世より／この身にピストル撃ちもせば〳〵こよなきことにぞ思ふなるを〉というかたちで唱われる。この詩人をみつめ、問い返す無垢なる存在の影とは何か。恐らくこれを溯れば次のような初期の未刊詩篇のそれとも無縁ではあるまい。

〈疲れた魂と心の上に、／訪れる夜が良夜《あたらよ》であつた……／そして額のはるか彼方《かなた》に、／私を看守《みまも》る小児があつた……〳〵その小児は色白く、水草の青みとに揺れた、／その瞼《まぶた》は赤く、その眼《まなこ》は恐れてゐた。／その小児が急にナイフで自殺すれば、／美しい唐縮緬《とうちりめん》が跳び出すのであつた！〉（「無題」）――この中原の詩にはじめてあらわれる〈小児〉のイメージは鮮烈である。詩人を〈看守る小児〉のイメージの素型ともいうべきものだが、この鮮烈なイメージの背後に孕むところは何か。この詩は先の部分をうけて次のように続く。

〈しかし、何事も起ることなく、／良夜の闇は潤《うる》んでゐた。／私は木の葉にとまつた一匹の昆蟲……／それなのに私の心は悲しみで一杯だつた。〉――この三連を境として詩句は次のように転調してゆく。〈額のつるつるした小さいお婆さんがゐた、／その慈愛は小川の春の小波だつた。／けれども時としてお婆さんは怒りを愉《たの》しむことがあつた。／そのお婆さんがいま死なうとしてるのであつた……〳〵神様は遠くにゐた、／良夜の空気は動かなく、神様は遠くにゐた。／私はお婆さんの過ぎた日にあつたことをなるべく語らうとしてゐるのであつた、／私はお婆さんの過ぎた日にあつたことを、なるべく語らうとしてゐるのであつた……〃〈いかにお婆さん、怒りを愉しむことは好ましい！〉〉——恐らく終連の一行に作者の主張はあるわけだが、童女のごとき老婆の平安な生涯に託して、その裡にかかえ込まれた〈怒り〉への共感が語られる。

その無垢なる〈怒り〉ともいうべきものと微妙に照応するものとして、小児の実存が、鮮烈な不安の影を帯びて刻み出される。すでにこの小児の影に、詩人自身の裡なる衝迫感が重ね合わされていることは明らかであろう。〈あの世より／この身にピストル撃ちもせば〉とは、すでにひとつの罪責感を語るとともに、無垢なる小児との合体への深い希求を語るものでもある。この小児と詩人は逆転してもよい。そこでは〈荒くれ〉たこの世に取り残された幼児と詩人のイメージはそのまま合体する。

「本当に、私には不思議な気がする、一体あの時死んだのは、彼の子供だけだったのか？　いや、あの時、熊を見ていたのは子供でなくて中原だったのだろうか？」とは中原の友人であった吉田秀和（「中原中也のこと」）の語るところである。「また来ん春……」という詩にふれての発言だが、「私には、彼と彼の子供との区別がつきにくい」という。たしかに、〈ほんにおまへもあの時は／此の世の光のたゞ中に／立つて眺めてゐたつけが……〉（「また来ん春……」）と詩人が唱う時、我々の眼にもまたそれは幼子ならぬ、中原そのひとの姿として見えて来る。すでにこれらの詩篇の語るところは明らかであろう。愛児の死はいかにもいたましいが、その死は詩人自身の陰画としての生の完成でもあった。恐らく次の一篇こそは、詩人と幼児と——この両者の不離なる融合の姿を最もみごとに映しとったものということができよう。

いとしい者の上に風が吹き

私の上にも風が吹いた

いとしい者はたゞ無邪気に笑つてをり
世間はたゞ遥《はる》か彼方《かなた》で荒くれてゐた

いとしい者の上に風が吹き
私の上にも風が吹いた

私は手で風を追ひのけるかに
わづかに微笑《ほほえ》み返すのだつた

いとしい者はたゞ無邪気に笑つてをり
世間はたゞ遥か彼方で荒くれてゐた

（「山上のひととき」）

（一九三五・九・一九）という日付を持つこの未刊詩篇は、文也の誕生後凡そ一年近く後のものだが、この詩の構図は詩人と〈子供〉をめぐる生の原型のすべてを語るものであろう。すでにこの無垢なる幼児は詩人の生をふちどるかすかな暈光、あるいは微光のごときものであり、やがて来る愛児の死は詩人の生の、いまひとつの剝離として詩のなかに顕前することとなる。こうして、いまは他界にある〈子供〉の眼によって自らの生を問い返す時、詩人のいう〈在りし日〉、即ち陰画としての生はみごとに成就することになる。我々はその晩期詩篇のいずれにもそのしるしを見るものだが、いまそのひとつ、「冬の長門峡」についてふれてみたい。次に掲げるのはその第一稿である。

〈長門峡に、水は流れてありき。／寒い寒い日なりき。∥われは料亭にありぬ、酒酌みてありぬ。／われのほか客とてもなかりき、／寒い寒い日なりき。∥水は恰《あたか》も、魂でもあるものの如く、／流れ流れてありぬ。／寒い寒い日なりき。∥やがて密柑《ママ》の如き夕陽、／欄干に射してそひぬ／寒い寒い日なりき。∥あゝ、そのやうな時もありき。／寒い寒い日なりき。∥あゝ、そのやうな時もありき。／寒い寒い日なりき。〉——推敲のあとは数箇所にみられるが、特に注目すべきは〈寒い寒い日なりき〉の詩句が一連から六連に至るまでリフレインとして繰り返されていることである。定稿ではこれを切り棄て、わずかに一連と六連のみにとどめているが、このリフレインの背後にかくされたものは何か。ここで注目されるのは愛児文也を回想する未刊詩篇「夏の夜の博覧会は、かなしからずや」が（一九三六・一二・二四）という同じ日付を持っていることであり、そこにも亡児をいたむ哀切な詩句の繰り返しがみられる。

〈夏の夜の、博覧会は、哀しからずや／雨ちよと降りて、やがてもあがりぬ／夏の夜の、博覧会は、哀しからずや∥女房買物をなす間、かなしからずや／象の前に余と坊やとはゐぬ／二人蹲《しゃが》んでゐぬ、かなしからずや、やがて女房きぬ∥三人博覧会を出でぬかなしからずや／不忍《しのばず》ノ池の前に立ちぬ、坊や眺めてありぬ∥そは坊やの見し、水の中にて最も大なるものなりきかなしからずや、／髪毛風に吹かれつ／見てありぬ、見てありぬ、かなしからずや／それより手を引きて歩きて／広小路に出でぬ、かなしからずや∥広小路にて玩具を買ひぬ、兎の玩具かなしからずや〉——以上は〈1〉の部分だが、この〈哀しからずや〉のリフレインはそのまま残響的に、「冬の長門峡」の〈寒い寒い日なりき〉のリフレインにつながる。

さらにいえば、この二篇の詩と同じく毛筆で書かれた「文也の一生」と題した一文が未完のままで日記のなかにしるされている。評家もいうごとく「このころの作品や日記で、この三点だけが毛筆であることから推定」（吉田凞生）して、これも二篇の詩と同日のものかと思われ、特に「文也の一生」が「文語体でしかも毛筆を用いているのは」「父としての追悼の辞であるとともに、中原家の記録としての意味」（同）を持つものであろう。この一文は文也の誕生前後の模様から始まり、記述は愛児との数々の想い出をスケッチ風に辿りながら「七月末日万国博覧会にゆきサーカスをみる。飛行機にのる。坊や喜びぬ。帰途不忍池を貫く路を通る。上野の夜店をみる。」というところで中絶している。恐らく「それはそのまま詩に転じ」て「夏の夜は――」が書かれ、さらにそこから「『冬の長門峡』第一稿に移」（同）ったものとみて差支えあるまい。

すでに「冬の長門峡」をこの一連の文脈に続くものとみれば、その語るところは明らかであろう。中原が文也という無垢なる幼児の相に〈詩人〉として己れを重ねて視ていたとすれば、「夏の夜――」にみる〈坊や〉の像はそのまま冬の長門峡にひとり〈酒酌みてありぬ〉という詩人の像にかさなる。〈女房買物をなす間、／象の前に余と坊やとはゐぬ、／二人蹲《しやが》んでゐぬ、かなしからずや、〉という、その〈余と坊や〉の像が剝離してゆけば、「夏の夜――」から「冬の長門峡」の世界はおのずからに流れ出て来よう。明らかにこの二つの詩篇は盾の表裏であり、論者のいうこの詩篇（「冬の長門峡」）には「なにかが凝りついている」（篠田一士）という感触、また批判もここに発するものであろう。この詩篇については多くの批評、鑑賞があり、またそれをめぐる論争もあるが、先ずすぐれた鑑賞のひとつに河上徹太郎氏のものがある。

「これは東京からの友人を郷里へ迎えて近傍の名勝長門峡に遊んだ時のもので、死の一年足らず前の作だが、何か冷たく、侘しいものがある。なまじっか何もお膳立をしないで、水と夕日と自分だけ出しているので、水が彼の心をつつ抜けに洗っているようで、やがて水の代りに『時間』が果てなく流れ出すのである。」と河上氏はいう。これに対してそこに評者の「たくまざる老年の抒情」を見つつも、自分の「印象と決定的にちがう」として篠田一士氏は次のごとく反論する。「この長門峡には水は流れていない。ここにはなにかが凝りついているだけで、一種のかなしい妄執めいたものが横たわっているのである。二行詩の文語調を連ねた詩形式も不自然なユガミを感じさせ、とても『果てなく流れ出す時間』の水音など聞けるはずもない。この作品は決してすぐれた作品ではない。なにか極めて個人的なものに蝕ばまれたおそろしく不健全な詩作品である。」（「傍役の詩人中原中也」）。

これに対して大岡昇平氏の痛烈な反論（「篠田一士氏に抗議する」）のあったことは周知の通りだが、その大岡氏もまた後に「ここにはなにかが凝りついているという点では、むしろ賛成だ」（『在りし日の歌』）と述べている。これは河上氏も「何か冷たく、侘しいものがある」と言っているわけで、三者の印象にさほどの逕庭があるわけではない。ただ篠田氏の指摘の根底には、「作品そのものよりも、作者の曖昧な面影を、あるいは、日常的な環境から屹立した想像力の世界よりも、そこにウゴメいている登場人物に白々しい興味を示す、ぼくたちの現在の文学的風土は呪わるべきで」あり、中原の詩もまたこのような未成熟な風土と意識にもたれかかった未熟さと甘さを持っていないかという、自己の文学論に即した戦略的な批判の眼があり、それが逆に、虚心に作品を見るという眼を曇らせていたともいえるのではないか。明らかにこの詩の主題は河上氏もいうごとく〈時間〉であり、ただその〈時間〉と詩人自体とのかかわりに問題があろう。

大岡氏もまた「ここには中原の短い生涯で経て来た時間だけが指示されているのである」と述べ、ただ彼は「昭和六年以来、いつも在りし日の氾濫に悩まされ」て来たが、「彼はもうそれがどんなものであったか、言わないことにしたのである。ただ水が時間と同じように、『流れ流れてありにけり』（ついでにいえば、一旦『流れ渦《うず》巻《ま》きて』と直そうとしてもとへ戻している）というに止めたのである」（『在りし日の歌』）という。こうして、たしかに〈時間〉が主題といえるが、しかし〈水〉は「彼の心をつつ抜け」「やがて水の代りに時間が果てなく流れ出す」といえるのか。

〈長門峡に、水は流れてありにけり〉という時、この〈水〉は詩人における〈水は、恰《あたか》も魂あるものの如く、／流れ流れてありにけり〉と言い、さらに〈内的時間〉の喩として、詩人と同化しているのか。

むしろこの詩から受ける感触は、〈恰も魂あるものの如く〉という時、詩人の内部ならぬ外側にあるもの、逆にいえば詩人自体がその〈時間〉から疎外されたものと見えて来ないか。さらにいえば、〈水は恰も魂あるものの如く〉というその詩句が、〈水〉（＝時間）の豊饒な流れというより逆に、なにか「凝りついた」イメージとして映って来ないか。それはひとりの詩人が「中也という存在はここで、長門峡の水によって限りなく無化されていこうとしている、みずからを故郷の川に同化させて慰められようというのではなく、むしろ川のほうが『魂あるものの如く』中也という存在を、いわば消しにかかってくるといった具合なのだ」（清水哲男「冬の長門峡（在りし日の歌）」）という指摘とも無縁ではなく、また評家のいう「『水は、恰も魂あるものの如く／流れ流れてありにけり』とあるのも、水が生命と意志あるもののように流れてやまない状態だが、それは作者の心の内側ではなく、没交渉に外側を流れている感じで、それがかえって〈われ〉があたかも魂なきものの如く、時間さえ流れていないかのように強く印象づけられる」（分銅惇作『中原中也』）という指摘にもつながるものであろう。

しかしまた、さらにいえば〈水は、恰も魂あるものの如く〉という表現自体、「水が生命と意志あるもののように」とも、また詩人の存在を「無化」し、「消し」さるものとも言いさりえぬなにか「凝りついた」印象を与えることは否めまい。そこでは流れゆく水の情景が音を消しさり、一瞬凝固した画面のごとく固定化してみえる。詩人内面の空白が言葉とはうらはらに画面を凝りつかせ、同時にその画面自体が詩人内面の空白を映し出すかともみえる。この作品の奇妙なリアリティはこのあたりにあると思われる。こうしてこの詩の点晴は――終末に近い〈やがても蜜柑の如き夕陽、／欄干にこぼれたり〉の一句にあろう。

この一句をめぐるすぐれた鑑賞に鮎川信夫の「中原中也論――詩意識とその方法」と題した一文がある。鮎川氏は「この詩の眼目」はまさにこの第五連の二行にありと言い、中原がこの詩で「文語の使用によって、回想を遠隔化させ」「同時に詩的粉飾をできるだけかなぐりすてようとし」、ここでは読者を面白がらせようとする「中原節《ぶし》の中也は」消え、「その意味では、詩的には枯れるか、痩せるか、貧しくなるかというようなぎりぎりの危うい位置に」意識的に立ち、「わざと凍結した風景の中に身をおいている」のだという。それが第五連に至って詩の様相は一変し、「古色蒼然たる風景の中に沈む光の弱い夕陽を小さく『やがても蜜柑の如き夕陽、／欄干にこぼれたり。』と喩的なイメジによって捉えた瞬間、今までは長門峡の水の流れを眺めながら、わびしく酒を酌むほか能がないとみえた男が、突如、第一級の詩人であったことに、読者は気づかされるのである」という。

この場面を「比喩的に誇張して説明すれば、彼は、蜜柑のように夕陽のイメジを懐中にして帰った、寒い寒い日の小さな収穫だったが、いくらか心が慰められたと言っているのと同じである。目立たないようであるが、『やがても』の『も』に強い臨場感の喜びがこめられており、『こぼれたり』で夕陽が身近くたぐりよせられているので」あり、この初稿の〈やがて密《ママ》柑の如き夕陽、／欄干に射しそひぬ〉では「単なる叙景」に終ってしまうであろうという。

鮎川氏はまたここで、「同じような題材でこれだけ違った詩が書けるもの」かと嘆じつつ、対照的な作品として晩期の未刊詩篇「渓流」〈一九三七・七・一五〉という作詩の日付があり、同月二二日付「都新聞」に掲載）をとりあげている。

渓流《たにがは》で冷やされたビールは、
青春のやうに悲しかつた。
峰を仰いで僕は、
泣き入るやうに飲んだ。

ビシヨビシヨに濡れて、とれさうになつてゐるレツテルも、
青春のやうに悲しかつた。
しかしみんなは、「実にいい」とばかり云つた。
僕も実は、そう云つたのだが。

湿つた苔《こけ》も泡立つ水も、
日蔭も岩も悲しかつた。
やがてみんなは飲む手をやめた。

ビールはまだ、渓流《たにがは》の中で冷やされてゐた。

水を透かして瓶の肌へをみてゐると、
僕はもう、此の上歩きたいなぞとは思はなかつた。
独り失敬して、宿に行つて、
女中《ねえさん》と話をした。

ここでは「無技巧すら完全な技巧の一部と化し」「具体的な体験をまるごと紙の上にぶつけたような、とでも言ったらいいの」か、「この口語による詩語の勁さ、卒直さ、美しさは無類であり、悲しみが跳ねて躍《おど》っているような、それでいてあくまでも透きとおったゆるぎない現在感には、それこそこちらが泣き入りたくなるほどである。／そして、最終行で『女中《ねえさん》と話をした』と書くだけで、泡立つような悲しみをぴたりと抑えてしまっている。その悲しさが、また無類なのだ。このような表現の大手腕を、彼はいったいどこから得てきたのであろうか」（鮎川信夫）。評者はさらにこの自問にこたえて――「何処にいて何をしようと、また、どのような意識の状態にあろうと、中原中也は生命体であるかぎり、自然な生活から享受しうる大切なものは決して逃しはしなかった。彼にとって大切なものとは、悲しみであり、美であり、神であり、ようするに絶対者に通ずる何かであった。それを逃すまいとし、素手でつかまえようとする彼に、詩人の業の深さがなかったとはいえない。／しかし、それを感じとろうとする彼の感性は、最後まで異様に澄みきっていた」という。その根源なるものは何かと問い、「またしても、『いのちの声』」の「次の一行を想起」するほかはないという。

〈それよ現実！　汚れなき幸福！　あらはるものはあらはるまゝによいといふこと！〉――「この詩行を二十数年前にはじめて読んだときには、なんとも拙劣で、オッチョコチョイで、いい気な奴だと思い、それを読まされたことに閉口してしまったものであるが、私も変れば変るものである。／悲惨な生活のなかで夭折して、在るがままに不動となった中也にすっかり振廻されてしまったのは、何も彼の友人たちばかりではない。／中原中也は、まだ現代詩の渦中に生きているのである」。ここで鮎川信夫の「中原中也論」は閉じられるわけだが、私はこの一文にふれた時、いささかの驚きを覚えた。中原に対して最も評価の辛い現代詩人のひとりと見て来た鮎川氏にして、この共感があるのかということである。この後、いつであったか、吉本隆明氏との談話の折、中原にふれると、自分は中原の詩はまるごと受け入れると言われる。恐らく戦後の詩人、田村隆一や鮎川信夫や北村太郎など三人束になっても、ちょっとかなわないものがあるという。私はこの時もある驚きを感じたが、すでに両者のいうところは通底していよう。

それは現代詩、戦後詩のしいられた亀裂と屈折から照り返してみた時、そこにはまさに〈意識〉がそのまま〈詩〉と変じ、〈詩〉がそのまま〈意識〉の屈折を呑み込み、慰撫する――無垢なる錬金の場ともいうべきものが、かい間みられるということではないのか。〈あらはるものはあらはるまゝによいといふこと！〉と言いきる、それはまさに〈存在〉と〈表現〉の無垢なる結合というほかはあるまい。先に鮎川氏の論を長々と引いたのも、そこに純一な、戦後詩人の裏返された嘆賞とも嗟嘆ともいうべきものが感じられたが故である。「このような表現の大手腕を、彼はいったいどこから得てきたの」かという問いに対しては、やはり中原とカトリシズムの問題が問われねばなるまい。

器の中の水が揺れないやうに、
器を持ち運ぶことは大切なのだ。
さうでさへあるならば、
モーションは大きい程いい。

しかし、さうするために、
もはや工夫《くふう》を凝らす余地もないなら……
心よ、
謙抑にして神恵を待てよ。

「修羅街輓歌」中の「Ⅲ 独語」と題した部分である。「〈心よ、謙抑にして神恵を待てよ〉という姿勢は、恩寵を待つカトリック的心情の敬虔さに通じている」（中村稔『中也のうた』）と評家はいうが、むしろ「ここに現われる〈神恵〉は、詩を書くためのインスピレーションといったほどの意味ではないか」。「一個の人間として恩寵を待つのではなく、あくまでも詩人として恩寵を待つ姿勢で、中也はどこまでも詩人だったのであり、この「独語」は期せずして彼の詩作法の心得を語っているのではないだろうか」と鮎川氏はいう。「中也の宗教性ということになれば、その詩（歌）の性格からして見神の必然性は論理的に証明されるであろうが、神によって慰められるところまではいかなかったとみるのが普通である。その意味では、あくまでも彼は詩人にとどまっていたのである」ともいう。
これはまた中原の宗教性に対する評者一般の見方でもあろうが、しかし彼があえて「詩人にとどまっていた」「どこまでも詩人だった」という理解の底には、文学（詩）と宗教を二律背反とみる認識がある。しかし中原の独自さは、まさにこの両者を二律相反ならぬ、二律相関と見、そこに己れの詩法の根底を置いたところにあったのではなかったか。彼が終生、カトリシズムに身をひたしえたことは、まさにこのことにほかなるまい。ここで中原におけるカトリシズムとは何であったかが、改めて問われることになる。

カトリシズム

中原の詩を理解する上で、カトリシズムとのかかわりは最も重要な一側面であろう。もともと彼の生地山口はザビエル以来カトリックとゆかりの深い所だが、そのザビエル記念碑建設のためビリオン神父（明治元年来日、明治二十二年から二十八年まで山口、その後大正十三年まで萩で布教、この間《かん》中原家と親交を続ける）を援け、文字通りその片腕として長年月の間力を尽くしたのが祖父政熊であり、祖母コマともども同神父より受洗、中原はこの祖父母の宗教的感化、とりわけコマの影響がつよかったようである。この格別なついていた祖母に連れられてよく教会に通い、「中也のキリスト教好きは、やっぱりコマおばあさんが強く影響していたと思う」（『私の上に降る雪は――わが子中原中也を語る』）とは母フクの語るところである。

このような幼時の感化はその本来的な宗教的資質を深め、この風土にあっては独自の宗教的詩人を生み出すこととなる。彼はまた幼時に軍医であった父の転任にともない、プロテスタント系のミッションスクール広島女学院や北陸女学院の附属幼稚園などにも通っているが、しかし彼の思想や詩風にやはりカトリシズムの影響のつよいのは、たしかにカトリックが「中原にとって考え得べき最も完璧で、包括的な世界観」であり、その「普遍性と包括性が、彼を力一杯自由に、人間的に振舞わせてくれ」(河上徹太郎「中原中也」、『日本のアウトサイダー』)たということであろう。同時にいかなる宗教的正統性も持たず、むしろ異教的、無宗教的であることが正統ともみられるこの土壌、この詩壇や文壇を相手に、己れの詩の純潔と正統性を主張しつづけた彼にとって、カトリシズムへ身を浸すことこそは、その詩法を支える無二の場所でもあった。

「一切は、不定だ。不定で在り方は、一定だ」とは、その「芸術論覚え書」のかなめをなす認識であり、「どうしても宗教に入るといふことが必要である」「宗教に入つて、尠くも朝と夕方に、帰依する気持があれば、謙譲は持続しやすく、さうであれば、詩的恍惚もミッチリと感じられ、漸次に味の深いものが、生れるやうになる筈だ」(「詩壇への抱負」昭11・12)とは、晩期の中原の詩観を語る重要な部分であろう。朔太郎もまた先にふれたごとく自分が永久に「信仰を発見しなかつたら、私は永久に『苦しき懺悔者』又は『素人詩人』として終るにちがひない」と語った。しかし彼がやがてこの宗教的体験から独自の宿命論へと傾いていったことは周知の通りである。恐らく朔太郎もまたこの風土的体感の埒外にはなかった。さらにいえば維新の開国以来「西洋に追蹤せよ」というスローガンを「遵法した」自分は、そのために「日本の文学から縁の遠い世外人にされてしまつた。」「彼らは私を欺いた」「それが口惜しいのだ。」(「遅すぎた悔恨」、『絶望の逃亡』)という。これが朔太郎の「アウトサイダーとしての宣言である」とすれば、「中原は、何よりも先ず自分をアウトサイダーとして純潔に保たんがために、カトリックに憧れたのだった」(河上徹太郎)という同じ評家の指摘は、ひとつの見事な円環を描きうるであろう。

朔太郎の語るところが、この風土にあってアウトサイダーたることのにがい宿命の認識であったとすれば、彼のキリスト教体験はどうなったのか。その晩期の詩境をつたえるものとして『氷島』に続く散文詩集『宿命』があるが、その巻末に収められた自注のなかに、「父と子供」と題した詩篇を注して「詩集『氷島』の中で歌った私の数々の抒情詩は、『見よ、人生は過失なり』といふ詩語に尽きる。此処にはそれを散文で書いた。――主はその一人児を愛するほどに、罪びと我れをも救ひ給へ！」としるしている。「父と子供」は不幸な父と子の挿話だが、父の悔恨を語りつつその終末では、父の夢を破って泣き続ける子供の声を次のように語る。

〈歯が痛い。痛いよう！　痛いよう！　罪人《つみびと》と人に呼ばれ、十字架にかかり給へる、救ひ主イエス・キリスト……歯が痛い。痛いよう！〉――恐らくは生の不条理をめぐって存在の痛苦を語るかとみえるが、詩人はこれを注して不意に先の聖書の一節をしるす。この隠された主題はまた同時期の「臥床の中で」と題した詩篇の中では、同じく人生の悔恨と倦怠を語りつつ、終末に至り転調して次のように閉じられる。

〈だがしかし、その時朝の侘しい光が、私の臥床の中にさし込み、やさしい揺籠のやうにゆすつてくれた。古い聖書の忘れた言葉が、私の心の或る片隅で、静かに侘しい日陰をつくり、夢の記憶のやうに浮んで来た。／神はその一人子を愛するほどに、汝等をも愛し給ふ。／朝が来た。雀等は窓に鳴いてる。起きよ。起きよ。起きてまた昨日の如く、汝の今日の生活をせよ――。〉――これは〈それ神はその独《ひと》子《ご》を賜ふほどに世を愛し給へり〉（ヨハネ福音書三・一六）という聖書の一句のいささか恣意なる転用というべきか。あるいは若き日の聖書体験の残響ともいうべきものか。いずれにせよ、詩人は人生晩期の悔恨と倦怠を唱いつつ、なおその底に消しえぬ、かすかな根源の声を聴きとろうとするかにみえる。そこには宿命論的抒情に身を浸しつつ、なおこの風土にあってアウトサイダーたらざるをえぬ詩人の、陰画のごとき像が炙り出されて来るわけだが、いまこれ以上『氷島』や『宿命』の詩人について語る余裕はない。ただこれを中原と較べれば、中原の詩がその宗教性においていかに向日的であり、この土壌にあっては異質ともいうべき、真率なる魂の表白にいかに已れを深く賭けえていたかが窺いとれよう。

透谷以来、キリスト教詩人といわれる暮鳥や八木重吉にあっても、この風土と〈信〉の世界をめぐる深い葛藤の跡は随所にみられる。聖公会の伝道師として出発しながら〈信〉と表現の世界のはざまに苦しみ、ついには〈愛にもえて／おそろしい獣になるとき／光りかがやく／そして神となる人間〉(「断章5」)と唱い、「荘厳なる苦悩者の頌栄」と題しては近代詩にも稀なる一二八一行にも及ぶ長詩に「苦悩者の告白」と神への糺問を唱いあげた暮鳥はもとより、終生純一なる〈信〉の世界を唱い続けたかとみえる重吉にも、因襲にみちた農村の暗い現実に眼を向けては〈どうか平明であつてください／わたしは何かしら無気味なのです〉と唱い、〈古い井戸をのぞきこんだら／わたしは／古いものになるらしかつた〉と唱う、土俗の暗さへの怖れが語られていることは見逃せまい。暮鳥における日本的生命主義ともいうべきものへの傾斜や、重吉における土俗の暗さへの吸引は、ひとり彼らのみのものではなく、この風土の体感とキリスト教をめぐってのつきざる矛盾であり、藤村や泡鳴をはじめ、かつては〈信〉の世界に身を浸した近代詩人たちの多くの繰り返すところでもあった。

しかし中原の場合はいささか異なる。彼に土俗への吸引がないわけではない。しかもその詩圏をみたす独自の形而上性、〈神〉という名辞をめぐってのいかにもやすらかな浄福感、土俗の湿潤をぬぐっての直截な魂の表白、これらの特性は何処から来るのか。「真の詩人は、常に／讃歌するのだ！」(昭2・12・15付日記)と言い、「要するに真実とは、全てのことがその各々の持場に着くことである。」(同7・24)という、そのカトリック的志向の所在は明らかであろう。同時にこれがすぐれてクリティックな批評精神に裏打ちされていることも見逃せまい。これについてはまた中原における〈神〉を語るところでふれたい故詳細は避けるが、論理と逆説の果てに神をみるというその抽象性、また先にもふれた〈自然詩人〉ならぬ〈人間詩人〉たらんというその倫理性など、これらのすべてがあい俟って詩人独自の宗教性を織りなしてゆくわけだが、さらには〈女人〉というエロス的存在、その〈対幻想〉の世界すらも詩人独自の倫理性のなかに収斂されてゆく過程のなかに、中原におけるカトリシズムの、さらにはその宗教性の何たるかが浮彫りされて来よう。

ひとはしばしば中原における〈女人〉の意味を長谷川泰子の存在と等価に置き、そのエロス的側面のみを強調しがちだが、中原にとって〈女人〉とは何か。たとえば「盲目の秋」のパートⅢは――〈私の聖母《サンタ・マリヤ》！／とにかく私は血を吐いた！……／おまへが情けをうけてくれないので、／とにかく私はまゐつてしまつた……〉という嘆きに始まり、これを承けたパートⅣでは――〈せめて死の時には、／あの女が私の上に胸を披《ひら》いてくれるでせうか。／その時は白粉《おしろい》をつけてゐてはいや、／その時は白粉をつけてゐてはいや。／／ただ静かにその胸を披いて、／私の眼に副射してゐて下さい。／何にも考へてくれてはいや、／たとへ私のために考へてくれるのでもいや。／／ただはららかにはららかに涙を含み、／あたたかく息づいてゐて下さい。〉というふうに甘美な詩句が展開する。

ここには明らかに聖なる女性とエロス的な女人の像が同居し、評者（吉田凞生）も指摘するごとくエロスは慈愛の色に染まり、ひとつの〈母子像〉が完成する。〈聖母〉を〈おまへ〉と呼ぶ矛盾の背後に、明らかに長谷川泰子のイメージのあることは、これもしばしば指摘される通りである。中原との共同生活にふれて、年下ながら父兄のようにふるまい、保護者のような存在であったとは泰子の語るところであり、前にもふれた通りである。こうして〈聖母〉を〈おまへ〉と呼ぶ「保護者意識」の「混淆」が指摘されるわけだが、終末の――〈――もしも涙がながれてきたら、／／いきなり私の上にうつ俯して、／それで私を殺してしまつてもいい。／すれば私は心地よく、うねうねの冥土《よみぢ》の径を昇りゆく。〉という部分に至って、官能的な感触を含みながらも再び主体は幼子の相をとり、一種倒錯した〈母子像〉へと転じてゆく。

またこの詩篇が〈風が立ち、浪が騒ぎ、／無限のまへに腕を振る。〉（I）の起句に始まり、〈人には自恃《じじ》があればよい！／その余はすべてなるまゝだ……〉〈平気で、陽気で、藁束《わらたば》のやうにしむみりと、／朝霧を煮釜に塡《つ》めて、跳起きられればよい！〉（II）というふうに魂の擾乱の果ての鎮静を願いつつ、倫理的な救済への志向を示していることをみれば、ここでも中原における〈女人〉の相が単にエロス的側面のみならぬ、倫理的、存在論的位相へと傾斜していることが注目されよう。

〈夜、うつくしい魂は渧《な》いて、／——かの女こそ正当《あたりき》なのに——／夜、うつくしい魂は渧いて、／もう死んだつていいよう……といふのであつた。〉〈夜、み空はたかく、吹く風はこまやかに／——祈るよりほか、わたくしに、すべはなかつた……〉（「妹よ」）、〈神もなくしるべもなくて／窓近く婦《をみな》の逝きぬ〉〈しかはあれ　この魂はいかにとなるか？／うすらぎて　空となるか？〉（「臨終」）、さらには〈こひ人よ、おまへがやさしくしてくれるのに、／私は強情だ。〉（「無題 I」）に始まり、〈なが心、かたくなにしてあらしめな。／／かたくなにしてあるときは、心に眼《まなこ》／魂に、言葉のはたらきあとを絶つ〉（III）、〈幸福は厩《うまや》の中にゐる／藁《わら》の上に。／幸福は／和める心には一挙にして分る。〉（V）というふうに倫理と敬虔の相へと傾斜してゆく詩篇の展開など、もはや逐一挙げる余裕はないが、そこに一貫するエロスから倫理への収斂の流れは明らかであろう。こうしてその追憶の究極に、あの最も幼い〈聖母〉の像が登場する。

〈九才の子供がありました／女の子供でありました／世界の空気が、彼女の有《いう》であるやうに／またそれは、凭《よ》つかかられるもののやうに／彼女は頸をかしげるのでした／私と話してゐる時に。〉〈彼女が頸かしげると／彼女の耳朶陽《みみのは》に透きました。〉〈私を信頼しきつて、安心しきつて／かの女の心は蜜柑《みかん》の色に／そのやさしさは氾濫するなく、かといつて／鹿のやうに縮かむこともありませんでした／私はすべての用件を忘れ／この時ばかりはゆるやかに時間を熟読翫味《がんみ》しがんみました。〉（「羊の歌　Ⅲ」）――ここには無垢なる童女との充ち足りた至福の時間が語られているわけだが、この詩篇のエピグラフとして〈我が生は恐ろしい嵐のやうであつた、／其処此処に時々陽の光も落ちたとはいへ〉というボードレールの詩句が書かれていることをみれば、詩人の希求の意味するところは明らかであろう。

言わばこの詩篇は四つのパートからなる「羊の歌」の中で、〈死の時には私が仰向かんことを！〉〈せめてその時、私も、すべてを感ずる者であらんことを！〉と唱った「Ⅰ　祈り」と対応し、ⅠとⅢは〈嵐のやうであつた〉というその生の擾乱の、始源の場と究極の場を語ってあい照応するかのようである。そこには中原の詩法をめぐる倫理性、宗教性ともいうべきもの、あるいは〈祈り〉とも〈希求〉ともいうべきもののフィルターがかけられ、『山羊の歌』がまさに〈羊の歌〉に変現する場でもある。この『山羊の歌』の終末部をなす「羊の歌」「憔悴」「いのちの声」にふれて、これら「最終詩篇は最後に志を述べることによって、詩集全体に一種のまとめを与え」ようとしたものであり、これら三篇の語るところは昭和三年の作「寒い夜の自我像」につながるものだと大岡昇平氏はいう。

〈きらびやかでもないけれど／この一本の手綱をはなさず／この陰暗の地域をすぎる！／その志明かなれば／冬の夜を、我は嘆かず〉と言い、〈聊《いささ》か儀文めいた心地をもつて／われはわが怠惰を諫《いさ》める〉という――その〈志〉のありかは、たしかに終末三篇の詩に集約されるところでもあろう。〈われはや単純と静けき呟きと、／とまれ、清楚のほかを希《ねが》はず。〉（「羊の歌　Ⅱ」）と唱いつつ、また〈あゝ　それにしてもそれにしても／ゆめみるだけの　男にならうとはおもはなかつた！〉〈僕は美の、核心を知つてゐるとおもふのですが／それにしても辛いことです、怠惰を遁《のが》れるすべがない！〉（「憔悴」）と嘆ずる。さらには生の倦怠と寂寞を嘆じつつ、〈僕はその寂漠の中にすつかり沈静してゐるわけでもない。／僕は何かを求めてゐる、絶えず何かを求めてゐる。／恐ろしく不動の形の中にだが、また恐ろしく憔《じ》れてゐる。〉（「いのちの声」）とその焦燥を唱う。こうして己れの生をつらぬく焦燥と希求と疲労を表白しつつ、詩句は終末の——〈ゆふがた、空の下で、身一点に感じられれば、万事に於て文句はないのだ。〉（「いのちの声 Ⅲ」）という一句に収斂する。すでにこの一句は最終詩篇の末尾をなすとともに、また『山羊の歌』一巻を閉じるとどめの一句ともみえる。こうして詩人は己れの生の〈不動の形〉をこの一句のなかに収斂せしめようとする。

たしかに中原にとって「詩集の編纂」とは「一つ一つが生の断片であるところの詩篇を再編成して、その中から、一つの人間の形を見出す、あるいは、一つの生の意味を創造する、という作業」であり、彼は終末部の三篇を置くことによって「自己の生に対する、一つの完結した意味づけ」（秋山駿『知れざる炎』）を果そうとする。死の時には〈すべてを感ずる者であらんことを！〉と唱い、空の下〈身一点に感じられれば、万事に於て文句はないのだ〉という時、このいかにも倫理的な詩人がみずからにしいた生の構図は完成し、カトリシズムにつながる生と詩法の究極が呈示される。

しかしまたこれら最終詩篇が、詩人にとっては「詩集の中心部を形づくる作品群とは違ったものと考えられていた」（大岡昇平）ことはたしかであり、さらに言えば後の『在りし日の歌』後記に、「『山羊の歌』には大正十三年春の作から昭和五年春迄のものを収めた」として、昭和六年から七年にかけてつくられたこれら最終詩篇を無視、あるいは「忘れた振り」をしているのは、彼が「第二詩集の『在りし日の歌』を編もうとしているから」であり、「彼はとにかく生き延びたのだ」（秋山駿）という評家の指摘もまた示唆深いものがあろう。あえて「生き延びた」とは言わずとも、彼は生の途上を折り返して還《げん》相の途に向う。その〈志〉を述べ、ゾルレンへの熱い希求を唱った『山羊の歌』終末の相が生の往相を示すとすれば、続く第二詩集『在りし日の歌』はその還相を語る。ここに〈在りし日〉の抒情が展開するわけだが、〈在りし日〉とは過ぎ去った日々の追憶ならぬ、詩人における還相的抒情ともいうべき部分であり、ここに詩人独自のリアリティが展開する。

そのリアリティ、あるいはひとつの成熟とは〈その志明らかなれば〉と唱い、〈陽気で坦々として、しかも己を売らないことをと、／わが魂の願ふことであつた！〉（「寒い夜の自我像」）というその〈志〉の表白が、『在りし日の歌』終末部の核をなす「春日狂想」における独自の抒情へと変奏してゆく部分であり、評家もいうごとく両者はその相を異にしつつ深く通底する。こうして我々は『在りし日の歌』に入ってゆくわけだが、先ずその伝記的側面から見てゆかねばなるまい。

在りし日の歌

中原の第二詩集『在りし日の歌』はその生前に編まれ、没後昭和十三年四月に刊行されたが、このことによってこの詩集一巻は、二重の意味において詩人の〈在りし日〉のあかしとなる。詩人がすでに見た〈在りし日〉とは何か。その題名や題意の由来については吉田凞生氏（「『在りし日の歌』解題」、中村稔編「別冊国文学　中原中也必携」）や大岡昇平氏（「在りし日、幼かりし日」『中原中也』）に詳細な考証があるが、その詩集冒頭に置かれた「含羞」が「在りし日の歌」という副題を持ち、〈あゝ！　過ぎし日の灰《ほの》燃えあざやぐをりをりは／わが心　なにゆゑに　なにゆゑにかくは羞ぢらふ……〉という詩句をもって閉じられていることをみれば、先ず〈過ぎし日〉の意味を示していることがわかる。

同時にまた〈在りし日〉が、語本来の〈生前〉の意を含んでいたことは、はじめ「こぞの雪今いづこ」と題した愛児文也の追悼の詩篇につながる「去年の雪」を題名として考えていたことや、詩集の扉裏に〈亡き児文也に捧ぐ〉の献辞のあることにも明らかであろう。これは詩人自身が文也と自分をしばしば同一視する傾向のあったことをみれば、〈在りし日〉がとり返すすべもない、ある決定的な喪失感に裏づけられていることは疑いあるまい。しかも〈過ぎし日〉を〈在りし日〉として唱う抒情の内実とは何か。

〈なにゆゑに　こゝろかくは羞《は》ぢらふ／秋　風白き日の山かげなりき／椎の枯葉の落窪に／幹々は　いやにおとなび彳《た》ちゐたり／／枝々の　拱《く》みあはすあたりかなしげの／空は死児等の亡霊にみち　まばたきぬ〉〈その日　その幹の隙《ひま》　睦みし瞳／姉らしき色　きみはありにし〉（「含羞」）——評者はこれを「詩人は〈在りし日〉に対して自己の現在を羞じらうのではない。むしろ〈在りし日〉とともに羞じらうのである」（吉田凞生）と言い、「『在りし日の歌』とは在りし日を歌ったものではなく、「在りし日」が歌う歌の意ではないか」（大岡昇平）という。しかしまたこの〈仄燃えあざやぐ〉〈過ぎし日〉の抒情が反転すれば、その裏側からこの現実との深い乖離感、即ち〈永訣の秋〉という、いまひとつの抒情（の主題）が流れ出て来るのを見出すであろう。この詩集が「含羞」にはじまる「在りし日の歌」と「ゆきてかへらぬ」にはじまる「永訣の秋」の二つのパートに分かれていることは故なきことではない。

〈僕は此の世の果てにゐた。陽は温暖に降り洒《そそ》ぎ、風は花々揺つてゐた。〉〈棲む人達は子供等は、街上に見えず、僕に一人の縁者《みより》なく、風信機《かざみ》の上の空の色、時々見るのが仕事であつた。／／さりとて退屈してもゐず、空気の中には蜜があり、物体ではないその蜜は、常住食すに適してゐた。〉〈林の中には、世にも不思議な公園があつて、無気味な程にもにこやかな、女や子供、男達散歩してゐて、僕に分らぬ言語を話し、僕に分らぬ感情を、表情してゐた。〉（「ゆきてかへらぬ」）――ここでも〈在りし日〉自体が現前して唱い出すかにみえるが、これを見返す詩人の眼は、はるかににがい。しかも〈名状しがたい何物かゞ、たえず僕をば促進し、目的もない僕ながら、希望は胸に高鳴つてゐた〉という。かつて透谷もまた〈牢囚の世〉をいとい、〈在りし日〉を黄金の日としてその欠落の痛みを唱う抒情を示したが（「我牢獄」）、いま詩人の唱うところもそれに近い。この現実に対しては異邦の人、他界（ある根源なる世界）を背にしてこの世を見返すごときその眼の所在をみれば、〈在りし日〉とはまた〈過ぎし日〉を超えて、〈在りうべかりし日〉からの挽歌とも読みとれなくはあるまい。

この詩は「京都」という副題がついており、過ぎし日の京都の時代が回想されているようだが、もとよりここでは時間は停止している。いや過去、現在、未来がそのまま錯綜して、一瞬の幻夢のごとき世界として現前する。〈陽は温暖に降り洒《そそ》いではいるが、人影はまったくない。ポストも乳母車も木橋も風信機《かざみ》も、あたかも静止した時間そのもののようにひっそりと佇む。詩人は過ぎ去った日々を想い返しているのか。そうではあるまい。まさに先の評家の言葉通り「『在りし日の歌』とは在りし日を歌ったものではなく、『在りし日』が歌う歌」であった。恐らく主体としての語り手は回想ならぬ、〈在りし日〉の側から唱いはじめる。たしかに年少の日々、陽は温かく注ぎ、空気は蜜のごとく甘く、名状しがたい何ものかが詩人を駆り立て、〈希望は胸に高鳴つてゐた〉。しかもこの楽園のごとき世界の向うにひそむ、あの〈無気味〉な世界は何か。そこでは〈無気味な程にもにこやかな、女や子供、男達〉が、〈僕に分らぬ言語を話し、僕に分らぬ感情を、表情してゐた〉という。

私にはこの中原晩期の詩篇が太宰の『人間失格』のような世界として見えて来る。太宰晩期のこの作品の語るところもまた、この世の人間たちとの深い異和であり、癒しようのない疎外感であった。その主人公大庭葉蔵は「自分には、人間の営みといふものが未だに何もわかつてゐない」という。「子供の頃から、自分の家族の者たちに対してさへ、彼等がどんなに苦しく、またどんな事を考へて生きてゐるか、まるでちつとも見当がつかず、ただおそろしく、その気まづさに堪へる事が出来」なかったという。長じては世のひとたちが「お互ひの不信の中で、エホバも何も念頭に置かず、平気で」「清く明るく朗かに生きてゐる」ことが不可解であり、そういう人間が「難解」であり、無気味だったという。恐らく詩人の語るところもまたこれに近い。彼らの〈言葉〉が、〈感情〉が、なにひとつわからぬという。自分の生涯を透視しつつ、詩人はその異和を語る。昔も今も、自分のあるところは常に「此の世の果て」であり続けた。ただ〈名状しがたい何物かゞ、たえず僕をば促進し、目的もない僕ながら、希望は胸に高鳴つてゐた〉という。そこからいくばくかの詩篇を紡ぎ、時に志をも述べて来たが、しかし在るところは常に〈此の世の果て〉であったというほかはない。〈在りし日〉からの抒情とはまた、〈此の世の果て〉からの透視の抒情にほかならなかった。

この詩と同時期（昭11・11）に発表された「一つのメルヘン」の語るところもまた、これと無縁ではない。舞台は中原の故郷山口の水無河原とみられ、中原家の墓地もまた近くにある。ここでも舞台は詩人が幼時から親しんだ世界だが、〈在りし日〉の抒情は、〈此の世の果て〉から流れはじめる。〈秋の夜〉の〈はるか彼方〉にみえる〈小石ばかりの、河原〉に、〈陽は、さらさらと／さらさらと射してゐる〉という。すでに昼夜は転倒した幻夢の世界であり、詩人は主体の情念を消して〈一つのメルヘン〉、仮幻の世界を語りはじめる。蝶は消え、陽の光は水となる。そこに「一つの異教的な天地創造の神話」（大岡昇平）を見ることも頷けるが、しかしここに見るものはより深く、一種透明な喪失感のごときものであり、その欠如感を代償としてこの詩人の遺珠のごとき一篇は生まれたとみえる。小林秀雄はこれを詩人が遺した「最も美しい遺品」(「中原中也の思ひ出」)のごときものと呼んだが、たしかに詩人は已れの姿を消して、その珠のごとき作品を残した。この時蝶が消え、水が流れはじめるというひとつの〈創造神話〉は、殆ど詩人の創作の機微を映すかとみえる。

ここにはいかなる完結感もなく、一種透明な無限回帰のごとき旋律がある。この点、その終末の一句に着目し、〈さらさらと流れてゐるのでありました……〉という、「〃……〃は、この詩がここで終ったのでなく、ソネット特有の力、第一連の詩句へと円環することを意味」し、詩句は〈さらさらと、さらさらと流れてゐるのでありました……／秋の夜は、はるかの彼方《かなた》に、小石ばかりの、河原があつて、〉と続く。「それに〃陽〃は、さらさらと、さらさらと射してゐるので」あり、こうして「〃水〃は〃陽〃へと変身をとげ、この詩は一つの無限旋律をつくるのである」(中村文昭『中原中也と詩』)という評家の指摘は頷けよう。ただ、この終末の詩句を冒頭へと連還させるものは、「ソネット特有の力」ならぬ、この詩をつらぬく、根源のモチーフそのものにあろう。

ここでは詩人は主体の匂いを消して作品世界を通りぬける。あとにはあたかも我々がこの世界を立ち去ったあと、すべては何ひとつ変らず回帰してゆくように、作品世界がしずかに自転する。ここでも詩人は、〈此の世の果て〉から世界を透視する。水無河原を素材としながら、時空を逆転させて仮現のごとき〈はるかの彼方〉の世界を設定することによって、作者はまさにメルヘンとしての世界を紡ぐ。これをやや生臭く伝記的に遡れば「骨」や「蟬」などの詩篇の世界があらわれて来よう。〈それから彼の永眠してゐる、墓場のことなぞ目に浮ぶ……／／それは中国のとある田舎《ゐなか》の、水無河原《みづなしがはら》といふ／雨の日のほか水のない／伝説付の川のほとり、／藪蔭の砂土帯の小さな墓場、／――そこにも蟬は鳴いてゐるだろ／チラチラ夕陽も射してゐるだろ……〉(「蟬」)――〈彼〉とは昭和六年九月に亡くなった弟恰三であり、この詩の書かれた年（昭8・8・14）はその三回忌にあたる。〈蟬が鳴いてゐる、蟬が鳴いてゐる／蟬が鳴いてゐるほかになんにもない！／うつらうつらと僕はする／……風もある……／松林を透いて空が見える／うつらうつらと僕はする。∥『いいや、さうぢやない、さうぢやない！』と彼が云ふ／『ちがつてゐるよ』と僕がいふ／『いいや、いいや！』と彼が云ふ／『ちがつてゐるよ』と僕が云ふ／と、目が覚める、と、彼はもうとつくに死んだ奴《やつ》なんだ〉――この後に先の詩句が続く。そうして再び〈蟬が鳴いてゐる、蟬が鳴いてゐる／蟬が鳴いてゐるほかなんにもない！〉というリフレインを中心とした終連で閉じられる。ここでは蟬の声とともに水無河原のイメージが、死者のイメージとからむが、中原の詩で乾いた河原のイメージは、しばしば死者のそれとつながる。

これが賽の河原につながり、亡児のイメージにつながる時、その悲哀の感はさらに深い。これはすでにふれたところだが、同時に一転して道化調へと転ずればあの詩篇「骨」の詩となる。〈ホラホラ、これが僕の骨だ〉――この卓抜な一句は我々の眼や耳に親しい。あるひとはこれが中原の詩との「出会い」（金子兜太）だと言い、またあるひとはこの一句が「頭にこびりついて離れず、中原のどの詩を読んでも〈ホラホラ、これが僕の骨だ〉と言っているように思えて困ったことがある」（鮎川信夫）という。たしかにこの詩は中原という詩人の生理や存在の骨骼をあざやかにふちどってみせる。すでに冒頭の一行に「自虐と自恃のないまぜになった中也の内面の律動」はあざやかであり、「妙に恥ずかしそうで、どことなく倨傲な僕――それが片方では『僕の骨』になって、しらじらとしかし『立礼ほどの高さ』ではあっても、『とんがつてゐる』」また「片方では、それを『見てゐる』僕となって、てれている。ひやかし気味でもある。とぼけて、『僕の骨』を読者に紹介しているが、おとぼけにもならない」。この「どこかかなしそうな紹介の辞の結び」は、四連半ばの〈ホラホラ、これが僕の骨――／見てゐるのは僕？　可笑しなことだ。〉で「十分ではないか」。「それなのに詩人は、その両方の『僕』を見ている、さらにいま一人の（第三番目）の僕を持ちだしてきて、申しわけなさそうに、『霊魂はあとに残つて、／また骨の処にやつて来て、／見てゐるのかしら？』などと、第二の僕の実態調査までしてみせる」。さらには「それに加えて、草の半ば枯れた故郷の小川のへりに、その『僕』を立たせたりして、リリシズムで包んで、『とんがつてゐる』『骨』と対照しようとする」（金子兜太「中原中也詩鑑賞『骨』」）。これは明らかに「余分」であり、蛇足だと評者はいう。

いかにも見事な指摘だが、しかし〈故郷の小川のへり〉に〈僕〉を立たせたのは、単に常套的な詩人のリリシズムというべきものではあるまい。この詩の発想は「かならずしも故郷の小川のへりとはかぎらない、どこかの場所で『立礼』を見たときに、偶然浮んだ連想から、この詩の着想は、一挙に得られ」（鮎川信夫）たものかもしれない。しかしそれをいやおうなく〈故郷の小川のへり〉に引き寄せたものは詩人の生理であり、〈小川〉が「中原家の墓地付近の川幅一メートルくらいの名もない小さな流れ」（中原思郎「事典・中也詩と故郷」、吉田凞生編「別冊国文学　中原中也必携」）であるとすれば、この〈骨〉が墓石のイメージにつながることは明らかであろう。事実、これはいささか道化調ながら詩人が遺したひとつの墓碑銘であり、〈ヌックと出た、骨の尖《さき》〉はそのまま詩人の生の裸形そのものだと言ってもよい。しかもこの乾いた〈骨〉の感触はまた、あの〈水無河原〉のイメージとも無縁ではない。

しかしこの詩の眼目はやはり、〈僕の骨〉とこれを見ている〈僕〉という卓抜な発想の妙にあろう。この詩の着想に芭蕉の『野ざらし紀行』冒頭の〈野ざらしを心に風のしむ身かな〉の句が「ヒントになっているかもしれ」ぬと見た上で、しかし芭蕉の句では自分が現実で髑髏が幻想だが、「骨」では逆に「自分の方が幻想になり、骨の方が現実になっている」。こうして時間も逆転し、「骨のところにやって来て、それを見ている自分は、未来を見ている自分ではなく、未来から見ている自分である」（吉田凞生）という評家の指摘は興味深い。「未来から見ている」という、これは先の言葉でいえば「此の世の果て」から己れの生を透視するということではないか。言わば「骨」は未来からの透視図であり、詩人は骨となって受像される。同時に〈ヌックと出た、骨の尖《さき》〉に集約されるその像は一種生臭い詩人の体臭を感じさせる。〈此の世の果て〉からという透視の構図がこの生臭さを脱した時、あの晩期の「ゆきてかへらぬ」や「一つのメルヘン」の透明な抒情が生まれる。再び「一つのメルヘン」に還っていえば、これが、語り手が主体の情念を脱した心身透脱の、うつつならぬ夢幻の果てに描かれた世界とすれば、その主体そのものの倫理と生理の交錯を精妙に語ってみせたのが「言葉なき歌」であろう。

　この詩篇に繰り返される〈あれ〉とは何であろう。〈あれはとほいい処にあるのだけれど／おれは此処で待つてゐなくてはならない〉という、その〈あれ〉とは何か。それは「忘れられもしないが、又表現することも出来ないたぐいの『生の原型』といったもの」（中村稔「中原中也の生活」『言葉なき歌』）か。あるいは、「それは曾ての日のように追求めて行ってはかえって求められず、『此処で待つていなければならないもの』」、「渇望せず追求しないで、心も『平静に』復すれば、そこに到達することができるもの」、つまりは「こうしてじっと待つ心の平静に自《おのづか》ら至り得る永遠」「仏教的なニルヴァナに近いもの」か、「涅槃の喜びを与えてくれる」「絶対的な一瞬、永遠を宿す一瞬」（近藤晴彦『中原中也——遠いものを求めて』）ということか。それとも「それは見えないものであり、ことばにあらわしえないものであることによって、一層詩人に実在を確信させる何ものか」（北川透『中原中也の世界』）ということか。論はさまざまに分れるが、この詩の核心は〈あれ〉と〈おれ〉とのかかわり、詩人と〈あれ〉とを隔てる距離感そのものにあろう。これをふまえてこの詩の主想を精妙に解析してみせたものに吉田凞生氏の論がある。吉田氏はこの〈あれ〉とはまさに詩人がいう「名辞以前の世界」であり、それを「指示する言葉がない」が故にこそ「言葉なき歌」なのだという。しかし、「『あれ』を指す『言葉』はなくても、『歌』はある。それはちょうど『無言歌』において、歌詞はなくてもピアノによる音楽があることとよく似ている。ここで『言葉』を『おれ』が関わっている対象、『歌』をその対象への『おれ』の関わり方と考えるなら、この詩の主題は明らかになる。それは『あれ』に対する『おれ』の関わり方であり『おれ』の姿勢自体である。したがって『あれ』も『おれ』の心象を通じて、何かの属性としてのみ表現されるのである。」

こうして「夕陽にけぶ」り、「号笛《フイトル》の音《ね》のやうに太くて繊弱」、また「『煙突の煙』のように『いつまでも茜の空にたなびいて』いる」その〈あれ〉とは、いまこの〈おれ〉のいる「『空気もかすかで蒼く／葱の根のやうに仄かに淡い』場所」と対応し、この「希薄な存在感」がそのまま「『あれ』に対する『おれ』の感覚的な関わり方、すなわちこの詩の主題の感情的な面」となる。同時に〈おれ〉がこのような場所で待ち続けるという、この「ただ『待つ』という忍耐がこの詩の主題の倫理的な面」となる。こうしてこの「希望と絶望、すなわち自己を拡大して遠くにある普遍な『あれ』に一致させようとする意志と、自己を縮小して『あれ』との距離を確認しようとする意志」の「交錯」、またその「循環」こそこの詩の主題であり、この「詩人が希薄な存在として自己自身たらんとする努力」に「一つのメルヘン」などとは異なるこの詩篇の「倫理的特性」があるのだと吉田氏はいう。

吉田氏の論がこの詩篇の持つ独自の倫理性を指摘しているとすれば、この詩の含む微妙な宗教的側面に踏み込んでみせたのが北川透氏の論（『中原中也の世界』）であろう。北川氏は〈あれ〉と詩人とをへだてる「絶対の懸隔の間に、この詩人の不幸があるのではない」かという。「〈おれは此処で待つてゐなくてはならない〉のは、〈あれ〉が近づいてくるからではない。おれが待つていると、そうすれば〈あすこまでゆけるに違ひない〉からなのだ。待つているととほいあすこまで行けるというのは絶対の論理的矛盾であり、それを〈違ひない〉と言い切ったとき、もはやそれは信念とか、信仰とかいういがいないものである。このことばの入りえない世界、空気すらかすかな世界に、中原はふと幸福を夢みたのではなかったか」「人が宗教としてもつところを、彼は詩法としてもってしまったのか」(以上、傍点原文)。こうして「この詩の原点をさぐって」ゆけば、「あの『いのちの声』の倫理劇」があらわれる。

〈否何れとさへそれはいふことの出来ぬもの！／手短かに、時に説明したくなるとはいふものの、／説明なぞ出来ぬものでこそあれ、我が生は生くるに値ひするものと信ずる／それよ現実！　汚れなき幸福！　あらはるものはあらはるまゝによいといふこと！〉――「ここでうたわれる〈無私の境《さかひ》〉を、そのまま『言葉なき歌』における〈あれ〉だというのは無理かもしれない。しかし〈無私の境《さかひ》〉とか、〈汚れなき幸福〉とか、ことばで言ったあとかえってくる苦さを越えて行くとすれば、〈あれはとほいい彼方で夕陽にけぶつてゐた〉とか、〈とほくとほく　いつまでも茜の空にたなびいてゐた〉とでも言うほかはないのではないか」と北川氏はいう。こうして〈ゆふがた、空の下で、身一点に感じられれば、万事に於て文句はないのだ〉という「『いのちの声』の終りの詩句が示す詩人の風姿と、〈おれは此処で待つてゐなくてはならない〉と薄明るい茜の空の下で身動きもせず立ちつくしている詩人の像とは、おそらく溶けあって、一つのものになるはずだ」という。

これもまた見事な指摘であり、たしかに『山羊の歌』末尾にひびく一句と詩人晩年の『在りし日の歌』終末に近い詩篇の一句とは明らかに照応する。『山羊の歌』終末の「最終詩篇」が詩人の志を述べるものであったことはすでにふれた。その述志のモチーフは『在りし日の歌』では殆ど消えたかにみえるが、わずかにこの詩篇に、いや正確には、いまひとつ後の「春日狂想」に一種屈折した身ぶりをもってあらわれる。しかし「いのちの声」と言い「言葉なき歌」と言い、ともに倫理的に宗教的モチーフを内在させながら、両者の語り口ははるかに異なる。詩人はかつて、こう唱った――〈僕は何かを求めてゐる、絶えず何かを求めてゐる。／恐ろしく不動の形の中にだが、また恐ろしく憔《じ》れてゐる。〉〈しかし、それが何かは分らない、つひぞ分つたためしはない。／それが二つあるとは思へない、ただ一つであるとは思ふ。／しかしそれが何かは分らない、つひぞ分つたためしはない。それに行き著く一か八かの方途さへ、悉《すっかり》皆分つたためしはない。〉(「いのちの声」)。〈人は皆、知ると知らぬに拘《かかわ》らず、そのことを希望してをり、〉しかも〈誰もがこの世にある限り、完全には望み得ないもの!〉(「いのちの声 Ⅱ」)。「言葉なき歌」にいう〈あれ〉とは、まさにこういうものであろう。しかしこれを求める詩人の内的ドラマは、ここではたぎるように熱くざわめく。〈されば要は、熱情の問題である。／汝、心の底より立腹せば／怒れよ!〉(「いのちの声 Ⅲ」)と、詩人は挑発的な自問の問いを投げつける。こうして収束部として、最後の〈ゆふがた、空の下で、身一点に感じられれば、万事に於て文句はないのだ〉(「いのちの声 Ⅲ」)という一句が来る。ここでは言いがたい〈何か〉を求めて湧き立つ情念のドラマが声高に語られ、主体はこの不条理な現実に対して己れに〈怒れよ!〉と呼びかける。その余憤は終末の一句にも微妙にひびく。〈身一点〉とは、砕かれてあるというよりも、ゆるがぬ確たる主体の一点として確認される。〈羊の歌〉ならぬ、〈山羊の歌〉というべきか。この怒りとは殆ど神の代行者のそれではないか。

この主体の熱さが現実になめされつつ、下降しつくしたところに、恐らく「言葉なき歌」の詩人は佇つ。あの〈いのちの声〉さえもが、ひとつの〈言葉〉ではなかったか。あの焦躁とは何であったか。〈急いではならない〉〈遥かを見遣《みや》つてはならない〉、また〈駆け出してはならない〉。ただ〈たしかに此処で待つてゐればよい〉。そうすれば〈喘《あえ》ぎも平静に復し〉〈たしかにあすこまでゆけるに違ひない〉。「待つているとほいいあすこまで行けるというのは絶対の論理的矛盾」ではないかと評者は問う。しかしそうではあるまい。〈待つ〉ことそのことが〈ゆく〉ことなのだ。さらにいえば、こちらからゆくのではなく、向うから来るのだ。詩人はここで往相ならぬ、還相の途上に立つ。平明に、水のごとく、あるがままにあろうとする。それは「自己を拡大して」「普遍」の「あれ」と「一致」することでもなく、また「自己を縮小して『あれ』との距離を確認しようとす」るのでもない。言わばそのような「意志」そのものを放下して、無心に、あるがままに〈待つ〉ということであろう。ここに「詩人が希薄な存在として自己自身たらんとする」とは、認識者の誠実のみならず、〈信〉の謙抑につながるものであろう。

八木重吉の詩に、〈きりすと／われにありとおもふはやすいが／われみづから／きりすとにありと／ほのかにてもかんずるまでのとほかりしみちよ、／きりすとが　わたしをだいてゐてくれる／わたしのあしもとに　わたしが　ある〉（「貧しきものの歌」）とある。重吉の詩はその〈信〉の内実を熱くつたえるが、ともに唱わんとするところは深く通底していよう。〈あれ〉と呼ぶほかはない超絶者、あるいは普遍の真実を、自分がつかむのではない。自分がそのなかに包みとられるということだ。中原はあの〈有限の中の無限が／最も有限なそれ〉という、その相対（有限）の極限と希薄さのなかに身を置きながら、その相対（有限）なるものがなおかつ絶対（無限）を求めてやまぬ矛盾を、〈存在〉そのものの生理として、うすく、淡く、ふちどってみせる。こうしてその述志もまた屈折した道化の身ぶりをもって、その倫理を語ることになる。晩期の「春日狂想」はまさにそのひとつのしるしであろう。

衆生と詩人

中村稔氏は「『春日狂想』との出会い」がまた中原との「出会い」であり、これこそが最も中原的な、その「独創性が最も横溢」（『言葉なき歌』）した作品だという。一見「阿呆陀羅経のようにとりとめのない行為をうたいつづけ」るかとみえるこの作品に、「人生との和解、握手を求め」る詩人の姿勢を読みとり、詩人は「『寒い夜の自我像』から出発して、ついにここに至った」のだという。〈陽気で、坦々として、而も己を売らないことをと、／わが魂の願ふことであつた！〉（「寒い夜の自我像」）という「二律背反的悲願」こそは、この現実を詩人として生きぬくことをしいられた彼の決意の「最初の表現」であり、爾来「詩作とはその悪戦苦闘の歴史であった」。しかし「彼はもはや恩寵を待っているわけではない。人生に憤怒を燃やしているわけ」でもない。生きてはいるのだが、その「生は死ぬべくして死にえなかった余生のごとくである」。〈愛するもの〉を失ってなおかつ生きねばならぬとすれば、〈奉仕の気持〉になるほかはないとは、彼が己れに「課した倫理としての『誠実』の最後の変奏である」という。

深切なる理解というべきだが、反論もまたある。ここにあるものは「和解」とか「述志などというものではあるまい」。ここに現われているものは「全否定と全肯定が重なり合って、無秩序の調和みたいな、一種奇妙な深い心的状態」（分銅惇作）ではないかという。しかしこれらの論は必ずしもあい反するものではあるまい。この詩を解く鍵は第二連半ばに段を落し、括弧入りで挿入された――〈まことに人生、一瞬の夢／ゴム風船の、美しさかな。〉の一句にあろう。一瞬すべての光景は〈夢〉のごとく舞い立ち、〈空に昇つて、光つて、消えて――〉、夢は再び下降し、現実への会釈は続くが、そこに佶屈な他者の影も現実自体の陰影もない。すべては白昼夢のごとき光耀である。

〈ではみなさん、／喜び過ぎず悲しみ過ぎず、／テムポ正しく、握手をしませう。／／つまり、我等に欠けてるものは、／実直なんぞと、心得まして。／／ハイ、ではみなさん、ハイ、御一緒に――／テムポ正しく、握手をしませう。〉（終連）――〈喜び過ぎず悲しみ過ぎず〉と言い、〈我等に欠〉くるは〈実直〉なりという。詩人の来し方をふり返っての自戒ともみえ、ひとびとへの忠告ともみえるが、その身ぶりはどこかにがく、むなしい。これは〈和解〉というよりも断念に近い。いや、深い断念を蔵しつつ、なお詩人は〈和解〉の手を差しのべようとする。その深い亀裂が道化調のなかにかくされてある。〈陽気で、坦々として、而も己を売らないこと〉――この詩人のテーゼの帰結が「春日狂想」であったと評者はいう。その述志は、しかしここでは〈二律背反〉の亀裂を亀裂のままにかかえて、〈述志〉（当為《ゾルレン》）ならぬ〈存在〉（実在《ザイン》）そのものの生理として、背理として精妙に、微細に語られている。

〈まるでこれでは、玩具《おもちゃ》の兵隊、／まるでこれでは、毎日、日曜。〉――詩人はこれを自身にしいた〈麗日〉風景、〈一瞬の夢〉と知りつつ唱い続ける。生きのびた詩人の〈奉仕〉とはこれ以外に何があろう。ここで注目すべきは第二連に唱う〈麗日〉風景が、詩人のそれであるがごとく見えて同時に、庶民の、中原の言葉でいえば〈衆生〉の哀歓に身を寄せつつ唱われていることであろう。「詩人とは、衆生の代表たるべきであつて、特定の個人であつてはならない」（「千葉寺雑記」）と詩人はいう。中原は昭和十一年十一月十日、満二歳になったばかりの長男文也を喪った。小児結核であり、あっというまの急変であった。葬儀の時は文也の遺体を抱いて離さず、四十九日の間、位牌の前に坐り続けた。「文也も詩が好きになればいいが。二代がゝりなら可なりなことが出来よう」（日記「遺言的記事」昭11・7・24）とは文也に託した詩人の願いでもあった。その愛児の死は詩人の心を悩乱させた。彼は十二年一月はじめから二月半ばまで千葉寺の中村古峡療養所に入院する。この折の手記が「千葉寺雑記」である。

「私の神経衰弱は、子供が急劇に亡くなつて、所謂此の世が夢のやうに思はれたことに原因しました」と言い、また「子供が死に、人間の手には負へぬことに熟々《(つくづく)》思ひ到り、『他力だ他力だ』とはじめて『他力』にぞつこん惚れ〲致しました」ともいう。ただ母にすかされて「隔離室に入れられ」たことは、自分の「たゞ一つの資本」である「情緒の柔軟性」を「阻止」することになり、「子供が亡くなり、ために一層柔軟となり、亡くなつたは辛いがせめて詩の方は進展すると分つて」いた「矢先」だけにたまらなかったという。また「今小生は十年に一度あるかないかの詩歌の転期に立《ママ》つてをり」「今迄より一段と玲朗性が出る時に当つて」いるともいう。中原がこの時期どのような心的状態、また自身の詩境に対してどのような自覚を持っていたかが窺いとれよう。

この「柔軟性」や「他力」の問題は、この時期の独自のキリスト観につながってゆく。「仏教は理智的宗教」であり、「理智は空間的なもの」だとすれば、「実生活には仏教で十分かも知れぬが、芸術には、基督教がよいと思ふ」という。「基督は正義に敗れた。而も『十誡を』とは云はなかつた。茲に美の最高理想がある」。別言すれば「美《ヴィナス》は冷たいもの故、それを動かすには、正義にしてなほ受難があつたといふ基督教にしてはじめて、ヴィナスに奉仕する芸術家の心はホドけるのだと思ふ」という。しかも「縁なき衆生は済度しがたい」というが、「群衆に進歩がない」とすれば、その進歩のためには「蓋しギセイ――つまり悔恨が必要」であり「茲にキリスト受難の意義」があり、「新約の世界、即ち新しき人の意義があつたのではあるまいか。」「十字架に釘付けられたといふことが、キリスト教の最も力強く思はれる所以」であり、「衆生は仮りに極楽を見せられても左程感動」せず、ただ「自分等の無智が過つて悪をなしたことに気づいた時にのみ、はじめて心を動かすのではあるまいか。（つまり詩人とは、衆生の代表たるべきであつて、特定の個人であつてはならないといふこと。）」だという。すでに語るところは明らかであろう。

詩人のいう「柔軟性」と「他力」の問題は「キリスト受難」につながり、その受難こそは「芸術家の心をホド」き「衆生」の「無智」を開眼させるものだという。同じく精神病院に入り、聖書を熟読しつつ、キリストの柔軟をまなべ、「キリストの嫋々の威厳をこそ学べ」(「HUMAN LOST」)と語ったのは太宰である。キリストを求めず、信仰を見出しえねば、自分は「永久に『苦しき懺悔者』又は『素人詩人』として終るにちがひない」とは浄罪詩篇期の朔太郎の言葉であった。中原はここで自身を受難のキリストに仕立てているわけではないが、〈受難〉のイメージは彼の詩法に、ある開眼を与えたはずである。〈群衆〉〈衆生〉という時、彼らをもって覆われる現実に対する詩人の異和は深い。しかも「詩人とは衆生の代表たるべき」という時、詩人の〈倫理〉は新たな沈潜と展開をはぐくみはじめたはずである。

人生への〈和解〉のモチーフもまた、これにつながる。同時に詩篇の「玲朗性《ママ》」を期待しつつ、その「玲朗」をひびわらせ、「柔軟性」を「阻止」するものがあったことも事実である。この倫理とひびわれた生理との乖離――、しかもその両者を手放さず、みずからを偽らず(〈己を売ら〉ず)生き続けんとしたところに詩人の誠実があった。先の「春日狂想」に〈和解〉をみるか、〈和解〉ならぬ否定と肯定の錯綜した「奇妙な深い心的状態」をみるか、この両者の論を必ずしもあい反せずと言ったのはこのことである。彼は〈断念〉のなかに、認識のなかに、その倫理を、述志をなめしつつ、熟さんとした。しかも生理の亀裂と衰弱が微妙な影を落としていたことも否めない。こうして詩人はその詩法を饒舌な独語ならぬ、ひとつの確たる詩圏として造形しようとする。これが『在りし日の歌』の終末に、「蛙声」(昭12・7)一篇の置かれる意味でもあろう。

「蛙声」の意味するもの

「蛙声」には恐らくこれに先行するものとして未刊詩篇四篇（角川版全集2巻、一九八頁—二〇五頁）があるが、その展開に注目すべきものがある、先ずはじめの「蛙声」では〈月の中にまで、／しみこめとばかり廃墟礼讃の唱歌のやうに〉鳴き続ける蛙の姿が語られ、続く「（蛙等は月を見ない）」では〈蛙等は月を見ない〉〈月は彼等を知らない〉という、その両者のはざまに孤絶して佇つ詩人の姿が、〈僕はゐる、此処にゐるのを、蛙等は、／いつせいに、蛙等は蛙同志で鳴いてゐる〉というふうに唱われる。これが次の「（蛙等が、どんなに鳴かうと）」では、〈蛙等が、どんなに鳴かうと／月が、どんなに空の游泳術に秀でてゐようと、〉自分には〈営々といとなみたいいとなみが、／もつとどこかにあるといふやうな気がしてゐる。〉〈僕は立つてゐる、何時までも立つてゐる。／そして自分にも、何時かは仕事が、／甲斐のある仕事があるだらうといふやうな気持がしてゐる〉という内心の希求が語られる。すでに〈蛙〉や〈月〉が何を諷しているかは明らかであろう。そのはざまにあって詩人は己れをいつわらぬ根源の何かを求めようとする。こうして最後に「Qu'est-ce que c'est?」と題した一篇が書かれる。

蛙が鳴くことも、
月が空を泳ぐことも、
僕がかうして何時まで立つてゐることも、
黒々と森が彼方にあることも、
これはみんな暗がりでとある時出つくはす、

見知越しであるやうな初見であるやうな、
あの歯の抜けた妖婆のやうに、
それはのつぴきならぬことでまた
逃れようと思へば何時でも逃れてゐられる
さういふふうなことなんだ、あゝさうだと思つて、
坐臥常住の常識観に、
僕はすばらしい籐椅子にでも倚《よ》つかゝるやうに倚つかゝり、
とにかくまづ羞恥の感を押鎮《おしし》づめ、
ともかくも和やかに誰彼のへだてなくお辞儀を致すことを覚え、
なに、平和にはやつてゐるが、
蛙の声を聞く時は、
何かを僕はおもひ出す。何か、何かを、
おもひだす。

Qu'est-ce que c'est?

いかにも中原的な図法だが、終末の〈何か、何かを、／おもひだす〉と呟きつつ、〈Qu'est-ce que c'est?〉（それは何か？）と問い返すところに、平明な日常性の底になお、根源の声を聴きとろうとする詩人の姿勢は明らかであろう。これらを先行的な作品とすれば、「蛙声」の示す詩的形姿は、これ

らを数歩踏み出したものとみえる。詩形ははるかに緊密となり、ソネットの形をとる。先行作の持つ一種寓意的な裸形のイロニイは払拭され、より凝縮した存在そのものの重さが唱われる。第二連の〈その声は、空より来り、／空へと去るのであらう？〉とは一種不安な情調を示すが、一転して〈天は地を蓋ひ、／そして蛙声は水面に走る。〉という時、不安な心情の蕩揺はいやおうなく現実に、地面に打ちつけられる。

続く三連に〈よし此の地方《くに》が湿潤に過ぎるとしても〉という時、〈此の地方《くに》〉とはまさに近代日本というこの風土そのものを指し、中原特有の文明批判のモチーフを孕む。しかも〈疲れたる我等が心のためには、／柱は猶《なお》、余りに乾いたものと感《おも》はれ、〉という時、詩人を浸す欠落感もまた深い。詩人はここで、この風土にあることをしいられたものの生理、その体感を精妙に語ってみせる。終末、〈さて、それなのに夜の来れば蛙は鳴き、／その声は水面に走つて暗雲に迫る〉という。〈暗雲〉を「崩壊して行く共同体の喩」（吉田凞生）と見ることもできるが、大岡昇平氏はこの詩に「蘆溝橋前夜の日本の雰囲気を感じた」（「中原中也と自然」）という。恐らくそれは現代の状況を反映しつつ、またそれを超えて近代日本の命運を搏つ。いや、むしろ問い返されているのは詩人自身というべきか。

アンドレ・アリュー氏はこの詩を高く評価しつつ、〈蛙声〉のひびきの「たくましさ」に、彼等の「外部世界の出来事への無関心、自分たちの歌の必然性への信頼と確信に感服」しながらも「嫉妬」に近いものを感じている詩人の姿を読みとり、両者の葛藤はついに「詩人の敗北に終わるだろう」（『日本詩を読む』）という。勿論詩人はあらわに敗北感を語っているわけではない。ただ無心にしてしたたかな〈蛙声〉の力が、詩人の存在をつらぬき、打ち据える。もはや詩人は彼らの声の向うに、〈それは何か？〉とは問わない。この詩の作られた昭和十二年五月十四日、同日に〈死んだ子供等は、彼《あ》の世の磧《かわら》から、此の世の僕等を看守つてるんだ。〉という文也の追悼「初夏の夜に」が書かれていることをみれば、すでにこの詩の確然たる手法のありかは明らかであろう。中原の心をつらぬく亡児への痛恨が、水面を走る蛙声に微妙にひびくかともみえるが、しかしここに主情への耽溺はない。思えば「サーカス」の詩人は、ここまで歩み続けて来た。「サーカス」を中原の独自の〈うた〉の一頂点とすれば、「蛙声」にその〈うた〉はすでにない。

〈頭倒《さか》さに手を垂れて／汚れ木綿の屋蓋《やね》のもと／ゆあーん　ゆよーん　ゆやゆよん〉（四連）〈観客様はみな鰯／咽喉《のんど》が鳴ります牡蠣殻《かきがら》と／ゆあーん　ゆよーん　ゆやゆよん〉（五連）と唱う、この一種倒錯した詩人と外界（他者）との対応図も、やがて終末の闇のなかに吸い込まれてゆく。〈屋外《やぐわい》は真ッ闇《くら》　闇《くら》の闇《くら》／夜は劫々《こふこふ》と更けまする／落下傘《らつかがさ》奴《め》のノスタルヂアと／ゆあーん　ゆよーん　ゆやゆよん〉――この終連に至って、〈汚れ木綿の〉〈サーカス小屋〉自体が〈落下傘〉のごとく、あるいはうす汚れた気球のごとく、暗黒の世界を劫初の時間に向って無限に舞い上り、無限に遠のいてゆくかにみえる。〈頭倒さに手を垂れて〉と唱い、〈観客様はみな鰯〉と唱う、この外界（他者）と詩人との倒錯した構図は詩人の生涯をつらぬく悲劇を諷し、この揺れを、ねじれを引きずりつつ詩人は唱い続け、また歩み続けた。

同時に詩人の〈うた〉はこの一種戯文めいた口調の底に、独自の倫理を内蔵していた。戯文はまた〈儀文〉につながる。〈蹌踉《よろ》めくままに静もりを保ち、／聊かは儀文めいた心地をもつて／われはわが怠惰を諫《いさ》める〉（「寒い夜の自我像」）と唱う詩人は、〈この一本の手綱をはなさず／この陰暗の地域を過ぎる！〉と宣明し、〈その志明らかなれば／冬の夜を我は嘆かず〉とも唱う。しかしこの口調自体いささか〈儀文〉の体をもって語られてはいるが、この詩篇の草稿はさらに第二節、第三節と続き、その終末は心弱き我を〈お憐れみ下さい！〉。と祈りつつ、〈ああ神よ、私が先づ、自分自身であれるやう／日光と仕事とをお与へ下さい！〉という詩句をもって閉じられている。その〈儀文めいた〉述志の底に詩人の心のゆらぎと素朴な祈りの表白のあることは見逃せまい。

戯文的な道化の口調と儀文的述志、そうしてその底にひそむ素朴な神への希求——、この三者の織りなすあやに中原の独自の詩体が展開してゆくわけだが、繰り返しいえば『在りし日の歌』終末の詩篇「蛙声」は、その到達の一頂点を示す。〈この陰暗の地域〉と唱った詩人はここでも、〈よし此の地方《くに》が湿潤に過ぎるとしても〉と唱うが、すでに昂然たる述志の詩体は消え、詩人を包む深い疲労の体感が語られる。ただここでも、この詩篇の底に一連の草稿群の示すモチーフがゆらいでいることはすでに見た通りである。外界がどうあろうとも、ただ〈営々と、営々といとなみたいいとなみが、／もつとどこかにある〉と思え、〈僕は立つてゐる、何時までも立つてゐる。／そして自分にも、何時かは仕事が、／甲斐のある仕事があるだらうといふやうな気持がしてゐる〉（「（蛙等が、どんなに鳴かうと）」）という。ここにはまぎれもなく、あの「言葉なき歌」の〈待つ〉というモチーフが繰り返される。同時にまた立ちつくしつつ、〈和やかに誰彼のへだてなくお辞儀を致すことを覚え〉という「春日狂想」につながるモチーフがあらわれる。しかもこうして〈平和にはやつてゐるが、／蛙の声を聞く時は、／何かを僕はおもひ出す。何か、何かを、／おもひだす〉（「Qu'est-ce que c'est?」）という。この〈何か〉とはまた、「言葉なき歌」にいう〈あれ〉につながるものであろう。

こうして詩人の述志の内実が〈己れを売ら〉ず、根源において己れそのものたらんとしたところにあったことは明らかであろう。まさに大岡昇平氏のいうごとく、ここには「生涯を自分自身であるという一事に賭けてしまった人の姿」がある。しかもこの土壌のただなかにあって、詩人のアイデンティティを保証するものは〈神〉以外になかった。ここに詩人における〈神〉とは何かという最後の課題があらわれる。

詩人・神・風土

すでにふれて来たが、中原の詩や評論、また日記、書簡のたぐいに至るまで、繰り返し神や信仰の問題が出て来るのは周知の通りである。その最初の評論「地上組織」（大14・10）には「私は全ての有機体の上に、無数に溢れる無機的現象を見る。それは私に、如何しても神を信ぜしめなくては置かない所以のものである」と言い、「詩人は神を感覚の範囲に於て歌ふ術を得るのだ」という。また「天才者とは、無機的要素を人間能力なるもの、あらん限りに於て見る者のことぞ」「無機的要求最も多く見るものは詩人となるのみ」「あ、吾は歌はん」ともいう。すでにその詩歌が見神の理法につながり、〈信〉の問題と不可分に結びついていることが知られる。この「無機的現象」の根源に神を見るという理法が、「名辞以前」の世界、「現識の豊富」「生命の豊富」の只中に本来的な芸術の、詩の発生をみるという詩論（「芸術論覚え書」）に通底することもまた明白であろう。

この詩観は後の「我が詩観」や「詩壇への抱負」などに至るまで一貫して変らぬところだが、日記、書簡の類にもこれと並行して神と〈信〉への言及が繰り返される。「神様があるとは神様があるといふことだ」（日記、昭2・6・21）、「誰がなんと云つても、美しい心にとつて神は在る！」（同、昭2・11・17）と言い、「僕は底の底まで落ちて、神を摑むのです」（小林佐規子宛書簡、昭4・6・3）、「芸術とは、自然の模倣ではない、神の模倣である！」（河上徹太郎宛書簡、昭4・6・27）という時、その〈信〉の、あるいは認識の根ざすところもまた深い。

しかしまた評家は、しばしば神を語り、〈信〉を語るが故の退行を、あるいは倨傲をみるという。たとえば「いのちの声」の結句――〈ゆふがた、空の下で、身一点に感じられれば、万事に於て文句はないのだ。〉という詩句にふれて、この詩篇が「せっかく孕まれた論理の劇が、劇として燃焼し」「対話の構造の可能性にまで進みでた」ところで、詩人の「宗教感（キリスト教）」が、これを「観念としての〈無私の境《さかひ》〉という無葛藤な境地に引き寄せ」てしまい、己れの存在の底にひそむ「暗黒領域を対象化しようとする代りに、見えざる神の手によって、そこに完璧な抒情詩を多くうたう」ことになり、真に「メタフィジカルな詩の世界へ行く道を」みずから閉ざしてしまった（北川透『中原中也の世界』）という。すぐれた批判だが、しかし詩人における〈信〉の様態とは、かかる無葛藤、無媒介の主情の傾斜にすぎぬものであったろうか。

その日記にリルケは「擾乱が足りない」「信仰がまだ理窟だ」と言い、「詩人の詩は形象詩のみだ」「論理の根源が見えない奴は詰らない」「パラドクサリストでない良い詩人といふものは想像が出来ない」という彼はまたその一文に、近代の頽廃に陥らぬために、ひとは「『常に目覚めてあれ』の行へる人、つまりつねに前方を矙めてゐる、かの敬虔な人である必要がある」と言い、「私は厳密な論理に拠つた、而して最後に、最初見た神を見た」（「我が生活」）ともいう。中原にあって詩が論理と「判別《クリティク》」の問題であるごとく〈信〉即ち〈敬虔〉もまた論理とクリティック、即ち常に〈目覚めて〉あることの根源的様態にほかならなかった。その〈信〉はついに形而上的ドラマを創り出しえなかったが、そのこと自体がまさにこの土壌と風土の問題であり限界であることを、詩人の〈神〉自身があざやかに我々に告げしらしめているのではあるまいか。

恐らく中原という詩人の問題は最後に、彼とこの風土の問題に帰着する。詩人はこれを観念ならぬ、己れの生理そのものとして語ろうとした。「私は自分の文体を、全くギリギリの所で捉へた」（「我が詩観」）と言い、「想ふことを想ふことは出来ないが想つたので出来た皺に就いては想ふことが出来る。／私は詩《うた》はこの皺に因るものと思つてゐる」（「小詩論――小林秀雄に」）という彼の詩観もそのひとつであり、宮沢賢治への深い共感もまたこれにつながる。「彼は幸福に書き付けました、とにかく印象の生滅するまゝに自分の命が経験したことのその何の部分だつてこぼしてはならないとばかり。それには概念を出来るだけ遠ざけて、なるべく生の印象、新鮮な現識を、それが頭に浮ぶまゝを、――つまり書いてゐる時その時の命の流れをも、むげに退けてはならないのでした。」「要するに彼の精神は、感性の新鮮に泣いたのですし、いよいよ泣かうとしたのです」（「宮沢賢治の詩」）という時、それは賢治を語るとみえてそのまま、中原自身の詩法の精髄を語るものであろう。両者の類縁は深く、その方法としての〈現識〉なるものへの依拠、〈信〉への無垢なる突出などはその一斑だが、ただその倫理は賢治にあっては他者への無償の献身という情念として放射し、中原の場合はより内閉的に存在そのもののアイデンティティの確証へと鋭く向けられ、その語るところはしばしば自他への苛烈な糺問の相を呈した。

冒頭にもふれたが、中原の詩の「一つずつが生の一片」とみえ、「人生に衝突する様に、詩にも衝突した詩人であった」と評されるゆえんでもある。「芸術とは、自分自身の魂に浸ることといかに誠実にして深いかにあるのだ」（「詩論」）という、この生と詩を結ぶ一元的詩観は、時に時代の「修辞的」風化への批判となり（「詩と現代」）、象徴詩以来の修辞的彫琢やモダニズムの流態に対して、その詩語の独自の肉質、またあえて「低い調子」で語る一種プリミティブな語り口の底に潜流する魂の渇望は、朔太郎以来の、いまひとつの〈魂の抒情詩〉ともいうべき詩圏を切り拓いてみせた。

「芸術家にとつて先生はゐないといつていい。あればそれは伝統である――私は伝統から学べる限り学びたい」という時、それはこの伝統的風土への即自的な帰着を意味しない。ただこの詩語という母性への沈潜をこそ詩人は語ろうとしている。「精神といふものは、その根拠を自然の暗黒心域の中に持つてゐる」「精神が客観性を有するわけは、精神がその根拠を自然の中に有するからのことだ」という認識もまたこれにつながる。詩人はロゴスとしての言葉の底に、これを生み出す根源のカオスそのものを見ようとする。その混沌と肉感そのもののなかから己れの〈ことば〉を摑みとろうとする。あたかも知的〈擾乱〉の底から無垢なる〈信〉をつかみとろうとするように。「人は旧約人として生れ」「新約人として詩人であり得」るというあのテーゼは、まさに詩人の詩法と生理をつらぬく根源のものであろう。

中原という詩人を単に天成の〈うたびと〉とのみ見てはなるまい。彼は詩人として「誠実たること」のためには「敬虔なる感情を持し得るの必要、或は絶えず意識的なる自己葛藤が必要」であり、「前者は詩の方面であり、後者は散文の方面である」(「詩に関する話」)というが、注目すべきは彼の詩がたえず後者を前者のなかに汲みつくしてゆこうとしたことだ。〈敬虔〉と〈意識の葛藤〉、言わば〈信〉と〈認識〉との相剋を彼は近代詩人の宿命として手放そうとしなかった。いや、そもそも詩人にあって〈敬虔〉と〈認識〉とは二者一元のものであり、彼自身いうごとく「常に目覚めてあれ」とは〈敬虔〉の謂にほかならなかった。詩がクリティックを含むごとく、〈信〉もまた語の本来の意味におけるクリティック――危機を孕むものであった。彼の詩の〈頌歌〉とみえつつ、そのまま〈臨終の歌〉ともみえる矛盾も、「中原の中には、その疑うべくもない魂の美しさと共に、なんともいえない邪悪なものがあった」(「在りし日の歌」)という大岡昇平氏の言葉も、すべてこれと無縁ではあるまい。

すでにしばしば引かれる言葉だが「中原の不幸は果たして人間という存在の根本的条件に根拠を持っているか。いい換えれば、人間は誰でも中原のように不幸にならなければならないものであるか」という問いが、しかし「私が中原中也を完全に理解した時は、こんどは人生と私自身の方が不可解になるのではないか、という疑いが生れてくる」（大岡昇平『在りし日の歌』）という認識に逢着していることは意味深い。これは単なる否定でも肯定でもない。この問いと疑問の底には、近代日本という土壌そのものの意味が問われている。大岡氏はそのすぐれた自伝的作品『少年』を次のような言葉で閉じている。「われわれはたしかにアイデンティティを失った日本的幽鬼、スノッブになろうとしていた。」――この誠実な無類の散文家の眼は自他をつらぬいて、この近代日本という土壌そのものを刺す。大岡氏がここで語ろうとしたことは〈失楽〉の痛みであり、少年時に持った信仰とその喪失が何であったかという確認である。「大正十年十二月の私は、新しい信仰を得たよろこびに燃え」「神の教を伝えるために一生を捧げよう」とさえ決意したという。青山学院中学部に入学した年だが、しかし半歳の後「信仰の崩壊」が訪れる。漱石やルナンの『イエス伝』が躓きとなり、「大正文学の微温的な人間主義的雰囲気の中に」少年の「棄教」は「完成」したという。しかし果たして「棄教」は「完成」したか。

この少年時の〈神〉は再び戦場体験のなかで甦る。『俘虜記』や『野火』のなかで作者はこれを追認する。『少年』の作者はあの『俘虜記』のなかの、あえて若い米兵を射たなかった場面にふれて、「これは天地創造の前から存在したロゴスと愛を信じた少年の精神の型が、無意識の構造の中に組みこまれていたから」ではなかったかという。あの「少年時の信仰」はついに「何ものでもなかった」と言いつつ、しかしそれが「いつまでも気になる」のは、ひとが「若年の時に触れた思想からなかなか離れることができないから」だともいう。さらには自分がいまも「イエスの形象」に涙し、ファブリス（『パルムの僧院』）やムイシュキン（『白痴』）のごとき人物の「聖性」に魅かれるのは何故かと問い、もはや「イエスの映像に常に動かされる自分を気にしないことにする」ともいう。

もはや明らかでもあろう。この冷徹な散文家の眼は、しばしば宗教や信仰なるもののまとう偽瞞や嬌慢、またエゴイズムを仮借なく問いつめつつ同時に、無垢なる〈信〉とは常にその自省や反問、また認識を越えて、より深い深層、その無意識において生き続けるものだということを否定しない。この無類の散文家の一種シニカルな発言の屈折（これは最近のものでは埴谷雄高との対談『二つの同時代史』のなかでの「ミッションスクールに入っちゃっ」て、「それでキリスト教にイカレちゃって」とか、〈神〉とは「人類の脳細胞に猿の段階から組み込まれた、強いものにすがりつきたい遺伝子だ」などの発言にもみられる）の底に、この根源の意識の層において生きる〈信〉へのゆだね、あるいは肯定があることを見失ってはなるまい。少年時の無垢なる〈信〉からの失墜を語り、その文脈のつきるところ、かくして「われわれはたしかにアイデンティティを失った日本的幽鬼、スノッブになろうとしていた」という終末の一句に〈失楽〉の痛みのにじむことは、もはや再言するまでもあるまい。

大岡氏の中原へのこだわり、尽きざる関心の根もまたそこにある。自分が「中原中也、富永太郎のような夭折詩人に惹かれる」のも、彼らのなかにあの無垢なる「聖性」を感じるからだが、「いまだにその『聖性』を記述することができずにいる」という。たしかに正面切って語られてはいないが、しかしこの無垢なる〈信〉への共感は大岡氏の文脈の随所に纒綿するかにみえる。『野火』終末の――〈神に栄あれ〉の一句もまたこれと無縁ではあるまい。これが「狂人の手記」という文脈のなかで語られているとすれば、その〈狂気〉という無意識において〈信〉への表白は擁護される。また〈狂気〉という設定に作者が己れのアリバイを用意せざるをえなかったとすれば、ここでも〈信〉への無垢なる表白を肯んぜぬこの風土、土壌そのものが問われていることになる。このところで散文家と詩人（中原）の眼は殆ど合体する。

大岡氏が「俘虜記」百枚を書き（昭21・5）、「『狂人の手記』ノート」（『野火』）を書き始め（昭21・11）、その凡そ半歳の後、中原家を訪ねていることは意味深い。『少年』終末の一句は『俘虜記』や『野火』の世界を貫流し、また「中原中也伝——揺籃」につながる。「生涯を自分自身であるという一事に賭けてしまった人の姿がここにある」と言い、〈あゝおまへはなにをして来たのだ〉という詩句が詩人の嘆きや自問ならぬ、己れ自身に呼びかける痛切な糺問の声としてひびくという時、これはそのまま『少年』終末の一句と対応するものであろう。こうして「われわれはたしかにアイデンティティを失った日本的幽鬼」たらんとしていたという時、その眼底に詩人の孤絶の相もまたあざやかであったかと思われる。この無類の散文家の眼が『少年』終末の一句と『野火』終末の一句の間を揺れ続けていたとすれば、詩人はこれを殆どひと息に駈け抜け、無垢なる〈信〉への頌歌をかなでる。

『山羊の歌』終末に〈羊の歌〉を置き、その冒頭に「祈り」と題した一篇を置いた時、挽歌はそのまま頌歌となり、〈詩〉は〈信〉と合一する。〈せめてその時、私も、すべてを感ずる者であらんことを！〉——それは詩人の求める根源の詩法であり、また祈りであった。しかもそれが祈りであり、当為であるが故に、詩人はその現実を、実在そのものを生きねばならぬ。続く『在りし日の歌』はまさにその道程であり、生きながら挽歌の相を呈する。それはまたこの風土がしいた刻印でもあった。我々はまだ「日本語の詩の、私たちの感受性の、魂の、遺産目録をけっして正当に編みおえてはいない」（田中清光『詩人八木重吉』）という評家の指摘が正しいとすれば、中原の詩もまた近代詩が遺したかけがえのない〈遺産〉として、改めて読みなおされねばなるまい。詩人中原中也を問うことが同時に、この近代日本という土壌そのものを問うことであるとは、もはや縷言するまでもないことであろう。

Ⅲ

対談　中原中也の宗教性

大岡昇平
佐藤泰正

中原中也の時代

佐藤　一つは、小林秀雄、河上徹太郎、それから中原中也、そして大岡さんは、やはり同時代で、年配の差はありますけれども、共に詩を書き、評論を書き、小説をお書きになった。その一つの同時代性というものの中で、中原という詩人を大岡さんがどういうふうにご覧になって来たかということと、それからもう一つは、近代詩の流れの中で中原の位置づけというようなことを、大岡さんがどういうふうにご覧になっているか。それから、中原の詩の特色というか、詩人としての個性といいますか、独自性。それを宗教性ということとからんでどうお考えになるか、だいたいそういうようなことをうかがいたいと考えておりますが……。

私、常々思いますのに、小林さんも河上さんも非常にキリスト教とか、宗教的なことと関わりがあられます。それから中原の詩の中にも宗教的な言葉が出てまいりますし、それから大岡さんのお仕事の中にも、非常に屈折した言い方でおっしゃっているけれども、非常に宗教的なものを感じます。で、何か中原を語りながら、同時に大岡さんがご自分の宗教的なものに対する関わり方をおのずから語っておられるように思いまして、そのへんに私どもたいへんに関心があるのですけれども。

いかがでしょうか。そういう同時代的な小林さんとか、河上さん、中原さんという中で……。

大岡　そうですね。あの時代については、隅谷（三喜男）さんの『近代日本の形成とキリスト教』という古典的な本があるんですけれども……。だいたい明治二十年代、北村透谷と島崎藤村の時代の、従来の儒教道徳とは違った、ひたむきな、個人の意識の目覚めの一環としてのキリスト教というもの、それに続いて賀川豊彦など社会運動と結びついたキリスト教の時代があって、それが大正から崩れて、社交機関みたいになっちゃいますね、小林さんたちの時代はそれからまた一転して、また透谷時代にもどって個人的な、自我の救済安心立命を求める思念的なものになってきていると思います。私が違うのは、中学が青山学院というメソジスト・ミッションだったものですから、他の人全部と一緒に自分が救われなくちゃならないという考えが底にありましたからね。中原の場合も、やっぱり家がカトリックですけれども、山口教会のビリオン師という人がいたということは、彼の書いたものにはあまり出てこないけれども、どうもそれがあったような気がするんですよ、それが河上や小林との違い。河上もカトリックだけどもそういう普通の信者らしいものが出てきませんね。

佐藤　そうですね。

大岡　それから、罪の意識のあり方というものが、問題じゃないでしょうか。中原の未刊詩篇「冷酷の歌」に「罪でございます、罪以外の何者でもございません」という句がありますね。その他は自分が怠けていて、とうとうこうなってしまったとか、気がくじけた時に、常に子供の時から何か自分を見ている超越的な存在、見守ってくれる、保護してくれる、神という考え方が思い出されたように思いますね。

佐藤　そうですね、多分それは中原の問題であり、おそらく大正期というか、あるいは大正期から昭和にかけての、そういう時代の問題でもあると思いますが、ただ同時に、中原には、たとえば、「羊の歌」

の「祈り」ですが、〝すべてを感ずる者であらんことを！〟、そして自分は〝感じ得なかつたことのために、／罰されて、死は来たるものと思ふゆゑ〟という「祈り」の詩がございますね。〝感じ得なかつたこと〟の、一種の罪というか、罰を受けるべき意識というものが、底流しているように思いますけれども、それは大岡さん、どうでしょうか。

大岡　ああ、それが一番特徴的な罪の観念かも知れないですね。神が創った世界をすべてを感覚しなければならないということ。カトリックにあるかどうか知りませんが、ヴェルレーヌから来てるような気がします。ただ一つの教義として極めたところがないですからね、ヴェルレーヌからは、ずいぶん摂取した。彼も僕の最初につき合った昭和三、四年頃は、ヴェルレーヌにいやに凝ってましたね。ヴェルレーヌが、俺はカトリックもへったくれもない、原始キリスト教徒だって言った、素朴に歌うのが神につながるということ、むしろ汎神論的といっていいと思います。『知慧』っていう詩集が、当時の我々は、ヴェルレーヌの最高の到達点と考えていたんですけども。あの中にある、「ここに働かざりしわが手あり」という句、これは富永太郎も引用していますけども、とにかく、そういうふうな超越的なものにすがるということ、知の悩みのはてに超越的なものを求める、そこで安心したいという気持……いろいろ錯綜しているんですね。

これは一言では言えない。ずいぶん個別の詩によって調子が違いますからね。「聖浄白眼」、それから今おっしゃった「すべてを感ずる者であらんことを」っていう「羊の歌」と「冷酷の歌」とは、みんなそれぞれに違いますからね。「死の時には私が仰向かんことを！」というような詩と、みんな違いますからね。だから、いろんな領域を遍歴したということもあるんですね。中原が迷っているからといって、僕の中原に対する見方はちょっと意地悪だといって、飯島耕一が、今度は、私の書いた『生と歌』という本の書評でそう書いた。大岡にとって神は対峙的、対立したものとしてあるけれど、中原には自分の心の中にあったなんて言って、外国へ行っちゃったから、もうその後論争することはできないけれども。まあそうでもないところがある。

私は子供の時にクリスチャンの感化を受けて、これは牧師となって、やっぱり神の国を建設しなければ、あんまり悪いから、しなきゃいかんと、牧師になろうと思ったんですからね。で、中原に会ってそういう話をした……というのは、一時中原にやっぱりかぶれて、いろんなものを書くについても、何についても、信仰という心を一つ、自分の心の方向を決めなきゃ何も出てこないという彼の理論にちょっといかれて、『キリストにならいて』を読んでいたことがあるんです。あれもまあミスティシズムということになっていますね。つまり信仰があるにしてもはっきりしていない。当時の象徴派の詩人を改宗させた本で、ユイスマンスなんかが有名ですけれども、ヴェルレーヌが獄中で読んでたっていう伝説がありました。そういうことから中原がよくいっていました。ちょうど昭和三年に翻訳が出ました、岩波文庫で。

キリスト教への希求と仏教への傾き

佐藤　今、飯島耕一さんのお話が出たり、それから大岡さんの少年時代のお話が出たんですが、飯島さんから、中原の神に対して、大岡さんのおっしゃることが少し厳しいというような批判がでたと。私もかつてはそう感じたことがありますけれども、そこでお尋ねしたいのは、中原に宗教性を認めない人に対しては、大岡さんは非常に中原の中にある宗教性をつよくクローズアップなさる。と同時に、しかし中原の宗教性っていうのは結局ここまでだよっていうようなこともはっきりおっしゃる。それから、今度は大岡さんがご自分の、つまり私はいまだに少年時代のキリスト教体験というものが深くて、キリスト教というものに未練がある、絶えず心がひっかかっている、とおっしゃる。しかし、またあるところでは、くり返し、いや俺のキリスト教っていうのは所詮ここまでだよと、つまり絶えずご自分の中にあるそのものを、逆に相対化なさっている。その大岡さんがご自分の宗教性に対しておっしゃることと、中原について相対化しておっしゃることとが、非常に私にはだぶって来るようにみえて、つまり、大岡さんの資質的なものでやっぱり中原を見ておられるような感じがするんですけども、そのへんはどうでしょうか。

大岡　一つは、自分がキリスト教を捨てたということが、自分の中でよく割り切れていないんですよね。だから中原に対しても問い詰める形になるわけなんですよ。ま、中原にも曖昧なところがあると思ってますけれど、しかし、これは吉田秀和から聞いた話ですけども、彼には切実に求める気持ちが非常に強かった、ということを示す証言もあります。よく泣きながら祈ったとか、いろいろあるけれども、吉田秀和に聞いた話では阿部六郎さんの最初の子供が生まれた時のことです。阿部さんもまた中原の宗教に感化を受けた人ですけれど、彼は信仰に入るということはなかった。ところが、阿部六郎さんの奥さんはカトリックだったんですよ。だから子供が生まれた時、コミュニオン、聖体拝受を受けさそうと言ったんだけども、阿部さんはちょっとそこに迷いがあって、やっぱり成長してから子供の選択に任せた方がよいと言われて、結局しなかったんですね。その時、中原が、自分としては、彼の家はカトリックだったけれど、彼はコミュニオン受けなかったんですがね――大人になって自分の選択で受けるというのは辛いから、子供の時、何もわからない時にやっといてくれたらよかった、と言ったっていうんですね。つまりなにもわからなかった時に受けていればよかったということは、それだけ希求が強かったということが言えますね。遠藤（周作）さんは自分が知らない間に受けさされたのは困るって言ってるけれども……人によって違うんですね。

佐藤　中原の論理から言ったら、それは一貫いたしますね。無意識の世界、つまり「精神といふものはその根拠を自然の暗黒心域の中に持つてゐる」とか、そういう無意識的な世界、人間というものは決して意識だけではないっていう中原の理論にもどこかでつながっていないでしょうか。

大岡　そうですね、やっぱり宗教心というのは、心の奥底に住んでるということは実感があったのかな。若い時、「地上組織」という理論を書いたことがありますけれども、これは外界の認識論だ。しかし内心には強い核を持っていたかも知れないということを思いました。ちょっと吉田の話をごく最近聞いたんですけどね。それでなんか、だんだん中原の信仰の輪郭が私もわかってきたような気がするんですが、彼は動揺するんだな、本居宣長の「直毘霊《なおびのみたま》」を読めと高森文夫に言ったりするしまた自分の子供が死んだら、賽の河原ということを考えて、今度はまだ仏教の方がどうもよいようだとか、キリスト教はちょっと厳しすぎる、仏教の方が楽だといったり……、それはまあ仏教の方は天地創造とか、十字架なんていうことは仏教じゃ言いませんからね。子供が死んでからそっちへ頭がいったというような、まあいろいろなことがあります。一つの、帰依の要求があったということは、これは動かせないですね。

日本人としての無意識とキリスト教

佐藤　そうですね。確かに私どもの問題でもありますけども、中原における、今おっしゃった晩年に仏教的なものにいったり、子供が死んだ時にもっと土俗的な、賽の河原みたいなものが出てきた。しかし、それは私どもがみんな持っている一種の意識における多層的な、伏在しているそういう問題であろうっていう感じがします。どうも、私ども教会の中にいて文学というものをやっていますと、やっぱり教会の側から問われると、われわれは異教社会の中にあるとか、どうだとか言われるけれども、実際はわれわれは日本人としてたくさんの矛盾したものを混在的にかかえておりますから、やっぱりそこをきちっとリアルに見ていくのが文学だろうと思います。私ども教会の中にいて、文学とそういう問題という時にいつも矛盾は感じますけれども、中原の問題は今おっしゃったように、そういうふうによくわかるような感じがしますが。

どうでしょうか。私はいつも大岡さんが『少年』の中でお書きになっておられます、少年時代の聖書体験の深さ、そしてそれを失ったというところで、いろんな時に引かせていただくんですけれども、大岡さんが『少年』で一番最後にお書きになった、こうして「われわれはたしかにアイデンティティを失った日本的幽鬼、スノッブになろうとしていた」。あの言葉は非常に深く、読者に響いてくる言葉ですけれども、実は大岡さんは『わが文学生活』ですか、あのインタビューの中では、自分は今『少年』を書いているんだが、一番最後の言葉はもう決っているんだと、「これから先は小説の領域である」と、そういう意味の言葉をとどめの言葉にしているんだとおっしゃったんですが、実際に『少年』が書き終えられたところで、あの痛烈な、「アイデンティティを失った日本的幽鬼、スノッブになろうとしていた」、あの言葉が出てくるということは、やはり大岡さんが少年期における無垢なる体験から、〈失楽〉と申しますか、楽園から落ちたという痛嘆の思いが、それが現代の、こういうスノッブ的な文学者のありよう、文学のありようというものに対する批判として出ていると思うんですけれども、あのへんはどうなんでしょうか。そして、そういう目がやっぱり中原に対しても向けられているっていうふうに思うんですけれども。

大岡　そりゃ、中原も神様じゃないから、ずいぶん俗っぽいところもあったけれど、ま、それはあまりいいたくないですね。ちょいちょい中原について書くものの間にまじって出ているはずです。どうしてそういう言葉が出てくるか、わからない。僕は中原のいった通り無意識の部分が多い物書きですよ、たとえば『野火』という作品を、「神に栄あれ」という言葉で終っているんですがね。これだって自分でどうしてああいう言葉になったか実は自分でよくわからないんですね。その前に「私一人のために、この比島の山野まで遣はされたのであるならば――」という冒瀆の言葉をいれとくとか、そういうふうなことがどうして起ってくるか、わからないんですよ。僕はまあそういう宙ぶらりんのとこにいますけど、中原は詩を書くについて、信仰があるならば言葉が出てくるという体験を彼は持っていたわけですね。と僕は思いますけれども、これは見たわけじゃないし、聞いたわけじゃない、これこそ本当の傍《はた》から見る解釈ですけれども。そういう風に言葉が流れるように出て来ているように思えるよい詩がありますよね。

佐藤　そうですね。

到達できない神に寄せる言葉の深まり

大岡　そうじゃなくて、堅苦しく飾ったような詩もあるけれども、そうすると、それがよいと思って、神へ到達できないので、自分は怠け者でどうもだめだ、なんて、実にいろんなことをいう。それがみんな詩になっているわけです。それは信仰そのものではないけれども……もっとも信者の詩にはかえって堅苦しいのがありますね。

佐藤　信者の詩にはしばしば、ひとつのとらわれがありますね。

大岡　その前夜の段階が、文学的表現としてよいんじゃないでしょうか。ヴェルレーヌの『知慧』など……。

佐藤　こういうことはどうなんでしょうか、今のお話で。つまり中原が一番信仰的なものに近づいた時に詩の言葉があふれるようになった。それは確か彼の詩論の中でも、もっとも神に帰依し、謙抑なる謙譲なる心を持った時に詩的な思いも満たされて、言葉が出てくるっていうことを申しますが、私はあれを読みながら思い出したのは、萩原朔太郎が、ご承知かと思いますが、大正三年から四年にかけて、これはギリシャ正教会でしょうか、そこで受洗をしていた人《ひと》妻で、洗礼名がエレナという、その人が人妻になる前から、自分の妹の同級生で、キリスト教の学校へ行っていた、それに恋をしていて、そして彼女の結婚後も思い切れずにいろいろ訪ねて行ったりして……そしてそのことがわかって、相手は人妻ですから、これはたいへんなことになるという罪の意識から（尤もこれだけではなくて、彼が「草木姦淫」という、一種幻覚的な罪の意識もからむものですが）、「月に吠える」の冒頭の〈浄罪詩篇〉という、あのところで朔太郎の詩は真の実存的な深みに達したという、あの詩が生まれるんですが、その頃のノートの中に、彼がキリスト教にすごく熱中して、妹さんと一緒に前橋のバプテスト教会へしばらく行ったりしているんです。この時期が一番朔太郎が宗教的なものに深く関わった時期と言われるんですが、その時のノートに、今、自分は「キリストを求めてゐる。」「もし永久に私が信仰を発見しなかつたら、私は永久に『苦しき懺悔者』又は『素人詩人』として終るにちがひない」といっている。ああいうところに、朔太郎が入りこんでいるんですけれども、朔太郎が自分がそこまでいかなければ「素人詩人」だという言い方と、中原がやっぱり本当に信仰的なものを持った時に、詩の言葉が本当にあふれてくる、詩の心に満たされる、と言ったのが、何か詩人の問題としてつながってくるような感じ、一つの天恵と申しますか、恵みというか、何かそういう感じがして……。

大岡 鮎川さんや何かと話し合ったら、結局中原が全体としてみれば、恩寵を得ていて、何か言葉は、ばらばらでありながら、時期的にとぎれながらいいことを言ってた、という結論に達しましたね（笑）。案に相違して鮎川さんなんて人までが賛成しちゃったんで驚いたんですが……。

まあ、そういうことは言えるかもしれないけども……。しかし、でも、自分が生まれてすぐ、自分の意識がない時に受洗させちゃっといてくれたらよかったと自分からいわなければならない、これは辛いことですね。

佐藤 はい、そうですね。それは本当に痛切な言葉ですね。私もそう思います。

「中原中也と大岡昇平」

佐藤 今日は、中原を語りながら、同時に同じ時代に生きておられた大岡さんご自身の文学と宗教の問題も、いろいろお尋ねしたいっていうんで、さっきから伺っているんですが、さっき飯島さんのお話が出ましたんですけれども、飯島さんが確か『中原中也全集』の「月報」の中で、「中原中也と大岡昇平」という文章があって、その中で大岡さんの中にはちょうど言うならば、正宗白鳥と同じように、大岡さんの合理主義に見える底に、一枚下に、本当に宗教的な本質的なものがある。それはちょうど白鳥と同じではないか。だから白鳥の後を継ぐ宗教的、キリスト教的な作家ではないかと自分は思うとおっしゃって、そして大岡さんのあの少年時の青山学院時代から尾をひいていたキリスト教的なものが、あの戦場の最前線に行った時に中原の詩とからみながら思い出された、つまり中原の詩篇が大岡さんの中にある少年時代のものを、あの戦場でひき出したんではないかと、そういう意味づけをしておられた印象があるんですが……。

大岡　ああそうか、その反動で道化けたり、いたずらばかりする（笑）。

佐藤　だから、私は飯島さんのような方がそうおっしゃったのに非常に感銘いたしました。ちょっと私の持論的なものにひきつけまして、飯島さんがそうおっしゃったことに感銘して、それを覚えているんです。

大岡　この前のは、じゃあ僕は後のを忘れちゃってたんだよね。

佐藤　ああそうですか。

大岡　それで、あんちくしょう、あんなこと言ってやがったと……。

佐藤　いいえ、飯島さんはそういうところは、たいへんあれなんですけれども……。白鳥のような人は大岡さんはどうお考えですか。

大岡　これもだからやっぱり謎の人ですからね。あれも、キリスト教に奥さんが教会へ行くっていうことで、ちょっとうらやましかったのかもしれないですね。その反応が、あれは複雑な人だと、複雑に出ていると私は思います。まあ要するに現代においては、キリスト教に限らず、信仰を持つということはたいへんなことですからね。このことは、だから簡単に答は出ませんよ。

佐藤　そうですね。白鳥自身も亡くなる半年くらい前に、自分の文学的半生を語った講演の中で、自分は最後の時にアーメンと言うか、南無阿弥陀仏というか、なんというかわからないぞと言いながら、最後はご承知のように自分が受洗しました植村正久さんの娘さんの植村環牧師のところで、されたんですけれども、……。

大岡　もっとも、どうもぼくは遺族の言葉は信用しないんです、遺族はわりあいに作りますからね（笑）。

ことに臨終の話はわからない、どうも。

「中原中也伝」と『在りし日の歌』

佐藤　私はあの、大岡さんのお書きになりました「中原中也伝――揺籃」ですか、あれを非常に感動して読んだんですが、あの中で「中原の不幸は果して人間という存在の根本的条件に根拠を持っているか。いい換えれば、人間は誰でも中原のように不幸にならなければならないものであるか」と言われ、よくみなさんが引くんですが、あの言葉があって、今度後にお書きになりました『在りし日の歌』のなかで、しかし「私が中原中也を完全に理解した時は、こんどは人生と私自身の方が不可解になるのではないか、という疑いが生れてくる」といわれているんですが、結局この問題はあれでしょうか、まだ大岡さんの中では未決の問題……。

大岡　私ももうあと二、三年の生命ですから、まあ未決のまま死んでもよいと思うんです。解決できない問題が、この世の中にあってもいいと思いますよ。これは何もわれわれの心の中ばかりではなく、フォークランド島の事件だって、あれもああやって片づけようとするからああいうことになるんであって、どっちの領土ともわからないといっておいときゃいいんですよね。それと同じようなことが人間の心にもあるんじゃないでしょうか。まあ、宗教というのは、それだけではいけない。壁に向って何年でも瞑想して悟らねばならないという宗教者がいますけれどもね。われわれ俗人はどうもそこんところが、とにかく僕はそこが、結局、軽薄ないいかげんな人間だと思ってます。でまあ、たまたまそういう言葉が出るけども、出ても本当に今度自分がわかんなくなっちゃって、それで私自身が一日も生きていられないかっていうと、そうじゃございませんねえ。そこんとこが私は軽薄なんです。で、これも、つまり、まあ一つの表現ですよ。

佐藤　私は、大岡さんは軽薄とおっしゃるけれども、私流に言わせていただければ、最後の宗教的なものは、そういうところではないかっていう感じがだんだんいたします。つまり最後は人間にはわからない、この矛盾をかかえたままで、ただ正直に生きていくほかはない。それがどう見られるのか、どういう意味を持つかっていうことは、矛盾の一切合財が向う側にあって、それはもう向こう側に預けちゃってよいことで、こっちで割り切れないっていう感じがして。もしそれを、深い普遍的な意味での一つの人間の持つ、持たされる宗教性っていうならば、どうもそういうところじゃないかって感じがするもんですから。大岡さんが割り切らないままに、それでよいんじゃないかっておっしゃるところに、私流に言わせていただければ、逆に一つの、それをもし宗教性っていう広い意味で言うことができるならば、そういう感じを持つんですが。

詩の方法と詩人の資質

佐藤　それから「朝の歌」と、そのあと十年目にまた恵みの時が来て、「冬の長門峡」のような詩が晩年に生まれた、どちらも中原が一番満たされて、ああいうすばらしい詩ができた。かけがえのない二つの時期であった。この二つの時期がどういうふうにつながるのかっていうことを、自分は少し論じてみたいということで、大岡さんが「在りし日の歌」を、あの評論をお書きになったんですが、しかしこれももう、自分はまだ答が出ないから、出ないままでここで筆を置く、というふうに何かあそこは終っていたと思うんですが、あの問題も何かそこのつながりは、その後お考えでしょうか。

大岡　ええ、まあ、いろんなふうに、中原という詩人は、どうも僕の一生についてまわる詩人で、いつまでたっても解決しない。で、結局、中村稔の言うように、おしまいに気が変になってきちゃったからとか、精神の衰えがみえたから評価しないとか、そんなふうな問題じゃないっていうふうに思います。まあ、あの定型詩を書いて、定型詩といっても「朝の歌」の定型の力と、「冬の長門峡」の勢いとはまた全然違いますからね。片方は二行二行の流動的な形であり、片方はソネット形式でまとめようという意志が働いています。

佐藤 ただああいう時に、中原の詩を作る意識が非常に高まってきた。つまり非常に恵みの時であった。それが十年目にまた来たという、中原の自覚があるわけですが、あれがああいう周期的に来たということは、たとえば、何かその背景として考えられることはございましょうか。たとえば「朝の歌」であれば、例の長谷川泰子の問題やいろんなことがあって、そういう中からやっぱり詩人としてそこを通り抜けて、詩人として自分を確立していかなきゃいけないっていうような意志的な姿勢みたいなものが関わるのか、あるいは「冬の長門峡」の場合もやっぱりお子さんを亡くした、幼な子を亡くしたというところから、やっぱり彼がその苦しみを乗りこえ……。

大岡 その前に一つ、「秋の日」という定型詩があるでしょ、あの頃またまあ「曇天」とか「言葉なき歌」とか、定型詩志向が晩年に出てきておりますね。また「朝の歌」の場合は、私は今度も『生と歌』で考えたんですが、つまりあれは彼が全然一人でやったんではなくて、当時佐藤春夫が『殉情詩集』、それから萩原朔太郎が『純情小曲集』を出していますね。それから三富朽葉の遺稿集が大正十五年に出る。こういうふうな抒情詩集の小グループがあって、彼もその後「半仙戯」なんて、ああいう耽美派のグループとずっと近づいていますね。だから全然孤立してたのではなくて、彼にはあれが自分の寸法にあってたからであって、だらだらした萩原朔太郎の「内面律」もあり、自由詩の形もあるが、しかし自由詩の中で書くのはいわば告白であり、その形は宗教詩でいうならばすらすらと出てくる。そうじゃないと、私小説的に、つまり自分の感情を粉飾して語るだけのことになる。定型詩ではこれが一つの形にきまらなければならないが、そこにかえって、いまはやりの言葉でいえば多義的な意味が生じる。詩作の過程でそうして生れたものに刺戟されて増幅するということが考えられます。結局定型詩を選ぶ詩人という場合を考えてみるならば、七五調の中でいろんな意味が響き合うんですね。リズムを伴って多義性が出てくる。そういう手法に晩年にたどりついた。「朝の歌」は彼が作るのにだいぶ手間がかかって、一篇作るのにこれだけ手間がかかってはたまらない、てなことを、あいつこぼしてますけども、「冬の長門峡」は例の原稿が残ってますが、それを見ても一気に書かれた形跡がある。あれはやっぱり一種特別な詩かもしれませんね。

晩年に、全体的にいって昔の詩の理論にもどってきて、批評家によると、その間の中原の意識は何の進歩もなくて……（笑）ということになるんですがね、何も同じであったってかまわないでしょう。三十年の生涯だからね。

佐藤　今のお話と関連すると思いますが、「中原中也Ⅰ」という文章の中で、つまり一般的に現代の詩人なども、中原の詩は非常に無自覚な、方法的な意識において無自覚な、自然発生的な、そういう叙情っていうような見方が割にあると。それに対して一見ダダ風であるけれどもすごく中原には、そういう無意識な自然発生ではない、やはり一つの方法意識なり、いろんなものがあるっていうことを大岡さんはあの文章の中で強調しておられまして、それからダダ的なものが彼の素地として、資質として一貫したっていうことを非常に強調して書いておられたと思いますけれども、これはどうでしょうか。私は中原のダダ的なものが一生貫かれていたということは、ある意味で日本の象徴詩を含めた明治からの日本の近代詩に対する中原なりの一つの批判的な姿勢もあったかなあと思いますのは、これ、詩の見方がいろいろあると思いますが、私は近代詩を通観して、たとえば明治の四〇年代の蒲原有明とか薄田泣菫とか、ああいう漢語にルビをふったような、ああいう難解な象徴詩が出てきますが、どうも私は言葉を磨くというか、言葉の彫琢ということでは非常に複雑になっているけれども、本当の意味での深い象徴的な詩といえるかっていうことにいつも疑問を感じますので、どうも日本の本当によい詩っていうのは、ああいう言葉を彫琢していくことよりももっと詩人の資質的なものが、ある意味では非常にストレートな形で、あるいは非常に肉感の豊かな、柔い言葉の肉質を持った、たとえば、中也とか朔太郎とか、それから私はキリスト教詩人で言えば、やっぱり八木重吉であるとか、そういう何人かの人の詩の方がむしろ本当に言葉として生きている。そうするとやっぱり中原のダダ的な発想は体質的なものですけど、よく日本の象徴詩や何かのああいうあり方に対して、どこか一つのアンチ的なあれがあるかなあ、という感じがするんですけれども……。

破壊の衝動と〈現識〉の豊かさ

大岡　中原のダダ的なものの出どころは彼の個人的な気質だと思うんですよ、生れつきの……彼には攻撃的で破壊的なところがありましたからね。で、まあ最初は短歌という定型詩から入っていったけれども、それをぶちこわす。何かできるとすぐぶちこわしにかかる。「朝の歌」というような型ができあっても、それを自分でぶちこわしたような作品を書いてるでしょう。最初の自己破壊の衝動がダダという形になって現われた。生活的には外界と内界という二元論的立場に立っていたにしてもそれを破壊して一元論的なダダの世界を作るのが彼の場合、最初の詩になったのだけれども、これが対世界、対世間的に二元論的に分裂する場合がしょっちゅうあるわけですね。そうすると、それをダダにおどけるのが、彼は気が楽なんですよ。私は二元論的傾向として、「正」と「邪」があるのですけど、それが彼の中には常に混合してありましたからね、神の認識についてでも中学生の時の短歌に、「人みなを殺してみたき我が心その心我に神を示せり」というのがある。「歎異抄」の「人を千人殺してんや」っていう攻撃性がわれわれに神を示した、という、これは私にも、昭和三年頃の談話にもあったことなんです。そして初期の短歌を探ってみたら、「人みなを」があったんで私も非常に感動したんですが、子供の時からそういうものがすでにあった。だから彼には常にものを破壊しようという衝動があったわけですよね、一つの形を作るとそれをすぐこわしにかかる。だからつまり詩風は結局最後まで確立しなかった。いろんな多様なものが彼の中に共存していたと思います。

佐藤　それと、どうでしょうか。中原がいわゆる「芸術論覚え書」でいう、つまり〈名辞〉以前の世界、言葉によって名づけた〈名辞〉的な世界以前の世界、あの〈現識〉というか、理知や認識以前の〈現識〉というものの豊かさが詩につながるという。それから宮沢賢治の影響を受けて、宮沢賢治を論じた中で、彼は印象が生滅するままに、なにひとつとりこぼすまいとして、まさに「新鮮な現識」をそれが頭に浮かぶままを書き続けていったんだという、こういう彼の詩論とダダ的な破壊的な自由奔放なあれとは、やっぱり中原の中では通底しているというか、そのへんはどうなんでしょうか。

大岡　同じことだと私は思いますけども。彼の名辞以前というものの中の構造を探って行かねばならぬと思うのです。ダダといっても破壊したということだけではなくて、その破壊されたものが意味と動力を持っているのですよ。私がそこで追求をいったん打ち切るといったのは、破壊されたものの中には、彼の関心だけではなく、時代的なものも入ってきますね、その時その時の……。そいつをみんな調べていくのはもうたいへんだからね、もうあそこで僕は投げちゃったんですよ、いったん。ダダ的でアナグラムみたいな詩句全てを解釈するっていうことになるともうたいへんになるんで、閉口して、投げ出したんで。

佐藤 ただ「道化の臨終」ですか、ダダ的スケッチ、ああいう新しく出てきたような原稿を含めて、非常に一貫したということがはっきりしてまいりましたですね。大岡さんが強調されましたように、非常にそれがよく出ていて。

大岡 死ぬ時に彼は二つ意識があって山口へ帰ろうとしたと思うんですよね。帰って気を落ちつけてもっと詩を書こうという希望と、東京を去るのが自分の終りだという意識もまたあったわけで、「道化の臨終」をこっそり小さな詩誌に発表したと思うんです。

佐藤 確かにおもしろい詩ですね。

大岡 たしかにおもしろい。別れの詩ですから、感情を網羅的に数えつくした趣きがあり、中原の癖で理屈っぽくなっているのですけども、異色のある作品ですから。

佐藤 そしてやっぱり神が出てまいりますね。「希はくは　お道化お道化て、／ながらへし　小者にはあれ、／冥福の　多かれかしと、／神にはも　祈らせ給へ」――と、こういうところが、前に出てきた「祈り」などとは別の意味で、「羊の歌」とは違った形のこういうアイロニカルな形で非常に出ている。

詩人の自意識――小林秀雄と

佐藤 それから、フランス人のイヴ＝マリ・アリューさんの、中原の詩を分析なさったあれを大岡さんが引いておられて、「中原の詩がおもしろいのは詩そのものの中で詩を問い返す、あるいは自分自身を問い直す。問い直しているそういうことをまたさらに問い直すという、それが無限に中原の詩の中に出てくる」という、あれは私は本当にその通りだと思います。

大岡　あれはアリューさんの正確な読みだと思います。

佐藤　そうですね。

大岡　言葉が常にそれ自身に向って反転する。これはまあ、一九二〇年代に自意識ということがヴァレリーなんかが一番問題にしましたから、小林秀雄との関係で一番はっきりしているのはそこでしょうね。常に小林に負けまいと、中原はしていたから、自意識ということも自分もやっているんだという意識が彼にはあるわけですね。またそれでなければならないと、それはボードレールを読めば、ヴェルレーヌでもはっきりしてますから。まあ僕の会った頃はヴェルレーヌ一辺倒で、ボードレールもヴァレリーも助平で、自意識を描写することを詩にした。ヴェルレーヌはその先に歌があった、自分はそれをやるんだといってました。しかしある時期、時期によって彼の考えがどんどん変るんですよね。私が一番仲よかったのが昭和三－四年にあたる時期ですが、その頃は、ボードレール、ヴァレリーは悪口なんですよ。だけども六年頃には吉田秀和には『悪の華』をテクストにしてフランス語を教えています。ボードレールの中の「悪」の深さは測りしれない、というような、断片がありますね。そんなこと聞いたことなかったですよ、僕は(笑)。昭和三年頃には。ボードレールは小林がやって「『悪の華』一面」を書いてるから、ボードレールみたいな野郎は悪党で、ヴェルレーヌは純粋であるっていうんです。小林も一時は中原理論に同調して、同じような言葉を聞きました。小林はまあボードレールもヴェルレーヌも卒業したところから批評家として出発してますけどね。彼は詩人を全部捨てて散文家として出発してるんです。もっともまた元へ戻ったり、いろいろしてますがね。富永太郎について、詩人という余計者をまだ信じる気が私にあるのかしらん、というような短文がありますね。ボードレールは『近代絵画』まで戻らなかった。『本居宣長』だって、あれは詩人論ですよね（笑）。

佐藤　そうですね。

大岡　あれは宣長の思想をちゃんとたどっているわけではない。詩人として一貫性を認めている。宣長の和歌は下手なんだけども、それでいいんですよ（笑）。

佐藤　小林さんは妹さんも語っておられましたように、並のクリスチャンよりもよっぽど聖書とかそういうものをきちっとある意味で受けとめながら、結局自分はキリスト教がわからないと、最後には宣言しておられますね。そして宣長の方にずっと入ってゆかれる。

大岡　妹はクリスチャンなんだもの。だからその見方で言うから、ちょっとわからないですよ。兄貴の方でも、妹がそんな言うんならってんで、さからわないでしょう。妹をいたわる気持があるから。しかし小林秀雄に、私はイエス伝を書かないか、ってすすめたことがあります。戦後「罪と罰」論を書いた頃、僕がはなれに世話になってた頃、二十四年ですか……まんざらでもない顔付だった。確答はしなかったけど。

佐藤　私は日本人の書いたドストエフスキイ論では多分小林さんが最高だし、そしていわゆるストレートなクリスチャンではないけれども、やっぱりドストエフスキイの中の神の問題とかいろんな問題を実にきちっと読んでおられますし……。

大岡　彼はよく読みこんでます。僕は途中からスタンダールへ行っちゃったから。スタンダールは、反宗教ですからね、だからドストエフスキイはその後読まないのですが。神はあるかないかっていう問題提出を自分にしないことに僕は決めたわけです。

詩人が宗教を語るとはどういうことか？

佐藤　あの、どういうことでしょうか。つまり、宗教を語るということは、どこかで倫理的な理念を語り、ゾルレンの問題になると思うんですが、どうも私は中原の詩を見まして、たとえば大岡さんも引いておられますけれども「想ふことを想ふことは出来ないが想つたので出来た皺に就いては想ふことが出来る。私は詩《うた》はこの皺に因るものと思つてゐる」という言葉が一九二七年、「小詩論――小林秀雄に」というエッセイに出て来るのですが、これはこういうことでしょうか。思うことを思うことはできないが、思ったのでできた皺については思うことができる、歌はこの皺によるという時に、中原は多分自分の宗教的なものや、ある憧憬やさまざまな問題を、そういうものを求めながらやっぱりそこまではいけない。ただそういう自分の生理を語る、矛盾というか、生理を語ること、それが彼の歌であったというふうにみると、歌が皺によるものだということが、なんかこうわかってくるような感じがするんです。ということは、たとえば、また白鳥を出しますけれども、白鳥はああいうふうに若い時に受洗しましたが、やがて離れてどうどうめぐりしているんですが、白鳥が語ったことの中に、自分は何か幼い時からある茫漠たる大きいものにいつも悩まされて恐しかった。それから、神というものも何か茫漠たる存在である。そういいながら、結局、聖書に書いてあることは要するに所謂夢物語だと。しかし、その夢物語であるものに自分はやっぱり強く魅かれる、これも事実だと。そうすると白鳥という人は、ニヒリズムや、あるいは宗教への憧憬や一切合財ひっくるめて、あれもこれもかかえている、その自分の生理っていうものをたいへん忠実に語った人であったかと思うんですが。中原の詩《うた》もやっぱり、たとえば、「言葉なき歌」などの、〝あれ〟は遠いところにある、しかし自分はそこへ行っちゃいけない、ここで待つほかはない、と言う時に、やはり遠いものを見て、〝あれ〟というものを見つめながら自分はここに佇ちつくすほかはないという……。

どうでしょうか、中原の宗教性っていうのは、やっぱり自分の生理を、つまり白鳥さんが言われたような形で、夢かもしれないけれどもその夢にやっぱり関わらざるを得ない、そういう自分の生理を誠実に唱い続ける。その皺が詩《うた》だと言った時に、中原の心の襞の皺っていうか、生理っていうか、そこに結びついて来るということでしょうか。

大岡 皺というのは想ったことの痕跡でしょう。中原は想うことを想うことはできない、というけれど、想っていたかも知れないのですよ。そんな出方をしている言葉もあるでしょう。まあ、正宗さんは言えなかった。それだけ深刻だということもあり得ます。「言葉なき歌」の〝あれ〟について、ただ〝あれ〟と言うだけではわからんと、大岡信なんかが言うけれど、これは神のことであることは明白ですね。

佐藤 それをあえて〝あれ〟としか言わなかったところに詩のリアリティーがあると、私はそう思いますけれども。

大岡 「神」と言ったら、人は馬鹿にするからね。〝あれ〟と言ったんですよ。

佐藤 つまり日本の文学的風土では、神とストレートに言ったら残念ながらリアリティーを失いますですね。自分がそうじゃなくて、まわりの読み手の側から言って、そこがきついところだと思いますけれども。

仏教の場合

大岡 明治維新後仏教を捨てちゃって、吉田神道を国家宗教にしたのはまちがいであってね。私は今度は『ながい旅』という、内地の方面軍司令官の伝記小説を書いたんですが、彼は日蓮宗信者で最後は南無妙法蓮華経言って死んでるんです。宮沢賢治もやはり南無妙法蓮華経って言って死んでいます。法華経を千部印刷して人に配ってくれ、または地下に埋めてくれといったとか、色々伝説がありますが、とにかく信仰のしるしがある。中原にはそれが無いんですよ。それは宮沢賢治ほど徹底してなかったということなんです。鎌倉へ行ってからカトリック教会へ行ったらしいが、すぐやめちゃった、詩句に賽の河原が出て来る程度で、宮沢賢治の方が……。

佐藤　宮沢賢治の場合は他者の救済という問題がストレートに出て来るし、倫理の問題として徹底的に関わってゆくわけですが、大岡さんがおっしゃってるように、中原の場合は神っていう問題は、自分の個の救済、それが自分の詩の豊熟というか、何かそういうことにかかってくるということになりましょうか。

大岡　僕の子供の時の信仰は、メソディストのものですが、子供なりに自分といっしょに世界中の人間が救われなきゃならないと思った。それからいくと、中原は自分だけが救われればいいんだから、これはユイスマンスもドストエフスキーもそうで、ぼくは一般に文学者の神を信じないのはそのためですが、宮沢賢治はちがう。ちょっと僕はやってみたいですね。

佐藤　今度は宮沢賢治について何か少しお書きにでもなるんですか。

大岡　ええ、まあぼつぼつ読んでいる程度ですけれど。『ながい旅』で少し法華経文献を読んだので……。

佐藤　私は賢治は非常に昔からたいへん好きで。

大岡　『風の又三郎』や『銀河鉄道の夜』は戦後読んだのですが、とにかくユニークなものですね。哲学的には仏教に深いものがあるのは、『ながい旅』の岡田資《たすく》中将について調べて知ったんで、それまではあまり、キリスト教のインパクトが強くて明治以後の知識人をみんなキリスト教にとられちゃったようですね。神道が威張りすぎて、仏教はただお葬式の時会うだけのものになっちゃった。親鸞、道元は、むしろキリスト教との関係で復活しているようなあんばいで……。

未解決の問題――漱石を読む

佐藤 これはくり返しになりますが、例の少年期のキリスト教、それが漱石の『こゝろ』などを読むことでエゴイズムの問題などが出てきたんで、自分の少年時代の無垢なるそういう信仰的なものが崩れてしまった。そういう意味では漱石にはだいぶ、恨みというかいろいろあれがあるっていうようなことをおっしゃっていらっしゃいました。やっぱりあの時期には大岡さんだけでなく、一般的にああいう漱石文学の影響というか、知識人のエゴの問題や……。

大岡 大正期にあったでしょうねえ。自己確立の風潮と重なったのでしょう。また文章家と見なされていて、私の読み出した大正十年頃では、『虞美人草』が代表作と考えられていました。僕は姉貴が全集を持っていたので全部読みましたけれども。

佐藤 私は自分の持論は我田引水かもしれませんけれども、わりに漱石の宗教性っていうのを少し強調したくなるんですけども、大岡さんの目はやっぱり中原に対してとはまた違うんですけれどもやはり、かなり漱石の宗教的立場……。

大岡 僕は被害者ですからね。『こゝろ』に対しては恨みがあるから。

佐藤 かなり相対化というか、やはりきびしい。

大岡 しかし、こんど自分の少年期の確認の意味もあって、漱石をゆっくり読んでると、つまり、最初は恨みから、否定的な漱石論を書こうと思ってやっているうちに、もうじき『道草』と『明暗』を書けば終りますけど、だんだん好きになって来ましてね。

佐藤 そうですか（笑）。

大岡 そういうことはよくあるらしいですね。否定的な心づもりで出発しても……。

佐藤 私は漱石が好きで、また大岡さんに心から敬服しておりますから、やはりそういう作家が、やっぱり大岡さんが、もう少し漱石の裏の裏をあれしていただくというのは、ありがたいんですけども、ちょっとなかなか今まで……。

大岡 あまりみんな、変な漱石屋がやたらにほめていたりなんかすると、かえって反感をいだいて、しかし僕は『こゝろ』は非常に恨みの深い作品だから、いまでも好きになれません。ぎすぎすした感じで……しかしパンチがあれが一番強くて読者のアンケートで一位らしいですね。

佐藤 私は漱石の『門』などは、ああいうふうに自然主義に肌を接したような作品だけれど、実は近代日本という、宗教っていう問題を表にストレートに出すと、逆に読者がそっぽを向くようなところで、日本人の罪とか、そういうものに対する意識は何かっていうことを逆に裏側から鋭く問うているようなところがあるように思います。

大岡 そうですね。『門』のはじめの日常生活の描写だけうまくて、おしまいの方に昔の男が出て来るのは興ざめだなんて正宗白鳥説がありますけど、この感じはちょっと浅薄ですね。つまり、あとで動かなければ、はじめの沈んだ冷静な描写は生きてこないのですよ。ただ普通の自然主義的になってしまう。宗教的なものが、象徴的に出ています。そういうふうにだんだん読んでいくうちに……（笑）。

佐藤 『道草』と、それでは今度は『明暗』をいずれ……。

大岡　そうですね。『道草』もやっぱり「一回」かかりそうです。今度は原稿として。

佐藤　それはやっぱりどこかでお話になってですか。

大岡　今度は原稿として。一年に一篇ずつ、ゆっくりやるつもりです。「富永太郎全集」もやらなきゃならない。また鷗外を咎めた以上、自分の「堺事件」をどうしてもやらなきゃならない。これは警備兵のおこした問題であって、私もフィリピンでは警備兵でしたから、あれはちょうど維新そのものの時期で、征討軍が江戸へ出発している時期の問題だから、それと重ね合わせて維新そのものを背景に書いてみようかと思っています。その上、漱石が一年に一篇ずつですから……。僕は何でも先へ延ばす癖があって、日暮れて道遠しですよ。処女作にすべてがあるとすると「猫」（『吾輩は猫である』）もやらなきゃならない。なかなかまとまりませんね。『明暗』は新聞小説のスタイルの完成であり、『道草』の方が大事かも知れない、なんてとつおいつ考えています。

佐藤　ああ、それは本当にそうですね。それはたいへんよいご指摘をいただいて……。

大岡　『明暗』は中断作品ですからね。なんといってもわからないことが多いんで、ちょっともて余し気味ですよ。それを、みんな傑作だ、傑作だっていうんだけども、もう身体悪いから終りの方はヨタヨタしているところがあるわけで……。

佐藤　『道草』がやっぱり最後のあれになるかもしれませんですね。

大岡　『道草』が一番澄んでるんじゃないんですかね。

佐藤　それは大岡さんの『道草』論をぜひ完成していただきまして、読ましていただきたいと思います。

あの、いろいろお伺いしたわけですが、これからも中原論はこれがおしまいだっていうふうにくり返しおっしゃいますけれども、まだやっぱり……。

大岡　現にあれからあと二つ書いてますからね。永遠に、終らない。今度は火事で水をかぶった原稿をまた整理しなきゃなりませんから。

佐藤　『わが文学生活』というインタビューの中で大岡さんが、結局、神という概念はこの世のたががはずれたところから噴き出る無定型なものだと。で、自分はどうしてもその問題を考えていこうと思うと、その構造が見つからない。いわゆるリビドーの世界にしろ、あるいは神の問題にしろ構造が見つからない。だからいつまでも解決されないままで自分の中に住んでいると、こういう言葉があって、にもかかわらず、私はイエスが好きで、イエスに弱いんだよ、っていうようなことも同じ本の中で語っておられました。この問題はやっぱり大岡さんの中で、同時に中原の問題もまだどこまでいっても片づかないということとも関連してくる言葉として読ましていただいてもよろしいんでしょうか。

大岡　何度これでおしまいといっても現に語り尽くせないんだから、私自身の存在と同位でしょうね。

佐藤　それじゃこれからも、中原の方もまたいろいろと読ましていただきたいと思います。どうもありがとうございました。

Ⅳ

中原中也をどう読むか――その〈宗教性〉の意味を問いつつ

1

中原の〈宗教性〉と言えば、その最も好き理解者は河上徹太郎であろう。私が「中原のことをわが近代で殆ど唯一の宗教詩人だ」という意味は、彼によって初めて「キリスト教的世界観といふものをその厳密な形で体験出来た」(「中也とヴェルレーヌ」)ということであり、さらに言えば、「観念としてではなく、イメーヂそのものに宗教的なものの見方のはいった詩人は、近代日本では中原が典型的なもの、或ひは極論すれば、嚆矢であり、唯一であるといえよう。」(「詩人との邂逅」)とまで言う。

この河上の言う所は頷けるが、しかし詩人における〈宗教性〉とは何か。その内実を探るとなれば、ことはそう簡明ではあるまい。ましてこれを日本近代詩史という流れのなかにおいてみれば、見えて来るのはひとり中原のみならぬ、この近代日本という風土の語りかける微妙な〈内的風景〉であり、その矛盾というか、正負二相の織りなす影は、一種独自にして深いものがある。

いま恰度、透谷晩期のエッセイ「一夕観」(明26・9)について短い一文を草した所だが、恐らく近代日本文学における〈宗教性〉とは何かと問う時、まずその始まりは透谷であろう。近代日本文学を語る時、透谷とはその試金石とも言われて来たが、しかしまた彼ほど多くの誤解、誤読の眼にさらされたものもあるまい。
透谷という詩人は「洗礼を受けながら」「漠然と汎神論的な『内部生命』を論じた」云々とは、加藤周一（『日本文学史序説』）のいう所であり、またその「内部生命論」（明26・5）にふれては、「あんなものをやられてはたまらない」（討議「明治批評の諸問題」）とは、蓮實重彦のいう所である。また「一夕観」にふれては、そこに「自然や天地悠久への没入を救い」とする、透谷の汎神論的世界への帰着を見るとは、透谷研究の開拓者ともいうべき勝本清一郎のいう所であり、藤村などの見る所もまた同じである。

しかし「一夕観」末尾の、天地の悠久に対して「暫らく茫然たり」とは、自然への没入どころか、その冒頭にもいう「我は地上の一微物」にして、微小なる被造物なりという自身の存在の確認であり、開かれた〈信〉の世界とは、ここから始まることを告げるものであろう。私がいま、この「一夕観」と共に想い浮かべるのは、中原の第一詩集『山羊の歌』終末の詩句である。

ゆふがた、空の下で、身一点に感じられれば、万事に於て文句はないのだ。

言うまでもなく『山羊の歌』最後の詩篇「いのちの声」末尾の一行だが、これがこの詩集の最後に置かれた意味は深い。これはまさしく、中原における「一夕観」ではないのか。〈身一点に感じられれば〉とは、透谷同様、自身もまた地上の一微物、微小なる被造物たることの確認、また覚醒であろう。すべてはここから始まるという。これは中原という詩人の詩法、またその根源的倫理のすべてを語るものである。恐らくこれと呼応するものとして、同じ『山羊の歌』最後のパート、「羊の歌」冒頭の同題詩篇の第一章に、「祈り」と題した小詩篇がある。

死の時には私が仰向かんことを！
この小さな顎が、小さい上にも小さくならんことを！
それよ、私は私が感じ得なかつたことのために、
罰されて、死は来たるものと思ふゆゑ。

あゝ、その時私の仰向かんことを！
せめてその時、私も、すべてを感ずる者であらんことを！

これが特に「祈り」と題されていることは注目すべき所であろう。「ここに、中原という詩人の信仰告白の核心が、その最も見事な告白がある」とは、すでに四十数年前、最初の中原中也論のなかで述べたことだが、この想いは今に至るまで変ることはない。またこれも三十年ばかり前のことだが、湯浅半月から金子光晴までの四十人の詩人を挙げて、そこに選んだ百十八篇のなかでも、最も真率な〈告白〉の、〈祈り〉の声を感じえたのはこの一篇であり、いまもこの想いは残る。

しかし、これを文字通り詩人のすべてを賭けた〈信〉の表白、また〈祈り〉として受けとめた解釈は意外に尠い。たとえば、中原の最もすぐれた研究者のひとり吉田凞生氏なども、これを詩人としての脱落、挫折を語る「自責の歌」だという。羊を神に選ばれたものとする聖書の思想から言えば、自分は山羊であって羊ではない。しかも詩人とはまた神に選ばれたものだとすれば、「羊の歌」とは「神から選ばれた人間の歌」となるが、しかしここでは「『羊の歌』とは、挫折した『羊』、すなわち神の代行者たり

えなかった詩人の自責の歌」(『鑑賞日本現代文学⑳　中原中也』)ということになるという。吉田氏のすぐれた論は私の推服するところだが、しかしこの解はどうであろう。中原は「あごが細いから、おれはだめ人間なんだ」と言っていたという。中原は自分の顎は一番いやしい部分だと言っていたとは、大岡昇平氏から私なども聞いたことだが、すでにこの詩篇が何を語ろうとしているかは明らかであろう。

このいやしきものが卑小なる上にも卑小ならんことを念じ、感じえぬことの罪の故に死は来たるものならば、せめてその時自分もまた〈すべてを感ずる者〉でありたいとは、感性の全解放ならぬ、魂のすべてを開いて神に問い、また問われようとする、根源の倫理を語るものではないのか。さらにはその根源の倫理、〈信〉において卑小の極みまで砕かれ、そこから掴み出された何ものかにおいて、はじめて詩人は真の〈詩〉の何たるかを唱いうるという。大岡氏はこの『山羊の歌』最終部に置かれた「羊の歌」こそ、中原の〈志〉を唱ったものではないかというが、まさしくここには挫折ならぬ、中原の詩法の究極の姿が語られているのではないか。この地上の卑小なる一微物として〈神〉に対するという。「修羅街輓歌」とは、『山羊の歌』とは別に詩人が用意していた、いまひとつの詩集の題名であったというが、その同題の詩篇の一節、〈心よ／謙抑にして神恵を待てよ〉とはまた、その詩法の根源に介在するものの何たるかを明らかに語るものであろう。

もはやここまで書いてくれれば、中原の〈宗教性〉については語り切ったようにも見えるが、しかしことはそう簡明ではあるまい。ひとりの詩人の発想、志向、思想、どのひとつをとっても問うべきは、その〈基層〉ともいうべき部分の何たるかであろう。これを解くひとつの鍵としては、たとえば中原の次のような言葉がある。

精神といふものは、その根拠を自然の暗黒心域の中に持つてゐる。……精神が客観性を有するわけは、精神がその根拠を自然の中に有するからのことだ
（「芸術論覚え書」）

自然——手を差伸べもしないが手を退きもしないもの、——が人間の裡にあつては恩愛的な作用をつとめる、その作用……
（「詩に関する話」）

中原は〈自然〉というものをこのように深く見ていた。同時に自身の〈精神〉が、〈生〉が、また〈歌〉が、その〈自然〉に深く身を浸していること、浸すべきであることを真率に感じていた。つまり中原にとって伝統とは、土着性とは、この〈自然〉の属性の一面にほかならなかった。これは最初の中原論でも記したことだが、これは中原という存在を全的に、根源的に論じようとする時、その基底の認識として、私のペンを常に動かしたものであった。恐らくここから中原の発想の、その詩法の〈基層〉ともいうべき部分に入ってゆくこととなるが、ここではまず逆に、中原におけるカトリシズムについての問題から入ってみたい。

2

中原を近代日本における最も宗教的な詩人だと河上はいうわけだが、そこにはカトリシズムに結びつけ、またヴェルレーヌの深い影響を語る、河上独自の理解がある。この正負二面の問題は、まず見届けておく必要があろう。河上はヴェルレーヌとの関係について次のように言う。

自分がヴェルレーヌの訳詩集『叡智』を出すと聞いて、周囲の友人や読者は呆れたようであるが、その非力をも顧みず、あえて訳そうとしたのは、自分の「青春の最も決定的な時期」、「如何なる読書によ

つても救はれなかつた魂の寂寥をただこの一巻によつて癒すことができた時の記念」(「ヴェルレーヌ」)のためだという。自分がヴェルレーヌに惹かれたのは一九二〇年代の終り、「わが国に最初のマルキシズム襲来の頃」だったが、この非情な政治思想に同じえなかった自分を救ってくれたのが、ヴェルレーヌとの出会いであり、自分のなかにあった「『心の貧しさ』に関する理論」を、〈心貧しきもの〉たれという倫理、あるいは認識の体系を支えてくれたのが、ヴェルレーヌであったという(「わがキリスト」)。

言うまでもなくヴェルレーヌの回宗は、ランボオを狙撃したあのスキャンダルな事件後に投獄され、その獄中にあっての見神体験にあるのだが、その回宗とは「理論も何もなく、かのダマスの途上ポールが見た神の如くに電撃的」(同)なものであったという。ちなみに小林秀雄もまた最初期の評論(「測鉛」昭2・5)のなかで、「真理といふものがあるとすれば、ポールがダマスの道でキリストを見たといふ事以外にない」と述べている。キリスト一派の迫害者であったパウロはダマスコへの途上、不意に復活のキリストの光に打たれ、その衝撃のあと回心するわけだが、この不意打ちの啓示なくして、〈批評〉の真実とは何かと問う。この問いが小林の最初期のものであったことは銘記しておいてよかろう。

さて中原とヴェルレーヌについて言えば、「中原の詩は実に多くのヒントをヴェルレーヌから得ている」と言って、河上は中原の「夏」と題する詩篇の一節――〈血を吐くやうな　倦うさ、たゆけさ／今日の日も畑に陽は照り、麦に陽は照り〉といった詩句を挙げ、これはヴェルレーヌの――〈美しの徒《あだ》し陽《ひ》はひねもす輝きて、／丘の葡萄に注ぎ、谷間の収穫に溢る。／わが哀れなる魂よ。眼を閉ぢて内に入れ。〉という詩句と通じる詩想から成り立っているのだが、仔細にみると「ヴェルレーヌの血色に輝く落日は、むしろ自我の外にあってこれを侵す邪しまな被造物」だが、「中原の場合は自分の血液の中に燃えたぎる生命と同化したもの」である。ここに両者の違いがあり、「結局それは中原が『異邦人』だといふことなのだらうが、彼の場合罪の意識がヴェルレーヌ程厳しくなく、中原にとつては神が『畏るべき』ものであるより、もつとその慈愛の方を多く感じたといふべきであらう」という。しかも自分にとっての「カトリシズムへの親近感」は「中原を通じてその気持は非常にはつきりして来た」(「詩人との邂逅」)のだという。

勿論中原における〈宗教性〉の下地は幼児期の、カトリックであった祖母などの影響もあるが、「要するに彼が詩人としてのヴェルレーヌの『弱さと単純《フエブレスカンプリシテ》』という素質に惹かれて、その改宗の一歩手前まで随いていつたといふことで大体意を尽くしてゐる」と言えようという。ただ中原にとってヴェルレーヌは「まづ救ひのない、つまり背光を持たない聖像であつた」が、「彼は一途にこれに縋つて、それによつていはば彼の不幸を自分の中に温めた。そしてこの不幸が彼の詩神だつたのである」。ところが自分にとっては逆に、「中原を通じて得たヴェルレーヌ的カトリシズムは、一つの健康な、合理的な世界観の図式であつた」(同)という。

恐らく問わずして、河上はよく中原とヴェルレーヌ両者の違いを言い当てており、同時に自身の向日的なカトリシズムへの親近感を明らかに語っている。恐らく我々が河上の語る中原におけるカトリシズムなるものに、なおいくばくかの保留すべきものを感じえているとすれば、この両者、つまり中原とカトリシズムの問題がいささかすっきりと語られ過ぎているということであり、中原に残る余剰ともいった部分がまた、我々に遺された問題となる。しかしまた一面、このすぐれた批評家の眼は、中原とヴェルレーヌの類縁を語りつつ、なお中原が担わざるを得なかった負荷ともいうべきものの所在を、あざやかに語りとってみせる。

「全く中原にとって、人生という重荷は彼が生きているということと寸分違わぬ代替物だった。彼の詩がつまりその一時預けの預かり証だが、この預かり証が品物と同一物なのであった」「中原が人生の重荷を感じる時、彼が即ちこの重荷自体なのだ」(「詩人は辛い」)という。身近かにあっての、最も深い知己の言ともいうべきだが、またこれに加えて言えば、河上の語り残した問題としての、〈信〉をめぐる彼我の差、あえて言えば〈信〉をめぐるエロスの介在といったこともまた、これと無縁ではあるまい。

河上も言う通り、『叡智』第二部第四歌は、「神と我との対話の形でできた最も美しい長詩」だが、ここでは「神はいと高きにあり、我は最も低く卑しきものであるのに、これが如何にして一つの聖き抱擁の中に合体し得ようか」と問いつつ、〈御身神を愛すとは! われ如何に低くあるを見給へ〉という〈我〉の希いに対して神は、「己が神性をあくまで保持しつつ、しかもこの世の低く卑しきところへ普く遍在するものであることを、執拗に、感覚的条理をつくして説得する。この神の口説の中に現はれるものが、ヴェルレーヌの見神の二重作用である」と河上はいう。

〈おお、光普き御身よ、/ただ鈍き接吻がその眼瞼を閉す眼を除きては。〉といえば、〈われは普き接吻なり、/われこそは、汝がいふその眼瞼、その唇なり。〉と神は応える。ここに見る「肉の逸落と聖なる歓喜、これが寸分違はぬ、背中合せに貼りつけられた同一物である」こと。それは「カトリックの教義の始源的状態まで逆上れば含まれてゐるのであらうか」。それがいま「現代的感覚の下に歌ひ出されて」いるのを、「我々はまざまざと感じる」という。この祈りと官能の交錯するエロスの所在は、しかし我々の、この邦の詩人の、また読者の到底感じうる所ではあるまい。

3

かつて金子光晴は、その詩集『IL』のなかで、これを次のように語っている。

教へてください。主よ。僕たち日本人はあなたの神について、ほんたうは、なに一つ知らないのです。……木つ端のやうに燃えやすい日本人は、見境なくどんな神にでも帰依しますが、木や竹でつくつた家とおなじで、灰しかあとにのこらないのです。自然に服従する習慣しか、もともつてゐないのです。僕たち日本人には、神を理解できても、あるひは感じとることができるとしても、神の肌であたためられてじんわり汗ばむやうな抱擁感は、まつたく味はつたおぼえがないのです。

この末尾にいう、我々日本人は〈神〉を理解し、感じるとしても、ついに〈神〉の肌であたためられて、汗ばむ抱擁感を持つことはなかったとは、これ以上の的言はあるまい。金子光晴は明治三十八年、十一歳の時、いわゆる〈洗礼志願式〉なるものを受けているが、その理由は「多分に少年のセンチと虚栄からのものだつたが、その他に西洋へのあこがれがあつた」。同時にこの「『西洋崇拝』、キリスト教入信の背後に、日本人に対する、いや己れ自身そうであることへのある深い異和」を感じていたという。日本人の持つ「索漠たる実利」性、「明治の不毛磽角」、大正人の「自個」のふたしかさ、すべては日本人であることの根の深さに発するとして、たしかに「なにかが出発点でまちがつている。なにかのひどい犠牲になつて、じぶんがここにいる」という感じは、「二十才のはじめからずつと僕の心をしめていた観念であつた」(「詩人」)という。先の長詩『IL』に――〈神学を志す身が、骨董商の手代になつて、海をわたつたりして、二度とない青春を、うるところもなく無駄づかひした一日本人、それが、僕だ〉という。すでに詩人における詩の倫理の、宗教的志向の何たるかは明らかであり、さらに言えば我々はここに中原につながる、ある志向の影を見るともいうことができよう。

ひとはしばしば金子光晴を評して、そこにまぎれもない〈異邦人の眼〉を見るという。たえて「異邦人の目をもたなかった」日本文学のなかで、「金子光晴という詩人は、正真正銘異邦人でしかありえなかった唯一の存在である」（安東次男）という。これに類した指摘はしばしば眼にするが、肝心なことはこの異邦人の眼は、東西両洋に向かってきびしく向けられていたことである。先に引用した『IL』の部分では省いたが、〈教へてください。主よ。僕たち日本人はあなたの神について、ほんたうは、なに一つ知らないのです〉という詩句のあとには、次のような言葉がしるされている。〈知つてゐることは、あなたの神が、西洋人の福祉利益のまもり神で、彼らに優越感と勇気を与へ、開明と自由主義の名で、わがまま勝手に世界を荒しまはるやうになつた非理非道の共犯者だということだけです〉。

詩人の眼は、〈このくに〉の汎神的風土における〈神〉の欠落を問うとみえて、同時にその〈神〉を説く西欧的キリスト教の傲慢さを痛打する。こうして〈制度としての宗教〉のドグマや政治性を衝く詩人の眼は、宗教とは何かと問われれば、「その中で、いちばん清らかな奴は何かというと、その下っ端にいて、それをほんとうに信じこんでいる奴、そいつがいちばんきれいなんだ、そういうことですよ」（「宗教の周辺」）という、座談の端的な発言ともなる。〈このくに〉にあっては、常に詩人のひそかな信仰告白とは、またひとつの〈倫理〉にほかならぬということでもあろう。こうして詩人の描くキリストは、神と人との仲裁者ならぬ、逆に人間の無慈悲な理想が壟断せんとする〈神〉から、人間をかばうものとして、彼の前に現れる。その故にキリストは神から追放された孤独な永遠の放浪者となり、時に彼に向って、「言葉をかけられて魅入られぬよう、なるたけ神などに近よらないやうにすることですよ」とささやきかける。この永遠の反逆者キリストの姿は『人間の悲劇』その他に描かれつつ、きわまる所は『IL』の語る所となる。

〈日本に上陸したとき、キリストは、わざと跛《びつこ》をひいてみせた。／一目みてすぐ、僕は、やつこさんだな、と見やぶつた。／／サンダルを突つかけた、なまつ白いその素足の甲に、／釘で打ちぬいた、ふるきずのあとがあつたからだ〉という冒頭の部分にはじまる『IL』の、一種言いがたい柔らかさと、ギニョール風なおかしみとのからみあった、この独自なキリスト像の、ついには海をみつめつつ〈茫洋として草箒《くさぼうき》のやうに立〉ち、吹き来たったつむじ風の渦中にまぎれ、〈海のむかうへきえて〉ゆく、この結末は、きわめて象徴的と言えよう。これほど〈いたましい肉体のなれの果てを、この目でながめたことはなかつた。〉〈キリストよ。あなたは、頭から足先まで、変形であり、病患の巣なのです〉と言い、しきりにもがいて起き上がろうとするキリストを押さえつけ、やっと注射を終った詩人（語り手）は呟くように言う。

〈神の子よ。／だが、これは、僕のやうな異教徒でなければ、してあげられないことなのだ。／西洋を改宗させるやうなものを、東洋は、麻薬以外に、なにももつてゐないのではあるが〉。さらに〈隠退したはずの「東洋」にも／一つだけ、やることがのこつてゐた。／人類が終つたあとで／――幕をひく役だ〉。〈そのときは死ぬよりほかない神の顔に、どんな歯朶の葉をかぶせたものか。〉（「歯朶」、『IL』所収）という言葉をかさねてみれば、あのキリストへのやさしいふるまいの背後に、自然となかば同化した東洋のニヒリズムの影を見逃すことはできまい。

こうして「日本と西洋と、東洋と西洋との、両面批判を通じて、金子はついに人類普遍の立場に立つのである」（満田郁夫）と評家はいうが、果たしてこれを東西両世界、あるいは民族の差異を止揚しえた、〈普遍の眼〉ということができようか。

〈自然がやっとのことで人間と、その偏見から解放される日、キリスト教徒は、その日を、「最後の審判の日」となづけてゐる〉（『人間の悲劇』）と詩人はいう。なんとも逆説的な言い分だが、つまりは詩人にとって〈神〉ならぬ〈救済者〉とは、人間の裡なる〈自然〉の解放者ということか。たしかに詩人の眼は〈このくに〉の汎神論的風土における〈神〉の欠落を問いつつ、その〈神〉を説く宗教、キリスト教自体をも徹底して相対化するものであった。しかし『Ⅲ』から最後の未完の詩篇「六道」（ここには詩人の意図した『神曲』的構想も込められていたようだが）に至る迄の道行きをみれば、そこに見出しうるものは何か。

〈「生は寄なり、死は帰なり」と叫んだ者のことばのむなしいことよ〉、行きつく所は〈生れる以前も、死んだあともそれはあなたのものではない。／そこには絶無といふほかに、塵ほどのひつかかりもないのだが〉（「六道」）という。この〈絶無〉と名づけるほかはない虚無の風景に、詩人は存在究極の相を見ていたということか。恐らく詩人の否定する所は一切の観念論、抽象論であり、詩集『塵界』一巻はこれをあざやかに語るものであろう。

〈浄界を司《つかさど》るものを／神、仏、と呼ぶが、／誓約《ちかい》の固いもの共は、／太古から一度ももらしたことはない。／それでこそ浄界がいつも浄いばかりでなく〉〈兇悪無残な〉人間なるものもまた〈爽快《すこやか》〉にして、〈恐怖をしらないでゐられる〉のだ。しかし〈浄界〉ならぬ〈塵界〉に棲む人間とは何か。『塵界』一巻はことの次第を直截、簡明に語ってみせる。

おまえは何物だと聞かれれば〈人間よ、金子光晴といふ名がついてゐるが、要するに、歴史の塵芥で蜈蚣《むかで》の繁殖の場だ〉。所詮は自分でさえもその実態は分らず、〈窶《やつ》しにすぎない〉というほかはあるまい。しかしそれも〈終末にちかい人間は、足もとからあがつてきて、沁みこみながら、全身を涵《ひた》してしまふ腐臭にだけ、じぶんのふる里をみる〉わけで、最後は〈公平な「無」の焼却、終りの野辺送りをするより他の方策はあるまい〉という。ここから「六道」へは殆ど一筋道だが、その終末の言葉は意味深い。〈塵界のない人生とは、汚れていない日々とは、つまり、／真空のことだ。生きられる条件をもたぬ架空の世界のことだ〉。恐らく詩人の言わんとする所は、ここに尽きる。

以上、いささか長々と金子光晴について述べたのはほかでもない。このあとに来る高橋新吉との対比のためである。中原にもどれば、高橋のダダイズムによって詩人の眼を開かれたという、その〈ダダ体験〉とは何か。そこに何を見たのか。しかも一時は高橋に深く傾倒しつつ、やがて別れが来る。それも何か。中原の『山羊の歌』から次の『在りし日の歌』へと見てゆけば、そこにまず河上徹太郎も言う通り、すぐれて形而上的欲求のつよい、稀なる宗教的詩人をみるということになるが、『山羊の歌』をその往相とみれば、これに続く『在りし日の歌』とは、往相から還相への道筋ともみえる。つまりゾルレンへの熱い希求から、ザインへの醒めた眼への移行ということにもなるが、この〈信〉と〈認識〉をめぐる、中原の裡なる葛藤とは何か。これもまず、その〈ダダ体験〉、高橋新吉との出会いが何であったかを問うことから始めねばなるまい。

4

中原の詩がダダイズムとの出会いから始まったことは周知の通りであり、縷言するまでもあるまい。京都に出た大正十二年の秋、丸太町橋際の古本屋で「『ダダイスト新吉の詩』を読む。中の数篇に感激」（「詩的履歴書」）と中原は書いているが、「昭和二年の中也の日記に、『見渡すかぎり高橋新吉の他、人間はをらぬか』と書いている」のをみれば、「中の数篇に感激しただけでは、このような発言は、発せられるものではない」（「中原中也の生涯」）と高橋は言う。ことの真偽はともかく、この出会い以後の高橋に対する共感は、また格別のものがあったようである。

中原が高橋を訪ねたのは昭和二年十月七日だが、高橋によれば以後両者の親交は続き、その後八年の間に十数回は逢っているだろうという。これに先立って中原は自己紹介の手紙を出しているが（同年九月十五日）、どうも手紙は苦手だからその代わりに「貴兄についての論文」を送ることにしたというのが「高橋新吉論」で、その共感と理解の深さがうかがわれる。彼は高橋を評して次のように言う。

「こんなやさしい無辜《むこ》な心はまたとないのだ。」「高橋新吉は私によれば良心による形而上学者だ。」「彼の詩のモチーフはヒュマニティではなく、言はゞ『俺は全てが分つて生きてゐるのに、人々は分らないで俺と同一平面上にゐる』といふことのやうだ。彼の詩が扱つてゐるものは何時も普遍的なものだが、それを扱ふ動力は私的感情だ」という時、それは高橋を語ると同時に、実は中原自身を語るものでもあろう。さらにまた「彼が考へることは彼の良心を自覚的にするだけで、だから彼はその自覚的になつた良心でする経験、即ち修得物を詩にすればよいのだが、彼は余りに美事に考へたので、考へたことをその儘詩の中に持ちだしたいといふ欲望があるやうだ」という時、それは自戒を含めたその技法への保留、また批判ともみえる。しかし、いずれにせよ「彼は行為の前の義務――認識――の上で実に目覚ましい詩人なのだ」という時、中原はそこに得難いひとりの先覚者を見ていたはずである。

しかしまた、両者の別れの時がやがて来る。その亀裂の底に何があったかは不明だが、高橋の書いたものをみれば、そこに見えて来るものがないわけでもない。彼は中原について数篇の回想記を遺しているが、そのひとつ「春風匝地」と題した一篇は、両者の宗教観をめぐる機微を伝えて、興味深いものがある。

冒頭、少年時の中原が南天棒と号した禅僧の全国行脚の途次、これと出会い「汝這裏《しゃり》より入れ」と一喝されたというが、「その時の衝撃が、よほど強かったらしく面白、可笑しく話し」ていたが、「この一喝が、中原の身心に及ぼした影響は、無視できぬ」と言い、これが晩年、千葉寺療養所にいた時期、多くの禅の書物を読了していたことにつながっているのではないかという。「勿論、キリスト教に対する激しい喘ぎも、並行して開かれる」のだが、精神治療の方法としては「仏教の方が彼の身についていたよう」だという。

要するに「中原は最後まで、キリスト教の桎梏から脱出できなかった。このキリスト教と仏教の、二元的な分裂が、中原の最大の苦悶であったようだ」。「中原の狂気は、いわば、キリスト教と仏教との相剋ともいえよう」という。彼がもし「明眼の師について、坐禅をやり、肉体的な禅の習練を積んでいたら」、あのみごとな「エレジーは生まれなかったろう」が、「しかし、彼の求めた悟境を手に入れたかもしれぬ」とは、その結語としていう所だが、しかしいま、この春風のなかでは「恨みも罪も、雪のように消え」「斬られるものも」「斬る人もおりはしない」「春の風を斬ったところで血は出ない。斬られた春の風は、とこしえに吹き渡って、尽きることはない」という。この一文をみれば「春風匝地」と題したごとく、すでに六十七歳の老境を迎えた詩人の、心境の一端もうかがえる所だが、同時に斬るも、斬られるもというあたりに、両者にあった乖離、葛藤の影をかいま見ることもできよう。事実「新宿の或るバアで、中原に暴言を吐いて、彼を怒らせ、向って来る可憐な彼の肉体を顚倒させたことがあるが、この暴行に対する私の痛恨は、切なるものがある」が、「それ以来私は中原にあつていない」とはまた、この一文中に語る所でもある。

それにしても、中原を苦しめ、また狂気にまで追いやったものが、キリスト教と仏教の二元的分裂だと言わしめたものは何か。言いかえれば中原のなかに深くひそむ仏教的志向なるものの強調は、どこに由来するのか。恐らく彼はふれていないが、中原のダダ体験、高橋のダダ詩へのなみならぬ共感、傾倒の底に、それを深く感じとっていたのではないか。南天棒の一喝ならぬ、中原が数篇どころか、おれの詩篇の殆どを読み尽くしての共感ではないかという、その思い込みの底には、高橋自身くり返しいう、おれのダダ詩は「仏教の擬装」だ、「仏教の出店」だという、その仏教思想自体への、中原の意識、無意識の共感を感じとっていたのではないか。これは『ダダイスト新吉の詩』冒頭の一篇（「断言はダダイスト」）をみても頷ける所であろう。

〈DADAは一切を断言し否定する〉〈DADAは一切のものに自我を見る／空気の振動にも、細菌の憎悪にも、自我と云ふ言葉の匂ひにも自我を見るのである〉〈一切は不二だ。仏陀の諦観から、一切は一切だと云ふ言草が出る。／一切のものに一切を見るのである。〉〈DADAは滞る所を知らない／DADAは一切を抱擁する／DADAは聳立する〉〈DADAは一切に拘泥する。一切を逃避しないから〉〈DADAは一切のものを出産し、分裂し、綜合する／DADAの背後には一切が陣取つてゐる〉――この〈ダダ宣言〉が、少年中原にとっての自己解放の契機になったことは明らかだが、この、DADAは一切を断言し否定する、DADAは一切を分裂し綜合するなど、禅問答にも似た発語の根本に、少年中原が仏教的志向の介在をはっきりと読みとったとは言い切れまい。しかしまた、中原の思考をつらぬく、ある直観的な根源性ともいうべきものの萌芽を、切り拓いていったことは間違いない所であろう。

高橋新吉が故郷の八幡浜に近い古義真言宗の金山出石寺の小僧として勤めたのは、彼が二十歳の大正十年の二月から九月迄のことだが、この間《かん》寺にあった『国訳大蔵経』などを読みふけり、それまで読んでいたニーチェやドストエフスキイ、ダダとは異質なものを感じたが、「仏教の無我の真理が、私の柔らかい頭脳にも、突き刺さつてくるものがあつた」（「虚無」）という。これが「万朝報」の記事を通してダダと出会った大正九年八月から半年ばかり後のことであったことを思えば、私のダダは仏教の出店だ、仏教の擬装したものだという発言の由来も頷けよう。ちなみに、出石寺に詩人の残した痕跡は何かないかと訊いてみたが、予期した通り全くないという。しかし寺には残さなかったが、その体験の痕跡は爾来詩人の胸深く生きていたわけであり、以後彼が深く傾倒した足利柴山などとの出会いもあって、彼の禅的思考は深まってゆく。当然ながらその詩風も知られる通り禅的風姿をつよく帯びてゆくこととなるが、その何たるかは、次の一篇を通してみても明らかであろう。

〈雀の目はガラスである／何にも見えない／雀がうつむくと／山も海も消えてしまう／そんなものはあっても／雀は見ないのだ／見ても何とも思わぬのだ〃何もない庭に雀は遊んでいる／ここは誰も来ぬ／この庭へは誰も入れぬ／雀はこれでいいのだ／何もないから／見る必要もないのだ〃雀は一足歩むことによって／どこもかしこも歩いてしまった／一目見ることによって／何もかも見てしまった／一切は塵埃に過ぎぬ／終りがないということは／いつでも終っているということだ／死ぬことがないということは／いつでも死んでいるということだ〃雀は不図《ふと》空を見上げた／空には何もなかった／雀の目は塵埃もかからぬ〉

（「塵埃」）

この〈雀〉が詩人の喩であることは当然ながら、すでに言わんとする所は明らかであろう。〈この庭へは誰も入れぬ〉と言い、〈一切は塵埃に過ぎぬ〉が、〈雀の目は塵埃もかからぬ〉という。

しかし、これは先にふれた金子光晴の否定した所ではなかったか。〈塵界のない人生とは、汚れていない日々とは、つまり、／真空のことだ。生きられる条件をもたぬ架空の世界のことだ〉とは金子光晴のいう所だった。これは換言すれば、高橋のいう所は禅的無とか〈虚無《こむ》〉とかいうが、所詮は〈他者〉とまみえぬ〈独我論〉の世界だということであろう。高橋のいう所が〈虚無〉なる空間への移行、〈ゾルレン〉への飛翔だとすれば、すべてはやつしの仮の姿に過ぎず、行きつく果ては塵界のこの世の果ての、〈無〉の焼却だと金子はいう。

こうして金子、高橋の両者にいささか長くこだわったのも、中原をはさむ両極に、この両者を配してみたいということであった。さらには河上と高橋、あるいは河上と金子のはざまに中原を置けば、またどうか。恐らくここで見えて来るものは、中原のすぐれた〈批評性〉ということであろう。初期のダダ詩篇の一節に〈有限の中の無限は／最も有限なそれ〉とあるが、まさしく彼は〈有限〉と〈無限〉の両極をみつめ、そのはざまにあっていずれをも手放そうとはしなかった。

河上は中原をカトリシズムの方に引き寄せてみたが、なおこれでは片付かぬものがあり、高橋は仏教とキリスト教の二元相剋を中原の悲劇とみたが、これもまた片付けえぬ所であった。河上は中原の臨終にあってカトリックの秘蹟を授けてはどうかとさえはかっているが、もとよりこれも中原の望む所ではなかったであろう。ことの真実は恐らくこれも病床の場にかけつけた友人関口隆克（「幻想と悲しみと祈り」）のいう、「入院の急報によって駆けつけたとき、きれぎれの言葉の内に、『二つの教を同時に信ずること……同宗同神云々』という呟きが聞きとれた」という証言にあろう。

これを裏付けるものとして、佐々木幹郎氏のいう中原の「キリスト教帰依」も、晩年の精神病院に入ってからの「仏教帰依」も、どちらも「あまり信用していない」。そこにあるものは「もっと原型的な原始信仰、原始的な宗教感情みたいなもの」ではないか。「だからキリスト教とか仏教とかで中原中也を割って行こうとすると、必ずデッド・ロックにぶつかる」と言い、「あんないいかげんな人はいませんから」ともいう。これは座談の中の言葉（吉田凞生との対談「中原中也の魅力」）だが、多分に頷ける所であろう。ただ「いいかげん」という言葉は微妙で、私はその「いいかげん」さ、その不決定、保留という所に、逆に批評家としての中原の誠実さを見ると言いたい。

恐らく中原の〈宗教性〉を探ろうとすれば、『山羊の歌』から『在りし日の歌』へと、言わば往相から還相へと歩を進めて行かねばなるまい。〈ゾルレン〉と〈ザイン〉、〈無限〉と〈有限〉の両者を手放さず、真率なる魂の〈歩行者〉、また〈労働者〉（これは秋山駿のいう所だが）として歩み続けた中原における〈宗教性〉の刻印とは、その全詩業を辿りなおさずには解明できまい。これをまず外堀から埋める形で河上、金子、高橋と引き寄せてみたのがこの一文の試みだが、溯れば朔太郎、暮鳥、八木重吉から、周辺の小林秀雄、大岡昇平ほかにふれてゆかねばなるまい。しかしもはや紙数も尽きた。あとは続篇として、中野重治流に言えば、〈この項続く〉としてひとまずこの稿を終りとしたい。

中原中也と小林秀雄——その対峙・相関を軸として

1

中原と小林といえば、折にふれ心にかかって来る一篇の詩がある。河上徹太郎の、あの『日本のアウトサイダー』冒頭に引かれている詩篇である。

猫が鳴いてゐた、みんなが寝静まると、
隣りの空地で、そこの暗がりで、
まことに緊密でゆつたりと細い声で、
ゆつたりと細い声で闇の中で鳴いてゐた。

あのやうにゆつたりと今宵一夜《ひとよ》を
鳴いて明さうといふのであれば
さぞや緊密な心を抱いて
猫は生存してゐるのであらう……

あのやうに悲しげに憧れに充ちて
今宵ああして鳴いてゐるのであれば
なんだか私の生きてゐるといふことも
まんざら無意味ではなささうに思へる……

猫は空地の雑草の蔭で、
多分は石ころを足に感じ
その冷たさを足に感じ、
霧の降る夜を鳴いてゐた――

これは詩人晩期の作で、「必ずしも傑作ではないが、心境の歴然たるものがあり」「暗い影が独語するような、蕭条たる詩」だと、河上氏はいう。さらに見るべきは「この詩の中に流れる『時間』の観念」であり、しかもその「心境が歌われているのではなく、それが流れている」所に、中原という詩人独自の存在感があるという。ここまで来れば、我々が思い出すのは、言うまでもなく「冬の長門峡」にふれた、あの河上氏の名言であろう。

ここにあるものは「水と夕日と自分だけ」だが、「水が彼の心をつつ抜けに洗っているようで、やがて水の代りに『時間』が果てなく流れ出すのである」という。これも先の一節と同様、『日本のアウトサイダー』巻頭、「中原中也」と題した一文の後半にみる所だが、この中原の詩篇にふれての再度の言及に、河上氏が中原という詩人の抒情の核心をどこに見ているかは明らかであろう。その核心は、独自の〈時間〉に対する観念だという。

だとすれば、河上氏は先の詩篇の背後に、さらに深い〈時間〉への洞察、さらには来たるべき、より新たなる〈時間〉というものへの希求をも読みとったはずだが、しかしそれは語られてはいない。さらに言えばいまひとつ、そこには中原と小林をめぐる、両者の親密なる〈時間〉への回想も語られていたはずである。もともとはじめに掲げた詩篇は、「曇つた秋」（昭10・10・5）と題して晩期に近く、しかも未発表詩篇の一部、その第二節（2）に当たるものである。いまこれをはさむ第一節（1）と第三節（3）を挙げれば、こうなる。

或る日君は僕を見て嗤《わら》ふだらう、
あんまり蒼い顔してゐるとて、
十一月の風に吹かれてゐる、無花果《いちじく》の葉かなんかのやうだ、
棄てられた犬のやうだとて。

まことにそれはそのやうであり、
犬よりもみじめであるかも知れぬのであり
僕自身時折はそのやうに思つて
僕自身悲しんだことかも知れない

それなのに君はまた思ひ出すだらう
僕のゐない時、僕のもう地上にゐない日に、
あいつあの時あの道のあの箇所で
蒼い顔して、無花果の葉のやうに風に吹かれて、——冷たい午後だつた——
しよんぼりとして、犬のやうに捨てられてゐたと。

この〈君〉とは何であろう。角川の旧全集解説で大岡昇平は「中原からこのように親密に『君』と呼びかけられる人間は、小林のほかにはいない」と指摘しているが、多分そうみてよかろう。いや、より厳密にいえば、小林を含む他者の乾いた眼ともいえるが、いまこれから論じようとする〈中原と小林〉という問題からみれば、これはやはり小林と見ることで、両者の抜きがたく親密な関係は生きて来よう。これはまた、いまひとつの〈在りし日の歌〉であり、生き残った君の眼からという時、詩人の孤絶をふり返る眼は深く、またにがい。この（1）の部分を受けて、先の（2）が書かれ、（3）は再び〈君と僕との命〉の何たるかが唱われる。

君のそのパイプの、
汚れ方だの焦《こ》げ方だの、
僕はいやほどよく知つてるが、
気味の悪い程鮮明に、僕はそいつを知つてるのだが……

今宵ランプはポトホト燻《かゞ》り
君と僕との影は床《ゆか》に
或ひは壁にぼんやりと落ち、
　遠い電車の音は聞こえる

君のそのパイプの、
汚れ方だの焦げ方だの、
僕は実によく知つてるが、
それが永劫《（えいごう）》の時間の中では、どういふことになるのかねえ？

　今宵私の命はかゞり
　君と僕との命はかゞり、
　僕等の命も煙草のやうに
　どんどん燃えてゆくとしきや思へない

まことに印象の鮮明といふこと
我等の記憶、謂《い》はば我々の命の足跡が
あんまりまざまざとしてゐるといふことは

いつたいどういふことなのであらうか

今宵ランプはポトホト燻り
君と僕との影は床に
或ひは壁にぼんやりと落ち、
遠い電車の音は聞える

どうにも方途がつかない時は
諦めることが男々しいことになる
ところで方途が絶対につかないと
思はれることは、まづ皆無

そこで命はポトホトかゞり
君と僕との命はかゞり
僕等の命も煙草のやうに
どんどん燃えてゆくとしきや思へない

ここまで来れば、〈君と僕との命〉をめぐる両者の親密さは明らかだが、この〈気味の悪い程の記憶〉も、さて〈それが永劫の時間の中では、どういふことになるのか〉と訊く詩人の問いは、やはり中原という詩人の中に生きる〈時間〉というものの観念、いやその感触そのものの深さを告げるものであろう。加えて言えば〈君と僕との命はかゞり〉という時、ランプの光の燻りに懸けているわけだが、同時に〈かゞり〉といえばいまひとつ、糸や紐をからんで縫う、両者の緊密なからまりを指すものともみえる。勿論それが詩人のなかで無意識に生きていたとは言い切れぬが、〈君と僕との命〉の〈かゞり〉という時、両者の解きがたい緊密さは、読みとれよう。さて、ここでその後に書かれている後半の部分の、何たるかが問われて来る。

〈僕等の命も煙草のやうに／どんどん燃えてゆくとしきや思へない〉という終末の一節を受け、一行あけて片仮名の詩句が二十行ばかり続いて、いささか我々の眼を驚かす。

コホロギガ、ナイテ、ヰマス／シウシン　ラツパガ、ナツテ、ヰマス／デンシヤハ、マダマダ、ウゴイテ、ヰマス／クサキモ、ネムル、ウシミツドキデス／イイエ、マダデス、ウシミツドキハ／コレカラ、ニジカン、タツテカラデス／ソレデハ、ボーヤハ、マダオキテヰテイイデスカ／イイエ、ボーヤハ、ハヤクネルノデス／ネテカラ、ソレカラ、オキテモイイデスカ／アサガキタナラ、オキテイイノデス／アサハ、ドーシテ、コサセルノデスカ／アサハ、アサノホーデ、ヤツテキマス／ドコカラ、ドーシテ、ヤツテクル、ノデスカ／オカホヲ、アラツテ、デテクル、ノデス／ソレハ、アシタノ、コトデスカ／ソレガ、アシタノ、アサノ、コトデス／イマハ、コホロギ、ナイテ、ヰマスネ／ソレカラ、ラツパモ、ナツテ、ヰマスネ／デンシヤハ、マダマダ、ウゴイテ、ヰマス／ウシミツドキデハ、マダナイデスネ／ヲハリ作品としては一種異色の展開というほかはないが、ここにも中原の独自の〈時間〉は生きる。〈永劫の時間〉の中で生きる、手つかずの、無垢な未来の〈時間〉が、こういう形で語られているともみえるが、恐らく詩人の内部に生きるものは、さらに深い。〈僕等の命も煙草のやうに／どんどん燃えるとしきや思へない〉という意識の向うに、無垢なる無意識の〈時間〉は生きる。しかしその無垢なる〈時間〉も、やがて失われるとすればどうか。「冬の長門峡」に流れる〈時間〉は、その無垢なる〈時間〉そのものの喪失を告げるものではないのか。

2

ここで「冬の長門峡」をめぐる詩稿の問題が浮上するわけだが、その第一稿はこうある。

長門峡に、水は流れてありき。／寒い寒い日なりき。／／われは料亭にありぬ、酒酌みてありぬ。／われのほか客とてもなかりき、／寒い寒い日なりき／／水は恰《あたか》も、魂でもあるものの如く、／流れ流れてありぬ。／寒い寒い日なりき。／／やがて密柑《ママ》の如き夕陽、／欄干に射してそひぬ／寒い寒い日なりき。／／ああ、そのやうな時もありき。／寒い寒い日なりき。

注目されるのは〈寒い寒い日なりき〉という詩句が、一連から六連までくり返されていることであり、定稿ではこれを切り棄て、わずか一連と六連のみに遺されているが、このリフレインの背後に、同日（昭11・12・24）直前に書き終えられたとみられる草稿詩篇「夏の夜の博覧会はかなしからずや」のあること。そして亡児文也（昭11・11・10、満二歳を迎えたばかりで亡くなる）を偲ぶ痛切な想いがひびいていることは見逃せまい。

夏の夜の、博覧会は、哀しからずや／雨ちよと降りて、やがてもあがりぬ／夏の夜の、博覧会は、哀しからずや／女房買物をなす間、かなしからずや／象の前に余と坊やとはゐぬ／二人蹲《しゃが》んでゐぬ、かなしからずや、やがて女房きぬ／三人博覧会を出でぬかなしからずや／不忍《しのばず》ノ池の前に立ちぬ、坊や眺めてありぬ／そは坊やの見し、水の中にて最も大なるものなりきかなしからずや、／髪毛風に吹かれつ／見てありぬ、見てありぬ、／それより手を引きて歩きて／広小路に出でぬ、かなしからずや／広小路にて玩具を買ひぬ、兎の玩具かなしからずや

以上はその冒頭、（1）の部分だが、この〈かなしからずや〉のリフレインが、そのまま残像のごとく「冬の長門峡」の〈寒い寒い日なりき〉のそれにつながっていることは明らかであろう。同年十二月十二日、「文也の一生」と題した一文が日記帳に書かれているが、その最後に「七月末日万国博覧会にゆきサーカスをみる。飛行機にのる。坊や喜びぬ。帰途不忍池を貫く路を通る。上野の夜店をみる」という所で終っている。恐らくこの回想をイメージとしてひろげつつ語ったのが、この未刊詩篇だと思われるが、なお注目すべきは、これに続く（2）の部分であろう。

その日博覧会に入りしばかりの刻《とき》は／なほ明るく、昼の明《あかり》ありぬ、／われら三人《みたり》飛行機にのりぬ／例の廻旋する飛行機にのりぬ／飛行機の夕空にめぐれば、／四囲の燈光また夕空にめぐりぬ／夕空は、紺青《こんじょう》の色なりき／燈光は、貝釦《かいぼたん》の色なりき／その時よ、坊や見てありぬ／その時よ、めぐる

釦を／その時よ、坊やみてありぬ／その時よ、紺青の空！

この詩もまたいくたびか推稿されているが、見るべきはこの第二節の終連、〈その時よ、何処に行きし／空にか、おゝその時よ、紺青の空！〉という詩句が、〈その時よ、坊や見てありぬ／その時よ、めぐる釦を／その時よ、坊やみてありぬ／その時よ、紺青の空！〉と、最終的に変えられている所であろう。〈その時よ〉と四たびくり返され、〈坊やみてありぬ〉〈坊やみてありぬ〉とくり返される。この詩句の昂まる律動感を生み出しているものは何か。いや、この終連をこのように熾しく、唱いおさめようとした、詩人自身の見たものは何か。

空に消えた夢ではない。〈めぐる釦〉と〈紺青の空！〉と、詩人は幼児の眼にかさねて、自身の摑んだ至福の瞬間を唱おうとしたのではなかったか。しかしこの〈無限〉ともいうべき至福の一瞬は、また〈有限〉の裡にこそ生きるものであり、ここでも〈有限の中の無限は／最も有限なそれ〉と、かつて彼がダダ詩習作期に唱った、草稿詩篇の一節は生きる。

ここでひと言私見を加えれば、「夏の夜の博覧会はかなしからずや」の作中の時間は逆行して、まず夜の情景を唱い、続いて〈夕空〉の〈紺青〉の輝きを唱っているが、いま詩人の意識は再び作中を遡って、夜の時間へと向かうかとみえる。こうして〈かなしからずや〉のリフレインは、残響として「冬の長門峡」の〈寒い寒い日なりき〉のそれへとかさなってゆくかにみえるが、しかしその残響とは、ただにそれのみであったろうか。ここでも作品背後の詩人の意識は、深く響いていたはずである。

長門峡に、水は流れてありにけり。

寒い寒い日なりき。

われは料亭にありぬ。
酒酌《く》みてありぬ。

われのほか別に、
客とてもなかりけり。

水は、恰《あたか》も魂あるものの如く、
流れ流れてありにけり。

やがても蜜柑《みかん》の如き夕陽、
欄干《らんかん》にこぼれたり。

あゝ！　――そのやうな時もありき、
寒い寒い　日なりき。

ここではすでに〈寒い寒い日なりき〉のリフレインはぬぐいとられ、沈静した一種諦観的な口調を帯びて詩句は流れる。〈長門峡に、水は流れてありき〉〈われのほか客とてもなかりき〉〈流れ流れてありぬ〉などの詩句は、すべて〈水は流れてありにけり〉のごとく、詠嘆的なひびきのなかに収斂される。

さらに注目すべきは第五連、〈やがて蜜柑の如き夕陽／欄干に射しそひぬ〉の部分が、〈やがても蜜柑の如き夕陽／欄干にこぼれたり〉と改変された部分をめぐっての鮎川信夫氏（「中原中也論――詩意識とその方法」）の卓抜な指摘であろう。鮎川氏の「この詩の眼目」はまさにこの第五連の二行にあると言い、詩人は「文語の使用によって、回想を遠隔化させ」、「詩的粉飾」は捨て、「わざと凍結した風景の中に身をお」くかにみえるが、第五連に至って一変し、「古色蒼然たる風景の中に沈む光の弱い夕陽を小さく『やがても蜜柑の如き夕陽／欄干にこぼれたり』と喩的な美しいイメジによって捉えた瞬間」、この作中の男が一変し、「突如、第一級の詩人であったこと」に気づかされるであろうという。

加えて言えば、「彼は、蜜柑のように夕陽のイメジを懐中にして帰った、寒い寒い日の小さな収穫だったが、いくらか心が慰められたと言っている」が、「『やがても』の『も』に強い臨場感の喜びがこめられ」「『こぼれたり』で夕陽が身近くたぐりよせられている」という。見事な指摘というほかはないが、詩人がこの時持ち帰ったのは、「蜜柑のような夕陽のイメージ」のみではあるまい。あえて言えば、ここに生きているものは、あの「夏の夜の博覧会はかなしからずや」終連の〈その時よ、坊やみてありぬ／その時よ、紺青の空！〉という、あの至福の一瞬ではなかったか。粛条たる〈時間〉の流れのなかで詩人が手にしたのは、詩句の結晶が一瞬にして与えた至福の時であり、詩人にあって〈有限の中の無限〉とはまた、それ以外のものではあるまい。

3

さて、ここで再びあの「曇つた秋」に還ればどうか。ここにも中原独自の〈時間〉が生きていることはすでにふれたが、いまひとつの主題ともいうべき、親密な他者と共にという問題はどうか。河上氏がこの詩篇の第二節を抜きとって中原の〈時間〉の特性を語ってみせたのは、いかにも見事な理解だが、あえてこれをはさむ前後の節にふれていないのは何故か。大岡氏同様、小林と中原に対しては最も親密な理解者であった河上氏に、その間《かん》の機微が見えていないはずはあるまい。自分にとっての日本文学は、中原中也と小林秀雄だけでいいと言い、「ぼくの生涯の友人は小林です」（「厳島閑話」昭54・10）という。また中原、小林の両者の交遊は「悪縁といっていい程執拗な親近さと反撥を以てなされ」、その影響は互いに「盗むが如く、又不可避に染みつくが如くなされた」（「小林秀雄」、「文学手帖」）ともいう。しかしその河上氏の眼に、緊密な両者の関係と同時に、その違いの何たるかもまた、あざやかに見えていたはずである。

『日本のアウトサイダー』巻頭に中原を据えた河上氏は、その結語の部分に於ても中原を評し、「私にとって、彼程見事なアウトサイダーはない」と断じている。「明治以来のわが文化の混乱、知識人の不幸は、正統（インサイダー、注筆者）を持たないこと」にあった。しいてこれに当たるものを求めれば、「明治の立身出世主義をその代表と見做すこともできるが、しかしこれも大正期に入ってその『やま』は見えて来た。だとすればアウトサイダーとしてとるべき行動形式、表現形式とは何か。中原の苦悶は正しくそれにほかなら」なかったという。

この状況、この風土にあって、なお「『宇宙的《コスモス》』な詩人」を理想とし、「人間存在の『形而上的秩序』」を熱く求め、「日本の近代詩人の中で最も形而上的な要求が強かった」詩人としての中原が、カトリックに魅かれた必然はまた、自明のものとも見えると河上氏はいう。「カトリックは中原にとって考え得べき最も完璧で、包括的な世界観」であり、「その普遍性と包括性が、彼を力一杯自由に、人間的に振舞わせてくれるのであつた」という。しかもこの内的〈自由〉、即ち「精神の第一義作用」こそが「時間そのものを生み出す」。これはベルジャーエフのいう所だが、まさしく彼のいう通り、「時間が変化を生むのでなく、変化が時間を生む」のであり、あえて言えば、「変化は、即ち運動は、時間の中でなく、永遠の中で生れるといえば正しいであろう」という。

いささかカトリックに引きつけた理解ともみえるが、河上氏が詩人の裡なる〈時間〉の特性をその抒情の核心として捉え、またこの近代日本の負性ともいうべき部分の根源的な批判者のひとりとして、ほかに岩野泡鳴や萩原朔太郎などをとりあげながらも、あえてこの代表的な著作（『日本のアウトサイダー』）の巻頭に中原を据えた意味も明らかに見えて来よう。

ならば小林はどうか。河上氏は『日本のアウトサイダー』から七年後に刊行された『日本のエリート』と題した一巻の掉尾に小林を据えて、小林秀雄という存在の独自の意義にふれている。結論からいえば、「日本の近代的知性の堕落を戒め」、その「知性の分析的な末梢的な進歩」に鋭い批判を加え、彼自身それを本来の「健康な肉体、素朴な感受性に返さうとした。そこに私は小林のエリート的な使命、又重要さを認める」という。これが結語となるが、言わんとする所は明らかであろう。小林は「文学といふものは言葉の術」だが、その行きつく先は、「沈黙」であるという。こうして彼は「言葉の芸術」から離れ、「形の芸術の世界」に入る。戦後の『モオツアルト』『ゴッホの手紙』『近代絵画』『鉄斎論』などは、まさにそのあかしであるという。「人間のあり方」は、「観念的な言葉の饒舌」で「成り立つてゐるやうでは駄目だ、形といふもののなかにしつかりと坐らなくてはいけない」、これが彼の行きついた究極の境地だという。

この『日本のエリート』が、まずＮＨＫの連続講義で語られ（昭30・9）、これに手を入れて刊行されたのが三年後の昭和四十一年七月。この間《かん》、小林がドストエフスキイ論の最後として第二の『白痴』論(「『白痴』について」)をまとめて刊行したのが昭和三十九年五月。翌四十年からは一転して、大作「本居宣長」の連載(昭40・1〜51・12)が始まり、さらに転じては河上氏の没した翌五十六年一月から「正宗白鳥の作について」を「文學界」に連載(同年十一月、六回を以って未完)。これらの思索的変転をみれば、先の河上氏の断定は一面に過ぎよう。中原と小林の〈悪縁〉を目して、盗み、盗まれる関係だと論じながら、すでに見たごとく河上氏の目からは、両者の懸隔は余りにも明らかなものとなる。あえて言えば中原の側から小林を見ることも、また逆に小林の側から中原を論じることも避けられている。「曇つた秋」の第二節を中原という存在、またその〈時間〉の抒情の特性を最もよく語るものと言いつつ、あえてその前後の節を省いたことも、そのひとつの例証となろう。

しかし逆に、中原と小林にとって、互いは余りに見え過ぎていた。ここで中原から小林のもとに去った女性(長谷川泰子)の問題なども当然からんでは来るが、いまこの稿の趣意からみれば本質的な問題ではない。

4

こうしてやっと本題に入ることとなるが、残る紙幅も多くはない。さしあたって問題の要所を端的に並べて、論を進めてみたい。まず見るべきは、中原の最初の詩論であろう。

「生きることは老の皺を呼ぶことになると同一の理で想ふことは想ふことゝしての皺を作《な》す。想ふことを想ふことは出来ないが想つたので出来た皺に就いては想ふことが出来る。/私は詩《うた》はこの皺に因るものと思つてゐる。」

「小詩論――小林秀雄に」と題した中原の最初の未発表詩論だが、言わんとする所は明らかであろう。〈時間〉の外面的、生理的な流れは肉体に「老の皺を呼ぶ」が、〈時間〉の内面的、内省的な流れは、いやおうなく心の襞《ひだ》に刻印を遺す。そのひとつひとつが〈私の詩《うた》〉だという。ただその〈心の皺〉は、「よりよく生きようとする心懸けだけ」が招き寄せることができるものだともいう。

「ラムボオは或一物に驚ろくとすると、彼は急ぎ過ぎたので、そして知能が十分だつたので、その驚きをソフィズム流に片附けた」。しかしまた「皺の出来るより前に彼は筆を取つてはゐない」ともいう。また人は驚けば、それが何であるかを知りたいと願い、「凡そ何だとくらゐ」分った所で、「何やかや書き出す」が、その凡そは「詩《うた》を退屈にする」。それを避けるためには、我々は「一心不乱に生きる」ほかはない。ただ多くの人間は「驚きにひきつゞいた想ひを書かずに驚きの対象を記録した方が手つとり早いと考へ」て来た。ここには「微笑すべき道理」もあるが、「詩人の仕事を困難にした一番主なものはこの道理だ」。こうして「ラムボオはこの道理の犠牲の最後の人として、金色の落日の光りを見せて死んで行つたのだ！」

恐らく彼の詩法の原理に即しての、ランボオ観の核心のひとつを語るものだが、ここにはこの稀有なる詩人への不満と共感が、微妙に織り込まれている。中原の〈時間〉論からいえば、ランボオはその〈時間〉を、後をも見ず、みごとに焼き切ったということであろう。

さて、「元来思想なるものは物を見て驚き、その驚きが自然に齎らした想ひの統整されたものである筈なのだが、さうして出来た思想は形而上的な言葉にしかならないので」、「人間といふ社交動物」にとって、この「形而上的な言葉」の扱いは、なかなか厄介な問題となる。当然ながら「社交動物らしいそのことが言葉を個人主義者であらしめなくし」、「世界はアナクロニズムに溢《みなぎ》つた」ものとなる。そこでヨーロッパのごとき「レリジョンの確立」、「批評の発達した所では、批評家は個人的に言葉を使用しないで社交的圏を相手に話すので、言葉は専ら比較によつて成立つ品性についての言葉が人の頭に滲みきつて、そのため驚きはその滲みきつた言葉で片附られ勝になるといふことは想像出来るでせう」という。やや厄介な論理の運びだが、言わんとする所は明らかで、これは小林が批評家として文壇に登場した、画期的な評論ともみられるあの「様々なる意匠」（昭4・9）の中で説く、言語観と全く軌を一にするものと言ってもよかろう。

小林の「様々なる意匠」は、その言葉通り様々なる時代意匠に対する批判、分析である以上、様々なる意匠の擬態を衝きつつ、批評の肉体の何たるかを説き、一箇のまぎれもない詩人批評家の誕生を宣したものにほかなるまい。ここで小林の批評に対する独創が、批評の肉体とは何かと問いつつ、批評に批評家自体の生理と自意識の問題を持ち込んだことにあるとすれば、第二の独創は批評と言う芸術活動の基底としての〈言語〉そのものの問題を問うところにあったと言われる。しかし、より正確にいえば、この詩人批評家にとって、また何よりも批評自体を一箇の作品たらしめんとした彼の野心にとって、その批評の武器たる〈言葉〉の詩的内実こそが、改めて問われねばならぬ必須のことであった。この「様々なる意匠」が先ず、言葉の「魔術性」への言及から始まっていることもまた、故なきことではあるまい。「人間が意識と共に与へられた言葉といふ我々の思索の唯一の武器」はまた、「依然として昔乍らの魔術」を有し、「若し言葉がその人心眩惑の魔術を捨てたら恐らく影に過ぎない」。しかも人間は、この〈言葉〉の持つ二面性という矛盾を曳きずらざるをえぬ。即ち「人々は、その各自の内面論理を捨てて、言葉本来のすばらしい社会的実践性の海に投身して了つた。人々はこの報酬として生き生きした社会関係を獲得したが、又、罰として、言葉はさまざまなる意匠として、彼等の魔術をもつて人々を支配するに至つた。」「そこで言葉の魔術を行はんとする詩人は、先づ言葉の魔術の構造を自覚する事から」始めるという。彼はここでひとつの比喩的挿話を持ち出す。

たとえば子供が「母親から海は青いものだと教へられ」、その「子供が品川の海を写生しようとして、眼前の海の色を見た時、それが青くもなく赤くもない事を感じて、愕然として、色鉛筆を投げ出したとしたら彼は天才だ。然し嘗て世間にそんな怪物は生まれなかつた」。ならば「子供は『海は青い』といふ概念を持つてゐる」か。「だが、品川湾の傍に住む子供は、品川湾なくして海を考へ得まい。子供にとつて言葉は概念を指すのでもなく対象を指すのでもない。言葉がこの中間を彷徨する事は、子供がこの世に成長する為の必須な条件である。」「では、子供を大人にするあとの半分とは」、「人はこれを論理」という。こうして「言葉の実践的公共性を拒絶する事が詩人の実践の前提」となるべきではないか。即ち〈言葉〉の二重性を剝奪し、いま一度〈言葉〉の持つ裸形の真実、その初源のかたちに帰ることが、〈詩〉の出発というものではないかと、小林はいう。

彼がここで語っていることは、まぎれもない〈詩〉そのものの胎生の機微であり、それはまたそのまま、新たな〈批評〉胎生の機微でもある。すでに小林のいう所が先に挙げた中原の「小詩論」と全く同じ趣意のものであることは付言するまでもあるまい。中原の論法はやや素朴だが、すでに言葉の形而上性〈個的実存性〉と〈社会性〉の排律的矛盾はみごとに指摘されている。

中原はこの「小詩論」の題名傍《わき》に「小林秀雄に」と書き、「この一文が書きたくなつた今晩君が傍にゐて呉れたら僕は大変沢山なことが喋舌《しゃべ》れた」。ここで打ち切るが、「こんな草稿でも君に見せれば大変好いと僕は思つてゐる」ともいう。そうして「この一文の結論は次のこと」だと言い、ランボオの詩の一節を原文で記している。これを中原の訳文で掲げれば、〈おゝ！　心といふ心の／陶酔する時の来らんことを！／／私は思つた、忘念しようと、／人が私を見ないやうにと〉という詩句だが、その原詩のなかばに「そして僕の血脈を暗くしたものは、／〈対人圏の言葉〉なのです」という言葉を挿入している。また文中「これは千九百二十七年に小林に送る手紙です」ともしるしているが、この時期、何を措いてもまず小林に語ろうとする想ひの深さは伝わって来る。同時に自分の嫌うものは、何よりも〈対人圏の言葉〉だともいう。

だとすれば、ほぼ同時期に書いたと見られる「小林秀雄小論」（未発表。昭和二年初頭執筆と推定されるが、内容から見て、此れが「小詩論」より先のものと見ることができよう）の語る所は、いかにも微妙にひびいて来よう。中原はこのなかで小林を評し次のように言う。「この男は嘗《かつ》て心的活動の出発点に際し、純粋に自己自身の即ち魂の興味よりもヴァニティの方を一足先に出したのです」。こうして「この男はヴァニティ、即ち自己自身の魂のことを後にしたので生活の処理がつき易かつたのです」。しかし「或時期に至つて魂のことの方が先になつたのです、晩熟しました」という。最後は「僕は希望として述べておきますが、まだいまの所ではしやうがない。出来るだけ多くの人に会はぬ方がよろしい。――僕は生意気なことを言つた。……」という言葉で結んでいる。

ここには相手に対する遠慮のない批判と注文が語られているが、これを「嫉妬」や「羨望」とみるか、「友情と甘え」のあらわれとみるか、大岡昇平氏などの評価も揺れているが、やはり見るべきは、相手を無二なる知己とみるが故の真率な提言であり、それはまた自身を打つ鞭ともみえる。「小詩論」末尾に記す「（私は斎戒沐浴しなければならない）」などの一語がすべてを語っていよう。これは初期の中原に一貫する所であり、やはり同年に書かれたと見られる「詩論」（未発表）と題した小文の「芸術とは、自分自身に忠実であることだ。」「芸術とは、自分自身の魂に浸ることといかに誠実にして深いかにあるのだ」という、つよい断定的なひびきにも端的にうかがわれる所であろう。これはまた昭和三年四月の日付の見られる「Me Voilà」と題した小文、（ここにも「――à Cobayashi」という言葉が付されているが）に見る、「さうしてよき心の人よ、あれら手際よい技能家や学者等を恐れたまふな。あれら魂が稀薄なために、夢が浅いので歯切れが好いばかりだ」などの言葉にも、その希求する所の何たるかは明らかであろう。（ただこれも付言すれば、この「Me Voilà」は、この時期小林とまだ同棲していた長谷川泰子が、小林佐規子と名乗っていたことを思えば泰子宛かとも思え、「よき心の人よ」とは、泰子と同棲中の小林宛とは読めない所もあるが、「Me Voilà」という題名が〈われここにあり〉という意味だとすれば、翌昭和四年十二月十二日の日付を持つ詩篇「我が祈り」の中に〈私は此所に立つてをります〉という神への祈り、呼びかけがあり、この詩篇に小林への献辞がしるされていることをみれば、小林宛ともみられるという評者（中村稔）の指摘もある。しかしこれはむしろ小林、泰子両者を内心併せての呼びかけと見ることができよう。

ここで先の中原の「小詩論」に還れば、そこで語られる言葉をめぐる初源の問題、詩的言語と社会的、公共的言語の背理と矛盾の問題はまた、小林の「様々なる意匠」の言う所に深く通底するものであることはすでにふれた通りだが、ここで小林のいう海は青いと教えられた子供が、品川の海を見て驚く挿話の導入が、実はすでに芥川の作中に語られていることは何故か伏せられている。これは芥川後期の自伝的作品「少年」（大13・4〜5）に見る一挿話だが、保吉は五、六歳の頃、海は青いものだと思っていたが、大森の海岸で見た渚に近い海は「代赭の色」をしており、「裏切られた寂しさ」とともに、「勇敢にもこの残酷な現実を承認した」。これは三十年後の保吉にも通ずるものであり、「この代赭色の海を青い海に変へようとする」ことが徒労ならば、その「代赭色の海の渚に美しい貝を発見」するほかはあるまいという。ならば彼（芥川）の数々の仮構の作品、寓話的とも知的、技巧的産物とも評されたそれらは、この「代赭色の海の渚」に拾いとられた「美しい貝」の数々ということか。しかも作者芥川はこの「残酷な現実」「代赭色の海を承認するのは一刻も早いのに越したことはない」ともいう。

この「残酷な現実」の背後に、芥川の生母フクの発狂という宿命の刻印を見るとすれば、小林はそこにこそ彼のいう、作家の「宿命の主調低音」をこそ聴くべきであったはずである。我々はこの評論（「様々なる意匠」）の背後に芥川の問題を見たが、さらに言えば、そこには二年前に送られた中原の「小詩論」の文脈もまた生きていたのではないか。小林は〈様々なる意匠〉という言葉の向こうに、時代の生み出した中原のいう〈吸気〉ならぬ、〈呼気〉的表現の限界を読みとっていたはずである。

中原は言う。「凡そ分析なるもの」が吸気ならぬ「呼気の気持でなされるもの」とすれば、「瞑想」とは「吸気の気持でなされる」ものであり、「私は近時芸術の萎凋する理由を、時代が呼気的状勢にあるからだ」（「詩に関する話」）と考えるという。また「仮りに思想が分析によつて」はじまるとしても、「思想の実質」は、「瞑想状態にある」ものとみるべきだという。〈呼気〉的状況とは、中原のいう〈対人図的発想を指すものだが、しかし小林自身意識せずして、いつかこの〈呼気〉的状況のなかに身を浸していたのではないか。中原が小林に〈魂〉ならぬ、〈ヴァニティ〉の発想をつよく見ると言ったのは、まさにこのことであろう。しかも「或時期に至つて魂のこと」が先行し、「晩熟しました」という。〈晩熟〉とは何か。これはあえて言えば単なる言葉のあやに過ぎまい。最後にいう「まだいまの所ではしやうがない」という所が本音であろう。

昭和五、六年の頃、つまり小林が文壇に出た頃から文芸評論は盛んとなったが、これは「文芸と一般世間の常識との関係」、もしくは「文芸と社会を連関させて論じたもの」であり、文芸の本質自体に迫るものではなく、けだし現今の「文芸の貧困」を指すものであろうという。これは後年、昭和十一年八月に書かれた「我が詩観」と題した評論中のものだが、小林の登場以来という時、これは小林を含めた評論活動への根底的な批判とみるべきものであろう。

5

ならば小林に「呼気」的発現を脱した〈晩熟〉と呼ぶべきものはなかったか。これが本論の最後に言おうとすることだが、私はそれを戦後一連の仕事の中に見る。もはや紙数も尽き簡潔に言うほかはないが、たとえば人々は昭和十年前後に始まる一連のドストエフスキイ論に、その文壇的活動から抜け出た本格的な批評活動をみるというが、それは『罪と罰』論（昭9・2〜7）ひとつを取っても頷きうるものではあるまい。彼はこの中でラスコリニコフを終始〈道化〉と呼び、ソーニャさえも彼の「本性を映す好都合な鏡」に過ぎぬという。しかしこの批判は戦後の第二の論（『「罪と罰」について Ⅱ』昭23・11）に至ってはみごとに反転し、あのソーニャがラスコリニコフに聖書を読んで聞かす場面こそは「皮肉」ならぬ、最も「真率」にして我々の心を動かす「深く静かな」場面であり、我々近代人のシニカルな批評的分析を以ては、この作者の真摯と無私とを摑み損うであろう。「読者は、ここで何故一分の沈黙さへ惜しむ」のかと述べているが、その「一分の沈黙」さえ惜しんだのは、かつての小林自身ではなかったか。ドストエフスキイの望んだものは「分析ではなかつた。綜合であつた」（「小説の問題」昭7・6）と言いつつ、小林自身第一の論では「綜合」ならぬ、「分析」の徒ではなかったか。

また〈道化〉として語られる「彼（ラスコリニコフ、注筆者）の復活物語をドストエフスキイは省略したばかりか、以後生涯この世界に踏み込んでみせてはくれなかった」という小林は、第二の論の末尾では、「一切の人間的なものの孤立と不安を語る異様な（これこそ真に異様である）背光を背負」ったその影は、「見える人には見えるであらう。」「作者はこの表題については、一と言も語りはしなかつた。併し、聞えるものには聞えるであらう。『すべて信仰によらぬことは罪なり』（ロマ書）と。」という一節をもって結んでいる。

「お前にはこんな声が聞えて来ないか――ランボオよ、お前はいつも私から逃げたと考へてゐたか」――このクロオデルの言葉を引き、「僕は、クロオデルの信仰を持たぬ。然し、往時は拒絶した彼の決断が、今は、僕の心に染み渡る」（『ランボオ Ⅲ』昭23・2）と小林が書いたのは、この第二の『罪と罰』論より一年半ばかり前のことである。すでに明らかであろう。中原のいう〈晩熟〉が真に小林に訪れるのは、戦後のことではなかったか。我々はそのしるしを彼のゴッホ論（『ゴッホの手紙』昭26・1～27・2）や『近代絵画』（昭29・3～33・2、特にセザンヌ論）などの中に見出すことができよう。「批評とは相手をだしにして自分を語ることだ」と言った彼は、後に「批評とは無私に至る道である」という。

また宮本武蔵のいう「立合いの際、相手方に目を付ける場合、観の目強く、見の目弱く見るべし」という言葉にふれて、「見の目」とは相手の動きがああだとか「分析的に知的に合点する目」であり、「観の目」とは「相手の存在を全体的に直覚する目」であり、この〈観の目〉こそが大事であると説いているが、これはまさしく〈分析〉ならぬ〈綜合〉の要を説くものであり、分析的批評の弊を縷々説いてゆくこの一文（「私の人生観」昭24・9）を読んでいると、先にふれた中原の詩論のひとつひとつがよみがえってくるように思われて来る。かさねて〈晩熟〉の到来を言いたい所だが、しかしそれはまた、小林が根源的な問いを棄てたことではない。

たとえば小林の最後の、また最高のドストエフスキイ論ともいうべき第二の『白痴』論は、彼が愛誦したドストエフスキイの一句、たとえキリストにこの世の真理がないとしても、またそれが証明されたとしても、私はこの世の真理よりもキリストに従うという一節をもじるが如く、「この男を除外して、解決がある事が証明されたとしても、私は、彼と一緒にゐたい、解決と一緒にゐたくない」と作者は言ったかも知れないという。この男とはドストエフスキイのすべてを託し、〈キリスト公爵〉ともメモに名付けた主人公ムイシュキンを指すものだが、彼を終始謎の存在として描きつつ最後にこう記した時、彼はこの謎、つまりは意識の極限を問い続けるという課題を遺された課題として放さぬと宣言しているわけである。

こうしてそのドストエフスキイ論は終り、翌昭和四十年から大作「本居宣長」の連載が始まる。それは日本回帰、伝統回帰ともみえるが、彼の中に遺された謎はそこで終ってはいない。数年の後遺稿となった「正宗白鳥の作について」（昭56・1〜58・5）の連載が始まる。白鳥の謎とは、その最後の回心の表明は何であったかという問いであり、しかしそこに至る手前でこの未完の稿は終る。その最後はユングの自作の協力者アニエラ・ヤッフェが「追いつめられ」、その「解説」を「心の現実に常にまつはる説明し難い要素は謎や神秘のまゝにとゞめ置くのが賢明」と、ここまで書いて筆をとめたのは、ヤッフェならぬ、これを書き写していた小林自身であり、ここでこの未完の絶筆は終るが、これはいかにも象徴的ではないか。白鳥ほど純粋な、日本的なクリスチャンはないとは小林の繰り返し言う所だが、その最後の信仰への回帰、告白とは何であったかとは、小林のどうしても問いつめねばならぬ課題であった。

恐らくそこに甦って来たものは彼の最初の評論のひとつともいうべき一文（「測鉛 I」）の中にいう「真理といふものがあるとすれば、ポールがダマスの道でキリストを見たといふ事以外にない」という言葉であり、また「批評の普遍性」とはベルグソンのいうごとく、「改宗の情熱以外の何物でもない」（「測鉛

Ⅱ」昭2・8）という言葉ではなかったか。

6

こうして私には小林における宗教性とはプロテスタントのそれに近く、中原の場合はカトリックに近いものとも見えて来るが、だとすれば、先にもふれた「小林秀雄に」という献辞のついた詩篇「我が祈り」の語る所はどうか。

神よ、私は俗人の奸策ともない奸策が／いかに細き糸目もて編みなされるかを知つてをります。／神よ、しかしそれがよく編みなされてゐればゐる程、／破れる時には却て速かに乱離することを知つてをります。〃神よ、私は人の世の事象が／いかに微細に織られるかを心理的にも知つてをります。／しかし私はそれらのことを、／一も知らないかの如く生きてをります。〃私は此所に立つてをります！……／私はもはや歌はうとも叫ばうとも、／描かうとも説明しようとも致しません！〃しかし、噫《ああ》！　やがてお恵みが下ります時には、／やさしくうつくしい夜の歌と／櫂歌《かいうた》とをうたはうと思つてをります……

あえて〈小林秀雄に〉と言い、「我が祈り」と題したこの詩篇を、小林はどう読んだであろう。この世の事象の一切も、現実のくだくだしい曲折も、すべては見えているが、描こうとも、説明しようとも思わぬ。ただはからざる恩寵ともいうべき光が垂直にくだる時、自分の魂からの歌はおのずからにあふれ出てゆくであろうという。これが小林の「様々なる意匠」発表の三ヶ月後に書かれていることを見れば、すでに中原の言わんとする所は明らかであろう。〈私は此処に立つてをります!〉という所にすべては語られていよう。

しかしまた半面、小林がやがて一連の文芸時評(「アシルと亀の子」、昭和五年四月より「文藝春秋」に発表)によって力強く文壇の一角に登場した時、中原が手を打ち叩かんばかりに喜んだという情景もまた頷けるものがあろう。事実彼はその第一回目が雑誌に発表されるや、一頁めくっては「やった」と言って、雑誌をくり返し畳に叩きつけて、その興奮ぶりを示したという。「プロレタリア派だとか、芸術派だとか言ってやぶにらみをしてゐる」文壇情況に対し、そこに根源的な文学そのものへの懐疑があったのかと問う小林の歯切れのいい、江戸っ子調の啖呵の切り方は、たしかに中原の心をゆすぶるものがあったであろう。しかしこれもまた文壇の機能的現象への、機能的批判に過ぎぬとすれば、小林の赴く所はやがて文壇現象を離れ、より根源の問題に迫ってゆくこととなる。

こうして一連のドストエフスキイに対する作品論が生まれ、これと並行して「ドストエフスキイの生活」(昭10・1~12・3)が生まれることとなるが、そこに見る矛盾と限界についてはすでにふれた通りである。ドストエフスキイの望んだ〈分析〉ならぬ〈綜合〉を、小林が批評のはたらきとして真に摑んだのは、すでにふれた通り戦時下ならぬ、戦後のことであった。戦前、戦後の『罪と罰』についてはすでにふれたが、『白痴』についてはどうか。

小林は自身のドストエフスキイ論の根本の問題は、「彼の全生活と全作品を覆ふに足りる彼の思想の絶対性ともいふべき問題だ」(「カラマゾフの兄弟」昭16・10~17・9、未完)という。しかしこの〈思想の絶対性〉なる問題は、戦後の第二の『白痴』論に至って、〈意識の絶対性〉の問題へとすり変わってゆく。先にもふれた「たとへ誰かがキリストは真理の埒外にゐるといふ事を僕に証明したとしても、又、事実、真理はキリストの裡にはないとしても、僕は真理と共にあるより、寧ろキリストと一緒にゐたい」とドストエフスキイがその書簡にいう、小林鍾愛の一句は、『白痴』におけるムイシュキンの語る死刑赦免の一瞬の極限の意識にふれて、「たとへ、私の苦しい意識が真理の埒外にある荒唐無稽なものであらうとも、私は自分の苦痛と一緒にゐたい。真理と一緒にゐたくない」と、ドストエフスキイは考えたに相違あるまいというふうに変奏される。

ここには小林の批評をつらぬくもの、一切のイデオロギー、文壇的通念、社会的風性、それらをさしつらぬいて、ただ自己の苦痛、この表わしがたい根源的な感触と共にありたいという、彼の原意識とも呼ぶべきものが見られよう。ムイシュキンにふれては、「常に自己が自己に対して目覚めてゐなければならぬ窮地に追ひやられた者の徹底的な体験」がそこにあったと言い、さらに作中自殺をはかろうとする少年イッポリットの告白にふれては、「本当の意味で誠実に公正に考へるとは、苦しみのうちで目覚めてゐるといふ事だ」と語る。ここに、彼の批評をつらぬく主調低音ともいうべきものが見られよう。『白痴』論は、イッポリットの告白から転じて、レーベジェフやリヴォルギンなど魅力ある脇役の精細な描写に転じ、そのままぷつりと断ち切られる。爾後、十二年を経て、最後の一章が短く加えられるが、この一章はあの『白痴』終章の破局への、独自な考察を孕んでいる。

読者はあの無惨な終末を前にして「キリスト公爵を理解する一切の観点を遂に放棄しなければならなくなつたと感ずる」であろうと小林は言う。「ムイシュキンの心象が、明確化した時、ムイシュキンの破局だけは」「作者の脳裡に描き出されて」いたはずだ。「作者は破局という予感に向つてまつしぐらに書いたという風に感じられる。『キリスト公爵』から、宗教的なものも倫理的なものも、遂に現れはしなかつた。来たものは文字通りの破局であつて、これを悲劇とさへ呼ぶ事は出来まい。言はば、ただ彼といふ謎が裡になつたのである。人間の生きる疑はしさが、鋭い究極的な形を取つた」。彼はここで再び、あの書簡や鍾愛の一節をふまえつつ、次のように言う。

「作者は言つたかも知れない。この男を除外して解決がある事が証明されたとしても、私は、彼と一緒にゐたい。解決と一緒にゐたくはない」と。恐らく、ここに彼のドストエフスキイ体験の、究極の告白があると言ってよかろう。あえてキリストとは言わぬ。この男、彼にあって謎は裸となり、生きる疑わしさは究極の姿をとる。いかなる宗教や倫理にも還元できぬ、根源的な深い生の感触そのものともいうべきもの。「私は彼と一緒にゐたい、解決と一緒にゐたくない」とは、この一点に根をすえて、考えつづけ、問いつづけてゆくことに、自らの批評家たることの一切を賭けるということではないのか。恐らくその第二の『白痴』論こそは、彼のドストエフスキイ体験の中核たる、キリスト論を証《あか》しえた最後のものであろう。彼の〈花〉（戦時下の「無常といふ事」などにみられる一連の論）は完結し、ドストエフスキイ論は未完である。永遠に未完たることに、〈美の行者〉などと評家の名付ける言葉を持っては律しきれぬ、彼の裡なる何ものかが賭けられているはずだ。

しかし、この問いの深まりとは何か。〈求道と認識〉という言葉を使えば、これは〈認識〉の深まりということか。そうではあるまい。先のフォンビジン夫人宛の書簡中に、次の一節がある。「私は現代の子だ。不信と懐疑との子だ。恐らく（といつても実はよく承知してゐるのだが）一生涯さうでせう。信仰への渇望に、私がどんなに恐ろしく苦しめられてゐたか、（今でも苦しめられてゐる）反証を握れば握るほど、この渇は強くなる」（傍点筆者、以下同）。これは第二の『白痴』論中の引用だが、戦時下最後のドストエフスキイ論として未完で終った「カラマゾフの兄弟」では、傍点の部分は「飢えが心中で強くなればなるほど、いよいよ反証の方を摑む事になる」となり、文意は逆となる。しかもこの引用の部分こそが書簡本来の辞句であるとすれば、第二の『白痴』論におけるこの改変は意識的なことか、あるいは無意識のことか。恐らくこれは意識してのものではあるまい。だとすれば、この無意識ともみえる改変の裡にこそ、私は戦後の小林の、一点に熟してゆくその姿を見る思いがする。これはまた戦後の第三のランボオ論（昭22・3）にもつながる。ここにも戦前の二つの論を超えた、究極のランボオ論が語られる。ランボオの詩の一篇を引いて、小林は言う（「『地獄の季節』錯乱Ⅱ――言葉の錬金術」）。

彼（ランボオ）は「飢渇といふ唯一つの抒情の主題しか持つてゐなかつた」。「感傷でもない、懐疑でもない、まさに抒情詩なのだが、あらゆる抒情詩の成立条件を廃棄した様に見えるその純粋さを前にしては、凡そ世上の所謂抒情詩は、贅肉と脂肪とで腐つてゐる。何の感情もないところから、一つの感情が現れて来る。殆ど虚無に似た自然の風景のなかから、一つの肉体が現れて来る。彼は河原に身を横たへ、飲まうとしたが飲む術がなかつた。彼はランボオであるか。どうして、そんな妙な男ではない。それは僕等だ、僕等皆なのぎりぎりの姿だ。」

「一八九一年の冬、ランボオは、ハラルで膝に瘤腫を患ひ、五月辛うじてマルセイユの病院まで辿りついたが、脚部切断の手術も効なく、十一日、信心深い妹のイザベルに看取られ、死んだ」。ここでクローデルの、あの言葉が引かれる。

〈砂漠への道といふ道を歩き尽した歩行者よ、お前にはもう進めない時が来る。／両方そろつて歩いてゐた足も、神様が片つ方をお取り上げになつた。／妹の手引きを求め、最期の港まで来た今となつて、お前にはこんな声が聞えて来ないか――ランボオよ、お前はいつも私から逃げたと考へてゐたか〉。

ここで小林は続けていう。先にもふれた所だが、「僕は、クロオデルの信仰を持たぬ。然し、往時は拒絶した彼の独断が、今は、僕の心に染み渡る」と。ここでも傍点の部分は、はじめ「然し、今は、彼の独断を往時の様には拒みはしない」となっていたが、すでにその改稿の何たるは明らかであろう。それはまさしくドストエフスキイ書簡の改稿に、そのままつながって来る。主題は魂の渇望、〈飢え〉であり、小林の志向する歩みの、その深まりの何たるかは明らかであろう。しかしそれは〈暗〉に対する、〈明〉ではない。先の書簡中、「何か、静かな、光るものに向つて、何か恐ろしいものに向つて」、そのような「何か来るべきものに向つて熟してゐる」とドストエフスキイは言う。小林もまたこの〈信〉と言おうと〈不信〉と言おうと、〈反証〉と言おうと〈渇望〉と言おうと、別ではない。そのような気圏と息吹の裡に、彼もまた自身の成熟を賭けようとする。

しかしここでもまた、ひとつの反問を呈してみたい。『白痴』論をめぐっては〈彼〉、ムイシュキンという謎が裸になり、「人間の生きる疑はしさが、鋭い究極的な形を取つた」と小林は言うが、それのみではあるまい。さらに深く、さらにあざやかな予感が、作者を捉え、引きずっていたはずだ。ムイシュキンの内部をつらぬく、その予感と戦慄はナスターシャとの出会いにはじまる。彼はこの運命にしいたげられた女の並ならぬ美しさの奥に、「限りないプライドと殆ど、憎悪に近い軽侮の念」と、同時にまた「何かしら他人を信頼するようなもの、何かしら驚くばかりに天真爛漫なもの」、この矛盾したものが分かち難く刻み込まれていることを見出す。このはじめの出会いから彼女の存在が、彼の心に深く喰い入って来る。「自分をけがれ果てた人間と思い、自らをさげすみ、さいなむことに享楽を感ずる」この女の苦しみが、ムイシュキンには手にとるごとく判る。いや、彼自身の心を打ち破るほど、喰い入って来る。

もはや狂気のために、自分を失ったかに見える彼女を見守るムイシュキンの心を、「若しも、この世において、何ものにもまして一人の女を愛し、乃至はかような愛がありうるのだと予感している時に、その女が俄かに鎖につながれ、鉄の格子の中に入れられて、看取に棒でなぐられているところを見つけたものがあったら――いま公爵が感じたものと幾ぶん似通った印象をうけるであろう」と作者はいう。ここにはムイシュキンの女に対する、と同時にすべての人間に対するかかわりの、ある深い、本質的な感触ともいうべきものが語られている。このムイシュキンの限りない憐憫は、ナスターシャのみならず、イッポリットの孤独を、〈闇の力〉に支配されるラゴージンの苦悩を、自らのものとして、その深い痛みの果てまで降ってゆく。その苦しみを極みまで分かとうとする。時に「限界のない粗暴さが繊細となる」ように、限界のない憐憫が、悲劇とさえ名づけがたいまでに不可解な、無惨な破局の姿を示す。ひとり（ナスターシャ）は死に、ひとり（ラゴージン）は狂気となり、ひとり（ムイシュキン）はもとの白痴となる。小林が〈キリスト公爵〉のイメージは無惨にくだかれたと語るごとく確かに、聖なるもの、超越者、権威あるものたるイメージは、無惨に打ちくだかれる。

しかし、まさにその所において、彼はまさしく〈キリスト公爵〉たりえているのではないか。人間の外に、また上にある超越者としてではなく、この現実の只中に、生の疑わしさと矛盾の只中に、受肉し、内在するものとして、（あえて言うならば〈文学〉が〈文学〉たることの次元において）、『白痴』の終末は、動かしがたく、そこに置かれる。それがまさしく破局であり、陰画《ネガ》たることによって、そのことによってのみはじめて、それはまさしく真の陽画《ポジ》たるものをよく示す。恐らく小林もまた破局と言いつつ、この機微に踏み込もうとしていたのではなかったか。その『白痴』論の終末に、「ドストエフスキイの形而上学は、肉体の外にはないのである。」「ムイシュキンが、ラゴオジンの家に行くのは共犯者としてである。彼と、その心が分ちたいといふ希ひによつてである」という。「共犯者」云々という言葉にすべては込められていよう。恐らく小林の言いたい所は、批評の形而上学（あるいは思想の絶対性への糺問）

とは、この肉体の外には無いということであろう。

7

ここで小林の戦前からのドストエフスキイ論は終止符を打たれたかとみえ、翌昭和四十年から大作「本居宣長」が始まる。しかしこれを彼の〈日本回帰〉と安易に判断してはなるまい。彼はこのドストエフスキイ論を終るに当たって、結局キリスト教のことは分らないと語ったというが、しかしその〈宗教性〉は宣長論のなかで、より純化された形で語られたのではなかったか。

いま小林の宣長論について仔細に述べる余裕はないが、その語らんとする所は言葉の、また意識の還るべき母胎とは何かという課題であり、眼目は〈言葉〉をめぐる初期評論以来の課題への結語を探る所にあり、この長大な一巻をつらぬくものは〈自意識〉と〈自然〉と〈言葉〉をめぐる批評活動が円転して、最後にその還るべき場を見定めたということであろう。「母国語」というこのかけがえのない肉声、それは無意識のうちに生き、存在し、そこにのみ「過去」は「失はれず、現在のうちに生きかへ」る。宣長の認識もまたそこにかかっていた。「『書籍《フミ》』と云フ物渡り参来て」数百年の間、何とかして漢字で日本語を表現しようとした上代日本人の努力、悪戦苦闘ともいうべき「経験」、「これを思ひ描くこと」が、「宣長にとつては『古事記伝』を書くといふ」ことであり、「その複雑な『文体《カキザマ》』を分析し」「その『訓法《ヨミザマ》』を判定する仕事」こそが、「上代人の努力の内部に」「上代文化」自体に「直かに推参する」ことだと彼は考えた。しかも「口誦のうちに生きてゐた古語が、漢字に捕へられて、漢文の格《サマ》に書かれると、変質して死んで了ふといふ。苦しい意識の目覚め」。「この日本語に関する、日本人の最初の反省が『古事記』を書かせた。日本の歴史は、外国文明の模倣によつて始まつたのではない。模倣の意味を問ひ、その答へを見附けたところに始まつた」という時、すでに問う所は『古事記』のみならぬ、この近代百年の流動そのものでもあったことは明らかであろう。

さらに論は終末に近づくにつれて、上代人の生活観、宗教観へと転じてゆく。すでに彼らにあって、「神は、人々めいめいの個性なり力量なりに応じて、素直に経験されてゐた。」「誰の心にも、『私』はなく、たゞ『可畏《カシコ》き物』に向ひ、どういふ態度を取り、これをどう迎へようかといふ想ひで、一ぱいだつたからだ。言ひ代へれば、測り知れぬ物に、どう仕様もなく、捕へられてゐたからだ」。すでに語る所は上代人のみならぬ、小林自身の肉声としてひびくかとみえる。さらに語をついで「死を目指し、死に至つて止むまで歩きつづける、休む事のない生の足どりが、『可畏《カシコ》き物』として、一と目で見渡せる、さういふ展望は、死が生のうちに、しつかりと織り込まれ、生と初めから共存してゐる様が観じられて来なければ、完了しない」という時、我々はこれを小林自身の、ひそかな〈信仰告白《クレド》〉として聴くことができよう。

「『さかしら事』は言ふまい」と誓い、「物まなびの力」だけを信じた、この「誠実な思想家」。彼は「自分の身丈に、しつくり合つた思想」しか「決して語ら」ず、また「生活感情に染められた文体でしか表現」しなかったという。これもまた小林自身の帰りついた日常の場、批評家としての〈道程〉の行きつくべき物であったとも言いえよう。彼はここにすべてを言いつくしたともいえるが、あえて言えば、この完結をさらに押しひらくべきひとつの場がひそかに用意されていたともいえる。言うまでもなく、この数年後に書かれた絶筆白鳥論だが、しかしここでも宣長論とつながる余韻は、白鳥論中の内村鑑三にふれた部分であろう。

小林は内村を論じ、その「代表的日本人」にふれて、次のごとくいう。内村はこれは「現在の余」ならぬ、「現在基督信徒たる余自身の接木せられてゐる砧木《だいき》の幹を示すものである」と言い、その「砧木の幹」とは、余が「母の胎に宿らざりし先」よりのもの、この「選びの業《わざ》は我が国民のうちに二千余年来はたらき、遂に余もまた主イエス・キリストの仕人《つかへびと》として選ばれるに至つた」という所にふれて、これは「我が国語の働き」とも「不離なるもの」と小林は言い、また内村が余に「宗教の本質を知らしめたのは」「基督教外国教師」ならぬ、「日蓮、法然、蓮如、其他敬虔なる尊敬すべき人々」であったという時、内村は「驚くほど鮮明に、『砧木の幹』の美しさを描き」、これを「迎へる悦び」を語っているという時、すでに彼自身の「本居宣長」がまさにその「砧木の幹」を「迎える悦び、これを純化し明瞭化しようとする」渾身の試みであったこともまた明らかであろう。

8

ここに至って中原のいう〈晩熟〉が、小林にあって戦後のそれにあることは見えて来た。逆に小林にとって中原の生涯とは何であったか。それは詩人自身の語るごとく路傍に棄てられた犬のごとき憔悴の姿に終るものであったか。小林はここでも戦前ならぬ、戦後の一文にすべてを語っている。言うまでもなく「中原中也の思ひ出」であり、すべてはこれに尽きよう。

鎌倉、妙本寺境内に海棠の名木があり、毎年眺めたその花も枯死し、その切株を今年も見に行ったが、若木の海棠は満開で、中原と花を眺めた時の情景が鮮やかに思い出されたという。すでにあの名木の姿はないが、「思ひ出は同じであつた。途轍もない花籠が空中にゆらめき、消え、中原の憔悴した黄ばんだ顔を見た」という。

「晩春の暮方、二人は石に腰掛け、海棠の散るのを黙つて見てゐた。花びらは死んだ様な空気の中を、まつ直に間断なく、落ちてゐた。樹蔭の地面は薄桃色にべつとりと染まつてゐた。あれは散るのじやない。散らしてゐるのだ。一とひら一とひらと散らすのに、屹度順序も速度も決めてゐるに違ひない。何といふ注意と努力、私はそんな事をしきりに考へてゐた。」「花びらの運動は果しなく、見入つてゐると切りがなく、私は、急に厭な気持ちになつて来た。我慢が出来なくなつて来た。その時、黙つて見てゐた中原が、突然『もういいよ、帰らうよ』と言つた。私はハッとして立上り、動揺する心の中で忙し気に言葉を求めた。『お前は、相変らずの千里眼だよ』と私は吐き出す様に応じた。彼は、いつもする道化た様な笑ひをしてみせた。」

「二人は、八幡宮の茶店でビールを飲んだ。夕闇の中で柳が煙つてゐた。彼は、ビールを一と口飲んでは、『ああ、ボーヨー、ボーヨー』と喚《わめ》いた。『ボーヨーつて何んだ』『前途茫洋さ、ああ、ボーヨー、ボーヨー』と彼は眼を据え、悲し気な節を付けた。私は辛かつた。詩人を理解するといふ事は、詩ではなく、生れ乍らの詩人の肉体を理解するといふ事だ。何んと辛い想ひだらう。彼に会つた時から、私はこの同じ感情を繰返繰返し経験して来たが、どうしても、これに慣れる事が出来ず、それはいつも新しく辛いものであるかを訝《いぶか》つた。」

　中原は鎌倉、「寿福寺境内の小さな陰気な家に住んでゐた」が、慰めにもなろうかと、家内を連れて真夏の午後訪ねたことがあるという。「彼の家がそのまま這入つて了《しま》ふ様な凝灰岩の大きな洞窟が、彼の家とすれすれに口を開けてゐて、家の中には、夏とは思はれぬ冷い風が吹いてゐた」。十銭玉を賭けてトランプ遊びをすると、無邪気な中原の奥さんは勝ち負けの度毎に大声をあげて笑い、皆んなもつられてよく笑った。「今でも一番鮮やかに覚えてゐるのはこの笑い声なのだが、思ひ出の中で笑ひ声が聞こえると、私は笑ひをやめる。すると、彼の家の玄関脇にはみ出した凝灰岩の洞穴の縁が見える。滑らかな凸凹をしてゐて、それが冷い風の入口だ。昔ここが浜辺だつた時に、浪が洗つたものなのか、それとも風だつて何万年と吹いてゐれば、柔らかい岩をあんな具合にするものか。思ひ出の形はこれから先きも同じに決つてゐる。それが何が作つたかわからぬ私の思ひ出の凸凹だ。／中原に最後に会つたのは、狂死する数日前であつた。彼は黙つて、庭から書斎の縁先きに這入つて来た。黄ばんだ顔色と、子供つぽい身体に着た子供つぽいセルの鼠色、それから手足と足首を巻いた薄汚れた繃帯、それを私は忘れる事が出来ない。」

以上、いささか長い引用となったが、ここにすべては尽きる。ここにあるものは小林独自の存在感覚、時間感覚であり、中原が先にもふれたごとく、その初期詩篇に〈有限の中の無限は、最も有限なそれ〉と唱ったとすれば、小林は逆に〈無限の中の有限〉の何たるかを語ろうとする。中原は〈有限〉のなかにあって〈無限〉を求める志向をつよく語り、しかもその〈無限〉への希求も、所詮は〈有限〉の中のそれであることを唱う。そこに彼の抒情の内実があり、またそこに中原固有の〈時間感覚〉も語られていたとすれば、小林は逆に〈有限〉を包む〈無限〉の宏大さと、たしかさを語る。あの整然と、約束されたごとく散り続ける海棠の花びらの姿に、「驚くべき美術、危険な誘惑」を見るという、小林の感覚は何であろう。また別の一文に、肉体とはまさに「水も洩らさぬ様に」彼を「取巻いてゐる」『自然』にほかならず、「文学者の覚悟とは、自分を支へてゐるものは、まさしく自然であり、或は歴史とか伝統とか呼ぶ第二の自然であつて、自然を宰領するとみえるどの様な観念でも思想でもないといふ徹底した自覚に他ならぬ」（「文学と自分」昭15・11）という彼にとって、肉体や歴史、伝統にとどまらぬ、さらなる〈自然〉とは何であったか。この一文（「中原中也の思ひ出」）の続く第二節に、中原はついに彼を「閉じ込めてゐる外界といふ実在にめぐり遇う事が出来なかつた。彼も亦叙事性の欠如といふ近代詩人の毒を充分に呑んでゐた」という。その〈外界〉とは、〈叙事性の欠如〉とは何か。恐らくこのような指摘や批判を突き抜け、突き破った何ものかとして、中原という存在は彼の前にあったはずである。「中原は何よりも詩人ならぬ〈告白者〉であり、彼は人生に衝突するように、詩にも衝突した詩人であつた」とは、しばしば引かれる小林の言葉だが、その〈衝突〉とは何であろう。「彼は、詩の音楽性にも造型性にも無関心であつた。」「詩人の言葉に関する知的構成の技術、彼は、そんなものに心を労しなかつた」という。これは中原のみならぬ詩語の音楽性や造型性に対する修辞については、全く無理解な指摘というほかはあるまい。小林に見えていたのは、何よりも魂の〈告白者〉としての中原であり、「彼の詩学は全く倫理的なものであつた」という指摘は当るが、その倫理性を超えた形而上性の何たるかは、ついに摑みえなかったということではないか。小林の文体で、果たして中原という存在を分析できるかとは、たしか秋山駿の指摘であったかと思うが、まさに近代の詩人や批評家の批判を超える何ものかとして、その〈剰余〉として、中原は在る。

　これを遡ればほかならぬ透谷という存在のありようが見えて来よう。〈文学〉とは「人間と無限とを研究する一種の事業」にして、人間とはまさに「有限と無限の中間に彷徨するものなり」（「明治文学管見」明26）とは忘れがたい透谷の言葉だが、〈有限〉と〈無限〉の問題をめぐって問い続け、唱い続けたのは中原で、これに対し、透谷がその初期の劇詩『蓬莱曲』（明24）に語る〈わが世を捨つるは紙一片《かみひとひら》を置《すつ》るに異ならず、唯このおのれを捨て、このおのれてふ物思はするもの、このおのれてふあやしきもの、このおのれてふ満ち足らはぬがちなるものを捨て、去《い》なんこそかたけれ〉と唱った。この〈おのれてふもの〉とは何かを問い、これをいかに始末し、超脱するかに、小林の問いのすべてはあったと言ってよかろう。小林はまさに〈自意識を自意識するもの〉（北川透）であったとは、その本質を言い当てたものであり、先の『白痴』論終末の小林の問いの深さは、そのすべてを語るものであろう。

思えばあの中原の「曇つた秋」における己れと小林の両者を語り、〈時間〉の何たるかを語る、そのすべての問いかけを、いま受けるものとして小林の中原を語る「思ひ出」の一文はあったといえよう。まさに路傍に棄てられた犬の如き孤独な存在として語る中原の問いかけを受けるごとく、小林はあの「思ひ出」で、無惨なまでの中原の憔悴した姿を伝える。おれたちのこの姿も永劫という時間の中では何であろうと問いかける中原に対して、「思ひ出」は殆ど意識せずしてそれを語るかと見える。

中原の住まいを呑み込んだように、深い洞窟がその傍にある。それは何万年という歳月を孕んだものか。いまその永劫という時間、また室内の傍らに詩人の憔悴した晩期の姿を語る時、小林は意識せずして、詩人の何たるかの、すべてを語りとったのではなかったか。自然とか歴史とか肉体とか、そんな言葉では言いつくせぬ、まさに〈ボーヨー〉〈茫洋〉としか言いえぬ無辺際の世界の傍らに詩人の姿はある。ついに解しえぬ何ものかとして、〈詩人〉の存在があったとすれば、我々の問いもまた、ここから新たに問い始めてゆくほかはあるまい。

中原と小林というこの稀有なる詩人、批評家を対比させる時、問いは尽きない。これはその新たな問いへの発端として、読みとってもらえれば幸いである。

中原中也一面——重吉・暮鳥・朔太郎と対比しつつ

1

息を　ころせ
いきを　ころせ
あかんぼが　空を　みる
ああ　空を　みる

言うまでもなく、八木重吉の処女詩集『秋の瞳』（大14・8）巻頭の一篇（「息を　殺せ」）だが、これはそのまま重吉という詩人のすべてを語るものでもあろう。彼はある友人への手紙の中で、「私は自分の究極においては、子供のような詩を望んでいる。だがそれは五十を越してからのことであろう」と語ったという。さらに彼の言葉を拾えば、〈わたしでもなく／わたしをうごかすものでもなく／ふしぎなる　両生のせかいの／いちばんやわらかないちばんはじめの／こころおどるいづみからのものを云ひたい〉ともいう。

すでに詩人の語る所は明らかだが、これらのすべてはそのまま、中原の語る所につながって来よう。

我々はここで中原の、あの「芸術論覚え書」のなかでいう〈名辞以前〉という言葉を想い出す。「生命の豊かさ熾烈さだけが芸術にとつて重要なので」「生命の豊かさそのものとは、畢竟小児が手と知らずして己が手を見て興ずるが如きものであり……」「『これが手』だと、『手』といふ名辞を口にする前に感じてゐる手、その手が深く感じられてゐればよい」。つまりは「芸術といふのは名辞以前の世界の作業で、生活とは諸名辞間の交渉である」という。彼はこれを「直観層」「純粋持続」などという言葉でも言いあらわしているが、この認識以前、〈名辞以前〉という所に、中原の詩の発想のすべてが託されていることは明らかであり、これはそのまま先の重吉のそれにかさなるものでもあろう。

しかも両者のつながりはそれのみではない。

「日本の基督に関する詩は、八木重吉の詩をもつて私は最高としたい」とは、草野心平の言葉であり、「われわれがなによりも感動しなくってはならないことは、八木氏において初めて、信仰告白が日本の詩といわず、日本の文学的言葉となったということである」とは、井上良雄のいう所である。この井上良雄が文学と神学の両面にまたがった存在だとすれば、キリスト教思想、また信仰の側面からの発言としては、八木重吉こそ「日本における最初のすぐれたキリスト教詩人」（鈴木俊郎、昭40・7）とする評価もみられる。

こうして彼の最初の評伝『八木重吉――詩と生涯と信仰』（関茂）もキリスト教界から生まれ、今日なお彼の詩が信仰的側面から論じられることは多い。しかし〈詩〉と〈信仰〉という、この二元の対立をどう解くかとは厄介な問題であり、容易に解きつくせるものではあるまい。世に信仰詩と称する凡百の存在に対して、それが〈信〉につらぬかれた真の〈作品〉たりうることは至難のわざであろう。重吉最晩期に次のような詩句がある。

〈わが詩いよいよ拙くあれ／キリストの栄　日毎に大きくあれ〉とはその言葉だが、これをどう見るか。〈詩〉はついに〈信〉の世界に収束され、帰着したということか。私はここで、かつて鎌倉にとみ子夫人を訪ねた時のことを思い出す。重吉亡き後、ふたりの子供を失い、歌人の吉野秀雄氏と結ばれた夫人は、病床にある吉野氏をみとりつつ、静かに過ごしておられた。この時ちょうど、重吉がかつて勤めていた御影師範学校の学友会誌に寄稿した「聖書」の一文が、資料として届けられたばかりのところで、見せて戴いたのだが、そこにはまぎれもない詩人の生涯をつらぬく、〈信〉の何たるかをつたえるものがうかがわれた。

「私は、一生の自分の行ないがすべていけないことであっても、聖書を人にすすめた事はいい事であったと信じて死ぬことが出来ると思います」「世界中のすべての詩の本が亡びても、私には一冊の聖書があればすこしもさびしいことはありません」「つまりは、自分の気持は一つです。イエスが好きだ世界中で一番好きだということです。好きだから、イエスの云ったことに嘘はよもあるまいと思う。もし嘘があってもかまわないと思うのです」という。その信仰がまさしく〈聖書信仰〉であり、〈キリスト信仰〉（傍点筆者、以下同）であったことが、はっきりとわかるわけだが、これはあとでまた、中原と対比しつつ語ってゆくこととなろう。

この時、とみ子夫人から見せられた聖書（新約）は、はじめの数ページは外れ、全ページにわたり、びっしりとペンで線が引かれ、またその病床手帖（「ノオトE」）の最後には、〈にじみ出る涙もある〉と、かすれた鉛筆の文字でうすく書かれていた。

この「聖書」の一文とボロボロの聖書、そうしてあのかすれた手帖の最後の文字は、互いにからまって、詩人の全生涯をつらぬく核のごとく、私の胸に重く残って、今もなお消えることはない。こうして中原の死に先立つこと十年（昭2・10）、その生涯も中原とほぼ同じく、二十九歳の若さをもって閉じられた。しかしまた、近代日本における最もすぐれた宗教的詩人と言われる、この両者の違いもまた明らかに見えて来よう。

中原に聖書信仰、またキリスト信仰といったものの跡はない。彼は言う、「神様があるとは神様があるといふことだ」、「誰がなんと云つても、美しい心にとつて神は在る！」、「僕は底の底まで落ちて、神を摑むのです」（小林佐規子宛書簡）、「芸術とは、神の模倣である」（河上徹太郎宛書簡）など、さらに挙げればきりもないが、彼の日記、書簡、エッセイの数々に、〈神〉の存在はくり返し語られる。「信仰を口にするのが愧ぢられるこの世紀に中原は真向から神を信じ、詩を信じ、生命を信じ、一元的な実在の喜びを信じ、すべてさういふものの一元を信じてゐた」（阿部六郎「中原のこと」）とは、知己ともいうべき友人の証言だが、しかしそこにキリストへの讃歌、あるいは聖書の詩句の引用といったものは殆ど見られない。この中原における〈宗教性〉とは何か。

2

「もともと『神が在る』といふことは、私の直観に根ざすのだ。もつと適確に云ふなら、西田幾多郎の『純粋意識』に根ざすのだ。扨、私の直観が神は在ると云ふとなら、その私の直観は何故にさう云ふのであらう？——私の直観は、即ち私は、此の世に生きて、事象物象に神秘を感ずるからである。そしてその神秘は、魂の愉悦であるからである」（「我が詩観」）という。ここにいう西田幾多郎の「純粋意識」とは、西田のいう「純粋経験」の誤用であるとは、すでに指摘される所だが、この一文のなかで、「私は西田幾多郎著『自覚に於ける直観と反省』に共鳴するもの」で、「我が詩人諸士がそれを読まれんこと秘かな願ひです」という所にも、西田哲学に対する中原の、なみならぬ共感の跡がうかがわれよう。

さて〈直観〉とは何か。西田はこの書（『自覚に於ける直観と反省』大6・10）の冒頭に、「直観と云ふのは、主客の未だ分れない」「現実その儘な、不断進行の意識」であり、これに対し「反省といふのは、この進行の外に立つて、翻つて之を見た意識」だが、これは二元の対立を意識するものではない。「反省」とは外から加えられた何物でもなく、「実に意識其物の必然的性質で」あり、「自己発展の作用である」。かくして、「真の自己同一は静的同一ではなく、動的発展」であり、この両者「直観と反省」、の内的統合こそが、「我々の動かすべからざる個人的歴史」の内実となるという。すでに言う所は明らかだが、しかしこの一書から中原のいう、〈神が在る〉とは私の直観に根ざすものだという発言の、根拠を取り出すことはできない。しかし、あれほど西田に共鳴した中原が当然ながら、西田の『善の研究』を読んでいたと推定できるとすれば、両者の共振する所はあきらかに見えて来よう。

『善の研究』（明44・1）は第一編「純粋経験」、第二編「実在」、第三編「善」、第四編「宗教」からなるが、その序に、第一編は「余の思想の根底である純粋経験の性質を明にしたもの」、第二編は「余の哲学的思想を述べたもので此書の骨子といふべきもの」、第三編は「前編の考を基礎として善を論じた」「独立の倫理学と見ても差支ない」もの、そうして最後の第四編は「かねて哲学の終結と考へて居る宗教に就いて、余の考を述べたもの」と記しているが、その言葉通り、西田の思考の根底としての〈純粋経験〉に始まり、彼が「哲学の終結」とみる〈宗教〉に終わっていることは、すでにその生涯をつらぬく思索の核心を簡明に言い尽くしたものであろう。以下、〈宗教〉の何たるかをめぐって、西田の言う所を拾いとってみればどうか。

「宗教的要求は自己に対する要求である、自己の生命に就いての要求である。我々の自己がその相対的にして有限なることを覚知すると共に、絶対無限の力に合一して之に由りて永遠の真生命を得んと欲するの要求である。パウロが既にわれ生けるにあらず基督我にありて生けるなりといつた様に、肉的生命の凡てを十字架に釘付け了りて独り神に由りて生きんとするの情である。真正の宗教は自己の変換、生命の革新を求めるのである」という。これは第四編「宗教」冒頭の一節だが、彼はくり返し、この「宗教的要求」こそは、「我々の已まんと欲して已む能はざる大なる生命の要求である」ことを力説する。また「人智の未だ開けない時は人々反つて宗教的であつて、学問道徳の極致はまた宗教に入らねばならぬやうになる」。「世には往々何故に宗教が必要であるかと尋ねる」ものもあるが、「かくの如き問は何故に生きる必要があるかといふと同一」であり、「宗教は己の生命を離れて存するのではない、その要求は生命そのものの要求である」という。

また「我々が神に祈り又は感謝するといふも、自己の存在の為にするのではない、己が本分の家郷たる神に帰せんことを祈り又之に帰せしことを感謝するのである」。「宇宙は神の所作物ではなく、神の表現である」ともいう。この〈宗教〉をめぐる考察の核心とは何か。いま評者（小坂国継『西田哲学と宗教』）の言葉を借りれば、すでに見たごとく「宗教が意識統一の最大最深の要求である」として、この「宗教的要求」は、「日常的生を超越することによってではなく、むしろ日常的生そのものの内に奥深く沈潜し、その意味を最も深く把握することによってはじめてとらえることができる」とする所にその核心はあり、そこには「神の内在的性格」が強調される代りに、その「超越性」は否定される傾向となる。これは当然ながら「彼の純粋経験説の必然的帰結」でもある。

しかしまたこのような西田の〈宗教論〉は「一言でいえば、宗教の直接的段階あるいは即自的段階」

であり、ここでは「宗教はもっぱら自分の側から自己の体験に即して語られ」、言わば「自己の徹底した自己否定による神との直接的合一というものが説かれ、自己にとっての神の超越性ということは問題になっていない」という。この宗教観は晩期の宗教観を集約した『場所的論理と宗教的世界観』（昭21・2）に至るまで基本的には一致したものだが、しかしそこにはまた、大きな変化、深まりも見られるという。『善の研究』の〈宗教論〉にあっては、「自己の徹底した自己否定による神との直接的合一というもの」は説かれても、「自己にとっての神の超越性ということは問題になっていない」。しかし「神は自己の内の内、底の底に『超越』するものであり」、この〈内在的超越〉こそが問題とされ、それは〈即自〉ならぬ〈対自〉の問題となり、これが中期の〈場所〉の論理をふまえ、やがて晩期の宗教観に行き着くこととなる。ここでは「神と自己との関係である宗教が、自己の側からと同時に神の側からも論じられる」こととなり、「自己の側の自己否定が同時に神の側からの自己否定であるという逆対応的関係が明確」となる。これは『善の研究』の時期においてもその「萌芽的表現は随所に見られ」たが、まだそこまでは深まらず、「宗教の直接的段階ないし即自的段階」に終っているという。

こうして、この論者の分析はいかにも明晰だが、しかし初期西田の宗教観が「有神論の主張に対して批判的」であり、より深く〈汎神論〉に傾くものだという論断などはどうであろう。

恐らく中原が西田に共感した所は、このような「汎神論的」側面でも、また「直接的段階」や「即自的段階」でもあるまい。むしろ中原の宗教観は、西田のそれと深く共感しつつ、やがて独自の変化、深まりを示していったのではなかったか。先の晩期詩論（「我が詩観」）のなかで、当代の詩人たちに向かって西田の著作を読めといった、中原の意図は何であったか。我々はここで中原を通して逆に、この風土〈近代日本という〉のなかにあって、中原のごとき近代詩人として最も深い〈形而上的〉資質、志向を持った詩人に深い影響を与えたとみられる西田哲学、その宗教観の内包するものの機微の何たるかを読みとってゆくこともできよう。いや、何よりも我々はそこに、中原の『山羊の歌』から『在りし日の歌』へという、往相から還相へともいうべき歩みの何たるかを読みとることもできるのではあるまいか。ことはすべて、詩人の歩み自体が語ることとなろう。

3

すでに引用した所だが、「芸術とは、神の模倣である」と中原はいう。この言葉に「宇宙は神の所作物ではなく、神の表現である」という、先にもふれた西田の言葉を持って来ればどうか。また、「誰がなんと云つても、美しい心にとつて神はある」という時、〈神〉は自明の超越的存在ではあるまい。〈美しい心〉にとってという、自身の俗情を棄てた自己否定の果てに見出される、己れの〈神〉ではないのか。「僕は底の底まで落ちて、神を摑むのです」とは、先の論者のいう「日常的生そのものの内に奥深く沈潜し、その意味を最も深く把握することによってはじめてとらえ」うるものこそ、西田のいう「宗教的要求」の核心たるものだという言葉と対応してはいないか。

こうして中原のいう「神様があるとは神様があるといふことだ」とは、神の自明的存在をあかしするものではなく、「宗教的要求」こそは、「我々の已まんと欲して已む能はざる大なる生命の要求である」という西田の言葉を、そのまま裏付けるものではないか。即ち〈神〉は在るとは、いかなる論理的証言に立つものでもなく、我々人間存在が、まさにその存在の根源的な原理として、〈神〉の存在を求めざるをえぬということの、あかしにほかなるまい。

すでに西田、中原両者の思考の対応する所は明らかであろう。ただ先の論者も指摘するごとく、西田の〈宗教観〉は初期の〈即自〉の段階を経て、やがて〈対自〉的発想に立つこととなる。これがいわゆる〈場所〉の論理、また倫理だが、言いかえれば、〈無限〉と〈有限〉の対峙相関の問題でもある。すでにふれたごとく西田は『善の研究』第四編「宗教」の冒頭、「宗教的要求」とは「自己の生命に就いての要求」だが、さらに言えばその〈要求〉とは、我々自身が「相対的にして有限なることを覚知すると共に、絶対無限の力に合一して」「永遠の生命を得んと欲するの要求」と言うが、中原はすでに初期の習作詩篇のなかで、〈有限の中の無限は／最も有限なそれ〉と、これを端的に表現している。

〈有限〉なるものの中に捉えられた〈無限〉とは、最も〈有限〉なるものであるという。これは単なる逆説でも、論理の矛盾でもあるまい。〈無限〉が単に〈無限〉として即自的に捉えられる時、それは単なる抽象的概念に過ぎまい。しかしそれが〈有限〉なるものの〈場〉にあっては、「最も有限なるそれ」と言われる時、〈無限〉という抽象概念は打ち砕かれ、求め続けられるものとなる。しかしそれをバネとしてこそ、逆に〈無限〉なるものは無限に問い続けられ、求め続けられるものとなる。〈集積よりも流動／魂は集積ではありません〉と同じ作中でいう時、すでにすべては語られていよう。有限なることを〈覚知〉しつつ、〈無限〉なるものを求め続けねばやまぬ、その流動的な〈生命的欲求〉こそが宗教の根源だとは、すでに西田哲学の繰り返し言う所であった。

中原の詩は、まさにこれに呼応するごとく唱われてゆく。ここで中原の詩から初期、中期、後期として、三篇の詩をとりあげてみたい。まず初期のダダ詩篇の中からひとつとりあげれば、やはりあの「古代土器の印象」一篇であろう。

認識以前に書かれた詩――／沙漠のたゞ中で／私は土人に訊《たず》ねました／「クリストの降誕した前日ま

でに／カラカネの／歌を歌つて旅人が／何人こゝを通りましたか」／土人は何にも答へないで／遠い沙丘の上の／足跡をみてゐました∥泣くも笑ふも此の時ぞ／此の時ぞ／泣くも笑ふも

冒頭〈認識以前の詩〉と言いつつ、〈クリストの降誕した前日までに〉云々という時、すでに〈詩〉の、あるいは〈詩語〉の発生が既成の宗教を超えた、始源の一点に始まるものであることを告げる。しかしそれはまた、いかなる〈宗教性〉も否定するものではなく、逆に人間存在の初源の一点を問うこととかさなり、人間がまさしく被造の一点たることを告げる。こうしてそれはそのまま、『山羊の歌』一巻終末の一句にかさなる。言うまでもなく、〈ゆふがた、空の下で、身一点に感じられれば、万事に於て文句はないのだ〉という、あの一句である。

これは若き日の西田幾多郎が金沢の公園をそぞろ歩きながら、ふっと「『今あるまま、このままが真実なのだ』と直観した、そうしてそれがもとになって、後の処女作『善の研究』ができたのだという」、滝沢克己が「西田幾多郎」と題した一文の中で紹介するエピソードと、無縁ではあるまい。滝沢氏はこれはそのまま、あの一六一九年秋（十月十日）の「デカルトの覚醒にも比ぶべき」、初源の一点ではなかったかという。西田はこれを〈純粋経験〉と名付けたが、中原はすべてはここから始まると確認した。その確認のとどめが『山羊の歌』終末にしるした、この一句の語る所ではなかったか。中原が『羊の歌』冒頭に置いた詩篇「祈り」の語る所もまた、これとあい呼応するものであろう。

死の時には私が仰向かんことを！／この小さな顎が、小さい上にも小さくならんことを！／それよ、私は私が感じ得なかつたことのために、／罰されて、死は来たるものと思ふゆゑ。／あゝ、その時私の仰向かんことを！／せめてその時、私も、すべてを感ずる者であらんことを！

この詩篇はいくたびもふれて来た所だが、中原の宗教性を語る時、これを逸することはできまい。いや、これこそが中原における宗教性のすべてであり、さらには彼の詩をつらぬく発想のすべてである。この〈祈り〉と呼応することにおいて、〈一点に感じられれば〉という言葉が、自己主体の確認ならぬ、まさに被造の主体の確認であることも見えて来よう。同時にこれが被造の確認たることにおいて、ほかならぬ、あの晩期の〈他力〉の志向の何たるかも明らかになって来よう。こうして、言うまでもなく、そのあざやかなしるしは、晩期の一篇「言葉なき歌」の語る所である。

4

あれはとほいい処にあるのだけれど
おれは此処で待つてゐなくてはならない
此処は空気もかすかで蒼く
葱の根のやうに仄かに淡い

決して急いではならない
此処で十分待つてゐなければならない
処女《むすめ》の眼のやうに遥かを見遣つてはならない
たしかに此処で待つてゐればよい

それにしてもあれはとほいい彼方で夕陽にけぶつてゐた
号笛《フイトル》の音《ね》のやうに太くて繊弱だつた
けれどもその方へ駆け出してはならない
たしかに此処で待つてゐなければならない

さうすればそのうち喘ぎも平静に復し
たしかにあすこまでゆけるに違ひない
しかしあれは煙突の煙のやうに
とほくとほく　いつまでも茜《あかね》の空にたなびいてゐた

すでに傍点も付したごとく、〈此処で〉という言葉は五たび繰り返される。ただ待つことではない。あえて〈此処で〉という時、それはいかなる空間的場所を指すものでもなく、「今あるまま、このままが真実なのだ」と直観したと、西田自身があの〈純粋経験〉という言葉であらわした、根源の〈場〉そのものを指すものではないのか。ならば、これも繰り返される〈あれ〉とは何か。それは「忘れられもしないが、又表現することも出来ない」たぐいの「『生の原型』といったもの」（中村稔『言葉なき歌』）か。あるいは、これこそは詩人のいう「名辞以前の世界」であり、それを「指示する言葉がない」故にこそ「言葉なき歌」ということであり、この詩の主題とは究極、「『あれ』に対する『おれ』の関わり方であり『おれ』の姿勢自体である」ともいうべく、「あれ」とは「『おれ』の心象を通じて、何かの属性としてのみ表現される」（吉田凞生）ものだということか。

いずれもすぐれた指摘だが、やはりすべては、〈此処で〉という、この〈一点〉にかかっていよう。詩人はすでに〈ゆふがた、空の下で、身一点に感じられれば、万事に於て文句はないのだ〉と断じた。その時は、来たのか。恐らく「言葉なき歌」の唱う所は、これと深く呼応する。ここで待つと言いつつ、しかしこうしていれば、〈たしかにあすこまでゆけるに違ひない〉とは、語の矛盾ではないのか。たしかにその疑問も頷けるが、しかしすでに〈此処で〉とは、この場所がいかなる空間的場所を指すものでもなく、内的な、根源的な〈場〉を指すものだとすれば、これもまた矛盾とみえて、矛盾ではあるまい。ただ、〈駆け出してはならない／たしかに此処で待つてゐなければならない〉。〈さうすればそのうち喘ぎも平静に復し〉という時、彼がふり返っているのは、あの『山羊の歌』終末の「いのちの声」の語る所と無縁ではあるまい。そこには〈僕は何かを求めてゐる、絶えず何かを求めてゐる。／恐ろしく不動の形の中にだが、また恐ろしく憔《じ》れてゐる。／そのためにははや、食慾も性慾もあつてなきが如くでさへある〉と唱い、さらには〈されば要は、熱情の問題である。／汝、心の底より立腹せば／怒れよ！〉とも言う。このやむことのない焦燥の果てに、あの〈身一点に感じられれば〉という一句が置かれていることをみれば、すべては明らかであろう。すべてを〈あれ〉にあずけて、ただ待つほかはないという。それはまさに〈他力的志向〉そのものとみえるが、しかしそれはまた〈自力〉の発想を否定するものではあるまい。いや、ここではもはや〈他力〉も、〈自力〉もない。両者を止揚した形で、本来の〈宗教的志向〉の何たるかが現れているというべきであろう。これはすでに西田哲学の目指す宗教的志向と中原のそれとがあい呼応することをみれば、再言するまでもあるまい。

中原晩期の〈他力〉への志向を最も強く語っているのは、すでにしばしば引かれるごとく、「詩壇への抱負」や、「詩壇への願ひ」（昭12・2）と題した晩期の評論であり、彼の語る所は熱い。自分は「今度はじめて」「子供の時のやうな気持に帰つた。つまり水が低きにつく如く、花がひそやかであるが如き気持がなければ、詩は駄目だと思つた」。つまりは「己を空《むなし》うせねばならない」。「あまりに自我の強い芸術は、無意識、つまり法悦的境地を欠くから」「人をジックリと楽しませることが出来ない」。「今度偶然にも、自分の無力をすつかり感じ、その時から、次第に、詩といふもの、真義も分つて来るやうに思へ出した」。「自分の労を多としないといふ謙譲な気持」になることが大事だが、しかし人間はとかく「傲慢になり易い」。「そこで何か一つどうしても宗教に入るといふことが必要であると思つた。宗教に入つて、尠くも朝と夕方に、帰依する気持があれば、謙譲は持続しやすく、さうであれば、詩的恍惚もミツチリと感じられ、漸次に味の深いものが、生れるやうになる筈だと思つた」。

「私は今、右のことが分かつたので歓喜にむせぶ気持でゐるが、又一方、長年求めあぐんで、暗中模索してゐたものが、一時に分かつたので、慄へてもゐるといつた状態である」という。しかしまた、「今日私が、過去の錯乱を去つたのは、実に私が、謂はば、自力的に求めたればこそで、却て今日はじめて、花の美しさをも感じられるやうになつた次第」であり、さればこそ「詩人諸氏が、何卒真率になられんことを希望してやまない」。而して、「真率とは、——詩を書かう書かうと思ふことではなく、自分の現在に忠実であるといふことである」という。すでにここには初期詩篇にくり返しいう「芸術とは、自分の現在に忠実であるといふこと」「自分自身の魂に浸ることいかに誠実で深いかにあるのだ」という持論とあい通ずるものがあり、「思想の実質」とは分析ならぬ「瞑想状態」そのものにあるという所とも一貫するものがあろう。すべてはまず自分が「自力的に求めたればこそ」だという時、中原にあって、真の〈他力〉とはまた、真の〈自力〉的渇望あってのことだということも明らかであろう。

続く「詩壇への願ひ」の一文の語る所も同様であり、今日の詩壇に龍は描いたが、いまだ「点睛がない」のは何故かと問う時、そこに「どうしても宗教が必要」であり、「他力の境地でしか点睛は描けぬ」という。こうして「他力の信仰」が大事であり、「私は詩壇に、他力信心といふものを一度考へてみて貰ひたい」という。〈他力信仰〉とか、〈他力本願〉とか、いささか宗教くさくもみえ、そこに愛児文也を亡くしたという痛恨の一事があるとしても、しかし年来の〈自力〉の根をふまえての〈他力〉という志向は、新たなものではあるまい。

5

さて、ここで再び八木重吉に還ればどうか。先にもふれた中原の、いま「子供の時のやうな気持に帰つた」「水が低きにつく如く、花がひそやかであるが如き気持がなければ」云々とは、まさに重吉の世界のものでもあろう。しかし〈宗教性〉なるものの本質が、〈自力〉から〈他力〉への回心にあるとすれば、重吉の場合はどうか。私はそれを次の一篇に見ることができるように思う。

きりすとを／われにありとおもふはやすいが／われみづから／きりすとにありと／ほのかにてもかんずるまでのとほかりしみちよ、／きりすとが　わたしをだいてゐてくれる／わたしのあしもとに　わたしが　ある

これは「貧しきものの歌」（大13・12・9編）と題した一群の詩稿冒頭の一篇だが、この時期あたりから重吉の詩は、宗教的な詩篇としてのさらなる深まりをみせる。古き足もとの己れを脱皮して、新たな

幼子としてキリストに抱かれているという。その〈信〉にまつわる肉感の深さは独自のものだが、さらにこの翌年（大14・3編）「み名を呼ぶ」と題された詩稿あたりからは、その言葉通り、〈み名を呼ぶ〉、称名的な詩篇が書きつがれてゆく。

〈てんにゐます／おんちちうへをよびて／おんちちうへさま／おんちちうへさまとなへまつる／いづるいきによび／入りきたるいきによびたてまつる／われはみなをよぶばかりのものにてあり〉。さらには〈おんちち／うへさま／おんちち／うへさま／と　となうるなり〉など、まさに〈一念称名〉とも呼ぶべき詩篇が書きつがれてゆくが、しかしそれのみではない。たとえば、次の詩篇などはどうか。〈じぶんが／どうしてもじぶんであって／わたしのほかのものでないといふ／そのことがぬらりときみわるい〉という。この裡なる闇に向かう呟きもまた、重吉詩の根底にひそむものである。〈ぬらり〉といえば、また次のような詩句もある。

〈ふとしたまがりかどへきたとき／そこになにかしら／ひとだまのように／ぬらりとさびしいものが——ふらついてるのを　かんずることがある〉。あるいは、〈これがいのちか、／これがいのちか、／ぬらぬらとおぐらいともしびのもとにみる／おのれの　生活、つまよ　ひとりの児よ／このようにくれ、またあしたをむかへる／これだけが　いのちの　あじわひなのか〉と問う所にも、単なる無常感や虚無感といったものを超えた、ある深い実存的感触ともいったものがうかがわれよう。（これは余談となるが、かつて劇作家の別役実氏としばらく席を共にしたことがあったが、この不条理劇の第一人者ともいうべき作家が、重吉に格別関心の深いことを知った。〈雨は土をうるほしてゆく／雨といふもののそばにしやがんで／雨のすることをみてゐたい〉（「雨」）。あるいは同じく「雨」と題した未発表詩稿の〈雨がふつてゐる／いろいろなものをぬらしてゆくらしい／こうしてうつむいてすわってゐると／雨といふものがめのまへへあらわれて／おまへはそう悪るいものではないといってくれそうなきがしてくる〉というような詩句。ここにはいわゆる重吉詩の簡潔、清明な表現といったことでは片付かぬ、何かがある。こういう重吉の詩が好きで、このような詩句を作品の冒頭で、ヒロインに語らせたこともあると別役氏は語ってくれたが、いつかじっくり対談風に語ってもいいと言われた約束は、まだ実現してはいない。しかし別役氏の舞台にみる、あの平凡な日常風景をひとつ突き抜けた独自の実存感覚、一種不条理な存在感覚が、重吉の世界にも深く通底していることは見逃せまい（なお、重吉の拾遺詩篇では仮名遣いが、新旧入りまじっていることを諒されたい）。

この重吉独自の感覚は農村に育った彼のなかに、ある異和感ともいったものとして表明されている。〈「女」といふものは／ふしぎなものだ／いわしのすりみをつくるとて／ごりごりいわしを　すりばちでつぶしてゐる／なむあみだぶつ／なむあみだぶつ〉としるし、また食事の時に、きまってぐすんとはなをかむ老婆に向かっては、どうかそれをやめてくれ、〈どうか平明であつてください／わたしは何かしら無気味なのです〉（「断章」）ともいう。しかも一面、〈古い井戸をのぞきこんだら／わたしは／古いものになるらしかつた〉ともいう時、彼の詩の背後から、ある深い何ものかが貌をのぞかせていることも見逃せまい。

同時に先にもふれた〈一念称名〉〈一念合掌〉ともいうべき詩、〈おんちち／うへさま／おんちち／うへさま／と　となうるなり〉〈手をあわすれば／洗われてゆく／ふしぎなるこの世かな／かたじけなきぼんのうの世かな〉という時、それはキリスト教信仰の表白といった形では律することのできぬ、何ものかがあらわれていると言っていい。しかしそれもまた究極には、〈天といふのは／あたまのうえの／みえる　あれだ／神さまが／おいでなさるならば　あすこだ／ほかにはゐない〉、あるいは〈神様　あなたに会ひたくなつた〉という、ほんの一行のなかに、農民的、庶民的発想をとりつつ、究極の信仰的告白に収斂されてゆく姿をみることもできるわけだが、これを再び中原の世界と突きあわせてみればどうか。中原もまた、次のごとく言う。

「精神といふものは、その根拠を自然の暗黒心域の中に持つてゐる。(中略)精神が客観性を有するわけは、精神がその根拠を自然の中に有するからのことだ」(「芸術論覚え書」)。「自然――手を差伸べもしないが、手を退きもしないもの――が人間の裡にあつては恩愛的な作用をつとめる。その作用……」(「詩に関する話」)。

これにふれて、「中原は自らの精神が、生が、歌が、その自然にふかく身を浸していること、浸すべきであることを真率に深く感じていた。中原にとって伝統とは、土着性とは、この自然の属性の一部に他ならなかった」とは、かつて四十数年前の中原論にしるした所だが、重吉、中也という、これら両者のキリスト教詩人とみられる存在の奥に、このような深い土着性への志向のあることを見逃してはなるまい。しかもこの両者の違いもまた小さくはない。

詩人八木重吉のいとなみとは何であつたか。晩期の一篇にいう。

〈詩をつくり詩を発表する/それもそれが主になったら浅間しいことだ/私はこれから詩のことは忘れたがいい/結局そこへ考へがゆくようでは駄目だ/イエスを信じ/ひとりでに/イエスの信仰をとほして出たことばを人に伝へたらいい/それが詩であらう/詩でなかつたら人にみせない迄だ〉。さらに先にもふれた死の床にあっての最後の手記、「ノオトE」の冒頭には、〈わが詩いよいよ拙くあれ/キリストの栄　日毎に大きくあれ〉と唱われ、その最後は、〈私は一人のヤソ教徒/その外はなんでもない/なんにも無い――オーツ　寒い〉とあり、続いては〈にじみ出る涙もある〉の一行をもって終っている。

文字通りこれが絶筆だが、重吉の詩はこうして、まさしく〈信〉の世界、〈一人のヤソ教徒〉という世界に還ってゆく。

これに対して中原はどうか。彼は〈神〉に対してはくり返し語るが、キリストについては殆ど語っていない。むしろ最晩期「千葉寺雑記」と題された日記、昭和十二年、二月一日の記述に次のような言葉がある。

「縁なき衆生は済度しがたい」とはよく言われるが、この「群集が進歩するためには蓋しギセイ――つまり悔恨が必要」であり、「茲にキリスト受難の意義があるのではあるまいか」。つまりは「十字架に釘付けられたといふことが、キリスト教の最も力強く思はれる所以」であり、「衆生は、自分等の無智が過つて悪をなしたことに気付いた時にのみ、はじめて心を動かす」ものだとすれば、「(つまり詩人とは、衆生の代表たるべきで)」あるという。これに対し「仏教は理智的な宗教」であり、「実生活には仏教で十分かも知れぬが、芸術には、基督教がよいと思ふ」。「基督とは、結局正義の敗ボクであり」『基督は正義に敗れた。而も『十誡を』とは云はなかつた。茲に美の最高理想」があり、「美《ヴィナス》は冷たいもの故、それを動かすには、正義にしてなほ受難があつたといふ基督教にしてはじめて、ヴィナスに奉仕する芸術家の心はホドけるのだと思ふ」という。

これは中原が唯一、キリストにふれて力強く語った所であり、「正義にしてなほ受難」という所に、中原の心の傾きが見られよう。しかしこれは勿論、彼の〈信〉の何たるかを語るものではない。ここに重吉との決定的な違いがみえるが、しかしまた重吉の語る次の一篇などは、この中原の語る所と微妙につながるものがあろう。

〈しやかむにの／そのこころは／しづかなる／せかいならずや／きりすとの／そのこころは／かなしみ

のすだまなりや〉と重吉はいう。〈かなしみのすだま〉という所に、〈信〉をめぐる観念ならぬ肉感のすべては語られていよう。恐らくここから重吉が当代の最もすぐれた詩人として深く推服した、山村暮鳥の世界との距離も見えて来よう。

6

さて、ここからの暮鳥、さらには朔太郎と続く所は、やや簡略に語るほかはないが、その核心ともいうべき部分だけは拾いとってみたい。重吉を〈静〉の詩人とみれば、暮鳥はまさに〈動〉そのものの詩人といえよう。朔太郎をして「日本立体詩派の祖」と言わせた『聖三稜玻璃』（大4・12）の時代から、人道主義的な『風は草木にささやいた』（大7・11）の時代へ、そうして最後には『雲』（大14・1）にみる静寂枯淡な東洋的世界へという、あざやかな変貌には眼をみはるものがあるが、しかしその根底にあるものは何か。群馬県下の寒村に生まれ、貧苦のどん底をくぐり、やがて聖公会の下級伝道師となってからも、たえず教会、教権との葛藤に終始し、失職後は病苦のなかで童話の執筆など、ペン一本で家族を支える窮乏生活が続くが、最後は終焉の地茨城県磯浜の地に、その四十五年の生涯を閉じる。

暮鳥は『聖三稜玻璃』にふれて「これ小生の詩集にして小生のものならず、即ち人間生命の噴水である。その聖くして力強きをみよ」（小山茂市宛書簡、大4・9・15）などと昂言しているが、その多くは詩語のモザイクな試みに終り、彼独自の主体の擾乱は、むしろその拾遺詩篇の数々にこそ読みとることができよう。たとえば、その一斑を拾えば、次のような詩句がみられる。

〈霊性噴水／天《そら》さんらん／一念／瞳のしづく／交歓きはまり／かなしむ頭蓋《あたま》／秋の日走り／われの手を切る〉（「肉楽」）。あるいは、〈落葉さんらんたり…／その落葉を礼拝せよ〉〈いさり人のくさばな盗めば／

手ひかり〉〈えんぴつのやうに／指指をけづれ／ああ、わが霊性の噴水〉（「信楽」）など、すでに語る所は明らかであろう。〈肉楽〉と言おうと、〈信楽〉と言おうと、それが彼の昂言する〈霊性の噴水〉〈生命の噴水〉たることに変りはないが、しかし彼は一面、この時期を「自分はいつしか宗教的侏儒であり、中古の錬金士などのあやしい神秘に憑かれてゐた」とも、後に語っている。

こうしてこの時期を脱して、やがて『風は草木にささやいた』にみられる人道主義な、自然讃美の詩風へと展開し、そのきわまる所は、「自然に対するあまりにオプティミスティックな肯定」（那珂太郎）、さらには「露骨な生命讃美の日本主義」（山室静）とまで評されるに至るが、しかしここでも見るべきは、その底にひそむ、いまひとつの志向の流れであろう。たとえば、次のような詩篇はどうか。

〈なんとなくしきりに／ふかいところをあるいてゐる／かすかな蜀黍畑／瞳《め》のなかでもろこしの葉が揺れてゐる／そして風がひらひら光つてゐる／稜形玻璃のやうなわたしのあたまもけふばかりは／ほのかにたれて／みづからも静粛《しづか》さに酔つてゐる〉（「蜀黍畑にて」『黒鳥集』）。一読してわかるように、詩風においてはすでに後の『風は草木にささやいた』に通うものがあり、その平明な語りには、ある深い何かが感ぜられる。〈なんとなくしきりに／ふかいところをあるいてゐる〉という。彼はその〈稜形玻璃〉の世界から、どこへ踏み入ってゆこうとするのか。恐らくこれは、大正四年十一月、生後四日にして亡くなった長男への哀惜にもつながるものであろうが、しかし何よりも注目すべきは、これが『聖三稜玻璃』出版（大4・12）直後の作であるにもかかわらず、すでにその詩調、また詩想において『聖三稜玻璃』よりの脱皮の、ある深い予感を示していることであろう。

〈稜形玻璃のやうなわたしのあたまもけふばかりは〉という、その語る所はまた、次のような詩篇の数々の語る所と無縁ではあるまい。

〈わたしはひねもす／あみをなげる／あみはおともたてないで／しずかにおりる／めにみえないあみ／わたしはあみのなかにゐる／それをひきよせるので／どこかで／おほきなてがうごいてゐる〉（「網を投げる人」）。〈どこかで〉動く、その〈おほきなて〉とは何か。あるいはまた〈いまもなほ／麦の穂のなかに声がある／「あすのことなどおもふな」と／どこかに私の空がある／どこかにたましひの巣がある〉（「悲曲 其一」）という。その〈どこか〉。あるいはまた〈どこかに自分を／凝視《みつ》めてゐる目がある〉（「どこかに自分を――」）ともいう。

さらには〈どこかで呼んでゐるやうな細い幽かな声がした／障子をあけてみたら雪がふつてゐた／その雪の中にまつ黒な馬が一ぴき立つてゐた／自分は或る事をかんがへつづけてゐた／また呼ぶやうな声がした／障子をあけてみたらこんどは雪がやんでゐた／もう馬もゐなかつた／手を前額《ひたい》にあてると何処かで又も自分を呼ぶものがある〉（「黒い馬」）。

ここには、あの〈稜形玻璃〉の世界を、閉ざされた〈ものまにあ〉の世界を、ある一瞬の割れ目から凝視める、深い眼が感じられる。これらの詩篇、詩句は、いずれも暮鳥の詩風を代表するものではなく、多くは見過ごされがちだが、このキリスト教詩人の本髄を理解する上で、見逃しがたいものがあろう。これらの詩句に示された微妙な、しかし深く根源的な、その底流を見ずして、その各時期の声高な詩調にのみ彼を見ることは誤りであろう。そのはげしい詩風の屈折変転の語る所は何であろう。あの晩年の行きついた境地とみられる「雲」の世界にして、なおそれは安住の世界であったろうか。あの「雲」の閑寂、かるみの背後にもなお、〈どこかに私の空がある／どこかにたましひの巣がある〉という、あのかすかな声はひびいていたはずである。

八木重吉が聴きとったのもまた、このような暮鳥の世界ではなかったか。重吉の詩がさらに深まってゆくその時期は、まさに暮鳥の晩期「雲」の詩篇が書かれていた時でもあった。それは単に東洋的な閑寂境への回帰などといったものではあるまい。たとえば「風は草木にささやいた」から「雲」に至るまでの作中の一節も、その進行のままに拾いとってみればどうか。

〈おお大罪悪の幻影！／罪悪はうつくしい〉（「苦悩者」）。〈――いまこそ――わたしは神を信じる〉（「朝あけ」）。〈さあこれから世界のひとびとのために祈りをさゝげて／ながながと自分も瘦せほそつた骨を伸ばさう〉（「詩人・山村暮鳥氏」）。〈人間が悪魔なんだ／人間が神になるんだ／――自分のやうに人間はそれを造つた〉（「断章 6」）。〈ああ、自分は感謝する／この人間としてのくるしみによつて／このくるしみこそ／神の大きな愛だといまは知るから〉（「断章 23」）。〈だがいのるとすれば／なにに、だれに／自分にはもう／それをささげる神もないのだ〉（「麦畠にて」）。〈このうつくしい神の畑よ／そこにまかれた永遠の種子よ〉（「星天に讃す」）。〈そして妻は自分を愛して／自分は妻を愛してゐる／相愛してゐるのか／ふたりは野獣のやうに生きてゐるのだ〉（「日光の詩」）。〈自分はいましも神である〉（「雄渾なる山嶺」）。〈宗教などといふものは／もとよりないのだ／ひよろりと／天をさした一本の紫苑よ〉（「ある時」）。〈それにしても野菊よ／真実に生きようとすることは／かうも寂しいものだらう〉（「いつとしもなく」）。

この矛盾の纏綿をかるく解こうとしてはなるまい。神への否定も肯定も暮鳥自身のものであって、誰のものでもない。しかも詩人自身は〈どこかに自分を／凝視《みつ》めてゐる目がある〉と、〈どこかで呼んでゐるやうな細い幽かな声がした〉ことを、また〈どこかに私の空がある／どこかにたましひの巣がある〉という深い思いを感じつづけていたはずだ。あの遠い一瞬の割れ目からのよび声を、深い眼を、またその背後にある〈おほきなてがうごいてゐる〉ことを、意識し続けていたはずだ。

また暮鳥後期に、近代詩にも稀なるあの一二八一行にも及ぶ長編詩一篇が書かれたことも忘れてはなるまい。「大正九年八月一日詩『荘厳なる苦悩者の頌栄』書き上げる。この日もしばしば喀血す」とは年譜のしるす所である。彼自身の「ヨブ記」とも、あるいは『カラマゾフ』の「大審問官物語」ともよぶべき〈苦悩者の告白〉と神への糾問を唱いあげた、この長篇詩は次のような言葉で結ばれる。

〈あゝ神様／創世以来の神様／ふるい神様／幻滅の神様／嘘のやうな神様／人間はめざめました／あなたはもう消えてなくならなければなりません／けれど神様／真のあなたである神様／理想としての神様／それをわたしはわれわれ人間にみつけました／眼ざめた人間がそれです／あなたは咀はれた此の大地を／ともかくも楽園とした人間です／その人間です／おお新しい神様〉

「創世記」の楽園追放以来の数々の神の冷酷さを糾弾しつつ、このような言葉で結ばれた長詩を、評家は「異端」とよび、「キリスト者より詩人となつた彼の内面生活史」（山野辺スミ）ともよぶが、しかもこれを直ちに「キリスト者より詩人」への全き転向とよぶことはできまい。生涯キリスト教会（聖公会）の最下職にあり、その独自の文学的資質と性格の故にしばしば上級者と衝突し、正統的な教会秩序から逸脱しがちであった彼に、教団的リゴリズムに対する、つよい抵抗感のあったことは否めまい。「わしは法憲法規などといふものを制定《さだ》めはしない。」「教派、教理、一切の儀式、それと俺となんの関はりがあるのか」『みんなお前達人間のおろかしい譃語《たはごと》である。あそびである。迷妄である。俺の欲するところはただ愛だ、深い人間の愛だ。』「それが神道であらうと仏教であらうと、教理や儀式の奴隷ならざる宇宙生命の体得者であつてはじめて宗教は具現されるのだと思はれる。絶対なるものに種類や儀式はない。それらは時代とともに変遷するところの形骸である。」

これは小説『十字架』（大11・3）中の言葉だが、すでに透谷以来、このような教団、教会のリゴリズムや形式的頽廃への批判は、我々のしばしば目にする所だが、これをそのまま信仰そのものの廃棄と誤ってはなるまい。またこれを文学者の恣意的な論断とのみ斥けることもできまい。文学者と宗教とのかかわりにあって、この裡なる矛盾、葛藤は是非の論断を超えて錯綜し、その縺れを解くことは容易ではない。

教団という制度、組織のなかにあって、暮鳥はまさに身をもって、その矛盾を受けとめたはずであり、その故にこそ組織、制度としての〈宗教〉なるものに対する、彼の糾問のひびきもまた強い。しかし、くり返し言えばその批判は、〈信〉そのものの否定を意味するものではない。かつて自身を〈宗教の侏儒〉とよんだ彼はいま、〈私はあなたを体認します／此の体認がすなはち私の信仰です／此の信仰は懐疑的です……あなたに対する私の体認はむしろ反抗的です〉（「荘厳なる苦悩者の頌栄」）という。〈此の信仰は懐疑的です〉〈反抗的です〉という時、これは単なる信仰の否定ではあるまい。私の全存在、全感覚が、そう言わざるをえないという時、〈此の体認〉が〈私の信仰です〉という言葉は生きる。

ただこの詩篇がドストエフスキイの、あの「大審問官物語」に似て非なる点は、その神への、キリストへの熾しい糾問にもかかわらず、最後にこの自身への糾弾者、老いたる大審問官を抱きしめて、無言の接吻を与える囚人・キリストを、ドストエフスキイは見事に描いたが、暮鳥にそれはない。ドストエフスキイがこれを描いた時、場面は瞬時にして一転し、陰画《ネガ》はそのまま陽画《ポジ》となる。あの無言の接吻は、その論証に対する肯定でも、否定でもなく、その思想や弁証へのいかなる批判や裁きでもない。ただ一切の矛盾を含む〈存在〉そのものへの肯定であり、ゆるめであった。しかもまたそれは同時に、無限の深い問いでもあった。この肯定がそのまま否定であり、ゆるめが緊張であり、答えが問いであり、また同時にすべてが逆である。この思弁を絶した場所にキリストは佇つ。恐らくこのディアレクティックは、シベリア流刑以来のドストエフスキイの全作品を支えるものであった。

しかしいま、この「大審問官物語」にもまがう、近代詩上の稀なる作品が、その熾しい神への糾問にもかかわらず、ついにこれを包みつつ、また深く問い返す対者を描きえなかった所に、正に翻転しえざる負の相は、そのまま遺されてある。

大地の声を彼は聴く。〈俺はおまへの大きな母だ／おまへたちのながすなみだで／俺はいつも濡れてゐる／いつでもいい／かへつておいで／おまへは俺とともにあるので幸福なんだ／ああ生の悩みにつかれはてて／まるで枯木のやうに痩せさらばひたおまへに／此処にとこしへの休息がある〉（「大地の子」）。彼もまたあの〈自然〉への帰一の世界に還ってゆくのか。しかしそれは単なる汎神論的帰着といったものではあるまい。先にも挙げた、あの晩期の詩篇はどうか。

〈宗教などといふものは／もとよりないのだ／ひよろりと／天をさした一本の紫苑よ〉と唱い、〈それにしても野菊よ／真実に生きようとすることは／かうも寂しいものだらう〉という時、それは単なる〈自然〉への帰一ならぬ、この〈天をさした〉一本の紫苑、眼の前のこの一本の野菊のごとき被造の一微物としてあることの、これもまたひとつの深い〈体認〉ではなかったか。〈ふかいよるだ／出埃及記もやうやく終はつた〉（「詩人・山村暮鳥氏」）とは、これもまた晩期の詩篇の言葉だが、しかし彼自身の〈出埃及記〉は、その出自の故土への旅は、まだ終ってはいない。だとすれば、ここからそれを受けつぐごとくして出発したのが、八木重吉ではなかったか。

事実、暮鳥は晩期、それも亡くなる二ヶ月ばかり前の書簡のなかで、「どんなことがあつても、生きることだ。生きながらへることだ」と言い、「まるで洪水のやうに、詩想が溢れ」「おそろしいやうだ」「自分の詩生活に一転機がきたんだ」（斉藤千枝宛書簡、大12・10・7）と語っている。「雲」が彼の行きついた平明枯淡な東洋的心境などといったものでなかったことは、右の言葉ひとつをとってみても明らかであろう。「『雲』の詩こそは、現在の日本ではおしもおされぬ逸品」（門脇清）であるとは、重吉の教え子の証言として紹介されてもいるが、恐らく暮鳥の詩の行きついた新たな詩想、詩法の可能性を受けつぐようにして、重吉は歩きはじめる。同時にそれは簡浄、素朴ともみえる形のみを意味するものではあるまい。先にキリストにふれて語った〈かなしみのすだま〉ともいうべきものを、暮鳥の詩の、詩想の底に、自身のそれとかさねるようにして、ひそかに聴きとっていたのではなかったか。同時に「雲」の世界を世評とは逆に、そこに被造の一微物ともいうべき視覚の一点を読みとっていたのではなかったか。これは中原にもつながるものだが、このあたりの機微は、この一文の終末のあたりで、まとめてふれてみたい。

7

暮鳥、朔太郎についてては簡略にと言いつつ、暮鳥に関してはいささか長くなったが、これも彼の〈すだま〉の奔騰に引きよせられるものがあったのかも知れない。それはともかく朔太郎における〈宗教性〉といえば、まず挙げられるのは『月に吠える』（大6・2）前期の、いわゆる〈浄罪詩篇〉と名付けられた一群であろう。しかし詩人の根底にひそむ〈宗教性〉の何たるかについては、ここでもみるべきは重吉、暮鳥同様、拾遺詩篇のなかにこそ見るべきものがあり、私はそれを次の一篇にみたい。しかしまずその前に、彼のいう〈浄罪詩篇〉とは何か。

『月に吠える』冒頭に収められた「竹とその哀傷」の章十篇の作られた時期、大正三年秋から翌四年の春にかけて、〈浄罪詩篇〉とよばれるおよそ二十余篇の、一連の詩稿のあることは周知の通りであり、「竹とその哀傷」中、「卵」「笛」「天上縊死」「すえたる菊」「冬」「竹」（I）の詩篇は、いずれも雑誌発表時には〈浄罪詩篇〉と付記されているが、その付記の有無を問わず、この時期の詩篇のすべてが同じ発想、志向の下にしるされていることは疑いない。しかもこの時期はまた「『月に吠える』の本質が形成された時期」（那珂太郎）であり、同じ評家の言葉を借りれば、朔太郎こそは「おそらく日本ではじめて実存の深部をヴィジョン化した『魂の抒情詩』を書いた」詩人だという指摘もまた頷ける所であろう。しかし残念ながら、そこに〈宗教性〉への踏み込みはない。これはまた〈浄罪詩篇〉期を目して、「朔太郎の精神史の一過程」であり、彼は「絶対の信仰でなく」「〝浄罪〟を〝思考〟」し、「信仰を〝思考〟」したにすぎず、すべてはこの一個の「思想詩人」が形成されてゆくひとつの過程、モメント、要因の「内包」であったというに尽きるという評家（伊藤信吉）の指摘にもつながるものだが、果たしてこれはどうか。さらにはあえて〈浄罪〉という、その深く内包するものは、単に「〝浄罪〟の意識」よりも、人間性や神についての「思想の発芽」であるという時、そこにはかけがえのない、何ものかが切り捨てられてはいないか。

さらには〈浄罪詩篇〉を「宗教的ムウドを基調とする詩を集めたものと、単純に受取るのは早合点」であり、「そこにある多少の宗教は、むしろ表現の道具だての範囲に属するものと見るべきで」、「浄罪詩篇は、朔太郎のもっと血肉的に本質的なものが、そこに集約的に噴出した」ものであり、「この時期の特色は、宗教性をも含めた、広い意味の思想性にあるのではない。そういう言わば上層意識的なものではなく、彼のもっとも深層から、そのぎりぎりに近いところのものが表出された時期である」（竹越三男）という時、その〈宗教性〉とは単に表現上の「道具立て」であり、「上層意識的なもの」に過ぎぬということか。これら朔太郎詩の最もよき理解者ともみるべき評家の説く所が、すべて〈宗教性〉なるものに対する表層的な、浅い理解に終っていることにこそ問題とすべき所があろう。すべては詩人の語る所を真率に受けとめるほかはないが、「竹とその哀傷」中の一篇「冬」の語る所はどうか。〈つみとがのしるし天にあらはれ、／ふりつむ雪のうへにあらはれ、／木木の梢にかがやきいで、／まも冬をこえて光るがに、／おかせる罪のしるしよもに現はれぬ。／みよや眠れる、／くらき土壌にいきものは、／懺悔の家をぞ建てそめし。〉

「浄罪詩篇」の主想をなすものは、この〈つみとがのしるし天にあらはれ〉〈おかせる罪のしるしよもに現はれぬ〉の一句につきるものであり、さらにその明らけき地上の光の下に、うごめきつつ、懺悔の祈りを念ずる〈ひとや〉の〈罪びと〉の姿の表白にこそあると言ってよかろう。しかもその〈懺悔〉とは何か。注目すべきは「竹とその哀傷」中、「竹」（Ⅱ）の次に置かれ、ただひとつ無題の、しかも小活字でしるされた「みよすべての罪」の一篇であろう。

〈みよすべての罪はしるされたり、／されどすべては我にあらざりき、／まことにわれに現はれしは、／かげなき青き炎の幻影のみ、／雪の上に消えさる哀傷の幽霊のみ、／ああかかる日のせつなる懺悔をも何かせむ、／すべては青きほのほの幻影のみ。〉

これは「浄罪詩篇ノオト」中、「浄罪詩篇奥付」と付記された二篇中のひとつであり、その示す所は、あの〈つみとがのしるし天にあらわれ〉（「冬」）の詩句につながるものだが、しかも〈すべては我にあらず、〉〈かかる日のせつなる懺悔をも何かせむ〉という。この〈せつなる懺悔〉さえも虚しきものと嘆ぜしめる、その底にあるものは何か。これを解く鍵は、同様〈奥付〉と付記された「偉大なる懐疑」と題する、いまひとつの詩篇にあるのではないか。

〈主よ／あきらかに犯せるつみをば／あきらかに犯せるつみと知らしめ給へ／異教の偶像に供養せることをばあかしせん／みちならぬ姦淫のつみをばあかしせん／しかはあれども／我は主を信ず／我は主を

信ず／まことに主ひとりを信ず／かかる日の懺悔をさへ／われが疾患より出づるものとしあらば／すべて主のみこころにまかせ給ひてよ／しかはあれども／われは主を信ず／主よ／あきらかに犯せるつみをば／あきらかに犯せるつみと知らしめたまへ〉。

これは未発表の拾遺詩篇ながら、これほど真率に自身の罪を神に向かって表白した詩篇があろうか。ここにいう〈姦淫のつみ〉とは、いうまでもなく白秋宛の書簡中にいう、〈エレナ〉と呼ぶ人妻との関係であり、彼があえて白秋にのみ痛切な告白を続けていることは、彼の告白が白秋の〈ソフィー〉と呼んでいた人妻との事件と重ねられていることにも明らかであろう。彼はその苦悩を〈浄罪詩篇〉と銘うった詩篇に書き続け、果てはついに詩作が出来なくなる時期が一年あまり続くが、しかしその〈浄罪〉が、自身の「恐怖」「悪感」「痛み」に耐えつつ、「自虐的に神経の光をみつめ、果ては神経的・生理的幻覚の創造」をより根源的に深め、掘り起こしてゆく媒介ともなったとみる評家（河村政敏）の指摘は、詩的側面よりの鋭い指摘とはみえるが、むしろここで問われるべきは、逆にその「神経的、生理的幻覚の創造」の何たるかを問い、これを病者の歪みとして問い、自身告発せざるをえなかった所にこそ、詩人のいう〈浄罪〉の真義があったのではないか。

われは「疾患し」「疾患は依然たり」とは、書簡の随所にみる所であり、「疾患の苦痛から悲鳴をあげる」者もいるが、要は「その人の全存在本能が傾注された場合に」こそ、「概念者流」ならぬ「光ある芸術ができる」（大4・4・27）とは、彼の詩観の本題をなすものともみえる。事実、「私は健康を愛する／けれども疾患を愛する」「私が疾患スルトキ／スベテ見エザルモノガ見エ／タトへバ竹ノ根ニハムラガル見エザル毛ガ煙ノゴトク生エテ見エ………」などの言葉は、その「浄罪詩篇ノオト」の中にみえる言葉だが、しかしこれを詩人の方法につながるものとし、〈浄罪〉と〈疾患〉とを詩人をして自虐と原罪的思念へと深く投身せしめてゆく契機として、これを無媒介に融合せしめることは誤りであろう。

むしろ見るべきは、〈かかる日の懺悔をさへ、われが疾患より出づるものとしあらば、すべて主のみこころにまかせ給ひてよ〉という、詩人の表白であり、「すべて見えざるもの」をも見うる「〈見者〉たりと自負し、〈疾患〉を自らの「詩の方法」と化した詩人が、また同時にみずからの〈疾患〉を、その歪みと罪のゆえに、これを浄め、ただし給えと祈らざるをえぬ、この一個の砕かれた魂の真率なる告白のひびきであろう。私はこれを中原の、あの『山羊の歌』終末の「祈り」と題した一篇と共に、日本近代詩における最も真率にして深い宗教的、また告白的詩篇とみるわけだが、あえてこれを「浄罪詩篇奥付」としつつも、拾遺詩篇として収めたことの意味は何か。それが余りにもストレートな〈信〉の表白に終止したということか。ならば逆にこれをあえて〈祈り〉と題して『山羊の歌』終末の、かなめの一篇として収めた中原のありようはどうか。改めて中原の姿勢が注目される所だが、それはともかく、朔太郎のこれが、あえて〈奥付〉としるされた意味は大きい。

これはまた、「私はいまキリストを求めてゐる。それによつて私が救はれるか、救はれないか、問題はここにある。もし永久に私が信仰を発見しなかつたら、私は永久に『苦しき懺悔者』又は『素人詩人』として終るにちがひない」という、「創作ノート」中の言葉とも呼応するものがあり、文学と宗教、あるいは〈詩〉と〈信〉をめぐる根源的な問いを示すものでもあろう。しかし残念ながら、この朔太郎の突きつめた問いは、一年あまりの時間を経て、『月に吠える』後期の詩篇にみる、あのゆるやかな一種宿命論的な詠嘆調へと転換してゆく。そこにドストエフスキイとの出会いによる救い、〈愛〉の啓示によるゆるめがあったとみられるが、それは〈愛をもとめる心は、かなしい孤独の長い長いつかれの後にきたる、／それはなつかしい、おほきな海のやうな感情である〉(「青樹の梢をあふぎて」)、あるいは「さびしい人格」と題しては、〈さびしい人格が私の友を呼ぶ、／わが見知らぬ友よ、早くきたれ、／ここの古い椅子に腰かけて、二人でしづかに話してゐやう／なにも悲しむことなく、きみと私でしづかな幸福な日をくらさう、……〉といった詩調にもうかがえ、この『月に吠える』後期の詩境が、その「序」にもいう、「詩は神秘でも象徴でも鬼でもない。詩はただ、病める魂の所有者と孤独者との寂しいなぐさめである」という詩観につながるものであることは明らかであろう。この詩風の変化は、たとえば次のような詩篇の対比によって、さらに明らかに見えて来よう。

〈見よ、合掌せる懺悔者の背後には美麗なる極光がある〉（「極光」）

〈海豹のやうに、極光の見える氷の上で、ぼんやりと「自分を忘れて」坐つてゐたい。そこに時劫がすぎ去つて行く。昼夜のない極光地方の、いつも暮れ方のやうな光線が、鈍く悲しげに幽滅するところ。ああその遠い北極圏の氷の上で、ぼんやりと海豹のやうに坐つて居たい。永遠に、永遠に、自分を忘れて、思惟のほの暗い海に浮ぶ、一つの侘しい幻象を眺めて居たいのです〉（「極光地方から」、『新しき欲情』後に『宿命』所収）。

すでに、この二つの〈極光〉の語る所にすべては尽きよう。先に掲げた「極光」一篇は〈浄罪詩篇〉期の拾遺詩篇「懺悔者の姿」（大4・2）の一節を抽き出して、詩集『蝶を夢む』（大12・7）に「『月に吠える』前派」の作として収められたものだが、たとえばその一節、〈見よ、祈る、懺悔の姿。／むざんや口角より血をしたたらし、合掌し、瞑目し、むざんや天上に縊れたるものの、光る松が枝に霊魂はかけられ、霜夜の空に、凍れる、凍れる〉などの鮮烈な言葉は消しとられ、先の一行のみが掲げられる。すでに詩人のなかで何かが見事に断ちきられたかにみえるが、なお詩人の裡に残る何ものかは、断ち切りがたい残像として、ここに刻まれる。これに対して後者の語る所は、同じ〈極光〉を背景としつつ、

〈鈍く悲しげに幽滅する光〉を浴びつつ、〈永遠に、永遠に自分を忘れて〉〈坐つて居たい〉という、主体なき主体としての詩人の像を刻みつけて終る。

こうして、我々はここに『青猫』以後の作品をつらぬく、あの主調低音の響きを聴くこととなる。ならば、あの「浄罪詩篇」期の体験とは何であったかと問えば、たとえば三好達治は次のように言う。それは比較的短い時期の間に「別箇の思考や意匠の情趣の世界に溶け込み転化し」「生涯再びそれは如何なる形でも程度でもついに回帰を見なかつた」。それは「その発生の当初から一つの運動体であつて、その中心部は己れの位置を次第に空無にしつつ周囲に運動を捲き起していつた」が、やがてそれを脱することによつて詩人は、「祈禱と懺悔を忘れた思索者として彼自身を一層しつかりとり戻し」、よりのびやかに、自由に歩みはじめたのだと。これはまた多くの評家の見る所でもあるが、しかし、果たしてそれは生涯、「如何なる形でも程度でもつひに回帰を見なかつた」ものか。恐らくそうではあるまい。

8

朔太郎最晩期の一篇に、「虚無の歌」と題した散文詩がある。午後のビアホールでひとり時を過ごしつつ、自分が放浪の果てに、最後に求めていたものは、この〈一杯の冷たい麦酒と、雲を見てゐる自由の時間!〉ではなかったかと言い、〈ああ神よ! もう取返す術《すべ》もない。私は一切を失ひ尽した。けれどもただ、ああ何といふ楽しさだらう。私はそれを信じたいのだ。私が生き、そして「有る」ことを信じたいのだ。永久に一つの「無」が、自分に有ることを信じたいのだ。神よ! それを信ぜしめよ。私の空洞《うつろ》な最後の日に。/今や、かくして私は、過去に何物をも喪失せず、現に何物を失はなかつた〉と唱う。三好達治はこれにふれて、「『過去に何物をも喪失せず』――あの人は重い荷物を背負ひ切られた」。

その荷物とは「とりとめもない夢のやうな品質のもの」、つまりは「『無』といつていいしろものに外ならなかつた」。こうしてこの詩こそ、「先生の諸作中、最も精確に綴られ」（「仮幻」）たものだという。

またこれに較べれば『氷島』（昭9・6）などは「無理矢理な一種のつきつめ」であり、「あまりにしばしば諧和を欠いて」おり、そこには明らかに詩人の「内部の自壊作用」をさえ見るという。自分の『氷島』批判に対し、詩人は自分の「過去のいつさいの感傷癖」をいとい、「自己超剋の渾身の努力」を傾けたのが『氷島』一巻だというが、しかし「宗教でも詩でもその核心の生命は畢竟、感傷にすぎないと思ひます」という、詩人がかつて高橋元吉宛の書簡に語った言葉にこそ、いつわらぬ真情がみられるという。言う所は、詩人自身の言にもかかわらず、ついにそこに〈自己超剋〉の詩は達成を見ることはできず、その悶えも努力も所詮は、その生得の「感傷」性の裏返しにすぎぬという所にあろう。別の評者も『青猫』末期に達した宿命論的な詩人の「生認識が観念的に固定化するにつれ」、必然的にもたらされた抒情の停滞と創造力の涸渇を補うための「窮余の一策」としての「自己劇化」であり、「反語的ポオズ」による「『宿命』への自己反噬」（那珂太郎）の演技ではないかという。勿論これに対し、「涸渇ではなく、自己への覚醒」（寺田透）をこそ見るという反論もあるが、しかしあえて言えば、いずれも詩人の内実にふれえたものではあるまい。

「詩！」という時、「そこには情熱の渇《かわき》があり、遠く音楽のやうに聴こえてくる。ある倫理感への陶酔がある。然り、詩は人間性の命令者で、情欲の底に燃えてゐるヒューマニティだ。我々はそれを欲しても欲しないでも、意志によつて駆り立てられ、何かに突進せねばならなくなる。詩が導いて行くところに直行しよう」とは、『詩の原理』（昭33・12）末尾の言葉だが、ここにはまぎれもなく官能派、耽美派ならぬ一個の倫理的詩人の面貌があり、『月に吠える』『青猫』『氷島』、これらすべての作品をつらぬく、ある深い根源のひびきがある。〈詩〉、それは彼にとって、もはや単なる造型や表現を超えたなにものかを指す。詩人はこの不毛な風土のなかに渇けるものとして佇つ。しかもあらゆる観念と思惟は、みずからを刻むべき堅固な対極を見出しえずして浮遊する。ついに〈絶対者〉の観念を持ちえぬこの風土のなかで、すべての観念と思想は、それ自身常に絶対の相貌を帯びながら、次々に崩れ去り、消え去ってゆく。この不毛な荒地のなかに、彼はひとり乾いた砂を手にとるごとく詩語を握る。彼はそれをどこへ投げつけようとするのか。空に投げうつ礫に似て、それはさらに虚しい。『氷島』の詩語ひとつを取ってもそれは明らかであろう。

〈無限の寂寥を飛ばざるべし〉という。たしかに、詩人の飛翔を支えるどんな深いホリゾントを見出しうるか。また、〈いかなれば虚無の時空に／新しき弁証の非有を知らんや〉と唱う時、もはや彼はいかなる〈弁証〉の対極をも持ちえぬであろう。すべては影を失った〈虚体〉となる。いや〈詩〉自体が、それらすべてを包むことを強いられた〈虚体〉として、いま詩人の前に在る。〈詩〉を圧殺しようとする自然主義的文学観、その当面の敵への怒りを軸として、その詩論、特にそのかなめともして『詩の原理』は書かれたが、しかし彼の語りえたものは、三好達治の言葉を借りれば「『詩の原理』の原理」にすぎない。それはプロテストであり啓蒙である以前に、もっと深い、根源的な渇きであったというほかはあるまい。

「我々はだれも、今日の詩が芸術としての完成さで和歌俳句に及ばないことを知り切つてゐる。しかし我々の求めるものは、美の完成でなく創造であり、そして実に『芸術』よりも『詩』なのである」とは、『詩の原理』末尾の言葉だが、その彼にして「日本の和歌や俳句を近代詩のイデアする未来的形態だと考へて居る」という「『氷島』序」の言葉へと屈折してゆく。これはさらに二年ばかり後に書かれた『郷愁の詩人与謝蕪村』（昭11・3）中の、たとえば「日本にはかつて決してボードレエルの如き真の絶望的詩人は生まれなかつたし、今後の近い未来にもまた、容易に生まれさうに思はれない」という言葉をかさねてみれば、これらを評して伝統への回帰とか、復古的な時代思潮への同調とかいう、それら一切の時務の論とはおよそ無縁な、もっと痛切な、ある深く言いがたい渇きが、彼の生涯をつらぬくものであったことがうかがわれよう。それはまさしく「形而上的飢渇感」（那珂太郎）とも言えるが、しかし単に形而上的という以上に、より深く倫理的な何ものかであったとみるべきであろう。

朔太郎が生涯の最後の詩集として編んだ『宿命』（昭14・9）は、先行のアフォリズム集『新しき欲情』（大11・4）、『虚妄の正義』（昭4・10）、『絶望の逃走』（昭10・10）などから二十四篇ばかりのものが散文詩篇として取り入れられているが、そこに一貫するものは題名通り宿命論の情緒的、あるいは抒情的展開といったものである。「私の思想は、丁度円球の中心から放射するあの張のある遠心力のやうなものだ」というごとく、そこにはしばしば宗教が語られ、キリスト教が論じられるが、もはやかつての「浄罪詩篇」期の示す求心的志向はなく、宗教の功罪か、あるいは宗教と時代との異和感ともいったものが、極めて常套的に語られているにすぎない。「宗教の病的妄想」への嫌悪を語り、その功利性を衝き、現代における宗教の空洞化を指摘し、キリスト教にふれてはその民族的異和感が語られる。その最後のアフォリズム集『港にて』（昭15・7）においては、「我等の東洋人にとつて、基督教は永久に理解できないところの、不思議な恐怖と神秘に充ちた宗教である」と断じ、「神は人間に対して、休息すらも与へてくれない」という。

彼の『青猫』以後の抒情詩やこれらのアフォリズムをつらぬくものが「（小乗仏教的）宿命観」とも呼ばれるものであり、〈詩〉とは「涅槃への思慕を歌ふ郷愁である」という時、もはやかつての「罪の観念は宿命観に、倫理は生理にすりかへられ」（藤原定）てゆくかにみえる。しかし彼の繰り返してやまぬその宿命への「自己反噬」の背後に、あの「浄罪詩篇」期の残響は聴きうべくもなかったのか。もはや「それは如何なる形でも程度でもつひに回帰を見なかつた」と、果たして言いうるであろうか。ここに私の呈したい、最後の反問がある。

あの散文詩「虚無の歌」一篇にふれて三好達治は、ここに朔太郎内面のすべては最も「精確に」語られていると述べているが、つまりは、もはや何の無法な押しつめも圧搾も歪曲もなく、極めてナイーブにということであろう。しかし彼が生涯担いきろうとした何物か、その内奥の機微をさらに「精確に」ということになれば、同じく『宿命』に収められた、次の散文詩二篇に見るべきものがあろう。そのひとつ「父と子供」は題名通り、父と子の対話よりなり、父は人生をつらぬく宿命的な〈過失〉について語るが、その最後は次のような詩句をもって閉じられる。

〈「歯が痛い。痛いよう！」／私が夢から目醒めた時に、側《そば》の小さなベッドの中で、子供がうつつのやうに泣き続けて居た。／「歯が痛い。痛いよう！　痛いよう！　罪人《つみびと》と人に呼ばれ、十字架にかかり給へる、救ひ主イエス・キリスト……歯が痛い。痛いよう！」〉

この最後の子供の叫びは、何を語っているのか。この詩の後に付された自注には次のようにしるされている。「父と子供、詩集『氷島』の中に歌った私の数々の抒情詩は、『見よ、人生は過失なり』といふ詩語に尽きる。此処にはそれを散文で書いた。――主はその一人児を愛するほどに、罪びと我れをも救ひ給へ！」。

みずからの悔恨を、この不幸な子供への哀惜にかさねて語りつつ、不意に詩語は転調して、子供の痛々しい叫びをつたえる。かつての自身の、あの若き日の苦痛こそは、この理不尽な痛みにも似たものではなかったのか。しかもこの苦痛の背後に、あのキリストの痛みと愛が、苦難の十字架のイメージがかさねあわされる。

この「父と子供」末尾の転調と、さらに自注末尾の転調とはかさなり、自注に即していえば、『氷島』一巻にきわまる悔恨のその背後に、「浄罪詩篇」期以来の、あの痛覚が深くひびいていたことは見逃しえまい。これはさらに、次の「臥床の中で」と題した一篇にもつながる。これは「虚無の歌」とほぼ同時期のもので、内容的にも両者はまさに同床、同根の作ともいえよう。朝の寝ざめの、ものうい倦怠感が語られ、しかもその無為を断ちえぬ自身の卑劣さが痛罵される。

〈汝は何事をも為し得ないのだ。そしてただ、汝の信じ得ない神の恩寵が、すべての人間と平等である如く、汝にもその普遍的な最後の恩寵——永遠の忘却——を、いつか与へ給ふ日を、待つて居るのだ。否々。汝はそれをさへも恐れ戦のき、葦のやうに震へてゐるのだ。ああ汝、毛虫にも似たる卑劣漢。——〉

しかし、ここでも詩句は転調し、次のように続く。〈だがしかし、その時朝の侘しい光が、私の臥床の中にさし込み、やさしい揺籠のやうにゆすつてくれた。古い聖書の忘れた言葉が、私の心の片隅で、静かに侘しい日陰をつくり、夢の記憶のやうに浮んで来た。／神はその一人子を愛するほどに、汝等をも愛し給ふ。／朝が来た。雀等は窓に鳴いてる。起きよ。起きよ。起きてまた昨日の如く、汝の今日の生活をせよ。——〉

ここに引かれた聖書の一句は、先の「父と子供」自注の一句につながり、両者ともに「それ神はその独子《ひとりご》を賜ふほどに世を愛し給へり」（ヨハネ福音書三・一六）という一句の変奏であることに我々は気づく。いずれもみずからの悔恨への、その宿命観への、叙情と詠嘆の閉じられた円環を、不意に打ちくだくその転調の一瞬に、言わば夢想の〈臥床〉から生活への、詩から現実への、その移調の一瞬に、聖書の一句が登場していることの意味は深い。これをどう見るか。結論が出るわけもないが、しかし近代詩の底を深く流れる、この〈宗教性〉の刻印を、やはり我々は見逃してはなるまい。それがあるが故に詩人の語る宿命観も東洋的諦観とみえる所も、それのみで終ってはいない。ここでも問うことは、問われることだという逆理ははたらく。

9

さて、ここまで重吉、暮鳥、朔太郎と、それぞれの詩人の歩みを何ほどか辿ってみたわけだが、これを改めて結論づける何ものもない。ただささらに、より深く辿りつづけ、問いつづけてゆくほかはあるまい。ただここに掲げた二人の詩人との対比を通して、中原という詩人の何が見えて来るか。私は『山羊の歌』から『在りし日の歌』への道筋を、〈往相〉から〈還相〉へと言ってみたが、詩人における還相とは何か。私はそのあかしを『在りし日の歌』末尾に、「蛙声」一篇が置かれた所に、見届けてみたい。

天は地を蓋《おお》ひ、
そして、地には偶々《たまたま》池がある。
その池で今夜一と夜さ蛙は鳴く……
――あれは、何を鳴いているのであらう？

その声は、空より来り、

空へと去るのであらう？
天は地を蓋《おほ》ひ、
そして蛙声は水面に走る。

よし此の地方《くに》が湿潤に過ぎるとしても、
疲れたる我等が心のためには、
柱は猶、余りに乾いたものと感《おも》はれ、

頭は重く、肩は凝るのだ。
さて、それなのに夜が来れば蛙は鳴き、
その声は水面に走つて暗雲に迫る。

この「蛙声」には、これに先行するものとして拾遺詩篇四篇があり、いずれも昭和八年、三月から五月頃までのものと見られているが、その推移には注目すべきものがある。まずはじめの「蛙声」では、〈月の中にまで、／しみこめとばかり廃墟礼讃の唱歌のやうに〉鳴き続ける蛙の声が唱われ、次の「（蛙等は月を見ない）」では、蛙等は月を見ず、月は彼等を知らぬ、その両者のはざまに孤絶して立ちつくす詩人の姿が唱われ、続く「（蛙等が、どんなに鳴かうと）」では、〈蛙等が、どんなに鳴かうと／月が、どんなに空の游泳術に秀でてゐようと〉、〈僕は立つてゐる、何時までも立つてゐる。／そして自分にも、何時かは仕事が、／甲斐のある仕事があるだらうといふやうな気持がしてゐる〉という。こうして最後の「Qu'est-ce que c'est?」では、〈蛙が鳴くことも、／月が空を泳ぐことも、／僕がかうして何時までも立つてゐることも〉、すべては偶然とでもいうほかはない在りようで、〈なに、平和にはやつてゐるが、／蛙の声を聞く時は、／何かを僕はおもひ出す。何か、何かを、／おもひだす。∥Qu'est-ce que c'est?〉という所で終っている。題名通り、〈それは何か?〉と問い返す所に、詩人としての〈生の原理〉を問い続ける、その姿勢は明らかであろう。同時に、見逃せないのは「〈蛙声は月を見ない〉」の中で消しとられた、次のような部分があることである。

〈僕はどちらかといふと蛙であるか／どちらかといへば月であるか／僕は沼辺に夜露に濡れた足をして立ち、夜露に濡れた足をして沼辺りに立つて、／月を見、森を見、あやめもわかぬ沼をにらみ、沼をにらんだ僕こそ狂人。〉という。自分が蛙の側か、月の側かと問い、沼をにらんで立つ自分こそ〈狂人〉と呼ぶ。さらには自分の下駄にふまれた、〈下駄の下なる石ころたちよ〉とくり返しいう。

　すでに詩人の語る所は明らかだが、これら先行詩篇をふまえて、最後の「蛙声」の語る所は何か。もはや自身が〈蛙〉の側か、〈月〉の側かという問いはない。いや詩人自身の語る求心的な問いもない。唱われるのは〈我〉ではなく、〈我等〉である。この〈地方《くに》〉とは日本か、関東か。あるいはその両者を意味するかとも考えられるが、やはり『関東地方』の意か」と、新全集の解題では説明されている。しかし問題は〈地方〉に〈くに〉とルビの付されている所にあろう。ついにこの〈くに〉は、この〈時代〉は、普遍の価値観や理念を持たぬ、一地方に終るのか。恐らくそのような意味も寓されているのではないか。こう見れば〈天は地を蓋ひ〉とくり返し唱う、この圧迫感、閉塞感とは何かが問われ、その声はただひたすらに〈水面を走〉り、〈水面に走つて暗雲に迫る〉という、時代の危機感も伝わって来よう。それは「崩壊して行く共同体の喩」（吉田凞生）を示し、さらに言えば、当時の「蘆溝橋前夜の日本の雰囲気を感じ」（大岡昇平）させるという指摘もまた、頷ける所であろう。

加えて同日、亡児文也を悼む「初夏の夜に」の一篇も草されていることを見れば、この時期の詩人の向かう眼の何たるかは、さらに見えて来よう。

〈死んだ子供等は、彼の世の磧《かわら》から、此の世の僕等を看守《みまも》ってるんだ〉〈死児等は茫然、佇み僕等を見てるが、何にも咎めはしない。／罪のない奴等が、咎めもせぬから、こっちは尚更、辛いこつた〉それにしても奴等の中には〈十歳もゐれば、三歳もゐる〉ことを思えば、〈十歳の奴等より、たしかに可哀想だ……〉という。これを同じ追悼の想いを込めて書かれた詩篇「こぞの雪今いづこ」と較べれば、どうか。

〈みまかりし、吾子《あこ》はもけだし、今頃は／何をか求め、歩《あり》くらん？……／薄曇りせる、磧《かわら》をか？／何をも求めず、歌うたひ／たゞひとりして、歩《あり》くらん〉と唱いはじめ、〈何をも求めず、生きし故、／何をも求めず、暮らすらん。／何さへ求めず、歌うたひ、／さびしとさへも、云ひ出でず、／たゞひとりして、歩《あり》くらん。〉と、亡き児の無垢なる姿を想い続ける詩人の心情は、〈吾子はも何を、なせるらん〉と問い、〈げに命とや、何事ぞ？／なにせよ何も分らねば、／分りたいとは、思ふなり。〉という、亡児とかさねた自身の心情を吐露する所で終っている。これに対し〈――オヤ、蛙が鳴いてる、またもう夏か……〉という、かるい詩句で頭尾をくくった「初夏の夜に」の、殆ど即物的と言っていい簡明な語り口は何か。

あの「夏の夜の博覧会はかなしからずや」が書かれた同日、「冬の長門峡」が書かれていることがここで想起される。あの亡児の面影を語る痛切な詩篇の、その余韻を吸い込むごとく書かれた「冬の長門峡」を思う時、「蛙声」の語る所は何か。亡児への想いを語るその前後に「蛙声」一篇は書かれるが、そこにどのような主情の展開もない。あの〈蛙〉か、〈月〉かという問いもない。しかも詩型はソネットの形式で、勁く構築されている。あの「朝の歌」を中原自身、詩人としての出発はここだと語っているが、あの五七調の文語定型律に収めた、抒情の展開もここには見られない。『在りし日の歌』あとがきに「さらば東京！　おゝわが青春」とあるが、第二詩集のはじめの題名「こぞの雪」が、亡き児文也に捧げる意味をあらわしていたとすれば、このあとがきの言葉は、「同様に中原自身の青春への訣別宣言で終わる」ものだという、新全集解題の指摘も頷ける所であろう。

しかしまた、先にもふれた「こぞの雪」と同じモチーフを唱った、詩篇「初夏の夜に」と同時に「蛙声」が書かれ、しかもこれが巻末に棹尾の注目すべき詩篇として置かれた意味は大きい。あえて言えば、それは詩人としての自身の「青春への訣別」であると同時に、未来に向かう新たな詩人の眼を予感させるものがありはしないか。重吉、暮鳥、朔太郎の詩集の転変も辿ってきた所で、中原の歩みをみれば、いまそれを仔細に挙げる余裕はないが、それが往相的、ゾルレンならぬ、還相的、ザインへの眼を深めていっていることは、はっきりと見えて来よう。「蛙声」一篇の巻末に置かれた意味もまた、そこにある。あえて言えば詩人における〈宗教性〉とは、ザインとしての日常性、現実性の底にこそ、より新たな可能性を生み出してゆくものではないか。哲学とは究極、〈宗教〉に行きつくものだとは西田幾多郎のいう所であったが、詩もまた中原のいうごとく自身の魂に深く沈潜して、そこから唱いはじめるものだという時、その求心性はまたその究極の行きついた所から反転して、この日常的現実に還って来る時、はじめてその真の根源性を摑みうるものではないのか。〈有限の中の無限は／最も有限なそれ〉という、あの詩人の断言は、そこから繰り返し反転しつつ、問い続けねばならぬという認識を、また詩人の宿命を語るものであり、「蛙声」はまさしく、そのふしめの一篇として我々の前に置かれている。我々はここからまた改めて中原という、この稀有なる詩人の存在の意味を問い続けてみねばなるまい。

中原中也という場所——あるいはその宗教性をめぐって

1

「中原中也論ノートを書いている。中原を讃めようとして、実は次第に中原を苛めかけている。すると不思議に生々として来るのは妙」（昭21・10・3、傍点筆者以下同）という。あるいはまた「『中原中也の故郷』に取り掛る。冒頭の書きにくさ。信仰告白であるため——中原をみないで、自分を見ること」（昭22・4・1）という。大岡昇平の『疎開日記』の言葉だが、同じ日記に「九—十二日。中原家。僕の中原に関する考えは変った。河上に『思ひ出』撤回を申し出る」（昭22・1・17）ともある。

彼が中原家で見たものは何か。昭和二十二年一月、大岡昇平は中原家を訪れる。ここから生まれたのが「中原中也伝——揺籃」だが、その題名通り詩人における〈揺籃〉の何たるかを語って出色であり、ちなみに中原を論じたもののなかでも会心のものでしょうと、いつか尋ねたことがあるが、即座に肯定する答えが返って来た。恐らく中原を語って、これほどその初心の緊迫を伝えるものはあるまい。「最後に私が彼に反いたのは、彼が私に自分と同じように不幸になれと命じたから」だ。いま「彼の死後十年たった今日、私に彼の不幸の詳細を知りたいという願いを起させ」「こうして本州の西の涯まで駆るものが何」か私は知らない。しかし「四十をすぎて、自分を知らないことがあまり気にかからなくなった」。「前線で死に直面しながら、私は絶えず呟いた。『未だ生を知らず。いずくんぞ死を知らんや』」。こうして「戦場をくぐり抜けて来られたとすれば、どうして現在平穏な市民生活をそれでやって行けないことがあろう。あとはすべて思想の贅沢である」。

こう述べたあとで彼は呟く、「中原の不幸は果して人間という存在の根本的条件に根拠を持っているか」。「人間は誰でも中原のように不幸にならなければならないものであるか」。恐らく答えは否だとすれば、「彼の不幸な詩が、今日これほど人々の共感を喚び醒すのは何故」か。この生の未知なることは問わぬ。すでに戦場をくぐったものに、この「平穏な」日常は何ものでもないと言いつつ、しかも中原の生の孕む根源性、その表現の普遍は何かと問う。この大岡昇平の眼が戦場体験をくぐって逆流しつつ、なお生の根源ともいうべきものに立ち向かっていることは明らかだが、そこに見る〈詩人の像〉とは何か。

一枚の写真がある。「十年振りで見る中原の顔は、かつて棺の前で私を打ったと同じくらい強く私を打った。私の彼に対する考えは変った」。「生涯を自分自身であるという一事に賭けてしまった人の姿がここにある」。「いかにも不幸な人であったが、この不幸は他の同情を拒んでいる」。〈あゝ、おまへはなにをして来たのだと……〉、「私はかつて中原が故郷の風から聞いたのと同じ声をこの写真から聞くように思った」という。戦場をくぐり抜けて来たものにとって、この戦後の生活とは何ものでもない。すべては「思想の贅沢」だと言い切る。「平穏な市民生活」への帰還者に向かって、〈詩人〉は問いかける。〈おまへはなにをして来たのだ〉と、おまえの生のアイデンティティとは何であったのかと。

この時、〈詩人〉は自身を問い直す真の対者となって向きなおって来る。「僕の中原に対する考えは変った」とは、彼自身のなかで何かが決定的に変ったということだ。恐らくここから大岡昇平における真の戦後は始まる。やがて発表される『俘虜記』連作や『野火』も、さらには『レイテ戦記』を経て後の『幼年』『少年』の自伝の試みも、すべてはこの初発の問いから、自問から始まる。〈おまへはなにをして来たのだ〉という、一種切迫した問いは随所に影を落とすが、たとえばその戦場体験をめぐって、〈なんぢ何を眺めんとて野に出でし、風にそよぐ葦なるか〉という、連作『俘虜記』の一篇「タクロバンの雨」冒頭に掲げられたエピグラフの語る所もまた、例外ではあるまい。

この作品のかなめは、先の短篇「捉まるまで」（初題「俘虜記」）で描いた若い米兵を射たなかったことの顚末にふれて、この場面ではあえてしるさなかったが、そこに「神の摂理」が働いたのではないか。自分は「神の声」を聞いたのではないかと問い、しかしそれが〈少年時の神〉の再現であったとしても、そこにひそむ〈自己愛の神学〉を許すことが出来ず、これを排したという。しかもこれを「無稽の観念」としながらも「一瞬の真実」としては否定出来ず、あえて『歎異抄』の一句――〈わがこころのよくてころさぬにあらず〉をもってエピグラフとしたという。しかもその問う所は突き詰めれば、敵はあの若い兵士ではなく、「この時私に向かって来たのは敵ではなかった。敵はほかにいる」という究極の認識に至る。

この後者の認識が後の『レイテ戦記』につながるとすれば、レイテの苛酷な戦闘を描き、その最大の激戦ともいうべきリモン峠の戦いにふれ、彼ら「第一師団の歩兵」は敵ならぬ、「日本の歴史自身と戦っていたのである」という一句にきわまるとみてよかろう。同時に前者の問題は中原につながる。しかしその前に、あの「タクロバンの雨」冒頭のエピグラフに還らねばなるまい。作者はこの一句を『マタイ伝』とのみ簡単に註しているが、これは『マタイ伝』十一章七節以下の語る所であり、イエスは群衆に向かって問う。〈なんぢら何を眺めんとて野に出でし、風にそよぐ葦なるか〉、あるいは〈柔かき衣を著たる人〉、即ち富めるものか。いや、そのいずれでもあるまい。「さらば何のために出でし、預言者を見んとてか。然り」と言い、みるべきはいずれの預言者よりもまさる大いなるもの、バプテスマのヨハネであり、彼の出現以来「天国は烈しく攻めらる、烈しく攻むる者は、これを奪ふ」という。この切迫したイエスの言葉は、当然ながら引用者の胸にひびかぬはずはあるまい。

最初、初出ではこのエピグラフはルカ伝第七章と注されていたが、後マタイ伝と改められた。聖書の語る所はともに同じだが、〈天国は烈しく攻めらる〉云々はルカにはない。恐らく改変のきっかけはこのあたりにあるとみてよかろう。また群衆に向かって〈なんぢら〉という所は、いずれも〈なんぢ〉として引かれている。〈なんぢら何を眺めんとて野にいでし〉というイエスの問いは、いま〈なんぢら〉ならぬ〈なんぢ〉として、彼自身に問いかけるものとなる。おまえは何を見んとしてこの南方の戦野に引き出されて来たのか。おまえはそこで何を体験し、何を掴んだのか。それはおまえにとって決定的な何であったのか。自問の声は、彼自身生涯これほど「瞑想的であったことはない」というレイテの俘虜病院の閑暇にあって、くり返し問われていたはずである。

この自問の声の集約として聖書の一句を引いた時、あの中原の問いもまたひびいていたはずである。〈おまへはなにをして来たのだ〉とはまた、おまえは何をしようとしているのかという問いとなる。〈烈しく攻むる者は、これを奪ふ〉とは、先のエピグラフに続く言葉であった。「生涯を自分自身であるという一事に賭けてしまった人の姿がここに」あり、その姿が私を打った。私の彼に対する考えは変ったという。中原を語ることはすでに自身を、自身の覚悟を語ることであり、中原ならぬ自分自身が変らねばならぬという覚悟の宣言でもあった。これは「信仰告白」であり、「中原をみないで、自分を見ること」とはまた、この謂にほかなるまい。こうして〈中原中也という場所〉は、この作家が生涯語り続けねばやまぬ場所として、彼のなかに生き続けることとなる。すでに中原を問うことが自身を問うことであれば、中原における〈神〉の存在を、その宗教性を問う彼の糺問の激しさはまた、自身を問うそれにほかなるまい。

2

「信仰を口にするのが愧ぢられるこの世紀に中原は真向から神を信じ、詩を信じ、生命を信じ、一元的な実在の喜びを信じ、すべてさういふものの一元を信じてゐた」（阿部六郎「中原中也のこと」）という言葉通り、中原は繰り返し〈神〉について語ってやまなかった。「神様があるとは神様があるといふことだ」、「誰がなんと云つても、美しい心にとつて神は在る！」、「僕は底の底まで落ちて、神を摑むのです」、「芸術とは、神の模倣である！」という。またその最初期の評論にも「私は全ての有機体の上に、無数に溢れる無機的現象を見る。それは私に、如何しても神を信ぜしめなくては置かない所以のものである」と言い、「詩人は神を感覚の範囲に於て歌ふ術を得るのだ」（「地上組織」大14・10）ともいう。これらの発言に対して、中原は「芸術とは自然の模倣ではない。神の模倣である！」と言い、「底の底まで落ちて、神を摑むのです」というが、「神を模倣するとは、明らかに冒瀆」であり、「そのようにして摑まれた神は、決して人間を救いはしない」（『朝の歌』）と大岡はいう。さらには「やがて『羊の歌』のあたりで完成する告白体の自由詩は、かういふ神に替つて歌ふといふ傲慢から生れたと思はれる」（同）ともいう。

また「宇宙の機構悉皆了知」などという傲慢な詩人が、「世の中にどうにもならぬことがあるのを知つたのは、（長谷川）泰子を通じて」であり、「この時救済者として現はれるのは神の観念である」（同）ともいう。これらの言及を含めて中原の〈神〉は、あの戦場にあらわれた自身の〈保護者としての神〉の観念とあいまって批判の対象となる。これらは大岡氏自身の自己糺問にもつながるのではないかと対談中問えば、その通りだ、「自分がキリスト教を捨てた」ことが、「自分のなかでよく割り切れていない」「だから中原に対しても問い詰める形になるわけ」だという（対談「中原中也の宗教性」『中原中也の詩の世界』所収）。

しかしその中原の宗教性に対する批判、認識も、やがて微妙な変化を見せはじめる。『朝の歌』に続く『在りし日の歌』（昭41・1）にあってはその熾しい問いは消え、逆に中原の初期詩篇「朝の歌」や詩集『山羊の歌』後半期のもの、さらには晩期「冬の長門峡」前後など、その詩作の昂まりと宗教的昂揚との連動ともいうべき状況への熱い関心がみられる。しかしその結語は、あの〈中原中也論序説〉ともいうべき「揺籃」にいう「中原の不幸」は人間存在の「根本的条件に根拠を持っているか」。「人間は誰でも中原のように不幸にならなければならないものであるか」という問いに結着をつけるためのものだったのが、「またまた未完になってしまった」と言い、「私が中原中也を完全に理解した時は、こんどは人生と私自身の方が不可解になるのではないか、という疑いが生まれる」という一節をもって閉じられる。こうして中原における、いや大岡昇平自身における〈信〉と〈認識〉をめぐる課題は未了に終ったというほかはないが、問いは未了のままにまた、さらなる問いを促がすものとなる。やがて三年ばかり後に「中原中也 Ｉ」（昭44・4）が書かれることになるが、今まで「とにかく死ぬまで神に憧れていた」中原の作品を「その志から見ようとするのが」自分の立場であったが、今新たに発見したのは中原におけるダダイズムの再評価ということだ。ダダこそは彼の思考が「最も自由に働く」ところであり、「彼の生の基本的な認識形態」ではなかったかという。

ダダこそが中原における「生の基本的な認識形態」とはそこに説明は加えられていないが、注目すべき課題であろう。つまり、中原におけるダダを技法ならぬ認識の問題としてみればどうか。中原が遺したダダの習作や未刊詩篇をみれば詩篇ならぬ、その思考、発想の原質ともいうべきものが散乱するが、たとえばそのひとつに〈有限の中の無限は／最も有限なそれ〉と言い、〈集積よりも流動が／魂は集積ではありません〉（「(過程に興味が存するばかりです)」）という。〈風が立ち、浪が騒ぎ、／無限のまへに腕を振る。〉とは、「盲目の秋」の周知の一句で作中繰り返されるが、しかしその〈無限〉への渇望も、〈有限〉のなかにあっては〈最も有限なそれ〉に過ぎぬという。しかしまた〈流動〉こそが〈魂〉の、生の本質ならば、〈無限〉と〈有限〉の反復、回帰は永劫に繰り返されてゆくばかりである。こうして詩人の眼は意識ならぬ、無意識の、詩人の言葉でいえば〈認識以前〉〈名辞以前〉の、〈現識〉ともいうべき世界に向けられてゆくが、その〈認識以前〉の詩とは何か。これもダダの初期未刊詩篇のひとつだが、彼はこう唱う。

〈認識以前に書かれた詩――／沙漠のたゞ中で／私は土人に訊《たず》ねました／「クリストの降誕した前日までに／カラカネの／歌を歌つて旅人が／何人こゝを通りましたか」／土人は何にも答へないで／遠い沙丘の上の／足跡をみてゐました／／泣くも笑ふも／此の時ぞ／此の時ぞ／泣くも笑ふも〉（「古代土器の印象」）。ダダ的志向はことの根源、詩的生成の始源の場に直通してゆこうとするが、一瞬の沈黙を置いて、不意に詩句は〈泣くも笑ふも〉と道化ぶりに転調してゆく。これを道化ぶりの技法とみることはたやすいが、むしろ技法ならぬ認識そのものであり、中原における〈生の基本的な認識形態〉とは、このことにほかなるまい。

晩期の一篇「春日狂想」にみる最終連――〈ではみなさん、／喜び過ぎず悲しみ過ぎず、／テムポ正しく、握手をしませう。〃つまり、我等に欠けてるものは、／実直なんぞと、心得まして。〃ハイ、ではみなさん、ハイ、御一緒に――／テムポ正しく、握手をしませう。〉――この終末の一連の語る所もまた例外ではあるまい。これを詩人の迎えた人生への和解か、あるいは断念か、評者の見る所は様々だが、しかしここにあの〈泣くも笑ふも此の時ぞ〉という初期詩篇の一句が置かれたとしても不思議ではあるまい。尤も、「想ふことを想ふことは出来ないが想つたので出来た皺に就いては想ふことが出来る。／私は詩《うた》はこの皺に因るものと思つてゐる」（「小詩論――小林秀雄に」）という中原にあって、たしかにこの晩期詩篇にその皺の影は深いが、最初期の認識はその生を貫通して変らぬ所であったといえよう。

さて再び問えば、中原におけるダダとは、道化とは何か。「Etude Dadaistique」という傍題を付した「道化の臨終」という詩がある。道化のくどきを綿々と語った上で、〈希《ねが》はくは　お道化《どけ》お道化て、／ながらへし　小者にはあれ、／冥福の　多かれかしと、／神にはも　祈らせ給へ。〉と結ぶ。これが昭和九年六月二日の制作日付にもかかわらず、死のふた月ばかり前の昭和十二年八月（「日本歌人」九月号）に発表されていることに注目し、「冬の長門峡」や、『在りし日の歌』の終末を飾る「蛙声」などよりも後に発表されていることは重大だと大岡昇平はいう。このことの意味は深い。『山羊の歌』がその志を唱うことにおいて、言わばザインならぬゾルレンの、〈無限〉への渇望をつよく唱ったものだとすれば、続く『在りし日の歌』にあってはゾルレンならぬ、ザインの影が深い。「蛙声」という、この時代と風土を生きる疲労の何たるかを唱う詩篇をもってこれは閉じられる。みごとな終結というほかはないが、なおこれに加えるに「道化の臨終」を死の直前に発表した意味は何か。

ダダの習作と銘うった「道化の臨終」こそが、道化ならぬ詩人の臨終、その生の終結の何たるかを予示し、暗示するものであったということか。大岡昇平は「中原中也　I」において、ダダが中原の「最も手足を伸び伸びと延せる環境」であり、それが「ダダイスト中原中也という像を結べるほど強力なものであったかどうか、を探って行くのが、この試論の目的である」というが、これは中絶した。「ここで私の根気はぷっつり切れた」。「一人の人間の作品の中に含まれたさまざまな要素を矛盾なく統一するためには、いわば神学的視点と熱心さが必要らしい」が、「それが不意に私から落ちた」という。こうして「一応中原についての探究を終る」として、この一文を末尾に含む『中原中也』一巻が編まれる。すべての要素と矛盾を統合する〈神学的視点〉の喪失という時、その往相と還相、求道と認識の二者を止揚し、統合しうる視点をついに見出しえぬということか。しかもさらにその探究が続くとすれば、その裡なる〈中原中也という場所〉の根は深い。新たな資料や論究に触発されるごとく、論はまたさらなる展開をみせる。

『神と表象としての世界』（昭56・4）がその中心となるものだが、その視点はまたさらに揺れてゆく。たとえばそのひとつ、詩人が散文や批評に対して「魂的」であるためには、「希望と歎息において、詩人はすべてを感じなければならない」。〈それよ、私は私が感じ得なかつたことのために、／罰されて、死は来たるものと思ふゆゑ。〉（「羊の歌」「I 祈り」）と唱う、この「呻きも、ここから生まれる。世界と等価になるために、すべてを感じなければならない」。この「すべて」は中原年来の「偏執」だが、当然ながらここには、死も生も「潜在的にすべてを救うものとしての神を、この理論は予想している」という。しかし「世界と等価となるため」という〈自我遍満〉の志向こそが、この論のモチーフであろうか。〈死の時には私が仰向かんことを！／この小さな顎が、小さい上にも小さくならんことを！〉と唱い、終末、死を迎えては〈せめてその時、私も、すべてを感ずる者であらんことを！〉と唱う、これはまさに題名通りの〈祈り〉であり、自我の遍満ならぬ、このいやしきものが卑小なる上にも卑小ならんことをと念じ、感じえぬことの罪の故に、せめてその時〈すべてを感ずる者〉でありたいとは、感性の全解放という詩法のみならぬ、根源の倫理を語るものではないのか。

その根源の倫理、〈信〉においてその卑小のきわみに至るまで砕かれ、そこから摑み出された何ものかにおいて詩人たることこそ、中原の詩法の究極であり、また〈志〉ではなかったか。詩の実りを念じて〈謙抑にして神恵を待てよ〉（「修羅街輓歌」）とは、まさにこのことにほかなるまい。しかし大岡昇平の論ずる所はきびしく、中原の信仰は「自分一個の安心と詩作における有効性に係わり、他者の幸福に関心を向けることはなかった。『河上に呈する詩論』に『神を模倣する』との言明があるが、これはむしろ倨傲であろう」という。かつての『朝の歌』にみる批判が再び繰り返され、『在りし日の歌』にその〈信〉と〈詩〉の昂まりの連動を見た彼は、ここで再びその以前に還る。この批判こそ中原の〈信〉の内実をめぐっての一貫した認識であり、しかもこの批判は己れをつらぬいて対者を刺す。言わば中原の倫理はより垂直的であり、大岡昇平にあっては垂直への保留を含みつつ、より横断的、水平的であったというべきか。しかしさらに見るべきは、そこには中原における矛盾の断面、神への希求とその底にひそむエゴイズム、求心と遠心、道化と敬虔、これらが「共存」「並行」しつつ「進展」し、「縒り合わされて成長する樹幹的モデル」として捉えられていることであろう。しかし〈樹幹的モデル〉とはまた大岡昇平自身を語るものでもあろう。

3

しかしまたここで、ひとつのことを言わねばなるまい。やはり〈信〉をめぐる一事だが、「常に目醒めてゐなくてはならぬ。最初の感動を抑制し、それに逆って判断しなくてはならぬ」（「スタンダアル 一七八三―一八四二〕昭11・6）とは、中原晩期の頃の大岡昇平の言葉だが、〈常に目醒めてあれ〉が評者もいうごとく、大岡の生を解くキーワードのひとつだとすれば、それはまた中原のものでもあった。ひとは「『常に目覚めてあれ』の行へる人、つまりつねに前方を瞶めてゐる、かの敬虔な人である必要がある」と言い、この文脈上に「私は厳密な論理に拠つた、而して最後に、最初見た神を見た」（「我が生活」）という言葉がある。中原にあって詩が論理と〈判別《クリテイツク》〉の問題であるごとく、〈信〉即ち〈敬虔〉もまた論理とクリティック、即ち常に〈目覚め〉てあることの根源的様態にほかならなかった。恐らく大岡昇平をなかば無意識に捉えたものは、この中原の〈信〉の底にひそむ、〈信〉と〈認識《クリテイツク》〉のドラマ、その重層性にあったのではないか。中原に対するささやかならぬ異和、にもかかわらず語り続けてやまぬ執着とは何か。

「私が中原中也を完全に理解した時は、こんどは人生と私自身の方が不可解になるのではないか」という。この発語の根は深い。この未了の問いは、中原が終生解きえぬ〈謎〉であるとともにまた、無限に問い返してやまぬ無二たる対者であったことを告げる。恐らく〈おまへはなにをして来たのだ〉と問いかける中原の声と姿は、彼のなかに生き続けていたはずである。自伝的作品『少年』末尾の言葉もまた、明らかにこれを語る。こうして「われわれはたしかにアイデンティティを失った日本的幽鬼、スノッブになろうとしていた」という。「これから先は小説の領域である」という用意した結びの言葉が、一転して先の言葉となったという。これも作者は無意識のはたらきというほかはないというが、恐らくあの「生涯を自分自身であるという一事に賭けてしまった人の姿がここにある」という、その裡なる詩人の像は、ここでも彼をかすかに打ったはずである。

もはや紙数も尽き、予定していた河上徹太郎や小林秀雄についてふれる余裕は尠く、やや口早にいうほかはないが、ダダが中原を最も伸びやかに生かしたという大岡の指摘に対して、河上徹太郎はカトリシズムの「普遍性と包括性」こそが、彼を力一杯自由に、人間的に振舞わせてくれたのだという（『日本のアウトサイダー』）。いかなる宗教的正統性も持たず、むしろ異教的、無宗教的であることが正統ともみられるこの風土にあって、己れの詩の純潔性を主張しつづけた中原にとって、カトリシズムへ身を浸すことは、その詩法を支える無二の場所であった。「ダダイズムとは、全部意識したとしてなほ不純でなく生きる理論を求めた人から生れた」と中原はいう。何よりも意識家が嫌いであった中原が、ダダからしだいに「カトリックの恩寵のような無意識な素朴さの中に凝結してゆくこと」を求めたのは、また必然の成り行きでもあったと河上はいう。これは中原における宗教性、そのカトリシズムなるものへの最も深切なる理解というべきであり、彼にとって中原の立つ場所はそのように見え、これが彼に対する〈中原中也という場所〉ともみえた。ならば小林の場合はどうか。

「凡そ分析なるものは、私には吸気の気持ではなく呼気の気持でなされるものと思はれる。而して瞑想とは、その反対に、吸気の気持でなされると思はれる」（「詩に関する話」）という中原の言葉にふれ、この〈呼気〉ならぬ〈吸気〉という受動性こそ、中原が「生来浸っていたカトリックの恩寵の世界を擬らえることも出来るであろう」と河上はいう。たしかに〈呼気〉〈吸気〉とは中原らしい着想だが、しかし〈呼気〉のひと、〈呼気〉の分析家という時、そこに小林の影が見えてはいなかったか。中原について小林は多くを語らず、ただ晩年の憔悴しきった中原の姿を描きつつ、彼は人生に衝突するように詩にも衝突した、詩人ならぬ〈告白者〉であったという。しかしまた彼は「自分の告白の中に閉じこめられ、どうしても出口を見附ける事が出来」ず、「彼を本当に閉ぢ込めてゐる外界といふ実在にめぐり遇ふ事が出来なかつた」（「中原中也の思ひ出」）という。これを裏返せば、〈知れざる炎、空にゆき！〉（「悲しき朝」）と唱った、詩人の痛切な告白の生まれる必然もまた見えて来るというほかはないが、小林にとって中原の宗教性とは何であったか。

小林の最初期の評論に次のような言葉がある。「人間には見る事だけしか許されてゐない。真理といふものがあるとすれば、ポールがダマスの道でキリストを見たといふ事以外にない」（「測鉛 I」昭2・5）。パウロがキリスト教迫害のためダマスコへ向かう途上、不意に光に打たれて倒れ、彼に呼びかける復活のキリストの声にふれて、やがて改宗するという聖書中の一挿話からとったものだが、〈見る〉とは、〈発見〉とは、己れのはからいならぬ、向側から起って来る不慮の事態、不意打ちの何事かであるという。また、「批評の普遍性」とは何かと自問しつつ、ベルグソンの「普遍性とは改宗の情熱以外の何物でもない」という言葉をもって答えている。同時にそれは「霊感」などという曖昧なしろものではない。ロダンのいうごとく「唯働く事しか」ない。表現者はただ「恐ろしい自意識をもって働」き続けるほかはないという。さらに言えば自意識とは「批評精神に他なら」ず、「批評を措いて創造といふものはない」。かくして「不断の理論の影像は遂に神との協作であるとはかつて自意識の苦痛に堪へた人のみが言へる事」（「測鉛 II」昭2・8）だという。

中原は自意識を放棄して意識以前、認識以前の世界に詩作の胎生を求めたが、小林は言葉通り終生、この自意識との葛藤を手放さなかった。そのドストエフスキイ論の究極というべき第二の『白痴』論（「『白痴』について」）にあって、たとえキリストが真理の埒外にあろうとも「僕は真理とともにあるより、キリストとともに在りたい」という小林鍾愛のドストエフスキイ書簡の言葉にふれ、これを「たとへ、私の苦しい意識が真理の埒外にある荒唐無稽なものであらうとも、私は自分の苦痛と一緒にゐたい。真理と一緒にゐたくない」と、ドストエフスキイは考えていたに相違ないという。ドストエフスキイのいう「神の存在といふ問題」を「思想の絶対性ともいふべき問題」と言いかえざるをえなかった彼はここでも、キリストならぬ〈自意識の苦悩〉と共にあることにこそ、批評家たることの誠実は賭けられているという。こうしてドストエフスキイ論終結後、本居宣長の世界に入ってゆくが、しかしさらに「正宗白鳥の作について」という絶筆としての白鳥論に至った時、恐らく彼は最も中原に近い場所に行き着いていたともみえる。これは内村鑑三や内村を愛読した河上徹太郎らにふれつつ、フロイト、ユングと続き、最後はユングの『自伝』の協力者アニエラ・ヤッフェの筆が、「心の現実に常にまつはる説明し難い要素は謎や神秘のまゝにとゞめ置くのが賢明」という所で中断された。筆をとどめたのはヤッフェならぬ小林自身であり、未完の絶筆はここで終るが、白鳥最後の信仰告白とは何であったかを問おうとして、その途上に小林は倒れた。

小林はまさに〈呼気〉ならぬ〈吸気〉のひととしての白鳥に魅かれたのであり、彼は白鳥最後の深淵を覗き見ようとして倒れた。それはこの小文にいう〈中原中也という場所〉と無縁な場ではなかったはずである。小林にとって〈中原中也という場所〉はどう見えたか、その答えはないが、大岡、河上、小林と続いて、中原をめぐるひとつの詩圏の所在は明らかであろう。この風土にあってアウトサイダーたることが、実は真のインサイダーであることの逆説の、その最もあざやかなしるしを河上は〈中原中也という場所〉に見たはずであり、小林はこれを一種屈折した形で白鳥のなかに見ようとした。大岡昇平のいう〈樹幹的モデル〉としての中原の何たるかは、新全集の発刊と共に、今後さらなる展開を示すこととなろう。

中也・賢治・山頭火——〈生命律〉という課題を軸として

1

〈生命律〉とは山頭火晩期の言葉だが、いまこの一語を軸として中也、賢治、山頭火をつらぬく詩法の核心ともいうべきものにふれてみたい。知られる通り山頭火の師、荻原井泉水は碧梧桐一派の新傾向俳句運動から脱して、独自の〈自由律〉運動を唱えてゆくが、〈自由律〉とは「全く新しい創造」であり、従来の句の単なる革新、新傾向の試みなどにとどまるものではなく、それは「人生の力」や「光」を一瞬にとらえる「印象の詩」であり、その要所は〈外在律〉ならぬ〈内在律〉であるという。

朔太郎はこの〈自由律〉の活動に対して尠なからぬ関心を示し、「層雲」第二句集『生命の木』（大6・12）への礼状のなかで、「日本の自由詩は多分あなた方の詩から出発するのでしよう。ぼくらのやつているのはまだ未成品です。」と言い、「私どもの理想は日本語の詩を西洋の詩のやうに純粋なリズム本位にしようと思ふのです。それには日本語のアクセントといふものをしつかとつかまなければならない。あなた方の短詩は実にそれを巧みに生かしてゐます。」「私共西洋風の詩の作家の未だかつてできなかつた仕事です」（大7・2推定）と述べている。

この時期、朔太郎が「感情」に「憂鬱の川辺」「黒い風琴」などの詩篇を発表した後、三年間詩作を断ち、かたわら『詩の原理』の素稿にとりかかり、文語定型の〈外在律〉ならぬ、口語自由詩の〈内在律〉の所在を模索していた時期であることを思えば、先の書簡の語る所は意味深い。またさらにいえば、彼は後に「自由詩の特色はその『旋律的な音楽』に」あり、「心内の節奏と言葉の節奏との一致」こそ「自由詩の本領である」(「自由詩のリズムに就て」『青猫』大12・1、付録として末尾に所収)と言い、さらに『詩の原理』の末尾に至っては、「我々はだれも、今日の詩が芸術としての完成さで和歌俳句に及ばないことを知り切つてゐる。しかし我々の求めるものは、美の完成でなくして創造であり、そして実に『芸術』よりも『詩』なのである。」ともいう。

しかもさらに後の『氷島』に至っては、「古典的文章語の詩に反抗し、口語自由詩の新しい創造と、既成詩への大胆な破壊を意表して来た」自分が、今にして「文章語の詩を書く」のは「後方への退陣」であり、「明白に『返却《レトリート》』であつた」(「氷島の詩語に就て」昭10・7)という。しかしまた一面『氷島』の序では、詩の「究極するところのイデアは、所詮ポエヂイの最も単純なる原質的実体、即ち詩的情熱の素朴なる詠嘆に存する」とすれば、「この意味に於て、著者は日本の和歌や俳句を、近代詩のイデアする未来的形態だと考へて居る」ともいう。

これらのあい錯綜する主張の語る所は何か。その「完成」よりも「創造」をと言い、その故にこそ和歌、俳句のごとき伝統的詩型への回帰を拒むと言い、また文語詩への回帰を敗北的退却ともいう。しかも詩の本質、その「原質的実体」を思えば、和歌、俳句こそ「近代詩のイデアする未来的形態」だという。恐らくこの朔太郎の矛盾は、この国の近代詩の内包する矛盾の露呈ともみえるが、しかしこれは矛盾にして矛盾ではあるまい。ことの急所はその課題の重層性にあり、我々は今日なお、この課題を解きえてはいない。

朔太郎が求めたものは詩における堅固なフォルムであり、同時に詩語そのものの肉質であった。先の書簡にいう「日本語のアクセントといふものをしつかとつかまえなければ」とは、この日本語独自の肉質の把握にほかなるまい。「旋律的な音楽」、「心内の節奏と言葉の節奏との一致」も、これなくしてはかなわぬという。同時に詩の究極の目的が〈美〉にあり、〈美〉が「諧音的」である以上、それは本来的に「楽音的メソッドと形態」を求める。にもかかわらず「日本のいはゆる自由詩」なるものが目的を〈美〉に求めず、「素朴的な感情の自然主義的表出に求めた」所に、その「散文的自由詩」への「解体」という詩的頽落があったという。この「詩的本質性に就て」という一文が、先の「氷島の詩語に就て」とほぼ同時期（昭10・11）に発表されていることをみれば、文語詩への退却を詩的敗北と自認しつつ、同時にそれが詩語の肉質と緊密なるフォルムを求めての必然であったことを語るものでもあろう。未来的形態としての和歌、俳句への言及の生まれる機因もまたここにあった。

こうして「日本の自由詩は多分あなた方の詩から出発するのでしよう」とは、朔太郎の井泉水らの自由律運動に向けた共感の言葉であったが、その帰着する所はどうであったか。井泉水自身の句作活動は、ほぼ大正八年あたりから衰え、〈自由律〉の流れはその門下の尾崎放哉や山頭火の活動に独自の成果をみることとなる。その山頭火の句が独自の展開をみせるのが禅門に入っての翌年、大正十五年春（四十五歳）、その行乞流転の旅に始まることは知られる通りである。〈分けいつても分けいつても青い山〉とは、その新たな出発を記念する一句であり、「大正十五年四月、解くすべもない惑ひを背負うて、行乞流転の旅に出た」の前書通り、その鬱屈した内面のまどいをかかえての放浪の旅が始まる。

〈木の葉散る歩きつめる〉（大15）、〈どうしようもないわたしが歩いてゐる〉（昭5）、〈捨てきれない荷物のおもさまへうしろ〉（同）、〈秋風の石を拾ふ〉（昭6）、〈年とれば故郷こひしつくつくぼうし〉（同）、〈笠も漏りだしたか〉（同）、〈うしろすがたのしぐれてゆくか〉（昭7）、〈鉄鉢の中へも霰〉（同）、〈あるけばかつこういそげばかつこう〉（昭12）、〈うまれた家はあとかたもないほうたる〉（昭13）。

こうして拾えば切りもないが、その自在な語りには端的に我々の心にふれ、突き透って来るものがある。その〈生命律〉をつらぬく短調のひびきは、中也詩のあの技巧を超えた流露感、生の律動感とも無縁ではない。山頭火の句作への、彼のいう〈句作道〉への求心力は、晩期に近づくにつれてさらに深まる。その晩年の日記に「自由律—自然律—必然律」と言い、「自由律—自然律—生命律」としるし、さらには「生命律—内在律—自然律」ともいう。もはや〈自由律〉という当初の外在律的概念は揚棄され、〈内在律〉となり、それこそが〈自然律〉であり、〈生命律〉であるという。

しかしまた仔細にみれば、〈自由律〉から〈自然律〉、〈生命律〉に至って、さらに反転して〈生命律〉—〈内在律〉—〈自然律〉という時、すでに後者の〈自然律〉とは自然《じねん》の律でありつつ、その〈生命律〉の還る所が個人の生命的律動をも包む母胎そのものとしての〈自然《しぜん》〉を指し、その母胎回帰のひそかな、あるいはなかば無意識ともいうべき予感、あるいは希求を含んではいないか。こうして山頭火晩年の句境を辿ってみれば、〈死ねない手がふる鈴をふる〉（昭12）、〈吹きつめて行きどころがない風〉（昭14）などの老境の寂寥をくぐって、やがてその句はより広やかな場に出てゆく。

〈山ふかくして白い花〉（昭14）、〈散りしくまへのしづけさで大銀杏〉（同）、〈おちついて死ねさうな草萌ゆる〉（昭15）、〈蚊帳の中の私にまで月の明るく〉（同）、〈こしかたゆくすえ雪あかりする〉（同）。すでに〈存在〉は〈自然〉へと回帰し、老いの寂境がしずかに詠みつがれる。そこにはこの土着の心性の還りゆく〈自然律〉ともいうべき姿がみられる。これに対しわが中也はどうか。山頭火の生涯のほぼ半ばしか生きえなかった夭折の詩人に、これを問うことはむつかしいが、ただその詩法がついに境涯の句に収斂しえなかったことは確かであり、短歌や俳句を評してこれら「一呼吸詩歌」では、ついに詩の表現すべき心意の、理念の「蕩揺」をあらわしえないと断じた詩人の、その〈蕩揺〉の果ての回帰の場が奈辺にあったかが問われる所でもあろう。恐らく課題はこの〈生命律〉の所在、帰趨をめぐって、両者の帰一する所と、またその差異とを問う所にあろう。

2

「『これが手』だと『手』といふ名辞を口にする前に感じてゐる手、その手が深く感じられてゐればよい。」「芸術といふのは名辞以前の世界の作業で、生活とは諸名辞間の交渉である。」「生命の豊かさ熾烈さだけが芸術にとつて重要なので」「生命の豊かさそのものとは、畢竟小児が手と知らずして己が手を見て興ずるが如きものであり……」。これらは中也の詩論の集約ともいうべき「芸術論覚え書」の一節だが、彼はこの〈名辞以前〉の世界を「直観層」「純粋持続」「生命の豊かさ」などという言葉であらわし、またこれを仏教語から借りては〈現識〉（アラヤ識）と呼び、すべてはこの生命、認識、表現の母胎ともいうべき所から生まれるものだという。この真の〈生命律〉とは〈自由律〉〈自然律〉などという技法や概念を超えた、より根源の場から汲み出されるべきものだという認識、詩観は、改めて深く注目すべきものがあろう。彼はこれを軸として、独自の近代詩批判を展開する。

「つまり、ドヤドヤと現れた西洋文学は、そのフォルムを迄了得する余裕を我々に与へなかつたのである。云換れば、それらの西洋文学は、我々自身の現識或ひは我々の従来の文学が云つてゐたことの如何いふことに該当するか、その相関関係が十分に納得出来ないうちに、西洋文学の筆法だけを採用し、ともかく我々は筆を執つたのである」（「撫でられた象」）という。彼はまたこの評論のなかで「フォルムに就いての理念のないといふことが、当今文学人をして彷徨不安ならしめてゐる第一の事」であり、フォルムこそが芸術にあって「全一的な感じ」、まさにそれの「存在してゐる姿」そのものであることを強調する。しかし「今や人々は作品の『姿』を見失」い、「姿のない作品」が「充満して」いるという。〈生命律〉の生まれる根源としての〈現識〉を言い、その表現の全一性としての〈フォルム〉の必然をいう。これが先の朔太郎の問題と深く連動していることはいうまでもあるまい。

「そのフォルムも自分にとつて決定的である筈のものが最後的に探索されねばならない」という時、その決定的なフォルム、様式を模索しつつその途上なかばに佇ちつくした朔太郎の存在が視野にあったか、どうか。いや、その詮索が問題ではなく、すべてをこの国の近代化途上の矛盾、錯綜として指摘する詩人の洞察こそが肝要であろう。さらにいえば、この風土の欠落とその故の渇きと希求をしるし、唱う詩人の発語の意味する所こそ重要であろう。これはまたおのずからに中也と山頭火の両者をめぐる微妙な、しかしまたある意味では決定的な差異の指摘ともなる。中也の生家近く、山口湯田の井上公園（高田公園）に中也の詩碑があり、山頭火の句碑がある。中也のそれはいうまでもなく、〈これが私の故郷だ〉の一句に始まる「帰郷」終末の一節であり、山頭火のそれは〈ほろ〳〵酔うて木の葉ふる〉の一句である。「斯ういふ句こそ山頭火の真骨頂」であり、「ここに到ると、ほろほろ酔うたものが木の葉なのか、ほろほろと風に戯れるものが己れなのか、主であり且つ客であり、客であり且つ主であり、彼であり、我であり且つ彼であり、実に渾然としたところに帰入してゐる物心融合の妙境である」（「歩くもの」、『俳談』）とはその師井泉水の評する所だが、この物心一如の妙境もいわゆる〈自然髄順《じねん》〉〈自然参入〉の境地につながるものだが、それは山頭火の「真骨頂」であるとともに、この国の土着の心性のおのずからに帰する所でもあろう。これに対して中也は、「自然に帰るのぢやない、自然から出発してより開化的人工的な方に行かねばならぬ」と言い、また「短歌詩人（短歌、俳句ともに指すと見てよい――注筆者）は、せいぜい汎神論にまでしか行き得ない。人間のあの、最後の円転性、個にして全てなる無意識に持続する欣怡の情が彼にはあり得ぬ。彼を、私は今、『自然詩人』と呼ぶ。」「芸術とは、自然の模倣ではない、神の模倣である！」という。

恐らく山頭火の先の一句に対応する中也の詩句といえば、「帰郷」ならぬ、むしろ次の一句のごときこそ最もふさわしいものであろう。〈知れざる炎、空にゆき！〉――詩篇「悲しき朝」終末の一句だが、その前には次のような詩句がある。〈雲母の口して歌つたよ、／背《うし》ろに倒れ、歌つたよ、／心は涸れて皺枯れて、／巌《いはほ》の上の、綱渡り。〉――この〈心は枯れて、皺枯れて〉という、その肺腑の叫び、また祈りとして、〈知れざる炎〉は〈空〉に燃え上がってゆこうとする。ここには詩人の情念や祈り、その熱い抒情の、ゾルレンの輝きを投げ込むべき場として〈自然〉ならぬ、〈空〉という広大なホリゾントが用意され、その果てに詩人はさらに超越者の眼差しを読みとろうとする。まさに「芸術とは、自然の模倣」ならぬ、「神の模倣」となる。

さて、こう見れば中也と山頭火とはいかにも対極、対照の存在ともみえるが、しかしまた表現の究極は技法ならぬ、修辞の彫琢ならぬ、〈生命律〉にあるという一点において、この両者は同縁であり、中也のあの独自の七五調こそは、まさに彼にとって最も自然な詩想の流露であり、彼独自の〈生命律〉ともいうべきものであった。中也にとっては「七五調こそが、言文一致の口語体」であり、彼は七五調で「〈歌った〉というより〈しゃべった〉」のだと評者（菅谷規矩雄「中原中也の七五調」）はいう。その中也が「歌うでもなくしゃべるでもなく〈書く〉とすれば、それは文語体の典雅をもとめての渇望のあらわれいがいになかった」（同）ともいう。こうして「朝の歌」や「臨終」など、五七調のみごとな文語詩が作られるが、しかし「朝の歌」で、「方針は立つたが」「たつた十四行書くために、こんな手数がかかるのではとガッカリす」(「詩的履歴書」)というごとく、これら五七調の試みは、そのおのずからな詩心の流露や饒舌をせきとめての、〈書く〉という労役を彼にしいた。彼にはこの完璧な言葉の彫琢を内側から打ち破ってゆこうとする衝迫があり、まもなく五七の試みから離れてゆく。それがともすれば主体の律動を、生命的律動をとどめて、技法的、修辞的彫琢へと陥らせてゆくことを誰よりも敏感に感じとっていた。この選択は意識的というよりも、殆ど彼の詩人としての生理のごときものであったと言ってよいが、同時にダダとの出会いもまた、その要因のひとつに数えることができよう。

中原の詩はダダとの出会いから始まり、高橋新吉の『ダダイスト新吉の詩』との出会い、ダダとの感応が以後の詩法を決する、ある本質的な側面を孕んでいたことは明らかであろう。また新吉自身「私のダダは、仏教の擬装したものである」と言い、この『ダダイスト新吉の詩』の編纂者、辻潤が「新吉の詩は彼の生活で、宗教で同時にまた哲学である。／金山出石寺に彼が御小僧をしてゐた時に大蔵経を片端から読破して、ダダの純粋を体得し、それをスチルネルに翻訳して、舐爪詩を制作したのだ」と語っていることも見逃せまい。このダダをめぐる仏教思想とのかかわりは、中也と山頭火をつなぐひとつの課題でもあるが、いまその仔細は省く。

3

こうして残る課題は、中也が最も深い影響を受けたと見られる宮沢賢治とのかかわりとなるが、〈生命律〉をめぐる詩法の課題はまたこの両者をつなぐ、ひとつのかなめともなる。「彼は幸福に書き付けました、とにかく印象の生滅するまゝに自分の命が経験したことのその何の部分をだつてこぼしてはならないとばかり。それには概念を出来るだけ遠ざけて、なるべく生の印象、新鮮な現識を、それが頭に浮かぶまゝを、——つまり書いてゐる時その時の命の流れをも、むげに退けてはならないのでした。」「要するに彼の精神は、感性の新鮮に泣いたのですし、いよいよ泣かうとしたのです」(「宮沢賢治の詩」)という時、それは賢治を語るとみえてそのまま、中也自身の詩法の課題を語るものともみえる。事実、賢治が「もし芸術論を書いたとしたら、述べたでもあらう所の事を、かにかくにノート風に」書きつけてみたという、「『これが手だ』と、『手』といふ名辞を口にする前に感じてゐる手、その手が深く感じてゐられてゐればよい」に始まるメモ風の文脈もまた、〈名辞以前〉の世界を語って、そのまま「芸術論覚え書」につながるかとみえる。

中也が〈生命律〉の生まれる母胎、根源としての〈現識〉という時、「無意識即から溢れるものでなければ多く無力か詐偽である」(「農民芸術概論綱要」)という賢治の言葉が、そのまま中也の言葉であっても不思議はあるまい。ただ中也が〈名辞〉以前と以後、〈芸術〉と〈生活〉との背離、その二律背反ともいうべき相剋、葛藤を執拗に語りはじめる時、両者の微妙な差異もまたあらわれる。賢治は自分の作品を詩とは言わず、これは「或る心理学的な仕事の仕度」としての途上の試み、「ほんの粗硬な心象のスケッチ」であり、「さまざまな生活を発表」したものに過ぎぬという。賢治がこれを途上の試み、〈生活〉の発表という時、芸術と生活を二分し、詩人を流竄の天使ともみる中也のそれとは明らかに離れてゆく。

しかしまた賢治の〈心象スケッチ〉が、その「固有のリズムの発見なしには」生まれえず、その「韻律の詩人」としての賢治の本質を「するどく直覚しえた」同時代の唯一の詩人が中也であったという評家(菅谷規矩雄『詩的リズム——音数律に関するノート』)の指摘は頷くべきものがあろう。〈まことのことばはうしなはれ/雲はちぎれてそらをとぶ/ああかがやきの四月の底を/はぎしり燃えてゆききする/

おれはひとりの修羅なのだ〉（「春と修羅」）とは、文字通り七五の韻律を踏んで中也のそれを想わせるが、〈呼ばんとするに言葉なく／空の如くはてしなし〉と唱い、題して「修羅街輓歌」という時、中也にあってもその韻律とともに〈修羅〉の意識の共有への想いはまた深い。しかも〈私は気圏オペラの役者です〉〈唇を円くして立つてゐる私は／たしかに気圏オペラの役者です〉（「東岩手火山」）と賢治が唱う時、すべては〈気圏オペラ〉のパフォーマンスだという演舞意識はつよく、その詩法のエロス的氾濫、歩行的リズムは中也につながり、中也の饒舌もまた賢治につながる。

しかも「芸術家にとつて世界」は「如何なるモディフィケーションをも許容出来るものではない」（「芸術論覚え書」）という中也に対して、『春と修羅』を注して（Mental Sketch Modified）という賢治の志向は、己れの詩作にあふれる〈無意識即〉＝現識＝生命的リズムの過剰への方向ともみえるが、この〈モディファイ〉、表現的整序へのきわまる所が晩期の文語詩の試みとなり、賢治はこれのみを〈詩〉と自身呼んでいたというが、その意味する所は何であろうか。

以上、朔太郎における口語自由律と文語定型律をめぐる志向の重層、その二元反復の錯綜を軸として山頭火、中也、賢治とめぐって来たが、朔太郎のそれはまた後者それぞれの課題でもあった。ただ朔太郎を含め、そのそれぞれが固有の〈生命律〉を求めつつ、この土壌へのある回帰の相を示しているとすれば、中原における〈うた〉の回帰とは何であったかが、最後の問いとして、またこの風土における〈近代詩〉の来たるべき端緒をめぐる、新たな可能性の一片として問われねばなるまい。

中原中也の場所——透谷と遥かに呼応しつつ

1

〈中原中也とは誰か〉と題し、改めて〈中原中也の場所〉と名づけてみる。たしかに中原中也の場所とは、近代詩の流れのなかで問うに価いする何ごとかである。近代詩の源流が透谷に発するとみれば、それはまた〈透谷以後〉という水脈のなかに問うことともなる。

周知のように透谷と山路愛山との間に、いわゆる〈人生相渉論争〉なるものがある。愛山のいう「文章即ち事業なり」「人生に相渉らずんば是も亦空の空なるのみ」（「頼襄を論ず」明26・1）という語を駁して「人生に相渉るとは何の謂ぞ」（明26・2）と問う。この両者の論は文学（文章）の実利を説く前者とその自律の内実を問う後者の、ついに嚙み合わぬままの中絶に終るが、しかしこの論争自体の展開は逆に、透谷自身の抱く文学観、詩観の核心ともいうべきものを顕在化せしめていったと言ってよい。愛山のいう〈事業〉なる一語をあえて採るならば、〈文学〉とは「人間と無限とを研究する一種の事業なり」（「明治文学管見」明26・4～5）と透谷はいう。しかして人間とはまさに「有限と無限の中間に彷徨するもの」なりともいう。

「透谷の破滅」とも挫折ともいうべきところを後の藤村や独歩らは「大きく跨いだのだ」（桶谷秀昭）と

評家はいう。藤村、独歩のみならぬ、多くの作家、詩人たちもまた跨いだと言ってよい。ただ何を跨いだかという所で論は分れる。しかしことの核心は、人間存在を目して「有限と無限の中間を彷徨するもの」と言い、文学なるものの内実を「人間と無限とを研究する」にありとする所にあろう。後代の作家の多くがこれを踏み超えたごとく、後の詩人たちもまたこれを跨ぎ渡ったというほかはない。明治中期の詩壇における浪漫主義、これに続く象徴主義、さらに大正期の朔太郎以後、昭和のモダニズムに至るまで、抒情と技法の核心は別の要所にあった。わずかに中原の〈うた〉に透谷の遺した刻印は深くうがたれていると言ってよい。もとより中原に透谷の影響があったということではない。両者の資質がともにこの風土の特性、また負性にたわめられつつも、なお何事をか語りえたということである。

2

さて、〈中原中也の場所〉とは何か。中原の郷里、生家の近く山口湯田の井上公園に詩碑が建てられたのは、没後三十年に近い昭和四十年六月のことである。碑面には〈これが私の故里だ／さやかに風も吹いてゐる〵あ、おまへはなにをして来たのだと……／吹き来る風が私に云ふ〉という詩篇「帰郷」の一節が、小林秀雄の筆によって刻まれている。この井上公園の一隅には明治の元勲井上馨の記念像があり、その先には放浪の俳人種田山頭火の〈ほろ〵酔うて木の葉ふる〉の一句を刻んだ句碑がある。この両者を右に見て、ほぼ中央に中原の詩碑があるが、この三者のありようは、この風土のすべてを語っていかにも象徴的である。明治以来の体制を象徴する井上馨の像と、これから無限に逸脱する自然詩人山頭火と、これにあい面持する中原の場所とは何か。

彼は〈自然〉にふれて独自の考察を語る。その日記に「自然に帰るのぢやない、自然から出発してより開化的人工的な方に行かねばならぬ」と言い、「すべてランボオ以前の所謂自然詩人とは風景の書割屋也」という。またその書簡には「私は自然を扱ひます、けれども非常にアルティフィシェルにです。主観が先行します。それで象徴は所を得ます。それで模写ではなく歌です」（河上徹太郎宛書簡、昭3・1）と言い、また「短歌詩人は、せいぜい汎神論にまでしか行き得ない。人間のあの、最後の円転性、個にして全てなる無意識に持続する欣怡の情が彼にはあり得ぬ。彼を、私は今、『自然詩人』と呼ぶ」（同、昭4・6・27）という。また「真の『人間詩人』ベルレーヌ如きと、自然詩人の間には無限の段階がある。」「芸術とは、自然の模倣ではない、神の模倣である！」（同）ともいう。彼が自身を〈自然詩人〉ならぬ、〈人間詩人〉のそれに擬していることはいうまでもあるまい。

これはまた彼が「精神哲学の巻」と題した昭和二年一月十二日付に始まる日記帳の扉、右下に書きつけた漱石漢詩のそれとも無縁ではあるまい。〈尋仙未向碧山行／住在人間足道情〉（仙を尋ぬるも未まだ碧山に向かって行かず／住みて人間に在りて道情足《おお》し――読み下しは吉川幸次郎『漱石詩注』による）。言うまでもなく『明暗』執筆中の漱石晩期（大5・8・21）の作の一節だが「漱石に対しては批判的であった中原だが、この一句にはいたく共感を覚えたようである。恐らく彼は暗黙のうちに、ここにもこの風土にあっては稀なるひとりの〈人間詩人〉の存在を感じえたはずである。さらにこの詩が〈明暗雙雙〉の一句を含んでいることを思えば、両者の感応する所はさらに深い。

自然への回帰ならぬ「自然から」の「出発」とは、まさに被造者としての始源の一歩を踏み出すことであり、〈有限〉と〈無限〉との無限振幅への始動にほかなるまい。透谷のいう〈有限と無限の中間に彷徨するもの〉という認識は、中原にあっては〈有限の中の無限は／最も有限なそれ〉という認識へと深まる。漱石のいう〈明暗雙雙〉もまたこれと無縁ではない。〈風が立ち、浪が騒ぎ、／無限の前に腕を振る。〉（「盲目の秋」）と詩人は三たび繰り返す。これは中原という詩人をつらぬく希求の、〈根源的主題系《テマティック》〉の何たるかをあざやかに語る。しかも彼は〈有限の中の無限は／最も有限なそれ〉という認識を手放すことはできない。この無限往還、無限振幅が中原における〈明暗雙雙〉の点滅であり、さらにいえば詩集『山羊の歌』から『在りし日の歌』への移行の内実にほかなるまい。

これはまた透谷でいえば、最晩期のエッセイ、殆どそれ自体一箇の散文詩ともいうべき「一夕観」（明26・10）にみる——「手を拱《こまね》きて蒼穹を察すれば、我れ『我』を遺《わす》れて、飄然として、襤褸《らんる》の如き『時』を脱するに似たり」という一節の機微にかようものでもあろう。「『我』を遺れ」「『時』を脱する」という時、この「我」と「時」とは、評家（勝本清一郎）のいう「自然や天地悠久」に「没入」しさり、解消される我や時ではなく、再び還り来たる「我」、また「時」として示される。透谷もまた〈無限〉の一瞬に身を投じつつ、それが〈有限の中の無限〉であるという認識を脱することはできなかった。藤村はこれを評して、晩期の透谷はこのようなひろやかな世界に出たというが、透谷の認識ははるかににがい。彼もまた〈自然詩人〉ならぬ〈人間詩人〉のひとりであり、同時期（明26・10）の蝶の連詩（「蝶のゆくへ」ほか）とともに「一夕観」もまた、その抒情の底に独自の〈人間詩人〉たることの苦渋と認識の澱《おり》を深くにじませるかとみえる。〈ひらく〱と舞ひ行くは／夢とまことの中間《なかば》なり〉（「蝶のゆくへ」）と透谷は唱う。しかしその〈夢〉とは何か。「虚心を以て観る時は夢にして、而して熱意を以て観る時は、事実の如く視らるゝ者あり、熱意を以て観る時は、夢にして、而して虚心を以て観る時は、事実の如く視らるゝ者あり」（「熱意」）と透谷はいう。すでに明らかでもあろうが、〈夢とまことの中間《なかば》〉を〈舞ひ行く〉蝶の姿は、ただに暗澹たる流転の虚無感、無常感をのみ唱うものではない。そこには〈有限と無限の中間に彷徨するもの〉の生理が直視される。一切を夢、幻とみる「虚心」は一転すれば、すべてを生の裸形の真実として認識するものとなる。同時に夢、幻ならぬ生の現実に迫らんとする「熱意」もまた一転すれば現実を覆う切なる夢と渇望の別名にほかならぬものとなる。これこそが〈有限の中の無限は／最も有限なそれ〉という詩人の内実、その認識の生理そのものにほかなるまい。詩人はさらに〈蝶のゆくへ〉を問いつつ、〈破れし花も宿仮《か》れば／運命《かみ》のそなへし床なるを。〉〈只だ此まゝに「寂《じやく》」として、／花もろともに滅《き》えばやな。〉（「眠れる蝶」）と唱う。

この詩句の機微は先ず、〈運命《かみ》のそなへし床なれば〉と言わず、あえて〈床なるを〉という所にある。さらに〈只だ此まゝに「寂《じやく》」として〉と言いつつ、〈花もろともに滅《き》えばやな〉という時、単なる東洋的寂滅感を超えた何ものかが感知される。評家はこれを「寂滅思想」というには遙かに強い声調を感ずるという。「『もろともに』が強い」。「吐息が吐息の儘おわらずに、おらびに次の瞬間転じかねない、デモーニッシュなひびきがある」（桶谷秀昭）という。鋭い指摘だが、先の文脈に即していえば、寂滅ならぬ〈有限〉を〈有限〉として認識しつつ、断ち切るごとき何ものかがある。諦念ならぬ、断念ともいうべきものの響きがある。この風土を目して「耕やさゞる可からざるの地」（「『日本の言語』を読む」明22・7）なりという言葉が、透谷の批評の第一声であったとすれば、まさにこの蝶の連作、また「一夕観」と同時期の「漫罵」（明26・10）に次の言葉がある。彼はこの土壌を目して、ついに「革命にあらず、移動なり」と嘆じ、「汝詩人となれるものよ、汝詩人とならんとするものよ」「汝等は不幸にして今の時代に生れたり」「汝がドラマを歌ふは贅沢なり、汝が詩論をなすは愚癡なり」「汝を攫める現実は、汝を駆りて幽遠に迷はしむ。然れども幽遠の事を語るべからず、汝の幽遠を語るは、寧ろ湯屋の番頭が裸躰を論ずるに如かざればなり」という。このまさに身を噛むごとき痛烈な自嘲の〈漫罵〉を展開するに至った時、透谷のなかでは何かが大きく崩れ去ったというほかはあるまい。

「出でよ詩人、出でよ真に国民大なる思想」と、その論争の渦中に声高く呼ばわるゾルレンへの熱いひびきは、いまみずからの骨を刺すザインの実相として問い返される。「汝を摑める現実は、汝を駆りて幽遠に迷はしむ」という時、〈無限〉への渇望は〈有限の中の〉〈最も有限なそれ〉としてたわみつつ、問い返される。しかしあえて言えば、ここでは〈有限〉が〈有限〉なるままにその悲劇を開示し、この土壌の負性をしたたかに打ち返す。これが透谷のしいられた〈場所〉であったとすれば、わが中原の場合はどうか。

3

ここで先の詩碑の場に還れば、近代という体制的現実と、これを無限に逸脱する自然詩人（山頭火）と、これら二者と対峙する中原の、その詩碑としてふさわしい、いまひとつの詩句は何かと問えば、私は次の一句も選んでみたい。〈知れざる炎、空にゆき！∥響の雨は、濡れ冠る！〉（「悲しき朝」）。先の二者が俗と反俗の、いわば水平的な対峙の様態をとるとすれば、中原の〈うた〉は垂直にこれをつらぬく。そこに打ち込まれた発語のポールは、この風土を鋭くつらぬいて〈空〉を指す。しかもこの風土は超絶者への眼差をこばむ。詩人はその孤絶の祈りを〈知れざる炎〉と呼び、その熱い希求、祈りを受けとめる場は即自の〈自然〉ならぬ、広大なホリゾントであり、詩人はそれを〈空〉と呼ぶ。〈空〉とは中原にあって空無ならぬ、その〈炎〉〈祈り〉を受けとめ、また問い返す何ものかの表徴である。

〈知れざる炎、空にゆき！〉と唱い、〈ゆふがた、空の下で、身一点に感じられれば、万事に於て文句はないのだ。〉（「いのちの声」）と唱う時、〈空の下〉〈身一点〉とはまさに〈有限〉なる被造の、ザインの確認となる。この被造、微小の存在は、しかし清朗なる眼差をもって〈空〉に向いひらかれる。同時に

〈響の雨は、濡れ冠る！〉という時、この〈炎〉がこの風土にあってはたえざる下降と消滅の危機にさらされることをも示す。しかも終末、〈われかにかくに手を拍く……〉という時、この〈有限〉と〈無限〉をめぐるドラマは、いまひとりの裡なる詩人の眼によって、いささかの諷語の体をもって閉じられる。しかもここにはなお、ひらかれた清朗にかよう眼差がある。先の「いのちの声」の終末、〈空の下〉〈身一点に感じられれば、万事に於て文句はないのだ〉という一句を以て『山羊の歌』は閉じられる。

大岡昇平はこの詩篇を含む終末のパート、「羊の歌」の詩篇を一括して、中原の〈志〉を唱ったものだという。〈志〉とは大岡氏一流の言い方であり、中原という存在を制する〈祈り〉そのものと言ってよかろう。さらにいえば、『山羊の歌』自体が詩人のゾルレンへの熱い希求と祈りにつらぬかれているとすれば、『在りし日の歌』はどうか。

私はそこに往相から還相へという、変換の構図をみる。『山羊の歌』を詩人の〈うた〉の往相とみれば、第二詩集、中原没後の『在りし日の歌』は、詩人の眼差が生そのものの裸形を、〈有限〉を〈有限〉そのものとして見返す還相の過程とみえる。『在りし日の歌』という、その〈うた〉に、すでにあの熱い希求のひびき、またあの清朗の影はない。終末に置かれた〈いのちの声〉ならぬ詩篇「蛙声」に、あのひらかれた〈空〉はない。〈天は地を蓋《おほ》ひ、／そして、地には偶々《たまたま》池がある。／その池で今夜一と夜さ蛙は鳴く……〉。〈その声は、空より来り、／空へと去るのであらう?／天は地を蓋ひ、／そして蛙声は水面に走る。〉という。地を覆う〈天〉の下にあって、すでに〈空〉とは何ものでもない。空無そのものの表現にほかなるまい。〈よし此の地方《くに》が湿潤に過ぎるとしても、／疲れたる我等が心のためには、／柱は猶、余りに乾いたものと感《おも》はれ、／頭は重く、肩は凝るのだ。／さて、それなのに夜が来れば蛙は鳴き、／その声は水面に走つて暗雲に迫る〉——こうして、この詩篇は閉じられる。すでに『山羊の歌』終末に見る述志の詩体は消え、詩人を包む深い疲労の体感のみが語られる。

そこに昭和十二年という「蘆溝橋前夜の日本の雰囲気」（大岡昇平）を感じとることも、また〈暗雲〉を「崩壊して行く共同体の喩」（吉田凞生）と読みとることも可能であろうが、いずれにせよ〈此の地方《くに》〉の〈湿潤〉をいう時、それは関東という一地方ならぬ、この近代日本そのものへの感受であり、詩人の〈近代〉をつらぬく批判の眼は深い。この「蛙声」に先行する異稿四篇をみれば、鳴き続ける蛙の声と空に遊弋《よく》する月と、そのはざまに立つ詩人自身のありようを語りつつ、詩想はおのずからに屈曲する。〈何時かは〉〈甲斐のある仕事〉（「蛙等がどんなに鳴かうと」）をという詩人の希求は、日常になめされ、諦観の影を帯びつつ、しかも〈蛙の声を聞く時は、／何かを僕はおもひ出す。何か、何かを、／おもひだす。〉／Qu'est-ce que c'est?（「Qu'est-ce que c'est?」）という自問へと定着する。〈Qu'est-ce que c'est?〉（それは何か？）との自問は、「言葉なき歌」にいう〈あれ〉をはじめ、晩期に至るまで詩想の奥深く貫流するものだが、この一種メタフィジックな自問のひびきは定稿「蛙声」に至って消える。

この詩の作られた昭和十二年五月十四日は同日、文也追悼の詩篇「初夏の夜に」が書かれているが、すでに「蛙声」に主情への耽溺の影はない。これは同じく文也への哀惜を唱う未刊詩篇「夏の夜の博覧会はかなしからずや」と同日に書かれた「冬の長門峡」の詠嘆とは遠く離れたものがある。詩人は先の異稿の自在な語りからはなれ、詩形ははるかに緊密となり、ソネットの体をなす。これは彼が最も傾倒した宮沢賢治が、あの『春と修羅』第一集の奔放な詩体から、より日常的現実へと沈潜しつつ、最晩期の文語詩稿に至る過程を想わせるものがあるが、いまここではふれない。ただ中原の詩法の帰結が、この「蛙声」一篇に集約される姿をみればよい。これを中原の認識と詩観の行きついた最後の〈場所〉とみることもできるが、その内実とは何か。恐らく〈有限の中の無限は／最も有限なそれ〉という認識が、彼を追いつめたことも、その最後の詩法のなかにそれを開示したとも言いうるかも知れない。恐らくこの意味は、彼がかつてえらびとった詩法そのものに胚胎すると言ってもよかろう。

4

中原の詩法はダダとの出会いに始まる。それが高橋新吉の『ダダイスト新吉の詩』との出会いに始まることは周知の通りである。〈DADAは一切を断言し否定する〉〈DADAは一切を抱擁する／DADAは聳立する〉〈DADAは一切のものを出産し、分裂し、綜合する。DADAの背後には一切が陣取つてゐる〉（「断言はダダイスト」）――このダダ宣言がそのまま中原の詩観、詩法と深く通底することは明らかであろう。「私のダダは、仏教の擬装したものである」という高橋新吉の言葉を借りれば、中原のそれも幼年時から身にしみこんだカトリック的〈信〉、その宗教的心性の「擬装」だと言えなくもあるまい。中原は高橋を評して「こんなやさしい無辜《むこ》な心はまたとない」「良心による形而上学者だ」。「彼の詩のモチーフはヒュマニティではなく、言はゞ、『俺は全てが分つて生きてゐるのに、人々は分らないで俺と同一平面上にゐる』といふことのやうだ。彼の詩が扱つてゐるものは何時も普遍的なものだが、それを扱ふ動力は私的感情だ」（「高橋新吉論」）という。これは高橋を語るとともに殆ど中原自身を語るものであろう。「新吉の詩は彼の生活で、宗教で同時にまた哲学である」とは、『ダダイスト新吉の詩』の編纂者辻潤の言葉だが、これもまたそのまま中原自体を直指するものと言ってよい。

〈名詞の扱ひに／ロヂックを忘れた象徴さ／俺の詩は〉〈ダダ、つてんだよ／木馬つてんだ／原始人のドモリ、でも好い〉〈棺の形が如何に変らうと／ダダイストが「棺」といへば／何時の時代でも「棺」として通る所に／ダダの永遠性がある／だがダダイストは、永遠性を望むが故にダダ詩を書きはせぬ〉（「名詞の扱ひに」)。詩人はダダについて語りつつ、その詩法、詩語の根源について語る。一切のロジックや概念、さらには言葉の指示的機能や意味を否定しつつ、その発語の、命名の根源性、永遠性をいう。その発語の主体、詩語胎生の現場とは何か。〈ダダ〉とは〈原始人のドモリ〉だという。

文体とは何かを問いつつ、「文体とは、自らの言語の中でどもるようになること。難しい、なぜなら、そのようにどもる必要がなければならないのだから。発話《はつわ》でどもるのではない、言語活動《ランガージュ》そのものによるどもりなのだ。自国語そのものの中で異邦人のごとくであること。逃走の線を引くこと。」とはドゥルーズの語る所だ(ジル・ドゥルーズとクレール・パルネによる『対話』、邦訳名『ドゥルーズの思想』)。中原もまたどもることによって、その詩法を発見した。ダダはその手引きであった。〈認識以前に書かれた詩――/沙漠のたゞ中で/私は土人に訊ねました/「クリストの降誕した前日までに/カラカネの/歌を歌つて旅人が/何人こゝを通りましたか」/土人は何にも答へないで/遠い沙丘の上の/足跡をみてゐました//泣くも笑ふも此の時ぞ/此の時ぞ/泣くも笑ふも〉(「古代土器の印象」)。この初期詩篇の語るところもまた無縁ではない。

ダダ的志向はおのずからに彼を詩的生成の始源の場、ここにいう〈認識以前〉、また彼が詩法にいう「名辞以前」あるいは「現識」の世界へと導く。沈黙の瞬後、〈泣くも笑ふも〉と詩句は道化ぶりに転調する。〈かつて私は一切の「立脚点」だつた。/かつて私は一切の解釈だつた〉〈今では私は/生命の動力学にしかすぎない――/自恃をもつて私は、むづかる特権を感じます。//かくて私には歌がのこつた。/たつた一つ、歌ふといふがのこつた。〉(「処女詩集序」)。ここでも彼は已れの〈うた〉の発生の場を語る。〈むづかる特権〉が彼の歌口をひらき、〈有限の中の無限は/最も有限なそれ〉という認識が彼にダダの身ぶりを、道化をしいる。無限と有限、求心と遠心がよじれ、錯綜、点滅する所に彼の詩法が展開する。彼があえてどもってみせたのは、象徴詩以来の修辞的彫琢やモダニズムの流態そのものに対してであった。初期のダダから一転して「朝の歌」以後の詩風へと移るが、しかし彼は「朝の歌」や「臨終」などの五七の彫琢をあえて捨てる。「たつた十四行書くために、こんな手数がかかるのではとガツカリす」と「朝の歌」にふれていう。その彫琢が、外在的、修辞的技法へと傾いてゆくあやうさを、彼の裡なる詩人が拒まんとする。むしろ七五こそがその真率たる内奥の心緒を最も自然に吐露しうる形であり、「低い調子」で語るという、その一種プリミティブな語り口の底には、象徴詩以来の修辞的彫琢への批判がこめられる。〈伝統〉こそが自分の先生だとは、漢語ならぬ和語の持つ肉質、言わば詩語とは常にうす皮一枚であるべきだという、殆ど本能的な詩人の洞察が込められているとみてよい。

中原に体系的詩論はないが、彼は殆ど本能的、直観的にこの詩的風土の負性の何たるかを摑みえていたと言ってよい。近代詩は、「ドヤドヤと」入り込んで来た「西洋文学」が我々の「現識」にとって何たるか、その「フォルム」の何たるかを知らず、ただその「筆法だけを採用し」て来たのではないかと問い、その「修辞的」頽落、風化に対しては、芸術とは本来「自分自身の魂に浸ることといかに誠実にして深いかにあるのだ」という。また「信仰のない」「詩人の詩は、形象詩のみだ」「論理の根源が見えない奴は詰らない」ともいう。さらに〈信〉の世界にふれては、ひとは「『常に目覚めてあれ』の行へる人、つまりつねに前方を瞶めてゐる、かの敬虔な人である必要がある」(「我が生活」)という。中原にあって詩が論理と〈判　別《クリテイツク》〉の問題であるごとく、〈信〉〈敬虔〉なるものもまた論理とクリティック、即ち常に「目覚めて」あることの根源的様態にほかならなかった。

ここにも〈信〉と〈認識〉〈クリティック〉をめぐるダイナミズムともいうべきものの端緒がみられるが、この魂の「論理の劇」ともいうべきものが、よりプリミティブな抒情の表白に引きよせられてあるとすれば、そこにこそこの土壌の特性もまた明らかであろう。詩人はその意識においてまた無意識において、この負性を已れの側に引き寄せつつ〈在りし日の歌〉という挽歌ならぬ挽歌を遺した。〈在りし日〉を唱う、その背後に〈在りうべかりし日〉への希求とその剝落をみるとすれば、これもまた〈透谷的主題〉とも呼ぶべきものと無縁ではあるまい。同時にそこに〈有限〉を〈有限〉のままに開示せんとする詩人の殆ど無意識の営みをみるとすれば、この風土にあって詩人の成熟とは何かという、透谷以後の未了の課題に立ち合うことになろう。我々はその答えを薄明のなかから、いまだ摑み出しえてはいない。

私のなかの中原

〈中原中也とわたし〉という注文だが、これを言えば、やはり私にとっての決定的な印象のひとつは、あの昭和四十年六月、詩碑の除幕の日のことである。これはつい最近、地元の新聞にも書いたばかりだが、やはりこれを抜きにして語ることはできまい。夜来の雨にあらわれた黒御影の碑面を眺め、混声合唱で唱われた「帰郷」の歌声を聴きながら、不覚にも私は涙のにじむのを禁じえなかった。

〈これが私の故里《ふるさと》だ／さやかに風も吹いてゐる／あゝ　おまへはなにをして来たのだと……／吹き来る風が私に云ふ〉

あの「帰郷」の最後の一節が、小林秀雄の筆であざやかに刻まれている。ただこの最後の連ははじめ、〈庁舎がなんだか素々《しらじら》としてみえる／そうして何もかもがゆつくり私に見入る／あゝ　なにをして来たのだと／吹き来る風が私に云ふ〉となっていた。これが内海誓一郎の作曲の時、いまの形になったのだが、それを思えば、私がその時この詩碑の背後に、何を見ていたかは明らかであろう。中原にとって故郷とは、自分が見つめるものではなく、自分をきびしく見つめ返す何ものかであった。これを抜きにして、中原の詩を理解することはできまい。

同時期の詩篇「黄昏」でも、〈なにが悲しいつたつてこれほど悲しいことはない／草の根の匂ひが静かに鼻にくる、／畑の土が石といつしよに私を見てゐる〉という。ここでも詩人をみつめ、見返す〈土の眼〉は、中原の生涯を圧する何ものかであった。さらに続いて〈――竟《つひ》に私は耕やさうとは思はない！／ぢいつと茫然黄昏《ぼんやりたそがれ》の中に立つて、／なんだか父親の映像が気になりだすと一歩二歩歩みだすばかりです〉という時、〈土の眼〉はそのまま、〈父の眼〉とかさなり、父の期待を裏切った長子としての負い目は、さらに彼を圧するものとなる。

中原が「朝の歌」をもって、詩人としての本質的な出発としていることは周知の通りだが、それは同時に自分から長谷川泰子が小林秀雄のもとへ去ったという失意の体験から、どう立ち直るかという自己恢復の問題でもあった。しかしここでもあの彼を見返す〈土の眼〉は微妙にはたらく。そのゆらぎは、たとえば次のような習作詩篇（「無題（緋のいろに心はなごみ）」）に、あざやかに語られていると見ることができよう。

〈自らを恕《ゆる》す心の／展《ひろが》りに女を据えぬ／／緋の色に心休まる／あきらめの閃《ひらめ》きをみる／／静けさを罪と心得／／きざむこと善しと心得／／明らけき土の光に／浮揚する／蜻蛉《あきつ》となりぬ〉

ここには彼の言葉でいえば〈口惜しき人〉となった詩人が、失われた「自己同一の平和」をどう恢復してゆこうとしたかという機微がうかがいとれよう。言葉を〈きざむ〉こと、詩作こそが唯一絶対の行為でもあったはずだが、ここでも詩人として改めて再出発しようとする自身の姿を、〈土の光〉に反照されつつ、〈浮揚する／蜻蛉〉のごとき存在と見る時、ここでもまた〈土の眼〉〈土の光〉に見返される詩人の想いは深く、またにがい。

いまは亡き母堂のフクさんや、弟の思郎さんが元気な時は、いくたびか伺ったものだが、兄貴は本当にえらいんですかとは、思郎さんからくり返し訊かれたことだが、それも先の角川版旧全集が出はじめた頃から、この問いは思郎さんの口からは全く出なくなった。あの子の寄こした手紙や葉書は、どれも金の催促ばかりで、これはあの子の恥だと、あとでみんな焼いてしまいましたと、フクさんは言われる。しかしあの除幕の日、ひとりフクさんは位碑の前で、ほんとうはお前が一番親孝行だったのかもしれないと、涙しつつ呼びかけられたという。

詩人をみつめる眼の正と負は、ここにきわまるかともみえるが、しかしあの除幕の日を中原の栄ある〈帰郷〉とみれば、さらに四十年後、詩人はまた新たな〈帰郷〉の日を迎えようとしている。言うまでもなく、ことしは詩人の生誕百年。十年前の宮沢賢治に劣らぬ盛大なイベントや行事をと、関係者は大いに意気込んでいるが、賢治の時、関わったもののひとりとしては、いささか感慨深いものがある。

恐らく新全集の完結を受けての、この〈生誕百年〉とは、我々が改めて〈中原中也とは誰か〉と問う、恰好の時でもあろう。河上徹太郎は中原を評して、近代第一の宗教的詩人だと言ったが、河上氏のいう所を突き抜けて、なお問うべきものがあろう。中原はその訳した『ランボオ詩集』のあとがきに、ランボオの洞見したものは、結局〈生の原型〉であり、〈生の原理〉であったというが、これはまた中原自身を指すものでもあり、これを問いつめることは、中原のみならぬ、日本近代詩の何たるかを問う、根源的な問いともなろう。いま「中原中也論集成」といったものの稿を進めている所だが、四十数年来のひとつの決算として、より新たな〈私のなかの中原〉を発見できれば幸いだと思っている。

Λ

講演　近代文学とキリスト教——中原中也の位置

作家は文学と宗教をどう考えたか

私はキリスト教の中におりますが、その中に閉ざされて、お互いを排除するようになって、原理主義になったらダメなんです。徹底的に宗教というものは開かれなければいけない。

私は下関に住んでおります。いま居る所は昔は狭間町という名前でした。私は「狭間《はざま》」が好きです。これから申し上げる「近代文学とキリスト教」の問題とは何か。文学の側でもない。宗教の側でもない。文学と宗教の狭間、まさにそこに立つということです。

宗教が問題ではなく、一人一人の詩人なり芸術家なり文学者なりのもっている深い意味での宗教性がいちばん大事だということ。中原中也に関してはもうこれで全部言ったような感じがするのです。「日本近代文学とキリスト教」、この問題をどう解いていくかということについては、詩人ももちろん大事でありますが、ある意味では幅広く、近代の優れた作家たちが自分の文学と宗教の問題をどう考えていたかということについてまずお話ししたいと思います。

私はもう七十年近く前、十六歳のときに東京でドストエフスキイの『罪と罰』に触れました。ドストエフスキイは六十年の生涯、実に深い信仰をもっていた。と同時に彼は、自分の信仰は生易しいものじゃないんだ、懐疑と苦悩の坩堝をくぐってきたものだ、それがわかってもらえなきゃだめだと言った。懐疑です。認識です。

私は「宗教」ということばがよくないと思うのです。一人一人問題は〈信〉です。信仰の〈信〉。それから、文学とは何か。人間の問題をとことん根源的に追求するのですから、これは認識です。徹底的に認識する。いかなる主義主張や党派的なものにもとらわれず、根源的にとことん問い詰めていく。これがやはり文学だと思います。そうすると〈信と認識〉、その狭間、問題はそこにあると思います。

昔から、宗教というか信仰的なものに入ったら文学は捨てなきゃいけないと言われてきました。たとえば椎名麟三は転向した人ですが、のちにキリスト教に入る。そういう問題を見ていて、亀井勝一郎など、いろいろな評論家が言いました。一人の文学者が信仰に入るということは文学を捨てることじゃないか、と。文学と宗教とは絶えず二律背反、あるいは二律相反だと。

私もはじめはそう思っていました。しかし、ある時期から、この問題を問い詰めていくと二律相反ではなく、二律相関だということに気づいたのです。文学が宗教的な問題に突っ込んでいく。今度は宗教的な問題が文学を問い返す。そういう緊張関係、これが文学と宗教の問題です。とりわけ、キリスト教国でない日本という精神的な風土の中では、クリスチャンの文学のみを考えていくというのであったら何も生まれてはこない。

私は「日本キリスト教文学会」に入っております。ここには外国文学をやる方やいろいろな人がいます。アメリカでもフランスでもイギリスでもいいのですが、そういうキリスト教国の人が「優れたキリスト者の生み出した文学こそがキリスト教文学だ。その点、日本で、たとえば遠藤周作とかいろいろな作家がいるが、そんなものは問題がやわで甘ったれて中途半端だ」とよくおっしゃる。

私はそれに対して絶えず申し上げます。われわれは日本という風土の中にいやおうなく身を置いている。そこから出発していったとき、簡単にキリスト者の文学だけがキリスト教文学と言えるのか、と。そして私は、「最初からそうではない。むしろ、若いときから何かの縁があって聖書を読んだ、キリスト教や宗教に触れた、そういう方たちが心の中で葛藤を繰り返しながら迫って行ったところに、彼がまったくそういう問題に触れなかったときとは違った、いままでの古いものとは違った、何か新しいもの、深いものが出て来る。それが宗教と文学の問題だ、あるいはキリスト教文学の問題だ」と思っております。

お互いに文学と宗教が、信と認識が向かい合う、交差する。もっと極端に言えば刺し違える。文学が宗教に向かって差し込んで行く、そうすると今度は、その作家、文学者が宗教の側からまた問われる。つまり両者が刺し違えるということです。

遠藤周作の場合

わかりやすい例を申し上げますと、たとえば遠藤周作という作家は、好き嫌いは別として、果敢にその問題に突っ込んでいった。彼の代表作、昭和四十一年の『沈黙』はロドリゴというポルトガルから来た宣教師が主人公です。ロドリゴは捕まって、「おまえがこの踏み絵を踏んで転ばなければ、いま拷問を受けている無辜の農民たちや隠れ切支丹たちは処刑される」と言われます。そして、ずいぶん苦しみながらロドリゴは仕方なく、キリストを描いたあの踏み絵に足をかけようとしたとき、「おまえたちのその痛みはわかる。踏むがいい。おまえたちに踏まれるため、この世に生まれ、おまえたちの痛さを分つため十字架を背負ったのだ」という声を聞くのです。そして踏んでしまうが、ロドリゴは自分はやはりキリストの愛を生きたと考える。
「一人の宣教師が踏み絵を踏んでしまったが、キリスト教を裏切ったのではない。信仰をもっと深い意味で生きたんだ」と遠藤周作は言ったのですから、カトリックの教会その他の社会でも、『沈黙』は禁書扱いになりました。読んではならないということがずいぶん長い間続きました。

遠藤さんはそれを百も承知で、教会から干されてもいい。どうされてもいい。でも、これは文学者として言わなければいけないことだ。殉教者は尊ばれる。しかし、人間の弱さのために転んでしまったものは日陰の身で、苦しんで、教会の歴史の中からは除外されてしまう。そういう人たちは教会の歴史から除外された日陰者として歴史の泥の中に埋められて沈黙を強いられている。自分はその沈黙を強いられた彼らを引き起こして、声を与えたい。復権させたい。この衝動、思い、これは文学者としてどうしても書かずにはいられない問題だ、と言った。つまり、キリスト教というものの一つのドグマといいますか、そういうものが教えに背いた者を切り捨てていくということが、一人の文学者の誠実な声としては我慢ならないというところから出て来たのが、あの『沈黙』です。

したがって、『沈黙』はなにもキリスト教の問題だけではなくて、人間には、あるときはどうしてもあえてこうしなきゃならないことがあるという、矛盾、葛藤、その切迫感、いろんな状況にかかわる一つのダイナミックな問題として広く注目され、取り上げられてきたわけです。

ここに何があるか。遠藤さんのことにもう少し入っていきます。彼は「日本人とキリスト教」の問題に苦しんだのです。遠藤さんはなぜあんなに日本人とキリスト教にこだわったのか。彼は最後は「母なる神」と言っている。しかし、「遠藤の神は本来のキリスト教ではない」ということを言われる。彼はそれを百も承知であった。単なる観念的な問題ではないのです。

彼は十二歳のときにいやおうなく、何の自覚もなく、洗礼を受けた。それから彼は苦しむことになるわけです。何度か捨てようと思った。明治以後、実にたくさんの文学者がキリスト教に入ったが、みんな捨ててしまった。日本人には本来キリスト教にはなじまないものがあったのではないか。それを自覚しないで、近代日本という時代の波の中で入っていった彼らはみんな離教した。ですから、「日本人とキリスト教とは何か」とは大問題です。

正宗白鳥は亡くなる少し前に「文学生活の六十年」という講演のなかで「自分は若いときに植村正久という人から洗礼を受けた。しかし、教会から離れた。そして問題は、最後に自分が死ぬとき、アーメンと言うか南無阿弥陀仏と言うか。これはそのときにならないとわからない」と言っています。こういうところは本当に正直です。

そして、遠藤さんは「白鳥さんが言っているように、自分も同じだ。自分はいちおうキリスト者、カトリックとして生きているが、最後は自分の中の日本人がものを言うかもしれない。それは非常に不安で恐ろしいことだ」ということを「私とキリスト教」というエッセイのなかで書いている。これは発表された年次がいまもはっきりわかっていないのですが、『海と毒薬』を書くちょっと前くらいだから、多分昭和三十一、二年ごろでしょう。日本人であるわれわれとキリスト教というものの実に厄介な問題。それほどわれわれは日本人という問題を大きく深く抱えている。これがどういう決着をつけることができるか、そこから遠藤さんの『沈黙』の問題が出て来るわけです。

『沈黙』は昭和四十一年に発表されます。『沈黙』を書いたときに、彼は「これでぼくは初めて日本人の中に入って行くことができた」と言った。しかし、ロドリゴという主人公はポルトガル人でしょう。それなのになぜ、この作品を書いたことで日本人の中に入って行ったというのか。

これとまったく並行して「潮」という雑誌に四十年一月から十二月まで「満潮の時刻」を書いています。遠藤さんはその前、三十五年から三十七年まで、結核で三度の手術をされ、最後は死ぬかもしれないというところをくぐって生き延びた。この体験は短編にもありますが、これをほとんど自伝的に長編で書いたものが「満潮の時刻」です。しかし、これは遠藤さんはどうもご自分で満足できないということで、単行本にしなかった。もちろん文庫にも入っていません。それが一年くらい前に完結した新しい新潮社の『遠藤周作全集』に初めて入っています。今度はそれが新潮文庫にもなりました。

作品としては『沈黙』にすべてを注ぎながら書いて行ったものですから、ずいぶん不備なところや誤りもあります。けれども、遠藤さんは日本人とキリスト教の問題をどう考えているかがよくわかります。日本人は最後はキリスト教を捨ててどうなるか。自然のすべてのものが神である、そういうアニミズム的な汎神論的なものに吸い込まれて行く。そこに安らぎを覚える。これは隠しようもなくわれわれの中に潜在的にある。それと同時に、自分に迫って来るあのキリストの目とを重ね合わせるようにしたとき、この作品が完成するのです。

遠藤さんが『沈黙』を書きながら日本人の中に入って行けたのは、実はその陰でこの「満潮の時刻」という作品を書き上げたからです。ですから、これは二つの『沈黙』と考えてもらったほうがいい。盾の裏表のようなものです。

遠藤さんはそれまでは高みに立って、日本人には罪の意識がない、本当の宗教意識がないということをかなり断罪的に書いています。『海と毒薬』でもみなそうです。しかし、彼は生きるか死ぬかの三年間の病床生活を通して、『沈黙』や「満潮の時刻」を書こうとした。初めて、彼は、自分が高みから日本人が宗教的にどうということを言うのではなく、転んでしまった一人一人と同じ人間の弱さにおいて、矛盾において、もう一遍問い直していこう、と考えた。

ですから、これが遠藤さんという人の「回心」になるのです。たとえばパスカルは若いときに洗礼を受けた。しかし、それは本物ではなかった。それがあるとき燃える炎のような熱い感動があった。そこで本当に神の臨在というものを知る。これがパスカルの回心だった。つまり、形としてキリスト教に入った入らないではなくて、本当の意味で目がそっちに向く。これが回心です。遠藤さんの三年間の生きるか死ぬかの中で、遠藤さんの中に回心があった。その中から出て来たのがこの『沈黙』や「満潮の時刻」である。そういうふうに思うわけであります。

遠藤さんはこう言っております。宗教というのはそこにドカッといればもう安心立命だということではないんだ。人間だから絶えず自分の信仰が揺らいでいる。言うならば改宗の連続だ。神なんてものが信じられなくなる。しかし、また戻って行く。この連続だということを彼は言っています。そのとおりだと思います。

遠藤さんは一つの例ですが、日本人でありながら、なおキリスト教に入った。そして、この「日本人とキリスト教」という大問題は自分にとって何かということを生涯、問い詰めようとした。これが『深い河』に至るまでの遠藤さんの在り方です。この遠藤文学をどう評価するか批判するかということはわれわれ一人一人の問題ですが、少なくとも遠藤さんはそういう問題を抱えていた。「日本人とキリスト教」ということを生涯誠実に考えた人です。そこのところが私にはよくわかるような気がします。

夏目漱石の場合

さあ、今度はキリスト者でない人はどうか。これが日本の近代文学とキリスト教ということの大きい問題になります。ここで、三人の作家をあげましょう。漱石、芥川、太宰。これが近代文学の御三家と言われ、実に昔からよく読まれて来た作家です。私も好きで馴染んで来た三人です。

まず、漱石ですが、漱石という人は高みに立って宗教を押しつけて来たり、独善的にふるまって来るものに対しては、猛烈に反発する。皮肉る。そこで、「漱石は耶蘇嫌いだ」などと昔からよく言われました。たとえば彼が熊本の第五高等学校の先生をしていたとき、文部省から派遣されて、明治三十三年、プロイセン号という船に乗ってロンドンに出掛けます。途中、上海から宣教師が乗り込んで来た。そして「おまえさんたちはみんな仏像を刻んで拝んでいる。無知蒙昧な偶像礼拝だ」と言ったので、漱石は反発した。「何を言っているんだ。人間が刻んだものを拝むのが無知蒙昧な偶像礼拝なのか。おまえさんたちだって、カトリックの教会でマリアさん、イエスを拝んでいるが、あれはみんな人間が作ったものじゃないか。同じことじゃないか」と、一緒に行った留学仲間が驚くほど痛烈な勢いで反撃するのです。

そうかといって彼は宗教に対して無関心かといえば、そうではありません。ロンドンに留学しているとき、ある下宿に姉妹が二人いました。妹さんは地味な存在です。彼女に「何が楽しみですか」と尋ねると、「毎日曜日、教会にお参りすること」と答えた。彼は「いいですねえ」と、そういう敬虔な素朴な宗教心に本当に頭を下げて、共感します。漱石のなかにはそういうものがあるわけです。

さて、この漱石という存在をもう少し考えましょう。古井由吉さんという人がいます。現代で最高の文学者の一人です。彼の中には独特の宗教性もあります。この作家が漱石について、吉本隆明との対談の中でこういうことを言っています。

漱石という人は日本に生まれたからつらかったんだ。あの人が西洋のキリスト教の国に生まれたら、彼の本来もっている資質をとことん根っこまでほじくって行くことができた。つまり、彼の気質というもの、精神的なもの、根本には非常にキリスト教的なものがあるんだ、と。これは非常に深い理解です。

私はドストエフスキイを読みながら、キリスト教に触れたいろいろな作家の問題も見ました。しかし、漱石は耶蘇嫌いだと思っていたので、ある時期まで読まなかったのです。それが読み始めてみると、まったく古井さんの言われるのと同じものを感じました。それからは「日本人とキリスト教」という問題の中で、一見、耶蘇嫌いとまで見られた漱石の問題が大きく響いて行きました。

ヴィリエルモという人がいます。ハワイ大学の先生でありましたが、非常に敬虔なクリスチャンです。この方がハーバード大学に出した論文は、漱石の宗教性は『門』から始まる、というもので、『明暗』までを論じ、学位論文となったものです。この彼が二十九歳のとき、「私の見た漱石」という文章を書いています。

漱石はクリスチャンでも何でもないが、彼の中には、欧米のいろいろな作家が書くキリスト教的な問題が全部出て来る。罪の問題、改心、懺悔、エゴの問題、救済を願う深い思い。あらゆるキリスト教的な問題が全部出て来ているじゃないか。しかも彼は日本人である。つまり漱石の文学を見て行くと、西の宗教と東の宗教を総合して行こうとする、ある一つの大きいテーマがもたれている。この問題を大きく抱えて始めた人が漱石じゃないか。そしてそれが、漱石こっきりで終わらないことを自分は願う、という意味のことばで結んでいます。

漱石は一見、非常に知的な作家というふうに見えておりますが、漱石の中にそういう問題があるわけです。

もう少し言いますと、彼のそういう問題がいちばん出て来るのは、亡くなる一年前、大正四年に『道草』という初めての自伝的作品を書いた。主人公の健三という男、もちろんこれは漱石を重ねたものであります。漱石は十歳になるときまで、ずっと養子に行っていました。養親は猫可愛がりに可愛がってはくれるが本当の愛情はない。そういう意味で彼は苦しい目にあった。養父は作品の中では島田という名前で出て来る強欲な老人です。その人が落ちぶれて、留学から帰って来た健三の前に現れ、金の無心をするのです。恩を受けたから無下に帰すこともできない。

あるとき、この男を見ているとこういうことばが心に浮かんでくるのです。自分は神ということばは嫌いだった。「しかし、そのときの彼の心には確かに神ということばが出た。そうして、もしその神が、神の目で自分の一生を通して見たならば、この強欲な老人の一生と大した変わりはないかも知れないという気が強くした」という。

つまり彼は神を否定していた。神ということばをむやみに出すことは嫌いだった。にもかかわらず神ということばが出て、その神から問われた。この「にもかかわらず」ということが大事です。これは何でしょうか。

意識では否定していたが、その意識の底、深層意識にわだかまっていたものが、むっくと立ち上がって来て、無意識のうちに自分を問う。だから、これは健三が問われているわけです。同時にこれを書いている漱石が神の目から問われている。神の目から問われたときに、自分の分身である健三もこの強欲な老人も同じではないか、という。

この翌年に書かれたのが『明暗』です。このときに彼が弟子たちに説いた「則天去私」という有名なことばがあります。「天に則して私を去る」。しかし、実はこれをつかんだのは『道草』を書いているときではないか。いま出て来た「神から問われる」ということです。彼は「人間というものがまわりの他者から問われつつ、自分を発見してゆく、そういう問題をこの自伝的作品で問いつめてみようとした。しかしそういうまわりの相対的な他者から問われるだけではなく、究極は絶対的な他者から問われたとき初めて本当が見える」という問題にぶつかった。こうして漱石は書いているうちに思いがけず、「絶対他者ともいうべき神から問われる自分」という問題に直面したのです。そこで、翌年、「則天去私」を唱える。漱石は、われわれ日本人にあまり抵抗感のない、違和感のない「天」を使ったが、本音は『道草』でつかんだ「神から問われること」、つまり「則神去私」でしょう。私はそういうふうに考えます。

漱石は晩年弟子たちにしばしば、おまえたちの書くものにはみんな「私」がある。だから、本当の人間が書けていない。神が公平に人間を見るような目で人間の問題を見ないといけない。俺はいまそういう気持ちで『明暗』を書いている。これが俺の言う「則天去私」だ、と言っています。ここで漱石ははっきり、神が人間を公平に見るように、神の公平な目をもって見なければ人間は生きてこない、と言うのです。

漱石の晩年の宗教的な境地とは何か、宗教性とは何かというとき、吉本隆明さんとの対談（「漱石的主題」）のなかで言われたことを思い出します。吉本さんは、「いやあ、べつにことごとしく宗教を言っているんじゃない。漱石の最後の宗教的境地とは『明暗』の中に出てくる、だれ一人、ちゃんとした人間はいない。みんなエゴのかたまりであるような、ある意味では俗物的で見栄っ張りである、そういう人間を漱石は徹底的に裁かない。あらゆる人間を徹底的に公平な目で書いている。これが漱石のたどり着いた宗教的境地である。人間は徹底的に自他共に平等だ。神の前ではみんな平等だ。そこまで行ったということが漱石の究極の宗教的境地といえるのではないか、と言われた。私もたしかにそう思うわけです。これが漱石です。彼は生涯、知的な作品を書いたようですが、深いところでもっていたものが、あの『道草』や『明暗』などに表れてきている問題であります。

芥川龍之介の場合

では、漱石の弟子の芥川はどうか。あの時代は非常に哲学的な青年がおり、そして学生たちのなかでも聖書を読むグループがたくさんありました。若いときから聖書を読んで来た芥川が、一見、人間を非常に皮肉ったり、相対化する。冷笑的に見ているように見えるが、芥川の中には非常に深く熱いものがあります。それが、死を覚悟して書いた「歯車」、続いて「西方の人」「続西方の人」という最後の作品に出て来るわけです。

たとえば「歯車」です。彼は晩年、身体も神経もボロボロになった。自分の母は自分を生んで七か月目に発狂したので、彼はおじさんの芥川家に行くのですが、自分もそういう母の血を引いているから、このままいったら発狂するかもしれない。そういうときに力を振り絞って書いたのが「歯車」です。

それまで悪口を言っていた自然主義の作家たちがこれを読んで、これは芥川が、切れば血の出るような、初めて裸になって書いた傑作だ、と言った。しかし、これに対して弟子の堀辰雄は、興味本位にそれこそ覗き見るように芥川の痛ましい姿を見てどうだこうだじゃなく、彼の切実な内面の声を聞かなければいけない、と言いました。

「歯車」の中にこういうことばがあります。帝国ホテルでコックさんたちが料理を作っている、その場所に彼は青ざめてフラーッと現れる。料理をしている連中がみなギョッとしてこっちを見る。見られたときに、「自分は生きながらもう地獄にいるんだ。幽霊のような存在だ」と感じた。このときに彼の口をついて出ることばが「神よ、我を罰したまへ。怒り給ふこと勿れ。恐らくは我滅びん」です。これは聖書にもどこにもありません。彼自身の痛切なことばです。「この声を聞かなければだめだ」と堀辰雄は言っているわけです。

さて、このことばはどう響いているか。この作品の最初の題は「歯車」ではないのです。「ソドムの夜」です。旧約聖書にあるソドムです。ソドムの住人は神に背いて腐敗し、ついに神の怒りに触れて滅びました。芥川は現代を描きながら、われわれ現代人は文明社会にありながら究極的には魂の問題をどこにおいたのか、われわれは一皮むけばみんなソドムの住人ではないのか、深い罪を担っているのではないかという問題を提起したのです。それで「ソドムの夜」という題をつけた。しかし、日本の文壇ではこの題では通用いたしません。ですから、ソドムを消して「東京の夜」にした。ちょっと流行歌みたいですね。それで、これもやめた。次が「夜」という題です。これは実存的です。しかし、これでも寂しいなと思っているとき、親友の佐藤春夫が来た。題で困っている、と言うと、原稿を見た佐藤春夫は「おまえのこの原稿の中に『目の中で歯車が回っている』とある——神経衰弱から来るのですが——これはいいじゃないか。『歯車』とつけろ」というので、「夜」を消して「歯車」とした。昔、日本近代文学館でその原稿を見せてもらいましたら、なるほど、そうでした。全部消して、最後は「歯車」になっているのです。

われ人ともに現代人は本当の神の存在をいったいどこに見ているのか。そういう現代人の姿を「ソドムの夜」という題をつけて書こうとした。

ところが、「歯車」を傑作と言いながら、同時代の人も後の研究者もほとんどすべてが、この「神よ、我を罰し給へ。怒り給ふこと勿れ。恐らくは我滅びん」ということばを引かない。どういうことか。日本の研究や批評では「こういう宗教くさい祈りなんてものを引っ張って来て、それを論じるのはヤバいぞ。これはこっちにオミットしておけ」、こういうことなのです。しかし、この祈りが「ソドムの夜」という最初の題と深く響き合っていることはお分りだと思います。

そして、彼は「歯車」を書いて、自分の仕事をいろいろ手伝ってくれた、ある一人の女性と帝国ホテルで落ち合って心中するつもりでした。しかし、奥さんや小穴隆一さんたちが知って、駆けつけて、止めたので、彼はもう一度生き延びた。生き延びたお陰で、「西方の人」「続西方の人」のなかで、彼がどうしても書きたかった〈わたしのキリスト〉を書いた。そして、「我々はエマヲの旅びとたちのやうに我々の心を燃え上らせるクリストを求めずにはゐられないのであらう」、このことばを最後のことばとして書き終えて、手元にあった古い聖書を持って死の床についたのです。

したがって、彼の枕元に開かれていたのは多分「ルカによる福音書」のいちばん最後に出て来る「エマオの旅びと」のある箇所でしょう。イエスが処刑され、弟子たちはちりぢりになり、二人の弟子がエマオという村に行きます。途中、不思議な旅人が寄り添って来て「おまえたちは何を話しているのだ」と尋ねると、「私たちの先生、イエスのことだ」と言う。そこでその不思議な旅人がイエスについて諄々と説き明かしてくれる。日が暮れて、別れるときになったが、二人はどうしても別れがたく、「われわれの宿に来てください」と言う。そして、その宿でこの不思議な旅人が復活したキリストの姿、イエスの姿を現して消えた。あとで、「われわれはあの人をイエスと知らずして、われわれの心は熱く燃えたではないか」という、この場面です。この「熱く燃えた」というところ。これをとってわれわれもまたエマオの旅人のように、われわれの心を燃え上がらせるキリストを求めずにはいられないというのです。

言うまでもなく、すでに芥川は死を覚悟していたわけです。しかし、であればこそ、自分の達成できなかった願いを彼に続く弟子や後輩たちに託そうとした。つまり日本の文学は本当にわれわれの魂を燃え上がらせるものが生まれなければだめなんだということを言った。だから、そのことばは弟子の堀辰雄や太宰たちのなかに生きた。「エマオの旅びと」とは、その堀がいまもその心に深く焼きつけているという芥川の最後のことばにふれた一文です。

太宰治の場合

太宰もまた死ぬ前に『人間失格』と並行して語った『如是我聞』という評論のなかで、やはり言っています。

「おまえさんたち古い文学者には芥川の苦悩がまるで解っていない。日陰者の苦悶、弱さ、敗者の祈り、そして聖書。芥川さんは聖書とともに苦しみながら生きた。しかし、おまえさんたちはだめだ。これがわからなければ日本の文学は新しくならない」というのが、太宰の最後に遺したことばでもあります。

太宰ほど日本の作家で聖書のことばをたくさんひいた人はいない。太宰は戦争中にいい働きをしています。いつ戦争に引っ張り出されて死ぬかもしれないという若者を太宰は暖かく受け止めた。そして、「聖書を読め、聖書を読め」と言った。泉鏡花を研究していた村松定孝さんが太宰のところを訪ねたら、「君、聖書を読んでいるか」と尋ねられ、「はい、読んでます」と答えると、「そうか。それはよかった。さあ、飲みに行こう」と喜ぶのです。「飲みに行こう」と言うところが太宰らしい。聖書を若者たちが読んでくれることが非常にうれしいというのが太宰の本音でもあったようです。

太宰は信仰についてどう言っているか。救われると言っていない。『人間失格』で何と言っているか。大庭葉蔵は、私にとって信仰とは何か、わからない。ただ一つ言えることは、この罪深い自分が頭をうなだれて神の裁きの場に進んで行くこと。それがこの主人公にとってのぎりぎりの信仰だ。その後で許されるか救われるか、分からない、と言う。これはとても誠実なことばではないでしょうか。ただ罪深い自分が神の裁きの前に頭をうなだれて進み出る。これが自分にとっての信仰だと、こういうことを言っています。

また太宰はこの『人間失格』の中で、ことばのアント遊び、アントニム、対義語遊びをするのです。たとえば信仰ということばの反対は何だろう。神か。いや、神の反対はサタンだ。光か。光の反対は闇だ。では、罪の反対は何？　わからなくなる。信仰の反対は懺悔か、告白か、祈りか。いや、違う。これは全部同列のシノニム（同義語）だと言った。

私はあるとき、『人間失格』のこの場所を読んで、太宰が聖書から受けたものは本物だと思いました。日本の古い文学では何か罪を犯したとき、私小説や自然主義文学では告白があります。そんなものはみんな、トコトンのものではない。本当の懺悔、告白、コンフェッションというものは神から問われるというところで初めて出て来る。それに対して軽々しく懺悔、告白というのはみんなシノニムに過ぎないとこの主人公に言わせている。つまり、「救いがあるかどうかわからない。ただ、聖書から問われるということが自分のぎりぎりの信ということにつながる一点だ。そうでなければ日本の文学は新しくならない」ということを彼は言おうとしているわけです。

ところで、彼のこの『人間失格』に「難解」ということばが出て来ます。これは鍵です。「自分も難解。人も難解。まして女はさらに難解だ」ということを言っている。それはどこから出て来るか。みなさんは大庭葉蔵の「三つの手記」をご存じでしょう。その「第三の手記」の最後の所で、彼は言っている。「自分はことし、二十七になります。白髪がめっきりふえたので、たいていの人から、四十以上に見られます」と。この「二十七歳」が鍵です。太宰がちょうど二十七歳だったのが昭和十年です。このときに太宰は「難解」という文章を書いています。

この年、彼は家から仕送りをもらいながら学校に行かない。落第で、卒業ができない。どうしようもない。そこで都新聞の採用試験を受けに行くがダメだ。鎌倉の山中で首を括ろうとしたと言っている。最後は大学は除籍処分になります。パビナールの中毒で少しおかしくなっている。さらに言えば昭和十年六月、あの「道化の華」で第一回の芥川賞をとりたかったが、別の小説が候補作品となって失敗します。つまり、もうどうしようもない年なのです。この年に「難解」という文章を書きます。

「難解」とは何か。わかったのは「文学に難解はないんだ。難解なのは自然だ」ということです。この自然というのは目に見える自然ではありません。人間の内なる自然、内なる闇です。「人間の内なる自然、闇、これが難解なんだ。ところが、オレたちのやっていることは何か。その難解な自然に切りつけて、いかにもみごとに切りつけた、あるいは切りつけたというふりをして、自分の腕を自慢している。それがオレたちのやってきた文学ではないか」と言っている。

実はこの「難解」という文章の前に、すでに「道化の華」とか、ああいうすごい実験的な作品を、書いているのです。いくつかのすごいものを書いていながら、「オレたちは本当に難解な人間の心の闇に取り組んでいるのか。オレたちの書き方はいかにもみごとに切ってみせたという自分の太刀先で、それをただお互いに誇っているだけではないか」と問う。この根源的な問いはどこから出て来るのでしょうか。私は聖書から出て来ると思います。

実はこの年の初め、彼は病気で落ち込んでいる。そんなときはどんな文学書を読んでもだめです。『内村鑑三随想集』が昭和七年に岩波文庫から出た。これを読んだ。そして、どんな文学もちょっと読んだがだめだった。ところが内村鑑三の本は恐ろしい。怖いほどの圧倒的な本だ、という感想を書くのです。その中ではこういうふうにも言っています。自分は内村鑑三のあの本に打ちのめされて、ほとんど信仰の世界に一歩踏み込もうとしていた、と。これがポイントです。これがキリスト教国であればスッと入ったかもしれない。しかし、日本人にはそこに非常に屈折したものがあるから、こういうときに太宰は揺れながら、結局、踏み止まっている。しかしこの一年半ばかり後には、あの「HUMAN LOST」という作品のなかで「聖書一巻によりて日本の文学史はかつてなき程の鮮明さを以て、はつきりと二分されてゐる」とも言っているわけです。

さて、この「難解」という文章ですが、ここでもう一つ、文学者が聖書をどう扱うかという問題があります。いま、太宰はこの聖書のある部分を読んで「難解だった」と騒ぎ立てたと言いましたが、それはどこかというと、「ヨハネ福音書」一章の一節から五節です。

「太初《はじめ》に言《ことば》あり、言は神と偕《とも》にあり、言は神なりき。この言は太初に神とともに在り、万の物これに由りて成り、成りたる物に一つとして之によらで成りたるはなし。之に生命あり、この生命は人の光なりき。光は暗黒《くらき》に照る、而して暗黒は之を悟らざりき」。はじめにことばがあった。つまり神の意志があった。ことばは神とともにあった。これに命があり、それは人の光であり、人間の中にその神の光が射し込んだ、しかし、人間の心の闇、暗黒、これは受け止めなかったということです。

「これは何だ。この聖書のことばがわからない」と騒ぎ立てたというところで、「そうか。そうなんだ。オレたちはけっこう何かやっているつもりだが実は何もやってないんだ。この難解というか人間の心の闇、暗黒、そこを本当に抉っているかという問題があったんだ」と太宰は考えた。

そして、問題はその次です。太宰は「ヨハネ福音書」一章の一節から五節までをそのまま引いているのですが、そのあとは引いていないのです。そのあとには実はこういうことばがあります。「神より遣はされたる人いでたり、その名をヨハネといふ。この人は証《あかし》のために来れり、光に就きて証をなし、また凡ての人の彼によりて信ぜん為なり。彼は光にあらず、光に就きて証せん為に来れるなり」。これはバプテスマのヨハネというキリストの到来を告げたあの預言者で、最後は処刑されるわけです。彼は「なんじは誰なるか」と問われると、「我は預言者イザヤの言へるが如く『主の道を直《なお》くせよと、荒野に呼《よば》はる者の声』なり」という。私が来たのは主の道、神の道を直くせよ、いまの宗教は腐敗しているから直くせよ、と荒野に呼ばわる者の声である、とバプテスマのヨハネは言った。

ここに太宰は共感しているのです。しかし、これをあえて彼は引いていない。「主の道を直くせよ」ということばは太宰にはどう響いたか。本来の文学の道を直くせよ、そういう声を聞いた。そのことばがもし自分に響いてくるとするならば、これによって文学の道を直くする。つまり、あの内村鑑三の本に自分はいかなる文学書よりも大きく打ちのめされたと言った、その彼の問題であります。そうすると、彼の言う、あの「難解」、われわれは果たしてこの人間の心の闇に迫っているか、つかんでいるか。こういう問題があるわけです。

彼は同じ時期、昭和十一年はじめ、「最後のスタンドプレイ」という文章のなかで、こういうことも書いています。ダヴィンチの描いた「最後の晩餐」に触れたものです。イエスのまわりにいろんな弟子たちがいる。だれがイエスになるか。だれがヨハネになるか。しかし、何といっても自分はあのユダの役をもらいたい。ユダの役は私以外はだめだ。ユダは「左手もて何やらん恐ろしきものを防ぎ、右手もてしっかと金袋をつかんでいる」という。彼は会計係だから金袋をつかんでいるのはわかります。しかし、左手もて何か恐ろしきものを防いでいる。自分に迫ってくる心の闇、そういうものに向かって一生懸命手を向けて戦おうとしている。つまり太宰はそこを見ているのです。

やがて太宰がユダを書いたとき、そのことが書けたか、書けなかったか。昭和十年代の半ばに書いた、傑作と言われる「駈込み訴へ」は、自分はこんなにイエスが好きで、イエスと一緒に暮らしたいと思っているのにイエスは素っ気ない。死のうとしている。ならばいっそ、私のこの手にかけて――まるで心中物みたいですが、それでイエスを銀三十枚で売るという。そのユダの矛盾に満ちた声を一息に語ってみせたものであります。これは非常にうまい。太宰の文体はすばらしいということと、一種、語りのエロスというものがある。しかし残念ながら、ユダの語りの中に芸のうまさは見えても、太宰が「ユダ、何やらん恐ろしきものを防ぎ」と言った、その難解なる人間の心の闇に彼の文学はついに迫って行くことはできなかった。この「人間の心の闇に迫る」ということ、これはやはり日本の文学の問題として一つ大きい問題になります。

森鷗外、二葉亭四迷、北村透谷、島崎藤村の場合

さて、これをさかのぼって明治の初年になるとどうかといいますと、近代文学を開いたのは言うまでもなく明治二十年代はじめの二葉亭四迷の『浮雲』、少し遅れて、森鷗外の『舞姫』となりますが、もう一人挙げたいのが北村透谷、彼は詩人で評論家ですが、明治二十四年に『蓬萊曲』を書きます。

まず鷗外です。彼は数えで五十歳という知命の年に自分の人生を振り返る。このとき、明治四十四年に書いた「妄想」の中で、自分は若いときから留学して、ヨーロッパの思想からいろいろなものを受けた。「多くの師」には会った。けれどもついに自分の生き方、人生観、価値観を根源から揺るがしてくれる「一人の主」には会わなかった、と言っています。主と師とは違います。そして、これは聖書から出て来ることばです。

これは何か。私の勝手な推測でありますが、自分のことだけを言っているのではない。明治の初年から多くの若者が時代の流れの中でキリスト教に入ったが、本当に自分のあり方を根源から揺るがすような主に出会ってはいない――鷗外は自分を語るとみえて、実はあの時代を語っているとも言えます。

もう一人の二葉亭は、言文一致の新しい文体を開いたし、たいへん誠実な優れた人でありますが、彼はキリスト教をボロクソに言います。この世に無限とか絶対はないのに、なぜ、すぐに無限とか絶対とか神の救いとか押しつけてくるんだ。吐き出したいほどだ、と。これは一つの日本人のタイプでありますが痛烈に言っている。そして、「学ぶべきは孔子などの説いた儒教の仁の教えだ。仁義礼知信の仁の教えこそ、いちばん真っ当なものだ。昔の人はこれを精神的《メンタリー》に学んだが、いまは新しい時代だから、物理的《フィジカリー》に、もっと物質的に、いまの時代に即して、仁の思想とは何かを学ぶべきだ。これが人間の一つの救いであろう」と言っている。

ところが、ここに一人の文学者がいた。「人間とは有限と無限との中間に彷徨するもの」にして、「文学とは人間と無限とを研究する一種の事業なり」と言い切った。これはだれか。北村透谷です。透谷は明治二十七年、満二十五歳で命を絶った、天才的な詩人、評論家であります。

二葉亭などは無限とか絶対とか、そんなものは観念だけだと言ったが、有限と無限との中間をさまよう、揺れ動く。これが人間だ。これが存在としての人間のリアリティだ。そして、もし文学というものは何かと問われればその人間と無限とを研究、探求する一種の事業だ、と言い切っている。これが透谷です。

このことばはどこから出て来るか。彼の親しい友人で、同じキリスト者の山路愛山という歴史家との間に論争があり、愛山は「文章すなわち事業なり。人生に相渉らずんば空の空なるのみ」と言って、透谷のいうところが高踏的であり、あまりに観念的であることを批判しますが、それに対して、「人生に相渉るとは何の謂ぞ」と透谷が言い返す。これがいわゆる「人生相渉論争」となるのです。これは勝本清一郎など、いろんな人に言わせると、「山路愛山だってキリスト教の立場で立派な働きをした人だ。同志ではないか。だから、本気でやっているのではなくて、本当は、透谷がいちばん敵とした、対立すべきものは尾崎紅葉などの古い、硯友社の文学だ。それを打つべきだったのだ」ということになります。

しかし、透谷が問うているのはそうではありません。徳富蘇峰を中心とする「国民之友」、あるいは巌本善治の「女学雑誌」、あるいは自分も入っている「文學界」、あるいは植村正久がやっている「日本評論」、こういうキリスト教の立場から、いままでとは違った理想主義の文学や新しい文学を説こうとした。こういう連中が、しかし深いところ、根本のところで、ことばの表現、文学的な表現、文学そのものを一体どう思っているのか。結局、文学の改良に過ぎないのではないか。あるいは一つの実利実益、啓蒙的な論として世の中の役に立てばいいという考え方ではないか。これに対して透谷は人間の本当の深い実存的な問題にまで入って、文学とは何か、ことばの表現とは何かということをやろうとした人であります。

そして、この論争の果てに、最後は『内部生命論』というところに行きます。これは画期的なものです。「人間というのは何も自分の働きでやっているのではない。宇宙の精神、即ち神なるものからのインスピレーションを瞬間に受ける。そうして、そのたびごとにその中でわれわれの魂は新しく作り替えられる。そして、それをもってまた再び、この世界を、現実を見るとき、いままでとは違った新たなものとして見えて来る」と。これが彼の言う〈内部生命論〉です。

つまり「無限に向かって、神に向かって」、文学の空間、ホリゾントを大きく開いてゆこうとした。しかしその彼の志を受け継ぐ者が果たしていたか。

せっかく透谷が「目に見える地平線的なものではない。われわれは人間をとことん見ると同時に、無限なるものを見る。神を見る。そういう大きなホリゾントが開かれなければ日本の文学は新しくならない」と言ったのに、彼の弟分である藤村などは結局、それを十分学び切ることはできなかった。むしろ藤村などを中心とした自然主義の文学者は、目に見える現実、あるいは自伝的なもの、そちらのほうにぐっと入って行って、透谷がせっかく開いてくれた文学の可能性というものを閉じてしまったのではないかと言うことができます。

さて、日本の近代文学とキリスト教の問題は実存的な問題として、透谷から始まったのです。『蓬萊曲』という劇詩の中で主人公は「〈このおのれてふ物思はするもの、このおのれてふあやしきもの〉を捨て、去《い》なんこそかたけれ」と言う。己というこの自意識を自分からどうしても引きはがすことはできない。〈世を捨つるは紙一片《ひとひら》をすつるに異ならず〉と言いつつ、この近代人としての自意識の問題との葛藤はどうすることもできない。そして最後、この劇詩の中で主人公は蓬萊山の山頂の近くで大魔王の試みを受け、「俺に従え、すべてこの世の栄華も富も与える」と言われたのをはねのけて、苦悩の死を遂げる。彼の書いたこの作品は実は未完成ですが、鋭く、根源的な問いを投げかけつつ、主人公同様、作品自体もまた天地の間に宙吊りになった存在として、今もわれわれに強く問いかけるものがあります。

こうして透谷から文学とキリスト教の問題はいちばん実存的な問題として始まったといっていいのですが、同時に近代詩もここから始まります。明治十五年の『新体詩抄』に始まり、藤村の『若菜集』（明30）がそのひとつの成熟とみられますが、しかしその藤村も四冊の詩集を遺しつつ、ついに「しらべは七五と五七とを離るることあたわず」と言い、やがて散文の世界、小説の世界に入って行くわけです。

藤村は明治二十一年、十六歳のときに受洗しています。しかし、彼もまた、やがてキリスト教から離れていき、数年後にはこういうことを言っています。

「招かば来り給はざることなき、とつくにの神も、吾山水と吾人情とによりては、僅かに其の空殿のみを残したまふて、知らぬまに既に遠くに帰りたまふこと少からず」（「聊か思ひを述べて今日の批評家に望む」明28・5）。キリスト教の神は所詮日本人にとっては外国の神だと言う、この違和感。これを藤村はキリスト教から離れながらはっきり言っています。

私はあるとき自分の教会の近くで、こんな光景を見ました。十字架が立っている。そこに若いお母さんが小さい女の子を連れてやって来た。その女の子が十字架を見て、「お母さん、あれ何？」と尋ねました。若いお母さんが「あれは外国のノノンさんのおられるところよ」と答えました。「ノノンさん」とは幼児語で神様のことです。十字架を見て、母親が「あれは外国のノノンさん、神様のおられるところ」と言う。これが日本人一般の意識ではないでしょうか。結局、キリスト教は外国の神様みたいなものだという考え方が一般的なようです。

藤村もしかりであります。たしかに彼がキリスト教から受けたものの一つの刻印はいろいろなかたちで微妙には生きておりますが、最後の『夜明け前』では彼は完全に日本的な風土に入っていきます。「なべては神の心であらうでござる」ということばを維新前後の大きな時代の流れのなかに、ついにその志を果たさず死んで行く青山半蔵が呻くように三度繰り返す。つまり運命です。徳川幕府が大政奉還することも、維新が来ることも、自分の一族が滅亡することも、みんな一つの大きな運命だというふうに神という問題が問われている。透谷を最もよく理解したと言われている藤村にして、そういう問題をこのように受け止めているということがあるわけです。日本人とキリスト教の問題が厄介だということが、ここで一つ、おわかりになったと思います。これも急所です。

もう一つの急所を申し上げたい。国木田独歩なども若いときに植村正久の勧めでキリスト教に入信し、やがて離れます。そして晩年、植村正久が病床に来ると、「先生、私はどうしても祈ることができないんです」と言って、その苦悩を告白する。彼が晩年に書いた『病牀録』の中ではこう言っています。余は祈ること能はず、「霊性（霊の問題、信仰）の問題」こそはいまもなお「処決しえぬ唯一の問題」なり、と。そして、次のようなことをたとえて言っております。

「抜出したる抽斗《ひきだし》を其儘にし置くさへ心苦しきものなり。況んや、一度、抜出したる心の抽斗の永世その儘なるは、吾の堪へ得る所なるべしや」

抽出を抜いた。抜いたままで放っておくと気になる。まして自分の魂の抽出を抜いた。それが抜いたままになっているということはどうしても心に引っ掛かる。わだかまりになる。「魂の抽出を抜き出したままになっている」ということ、これは非常に印象的なことばです。

正宗白鳥も抜き出したままです。キリスト教を捨てたとか何とかと言っているが、最後はやはり教会で告白します。やはりずっと引き出したままなのが白鳥のなかでわだかまりとしてあった。鷗外はどうか。鷗外は明晰なロゴスの人ともいうべきで、ついに抽出をあけないのです。二葉亭はどうか。ちょっとあけてみるが、キリスト教というのはあまりにもドグマ的に押しつけてくる、これはわれわれに合わないというような言い方をする。藤村は一度あけた。しかし、結局は日本的なものに傾斜して行く。そういう道行きをしている。

しかし、この「抜き出したる霊性の抽出」というのは、近代の作家が若いときに、受洗していようと、キリスト教に入っていようとそうでなかろうと、みんなわだかまっていた問題であります。

中也の場合

さて最後に近代詩の問題、中原中也の問題に入ってゆくことになりますが、中原の詩集にも入らない初期のダダの断片の中に、〈有限の中の無限は／最も有限なそれ〉ということばがあります。昔読んだときに目に焼きつきました。ああ、中原はそれを感じていたのか。われわれは有限なもの。しかし、われわれは有限のゆえに無限を求めようと振り仰いでも、やはりわれわれは有限そのものの存在ではないか。その有限であることを捨てて、ただ無限を求めると宗教も何も単なる観念に終わるのでないか。つまり中原という人は有限という人間の実存の問題を見据えている。そして同時に、人間としては、人間の条件としては、やはり無限を求めていく。この〈有限と無限の狭間に〉というのはかつて透谷が開いたものです。それを中原は別の形で受け止めているということが言えるのではないのかと思います。

問題は、透谷、藤村、やがて明治の象徴主義の運動、これは蒲原有明にしろ上田敏にしろ、いろいろあるのですが、結局、宗教的な情緒で終わっています。三木露風のような人もその後に白秋とともに現れます。三木露風はトラピストの修道院の講師になって洗礼を受け、カトリックに入信します。入信したから詩が深まったか。とんでもない。そこではかえって緊張感が薄れて、だめなものになってしまった。これがまた一つのポイントです。

それに対して、その後に現れてくる朔太郎の「浄罪詩篇」は、あの『月に吠える』の冒頭に出てくる六篇の「竹とその哀傷」の中心になります。彼はエレナと呼ぶ人妻との不倫の問題やそのほかのいろいろなことからノイローゼになって、大正五年から六年にかけて一年間、詩が書けなくなります。ただそのとき、彼がその悩みを訴えたのは白秋です。同じ人妻との問題を起こして、しばらく未決監につながれた、あの白秋こそは自分の苦しみがわかってくれるというので綿々とそれを訴えた。詩が書けなくなる前の大正三年から四年に「浄罪詩篇」という詩を繰り返し書いています。これは露風などとは違い、自分の心に針を突き刺して行くような優れたものであります。たとえば懺悔の祈りのなかで天上の松に逆さに吊るされている自分の祈りの姿など、鋭く、告白的な詩篇をいくつか遺しています。

ただ問題は、ここでも朔太郎は、しかしこれらの「浄罪詩篇」というものがやはり自分の疾患から現れてくるものであるならば、神よ、どうぞ、われを問い給えという意味のことを言っています。〈我は主を信ず／我は主を信ず／まことに主ひとりを信ず／かかる日の懺悔をさへ／われが疾患より出づるものとしあらば／すべて主のみこころにまかせ給ひてよ〉（「偉大なる懐疑」）とは、彼の語るところです。〈私ガ疾患スルトキ／スベテ見エザルモノガ見エ〉というごとくその疾患の中からいろいろなものが見える。見えないものまでが見えてくる。これは詩人の特権かもしれない。病的な感覚で見えないものが見えることをこうして自分は一見、誇っているが、それはそういう深い限界を知らないで自分が勝手に唱えているとするならば、「自分のこの営みを神よ砕きたまえ」という意味のことを言っているのです。「浄罪詩篇」のこの「偉大なる懐疑」という詩の傍に彼は「浄罪詩篇奥付」としるしています。「これらの自分の書いた詩、罪を徹底的に問い詰める詩、しかしそれさえもが人間の自我の一つの営みであるならば、神よこれを砕き給え」と。これを「浄罪詩篇奥付」としるした所に彼の深い宗教意識の何たるかが見えて来ます。

この時期に朔太郎は妹さんに連れられて前橋のバプテストの教会にしばらく通っています。知られているように朔太郎がいちばん宗教に近づいた時期です。三好達治さんも「あのときのあれは本物だった」と言っています。しかし、やがて彼は離れて行く。ただ、そのときに朔太郎が言っているのは、自分はいま非常に聖書に、キリスト教に近づいている。それによって私が救われるか救われないかが問題になる。もし、自分が永久にわが信仰を発見しなかったら、私は永久に苦しき懺悔者か素人詩人で終わるかもしれない、と。

ここで「素人詩人」ということばを使った。つまり、ここまで来た自分が魂の問題にとことん突っ込んで行くことができなかったら、自分はある程度の詩のごときものを書いたが、根源的な意味で生きた詩ではないだろう。つまり朔太郎もある意味ではそこまで行っているわけであります。

那珂太郎さんが「朔太郎という人は日本の近代詩の中で最も実存的な魂の抒情詩を書いた」と言っています。そのとおりだと思います。ある意味では透谷から始まった近代詩の実存的な問題が朔太郎に至って初めて魂の抒情詩になった。だから、「透谷から朔太郎まで」が一つの軸になります。

では、朔太郎の残したものが本当に受け継がれたか。これもまだです。朔太郎の次にもう一人、実存的な魂の抒情詩の作者として出て来る、それが——この間、いろいろ文脈はありますが飛ばして言えば——中原中也ではないか。中原中也はカトリックに入信はしなかったが、河上徹太郎さんは「彼のものを読んで私は宗教というものが何であるかが正確に厳密にわかった。日本の詩人の中で最も宗教的な詩人が中原だ」と言っています。河上徹太郎さんは中原中也より五歳年上です。だから、河上さんに宛てた手紙やいろいろなものでは彼は本当に心を開いて、宗教の問題を語っているわけであります。

ところが中原はまた、日記その他ではある意味では手放しに言っています。「神様があるとは神様があるといふことだ」と。「誰がなんと云つても、美しい心にとつて神は在る！」「僕は底の底まで落ちて、神を攫むのです」「芸術とは、自然の模倣ではない、神の模倣である！」

こういうことばが繰り返し出て来ます。少年時代に「地上組織」で、目に見えるものがみな有機的に見える、しかし、そこに無機的なものがあり、それを感じるときに人間の目では見ることのできない、ある神秘、存在の不可思議さを感じる、ということを言っている。そこから詩が生まれて来る。これは哲学でも何でもない。詩人こそが、存在の神秘というものに迫って行く、表現することができるんだ、と。

中原のことを、たとえば朔太郎などは、自分は中原とは何回くらいしか会っていないし、特別な交わりはない。ランボーは知的な詩人だが、中原はどちらかといえば抒情的な詩人だ、と言い切っていますが、中原は断じて単なる抒情詩人ではない。彼は、詩とはクリティックだ、批評的な目のない、本当の深い根源的な体験のないところに本当の詩は生まれない、ということを繰り返し言い切っているわけです。論理の根源が見えないやつの詩はつまらない。信仰のない詩人の詩は、形象詩のみだ——これはリルケを批判したことばであります。そして「つねに目覚めてあれ」の行える人。つまり、つねに前方を見つめている、かの敬虔な人である必要がある。私は厳密な論理によった。そして最後に最初見た神を見た、と言っています。

目覚めてあること、これが中也にとって敬虔ということです。われわれが神に対して敬虔というのは自分をすっかり捨てて無心になるということですが、同時に中原は「つねに目覚めてあれ」という。自分を委ねるという気持ちと同時に、絶えず認識者として徹底的に目覚めている。中原のなかにあってとても大事なのは「目覚めてある認識者の目」です。そして最後は、自分たちが意識的なものを砕かれて神の前にある、そういう虚心なもの。この二つのものが一つになっていなければ、本当の生きた魂の抒情詩は生まれないというのです。

河上徹太郎さんは『日本のアウトサイダー』のトップに中原をもってきた。最後に内村鑑三をもってきた。日本ではキリスト教はアウトサイダーです。では、日本のインサイダーとは何か。明治以後の「追いつけ、追い越せ」の中で、出世主義的なもの、実利実学的なものが日本のインサイダーであるならば、われわれはむしろ、アウトサイダーとして自分の魂に誠実に生きて行こうというのが中原のあり方です。そして、そのアウトサイダーとして徹底的に生きて行くときに、中原にとってなんと、あのカトリックというものがこの自分のあり方を丸ごと受け止めてくれる。そういうものとして、中原はその身をあのカトリックに委ねている。しかし、中原の言っていることにキリストや聖書のことばはあまり出て来ません。あえて言えば、キリスト教や何教といった既成の宗教の枠をつきぬけて、その向うにより根源的な神の存在を見ていた、感じていたとも言えましょう。それは、透谷のいう「宗教の底に一宗教あり」といったことばにもつながるものでしょう。

最後に申し上げます。いま、宗教が原理主義的になっています。宗教戦争になっています。イスラム、キリスト教、ユダヤ教、その他もろもろ。一つ間違えば原理主義的になって、こっちが絶対で、相手はぶち壊さないといけないという変なところに来ている。この宗教がどう開かれなければならないかが、今日の最大の問題でしょう。

北森嘉蔵という神学者は「日本の不幸は教会と文学とがすれ違っていて、教会があまりにもリゴリスティックに文学者を裁く。また文学者ははっきりわからずやみくもにキリスト教というものにそっぽを向く。悪しき関係だ」と言っていますが、中原の中にあるものは「有限の中の無限は／最も有限なそれ」というふうに、徹底的に醒めた認識者の目です。同時に、詩はことばの問題ではない。最後は自分の魂にいかに誠実であるか。それがすべてだ。そして、〈名辞以前〉、つまり人間というものは自然の中に、自然存在と自然の暗黒心域の中に身をひたしているときに、われわれは本当の客観性を得る、と。こういう中原のことばを一つ一つ見ていくと、中原は決して、単なる抒情や観念でうたってはいない。非常に開かれた、誠実な、そういう目をもって人間の認識、自分を見ている。ザインの問題を見ています。ザインの問題に立ちながら同時に人間は無限を求める——ゾルレンの問題です。これに引き裂かれるようにしながら、両者をどちらも大事なものとして抱えていた。それがたとえば中原の『山羊の歌』から『在りし日の歌』に行くのではないでしょうか。

ですから、中原の詩を一つ選ぶとすれば、『山羊の歌』の最後のパート「羊の歌」の中の「祈り」です。

死の時には私が仰向かんことを！
この小さな顎が、小さい上にも小さくならんことを！
それよ、私は私が感じ得なかつたことのために、
罰されて、死は来たるものと思ふゆゑ。

あゝ、その時私の仰向かんことを！
せめてその時、私も、すべてを感ずる者であらんことを！

これはいろんな読みがありますが、私はこれを信仰的に読みます。どういう意味かというと、〈死の時には私が仰向かんことを！〉の〈仰向く〉とは絶対者を見上げること、無限なるもの、神を見上げるということです。そのときに〈この小さな顎〉、中原は自分の尖った顎が自分の顔の中でいちばん卑し

いと言ったそうですが、〈この小さな顎が、小さい上にも小さくならんことを〉という、つまり神の眼差のもとに砕かれるということです。砕かれたもの。そして、〈私は私が感じ得なかつたことのために、／罰されて、死は来たる〉という。これは人間のほとんど原罪的な問題でしょう。私には人の痛みが見えていない。人間の痛みが見えていない。そのことのゆえに私は罰されて、死は来るものと、罪の問題を言っている。

そして、〈あゝ、その時私の仰向かんことを！／せめてその時、私も、すべてを感ずる者であらんことを！〉という、つまり他者の痛み、人間の痛み、すべてを知る。同時にその人間を丸ごと包んでいく大きな絶対者というか、神というか、そういうものの恵みを、まなざしを、そういうもののすべてを感ずる者でありたいという。これこそがまさに、あの透谷が拓いた無限なるものの前に、魂を開いていくということです。

ですから、私に言わせれば〈透谷から中原中也まで〉という言い方ができるのです。

最後に日本語の問題ですが、中原は単なるフランス風の詩人ではありません。吉田秀和さんが言っています。〈ひさかたのひかりのどけきはるのひにしづこころなくはなのちるらん〉というあの『古今集』に出て来る紀友則の歌を、チャイコフスキーの組曲「四季」の「六月の舟歌」の曲に合わせてうたうときに、中原の全存在を丸ごと、いちばん感じることができたと。もちろん曲のこともあるでしょうが、この歌について、「一つのメルヘン」を思わせるような、あるいは「冬の長門峡」を思わせるような、そこにはただ無限の時間が円環している。それを中原は感じて、いつも口ずさんでいたのではないでしょうか。

中原はこの歌が最も好きだということを言った。日本語というもの、和語というものの本当のやわらかさが見えた人は、だれでもない、中原でしょう。自分の内面のボルテージがとことん高まっていった。それを表現することばは観念の殻ではありません。和語の柔らかさを中原は最も信じていた。

朔太郎のような人でさえも、口語詩を開拓しながら、最後は『氷島』に帰って行った。そして、自分が古い文章語に帰って行ったのは退却である、敗北であると言ったが、中原はそれを言わなかった。彼の詩を考えてください。現代人がだれも顧みない七五調を平気でうたう。しかも決して古めかしくない。実に軽やかで、見事です。しかもまた、最後はどうでしょうか。「春日狂想」のようなものもあれば、「冬の長門峡」のようなものもあって、表現が自在でしょう。彼は本当に日本語というもの、ことばというものをしっかりつかんで、あの晩年の数年間の弱った中で、実に多彩な可能性に満ちた表現をした。それが中原であったと思います。

私が申したいことは「可能性としての中原」です。表現においても、これからの近代詩のもつべき問題としても、「すべてを感ずる者でありたい」という中原の真率なる宗教的な魂の告白は、まさにこれからの時代の可能性として読まれるべきものではないかと思います。

（二〇〇二年九月七日　於・ホテルニュータナカ）

VI

日本近代詩とキリスト教

1

近代百年の詩史を考える時、近代文学自体がそうであるごとく、この国の近代の詩もまた、キリスト教思想とのかかわりを抜きにして論ずることはできまい。たとえばその草創期における画期の作ともいうべき湯浅半月の叙事詩『十二の石塚』（明18）、北村透谷の長詩『楚囚之詩』（明22）や劇詩『蓬萊曲』などの試み、近代詩の創成者ともいうべき島崎藤村の『若菜集』以下の展開、さらに大正期に入っては真の近代詩の誕生ともいうべき萩原朔太郎の『月に吠える』の登場、これと並ぶ山村暮鳥の『聖三稜玻璃』（大4）以下の詩篇、また近代詩における最もすぐれた詩語の肉質と個性的な詩法を示した宮沢賢治、中原中也、八木重吉など――そのいずれもが、すぐれて宗教的な特性を持っていることは明らかであろう。

またさらには明治後期にはじまる象徴詩における上田敏、蒲原有明、「明星」派の詩人として出発し、その後屈折した詩風の展開を示した石川啄木、またこれにつながる「スバル」派の詩人たち――北原白秋、木下杢太郎、高村光太郎、さらには白秋とともに象徴詩の新たな展開を示した三木露風など、これら近代の代表的詩人たちにも、キリスト教の影響は色濃く見られる。繰返すまでもなく、これら近代詩史の要衝を占める詩人たちにおけるキリスト教思想（あるいは信仰）とのかかわりに深浅の差はあれ、その微妙な交錯を見ずしてわれわれはその特性、本質を論ずることはできまい。しかし問題はむしろその次にある。

その第一は、言うまでもなく伝統的心性あるいは民族的エトスと、キリスト教思想との対峙反立あるいは渾融の問題であり、それは半月、透谷以下の詩人の裡にさまざまな軌跡と様態を以て示されている。ただ従来しばしばこれにふれて、キリスト教思想（あるいは信仰）より伝統的心性、あるいは汎神論的世界への傾斜、頽落という図式的裁断の多く見られたこと、また逆に、そこにあらわれた宗教性を、文学における自律性の名において必要以上に過小視しようとする傾向のあったことは、改めて問い直されねばなるまい。たとえば透谷の場合を見るならば、彼は結局汎神論的世界に帰ったのであり、その後の多くの文学者の汎神論的傾斜の「先型」「源流」をなしたとは、しばしば指摘されるところである。しかしそのキリスト教から汎神論への帰着という図式の内容が改めて問われねばなるまい。たとえば晩期の詩篇（「蝶のゆくへ」「眠れる蝶」明26など）にしばしば〈運命〉を〈かみ〉とよぶことを目して、運命論的な寂滅感、あるいは虚無思想への頽落とのみ断じえようか。まさに〈運命《かみ》〉としるさざるをえなかった――言わば運命観と摂理観とを矛盾混在のままに深くかかえ込みつつ揺動する彼の思想の内実そのものが、その伝統的心性とキリスト教思想とが最後まで矛盾のままに、重層的に併存せしめられたその在りようこそが、構造的に解明されねばなるまい。これはもとより透谷のみならぬ、近代詩とキリスト教をめぐる根源の問題でもある。

第二には、この伝統的心性とキリスト教思想の問題において、従来のキリスト教的詩人、あるいは伝統的詩人などという安易な通説的レッテルを剝ぎとり、改めてその内実を深く吟味検討してゆくことが必要であろう。たとえばキリスト教的詩人と見られる中也や暮鳥、さらには重吉などの詩の根底に潜む土着性、逆にまた仏教思想との深いかかわりを指摘される賢治に見るキリスト教思想の影響など、改めて考察されるべきところであろう。あるいはまた、キリスト教思想と仏教的寂滅感との相剋を見るとされる透谷の『蓬萊曲』一篇の底に、日本の古代的心性につながるものを見出すこともできよう。これらはその一斑にすぎないが、個々の詩人研究において、その作品の内実そのものが改めて洗い直されてゆかねばなるまい。かくしてこれらの個々の作業を通して初めて、近代詩史における〈キリスト教と文学〉という課題もまた、新たな展開へと踏み込んでゆくことができよう。

さて、ここに掲げた半月の『十二の石塚』に始まり、金子光晴の『IL』（昭40）に至る作品は、もとよりキリスト教詩人のもののみではない。しかし正負いずれにせよ、そこにはまぎれもなくキリスト教信仰、あるいは思想の刻印がある。尠くともキリスト教思想との渾融、あるいは対峙反立の軌跡が示される。これらの軌跡の示す第一の課題は、先にもふれたキリスト教思想と伝統的心性、あるいは土着的エトスとの対峙相反をめぐる課題であり、第二は、にもかかわらず（あるいはまたその故に）なお彼らがそこに切り拓きえた新たな詩圏、あるいは詩法展開の意義であり、この解説もまたこれらの側面をめぐる若干の考察ということになろう。限られた紙幅にあって、到底各詩人の特質や詩史的意義についてふれる余裕はない。焦点をこの二つの課題に合わせて論じてみることを諒とされたい。

2

先ず半月について言えば『十二の石塚』は、近代詩壇における最初の個人詩集であり、『新体詩抄』（明15）『新体詩歌集』（明15〜16）などの詩境を一段と踏み出たこの叙事詩の試みは、草創期詩壇における注目すべき詩業であり、またキリスト教文学としても記念的作品と呼ぶべきものであろう。内容は作者みずからいうごとく「旧約文学」中の「『士師記』のエホデの故事を叙述」したものであり、エホデの父ゲラの戦死と年長じて後のエホデが父の仇エグロン王を討ち、イスラエルの〈国民《くにたみ》の士師《さばきつかさ》〉と仰がれるまでが語られる。素材は士師記のほかにも旧約の出埃及《エジプト》記、ヨシュア記などからも採られているが、しかしこの詩篇の独創は、これら旧約物語の単なる詩的転化にはなく、この士師伝承中の一挿話を取りこれを換骨奪胎して、一篇の忠臣孝子の仇討譚に仕立てあげたところにある。これはひとり半月のみならぬ、また同時代におけるキリスト教受容をめぐる課題をも孕むものであり、「神のうちに孝道存す」「東洋忠孝の教、基督に至りて其の深奥なる基礎を得たり」「キリスト教には武士道をも含蓄す。しかもさらに一歩を進めて王道を主張す」とは、この集に序を付して「其体制新創ナルノミナラズ道徳ノ感覚ヲ含ミ愛国正義ノ気ヲ吹鼓シ読者ヲシテ感動ニ堪ヘサラ《ママ》シメントス」としるした植村正久の言葉でもある。

この植村の思想はまた、半月のそれと無縁ではあるまい。しかしまた〈国の敵《あだ》父の仇《かたき》も／神のため〉〈あ、神よ父の仇《かたき》とのみ／おもはずた〻国の敵《あだ》と／おもはせよ名誉《ほまれ》の念《こゝろ》を／うち消してまことの勇気／たまはれ〉などの詩句を、単にキリスト教思想による止揚、超剋などと安易に断ずることはできまい。むしろここに欠落するものは、神との契約への忠誠という「旧約」をつらぬく原理的思想であり、肉感である。ともあれ「旧約」の物語を忠臣孝子の義挙という、わが国の伝統的エトスの只中にくるみ込みつつ語ってゆくこの詩篇の独創は、逆に原話の孕むイスラエル民族の神の契約への忠誠という、民族的エトス欠落の代償として、おのずからにしいられた内的必然と見ることができる。これはひとり半月のみの問題ではなく、以後の近代詩とキリスト教をめぐる課題に深くかかわるところでもある。

しかしここに伝統的志向より発して、その内的必然のゆえに、逆にキリスト教思想との交錯を鋭く提示したものがある。言うまでもなく透谷の『蓬萊曲』一篇であり、半月の長詩と透谷の劇詩と、この両者は逆のベクトルを描いて、〈近代詩とキリスト教〉という課題をめぐる志向の両極をあざやかに示すかとみえる。柳田素雄という蓬萊山中に分け入った若い修業者が、亡き恋人（露姫）の幻を追いつつ、山中に道士に会うが、その仙術も彼の苦悩を救いえず、さまざまな試練をへつつ最後に蓬萊山上で大魔王に出会い、わが権力に服せよといわれ、従わずしてついに命を絶つ。以上を前篇とし、これに続く後篇の構想はついに成らず、わずかに別篇「慈航湖」（未定稿）の一齣のみが遺されている。これによれば露姫が素雄をのせた弘誓《ぐせい》の船を彼岸に進め、やがて琵琶の音に目を覚ました素雄は、もはや肉の隷縛をはなれ、永遠なる「和平《やはらぎ》」の世界に到りえたことを知る。この別篇に見る仏教思想、さらに前篇随所に見るキリスト教思想、さらに仏教的寂滅思想などの点滅はしばしば指摘されるところであり、さらにバイロンの『マンフレッド』、ゲーテの『ファウスト』、さらにはシェリイの『アラスター』などの影響もあげられる。

しかしさらに注目すべきは、この劇詩が本来「天香君」という、貴人が神仙界にあって仙女の愛をえるという、一個の神仙譚として意図されつつ、一転して「遠大高深なる鬼神」（「他界に対する観念」）の跳梁、人間存在を圧する魔力との戦いのうちに、近代人たる自我の苦悩と希求を描くという、すぐれて近代的な劇詩一篇に変じたことであろう。これは日本の文壇、詩壇が伝統的「寂滅思想」のゆえに、ついに「トラゼヂイの大作」（「情熱」）を生みえずと見た彼の、ひそかな野望を示すものでもあろう。〈おもへばわがうちには、かならず和《やは》らがぬ両《ふた》／つの性《さが》あるらし、ひとつは神性《かみ》、ひとつ／は人性《ひと》、このふたつはわが内に、／小休《こやみ》なき戦ひをなして、わが死ぬ生命《いのち》の尽《つ》／くる時までは、われを病ませ悩ますらん〉――この近代的自我の苦悩と分裂を語る、恐らくは作者自身、無量の想いを込めたこの詠唱とも呼ぶべき部分が、聖書の語る悪魔のイエスに対する誘惑、試練の場面を想わせる大魔王との対決という劇的設定のうちに語られていることは意味深い。この自我への内観、霊肉二元の相剋というモチーフが、透谷のキリスト教体験（受洗は明治二十一年三月）に発することは明らかだが、神仙譚より発してのこの変移は、先の『十二の石塚』とは明らかに逆の志向、逆のベクトルを示すものであり、日本の近代詩は『蓬萊曲』一篇の出現において、初めてその近代的内実をかちえたと、またキリスト教思想との真に内実的な、深いかかわりを持ちえたということができよう。

『蓬萊曲』については笹淵友一の論（『文学界とその時代上』本論第一章　北村透谷」）をはじめ評家によるすぐれた考察がなされて来たが、なかにも北川透の論（「〈幻境〉への旅、北村透谷試論Ⅰ」）は出色のものであろう。北川氏の論はその詩人としてのすぐれた洞察をこめつつ、書くという表出行為の分析を通して主人公、柳田素雄のいう――〈おのれてふ物思はするもの〉が、いかに「透谷の内部の情況に根ざすこと深」きものかを問い、「時代の闇の根源」をみつめる作者の主体と表出行為がねじれあいつつ、「絶対否定の位相」にまで己れの分身素雄を突き出してゆく――その微妙な屈折と顫動（即ち、不安な越境）への鋭い考察を展開する。この北川氏のすぐれた分析によって、透谷の思想的原郷ともよぶべき『蓬萊曲』研究は、新たな段階へと踏み入ったというべきだが、この解説の文脈に即していえば、なおこのような精緻な表現論への考察をかいくぐって、北川氏の指摘する「宗教意識」への「還元」ならぬ、新たな論及がなされねばなるまい。たとえば、この劇詩を流れるキリスト教思想と仏教思想の交錯の根底に――、さらに民族的心性の核ともいうべきもの、古代人の深い原初の体感、初源の宗教意識ともいうべきものの底流することを先に筆者は指摘したこともあるが――即ち作中しばしば見る〈死こそ帰ると同じ喜びなれ〉〈知らずや「死」するは帰へるなるを〉〈死は帰へるなれ〉などの詩句に、古代日本人のよんだ「根ノ国」「妣《はは》ノ国」への思慕にもつながるものが考察される（「日本近代詩とキリスト教」）。しかしこれらの宗教意識の混在の腑分けならぬ、その対峙相関のダイナミズムの構造こそ掘り起こされてゆかねばなるまい。

『蓬萊曲』におけるこれら宗教意識の矛盾混在をどう解くかは、〈近代詩とキリスト教〉をめぐる好個の材料であり、この課題をめぐるひとつの試金石でもあろう。また先にふれた透谷晩期の蝶の連作をめぐる〈運命《かみ》〉の問題も、単なる運命観への頽落ならぬ、同時期の評伝『エマルソン』（明26・4、執筆時期は二五年八月末より一二月なかば迄と推定される）における――「彼（エマルソン、注筆者）は明らかに運命なるもの丶存するを認めたり。宇宙の大法に一点一画も之を擾《みだ》すことを得ざることを認めたり。此の故に信仰あり」などの用例によっても、その運命観と信仰的摂理観の併在は明らかであり、これらの矛盾の混在もまた、その全表現を踏まえての考察が必要であろう。

恐らく『蓬萊曲』一篇は透谷の思想の原郷たるとともにまた、近代文学そのものの思想的原郷ともよぶべき混沌を蔵していたはずである。しかし藤村以下、後代の詩人たちは幸か不幸か、その透谷的混沌を脱して新たな道を歩みはじめた。最も多く透谷に負う藤村（詩）の歩みもまた微妙な痕跡を遺しつつ、散文世界へとおのずからなる収束を示した。

3

さて、周知のごとく藤村と同時期、即ち『若菜集』と同じ明治三十年四月、『抒情詩』（湖処子編）一巻に清新な抒情を示した国木田独歩、宮崎湖処子、嵯峨の屋お室などの詩にもキリスト教思想の影響は深く見られ、独歩における真率なる抒情の表白（詩篇「驚異」に見る〈驚き〉への志向などは、独歩文学を解く鍵でもある）、湖処子の詩に見る優美なる観想、さらには嵯峨の屋の詩篇「おさなご」に見る五・七調を基調としつつ多くの破調を用いる試みなど——それぞれ汲むべき多くのものもあるが、なお彼らはそのキリスト教的刻印をついに新たな表現への契機とはなしえなかった。これは「文學界」同人のひとりであった戸川残花（『花売り』所収）などの場合もまた同様であろう。ちなみに言えば、この巻中「梅咲く方」一篇を収めた磯貝雲峯にも「知盛卿」などのすぐれた長詩の試みがあったが、透谷の『蓬萊曲』を評しては「歌か、余知らず、詩か、余知らず、戯曲か、余知らず」「定調なければ韻文とも云ひ難し勿論通常の散文にはあらず」（「女学雑誌」二六九号、明24・6）と言い、これに対して透谷は「長歌の定義を以て戯曲を判し、其定義に背けるを見て戯曲にあらずとするは、余が子の博学なるに奇とする所」（「戯曲を論じて雲峰子に質す」、「透谷子漫録摘集」明24・6・9）云々の語をもって駁している。

雲峯は「半月に似た典雅な古典的詩風を樹立した『温和派』乃至『軟心《テンダマインド》』型の浪漫詩人」（山宮充）であり、その代表作「知盛卿」は『蓬萊曲』と同年、明治二十四年一月発行の「女学雑誌」（二六四号）に発表されている。〈まつかぜの、音さえわたる／夕まぐれ、ねぐらにとまる／鳥が音も、いまはきこえず／なりにけり〉の詩句にはじまり、「長韻文」と注したこの長詩の作者は、その末尾に「自ら知らず、歌なるや、詩なるや、将《は》たまた文章なるやを、只是徒らに七五の句調を乱用して文字を並べしのみ」と謙辞をしるしている。この作者の批評の、その垂鉛の、届きえざる深所に透谷があったことはいうまでもない。雲峯にせよ、「詩体につきては余は甚だ自由なる説を有す。七五、五七の調も可。漢詩直訳体も可。俗歌体も可」（『独歩吟』序）なりと昂言した独歩にせよ、その見るところはついに当代の詩圏を遠く抜きうるものではなかった。

これに対し藤村もまた詩型においては、ついに五・七の基本律を超え出ることはなしえなかったが、しかしその詩想の内実において、キリスト教思想に対しては一見異端、背教とも見える表白をなしつつ、その詩的垂鉛をより重く、近代詩の底部におろしえたことは注目すべきであろう。『若菜集』を頂点とする藤村詩については、透谷的「生の形而上性、理想性」への「反動として」の「官能肯定の傾向」を認めつつも、なおそこに「ヘブライズムとヘレニズム」の「明確」な「調和」を見るという論（笹淵友一）、さらには『若菜集』の詩篇に「生と官能と愛を肯定する青春」と同時に、「愛欲へのおびえとそのゆえの生の不安」ともよぶべきものの底流を読みとり、「若菜集的世界の形成」とともにこの両者が「一元化され」、ついには「生の不安や愛欲のおびえをみつめる眼が閉じられ、春のたからかな讃歌がひびくのである」（三好行雄）という評家のすぐれた指摘など、多くの論評が加えられているが、いずれにせよこの巻中に収めた「若水」「逃げ水」の小詩二篇は、その特質を最もあざやかに示すものであろう。

即ち「若水」の――〈くめどつきせぬ〉〈かわきもしらぬ〉などの語が、『新撰讃美歌』（明21・5）第一一五番第一連の――〈あまつましみづ　ながれきて／あまねく世をぞ　うるほせる／ながくかわける　わがたまも／くみていのちに　かへりけり〉の詩句や、新約聖書ヨハネ伝四章十四節「されど我があたふる水を飲む者は永遠に渇くことなし。わが与ふる水は彼の中にて泉となり、永遠に生命の水湧きいづべし」などの詩句を踏まえていることは明らかであろう。と同時に後半――〈かのわかみづと／みをなして〉の詩句の繰返しにも見るごとく、単なる常套の直喩的表現にとどまらぬ、汎神論的発想へのおのずからな転移が読みとれよう。この転移、あるいは発想の混在もまた、ひとり藤村のみのものではない。また「逃げ水」が同じく『新撰讃美歌』第四番をそのまま模したものであることは、すでに周知のところでもある。〈ゆふぐれしづかに　いのりせんとて／よのわづらひより　しばしのがる／かみよ

りほかには　きくものなき／木かげにひれふし　つみをくいぬ〉――これらの詩句にはじまる敬虔な信仰の表白を、〈いのり〉は〈ゆめ〉、〈かみ〉は〈きみ〉、〈めぐみ〉は〈こひ〉と、したたかな恋の情念の告白へと変じてゆく詩句の改変に、「異教美への陶酔」を、さらには「藤村のこころみた第一の破戒」（亀井勝一郎）を見るとは頷くべき指摘かともみえる。しかし「逃げ水」終連に至るモチーフを「愛欲の衝動による生の破滅」（三好行雄）と見るか、あるいはキリスト教的リゴリズムからの脱却（あるいは揚棄）という視程を踏まえた上での、したたかな生の肯定と見るかは、なお論のわかれるところであり、尠くともキリスト教的視点よりすれば、後者の内因は見逃すことができまい。「キリスト教によって開眼された人間主義」（鈴木亨）によって、逆にキリスト教の世界を、そのリゴリズムを批判し、おのずからに離脱してゆかざるをえぬという、この逆説的機微はキリスト教と明治期の近代詩（さらには近代文学全般）を論ずる場合に見逃しがたい要所であろう。やがて藤村詩の展開は七五より五七へと転じ、その詩調も詩想も内観性を深め、おのずからなる散文世界への移行を予感せしめつつ、『落梅集』（明34）一巻によって閉じられる。

さて、「逃げ水」の母胎ともなった讃美歌詩篇が、植村正久の流麗な訳によるものであることもまたよく知られるところだが（原詩はプロテスタント初代宣教師として知られるブラウンの母の作）、讃美歌や旧約の詩篇、雅歌などの植村を中心とするすぐれた訳文が、『於母影』（明22）や後の『海潮音』などとともに明治の詩歌に多大な影響を与えたことは、しばしば指摘されるところでもある。植村には巻中に収めたごとくいくばくかの創作詩や訳詩もあるが、やはりその旧約や讃美歌の訳業こそ高く評価さるべきものであろう。また植村と並んで内村鑑三には『愛吟』（明30）一巻の訳業があり、「歌は霊魂の声」「感ぜられたる道理」（「歌に就て」）なりと言い、詩は直訳や意訳ならぬ「精神訳の一途あるのみ」（『愛吟』

「明治文献叢書 Ⅱ」として明治文献より復刻)、透谷につながる明治三十年代浪漫主義者としての位置が高発禁処分の悲運に遭ったが、戦後中野重治らによってようやく荒村の復権が唱えられ(昭和三十八年五月、巻(荒村は明治三十七年七月、肺患のため二十五歳の若さで夭折)もまた、没後一年の三十八年七月刊行直後、唯一人」(吉野裕)とも、「透谷のもっともラジカルな継承者」(塩田庄兵衛)ともいわれるが、『遺稿』一とに知られるところである。また『荒村遺稿』一巻によって知られる松岡荒村は、「透谷の血統を受けた発表されたものだが、これらの作が足尾鉱毒事件への作者の深い関心と批判を反映していることは、つの影響を受け、その代表作ともいうべき「荒村行」(明33・2)「義人の声」(明33・5)はともに同誌にれにつながるものであり、臥城は内村の「東京独立雑誌」創刊(明31・6)以来、深くキリスト教思想に対する進軍歌なり」とは、その主意をよくつたえるものであろう。吉野臥城、松岡荒村などもまたこ会主義詩集』序にいう「これらの小詩は吾が宗教とする社会主義の讃美歌にしてまた黄金跋扈の大魔界の主宰する「東京独立雑誌」や片山潜主筆の「労働世界」(のち「社会主義」)などに発表した。その『社八月発行予定であったが発売停止の処分を受けた)などでも知られる通り、花外はその新体詩の多くを内村

たとえば、児玉花外などもそのひとりである。幻の詩集ともよばれる『社会主義詩集』(明治三十六年

注目すべきところであろう。

わらずその裡にこもる深切なる詩的律動をもって、明治の文学界、思想界に多大の影響を与えたことは出す媒介たりえたのに対して、内村における文学の異教性、その異教美への仮借ない批判が、にもかかが、当時の文壇の卑俗な写実性、戯作性への痛烈な批判とともに、「文學界」一派の浪漫主義運動を生み真率なる詩調にも、あざやかにうかがいとれよう。植村の批評的活動をつらぬく「文学上の理想主義」自序)とする内村の面目は、その『愛吟』一巻の訳文にも、また「我等は四人である」ほかの創作詩の

く評価されるに至った。同志社時代よりのキリスト教的ヒューマニズムから社会主義思想への飛躍の契機となったのは、やはり足尾鉱毒事件であり、その代表作「三つの声」に見る〈立てよ楼下に枯れし骨／起きよ斃れし貧の民〉などの詩句にも、その志操の直指するところは明らかであろう。また「琴の歌」一篇などに見る浪漫的詩調は、透谷『蓬萊曲』の一節を想わせるものがあるが、しかし同時に〈あゝされど神の賜ひし、／此琴をきよからぬ身に、かなづべき礼《ゐや》を犯しつゝ、／驕慢《きやうまん》の罪を負ひしか〉と唱いつつ、その終句に〈妙音観世音、／梵音海潮音《ほんおんかいちようおん》〉云々とするところに、透谷以下に見る矛盾の混在もまた明らかであろう。

4

さて、明治も末年に至り、浪漫詩の退潮とともに象徴詩の台頭をうながすこととなる。もともと西欧の象徴詩は自然主義運動の後に起ったものであり、自然主義的追求の果たしえざる内奥にひそむ詩的真実を暗示的・象徴的に把握、表現せんとするものであった。しかしわが国では自然主義と前後してこの外来思潮の洗礼を受けることとなり、象徴主義は散文における自然主義とならんで詩壇の趨勢をしめるに至った。この象徴詩台頭に深い影響を与えた上田敏の訳詩集『海潮音』の刊行と、これに先立つ蒲原有明の『春鳥集』（明38・7）の上梓は、象徴詩運動における画期的成果ともいうべきものだが、これら両者にもともにキリスト教的詩操の微妙な投影を見ることができる。たとえば有明の「苦悩」「水のおも」や敏の「踏絵」などにも、その宗教的詩操の漾蕩は微妙に感ぜられるが、特に評家も指摘するごとく上田敏が教会生活に無縁にして、しかも「文學界」同人中、透谷についでキリスト教を語ること最も多かったことは注目される。「蓋し宗教は人生の一大事にして、深沈高遠の思想悉く其基礎をこゝに置」

くという彼にして、カトリシズムへの親近も故なきことではない。

また透谷『蓬萊曲』別篇の「弘誓の船」にふれては、これを「現実から絶縁せられた」空想物なるが故に「宗教的」ならずとし、また「藤村には形而上学がない」とも断ずる有明に、宗教性(特にロセッティなどの影響によるカトリシズム)への深い関心のあったことは明らかであり、「聖菜園」などの詩篇にもその影響は明らかであろう。ただ有明の場合も少年時代から親んだ仏教思想の影響もまた深く、仏教的無常感との混在が指摘されよう。同時にそこには、自然主義的影響の跡も読みとれる。いずれにせよ『有明集』(明41)において、その象徴詩風は完成をきわめ、また明治期の詩自体がひとつの極限をきわめたとも言いえよう。だが同時に象徴詩以後、近代詩はその精緻な技巧的成熟とはうらはらに、詩語の根源なる肉質と求心的志向性を失いつつ、言葉のいたずらな彫琢へと頽落してゆく一面をも蔵していたことは否めまい。ただ大正期に入り、萩原朔太郎の登場とともに近代詩はようやく、まさに近代詩と呼ぶに足る実存性と詩法の新たな戦慄を獲得するに至った。

これに先立つ木下杢太郎や北原白秋におけるキリスト教的情緒の投影、さらには三木露風における宗教詩への傾斜も当然注目されるところだが、しかしここに近代詩としての新たな展開への契機はない。杢太郎や白秋に見るキリスト教的エキゾチシズムは、芥川をしてかつて「カトリック教を愛してゐた」自分は、「北原白秋や木下杢太郎氏の播いた種をせつせと拾つてゐた鴉に過ぎない」(「西方の人」)と言わしめたものだが、時代の頽唐趣味を遠く出るものではなかった。また露風の場合は周知のごとくトラピスト修道院の講師となり(大9)、さらには受洗に至るが、『蘆間の幻影』(大9)以後の露風の宗教詩が概念的で、詩味に乏しいとはしばしば指摘されるところである。ただ微細に見れば、「幻に青きヨルダンの水」ほかのごとき秀作もなしとはしない。しかしその宗教的傾斜とともに、詩が独自の生彩や詩的戦慄を失ってゆく過程には、〈宗教と近代詩〉をめぐるひとつの課題が遺されよう。ここにこれと対極をなし、逆のベクトルを描くものに朔太郎の世界がある。言うまでもなく『月に吠える』前期における「竹」その他の浄罪詩篇の存在である。

5

朔太郎の浄罪詩篇とは大正三年秋より四年春にかけての二十数篇に及ぶ詩稿を指し、そのうち「竹」以下六篇が『月に吠える』冒頭の「竹とその哀傷」に採られている。この背景には人妻との不倫の過失につながる罪のモチーフ、原罪への体感があり、その詩作の過程において主体の実存をえぐる独自の詩的空間を切りひらいたものともいうべく、「おそらく日本ではじめて実存の深部をヴィジョン化した『魂の抒情詩』を書いた」（那珂太郎）という評家の指摘は頷くべきものであろう。ただ「浄罪」の一語をめぐっていえば、自己の「疾患」、病的感覚や見者《ボワイヤン》としての詩人の認識さえもが、病める近代的頽廃に堕せるものならば、これを癒したまえという祈念の深く蔵されていることは、未発表の詩稿の一節に見る――〈かかる日の懺悔をさへ／われが疾患より出づるものとしあらば／すべて主のみこころにまかせ給ひてよ〉（「偉大なる懐疑」）というごとき詩句にも、明らかに読みとることができよう。即ち「浄罪」の主体とは何かという、すぐれて宗教的課題がここに示される。

これは同じ過失を冒し、その挫折から立ちあがらんとしてしるした白秋の、『真珠抄』（大3・9）『白金之独楽』（大3・11）などの詩篇の即自的な向日性、即身成仏的発想とも比較すればさらに明らかとなる。たとえば白秋の「開眼」における〈耶蘇〉も（さらには詩篇「掌」における〈仏〉も）〈白金豆ノゴトキ〉掌上の珠と化する――自我遍満の法悦境、白秋のいう〈白金昇天〉〈白金浄土〉の光明世界に対し、朔太郎の浄罪詩篇期の拾遺詩篇の多くに見る罪ゆえの〈破れ〉のイメージにも（たとえばその一篇の起首――〈さびしや空はひねもす白金〉〈肉やぶれ谷間をはしる〉（「偏狂」）にも明らかだが）、両者の違いはあざやかである。また同じく『白金之独楽』所収の一篇「昆虫成仏三曲」に見る――〈草葉ニツルメルキリギリス、／絶エテ音コソセザリケレ。／耀キ耀クキリギリス、／白金浄土ノキリギリス。〉のごとき詩句と、浄罪詩篇期の拾遺詩篇のひとつ――〈いつしんなれば、／あほむけに屍体ともなる。／つめたく合掌し、／いんよくいちねん、／きりぎりす青らみ、もはら、／雀みそらに殺さる〉（「蒼天」）などの詩句を較べてみれば、両者の資質、発想の違いはまがうべくもあるまい。同じく情欲のゆえに肉の負い目をひきずる生の矛盾の表白が、一方では白金耀光の一元的世界に昇華し、他方では罪の顕在の痛みにつながらざるをえぬ――ここには両者をつらぬく殆ど根源的と言ってよい、宗教的資質の差異がみられる。朔太郎のこの浄罪詩篇期におけるキリスト教体験を三好達治は、「非常に深く入っている」と言いながらも、また短期間に別箇の「思考」「情趣」へと転化し、「生涯再びそれは如何なる形でもつひに回帰を見なかった」と断じている。しかしその刻印の深さは後の散文詩「父と子供」「臥床の中で」などにあざやかな残痕を示している。

さて、先の白秋に見る矛盾は近代詩人の根底にひそむ土着的志向、伝統的心性の所在とも無縁ではなく、みずから伝道者にして朔太郎に先立つ画期の作『聖三稜玻璃』（大4）に独自の宗教性を示した暮鳥にも見られるところであり、『風は草木にささやいた』（大7）ほかの中期詩篇をへての、晩期『雲』（大14）に見る静寂枯淡の東洋的世界への転回は、これを如実に語るものであろう。暮鳥詩のいくたびかの変転と、これの包蔵するキリスト教的志向と土着的心性との相剋は、上来述べ来たった二極相関の一典型ともいえるが、ここではむしろその生涯における画期の作ともいうべき「荘厳なる苦悩者の頌栄」についてふれておきたい。この近代詩にも稀なる一二八一行に及ぶ長詩は、暮鳥自身の「ヨブ記」とも「大審問官物語」ともいうべく、「苦悩者の告白」と神への糺問を唱いあげたものであり、「大正九年八月一日詩『荘厳なる苦悩者の頌栄』書き上げる。この月もしばしば喀血す」とは、年譜のしるすところである。この真率なる神への糾問はまことに刮目に価するものだが、しかしドストエフスキイの描く「大審問官物語」が、その神への、キリストへの熾しい糺問にもかかわらず、最後にこの自身への糺弾者を抱きしめて、無言の接吻を与える囚人・キリストを描くことによって、場面は瞬時に一転し、陰画《ネガ》はそのまま陽画《ポジ》となる。キリストの、彼を審かんとする大審問官への、あの無言の接吻は、その論証に対する肯定でも、否定でもなく、その思想や弁証へのいかなる批判や裁きでもない。ただ一切の矛盾を含む存在そのものへの肯定であり、ゆるめであった。しかもそれはまた逆に無限の深い問いでもある。肯定がそのまま否定であり、ゆるめが緊張であり、答えが問いであり、また同時にすべてが逆でもある――この思弁を絶した場所にキリストは立つ。恐らくこのディアレクティックは、シベリア流刑以来のドストエフスキイの全作品を支えるものであった。〈あ、神様／創世以来の神様／ふるい神様／幻滅の神様／嘘のやうな神様／人間はめざめました／あなたはもう消えてなくならなければなりません〉とは終末の詩句だが、しかしいま、この「大審問官物語」にもまがう近代詩上の稀なる作品が、その熾しい神への糺問にもかかわらず、ついにこれを包みつつ、また深く問い返しうる対者を描きえなかったところに、正に翻転しえざる負の相は、そのまま遺されてある。

これはひとり暮鳥のみならぬ、この国の土壌に胚胎する重要な課題であり、暮鳥中期の詩篇がこの長詩をも含めてしたたかな日本的生命主義ともよぶべきものへの傾斜を示していることと無縁ではあるまい。これはまた、たとえば岩野泡鳴などにもつながるものであり――、〈私は、まづ、私を礼拝する〉

（「礼拝」）という初期詩篇の発想から、〈眼ざめた人間〉こそ〈新しい神様〉（「荘厳なる苦悩者の頌栄」）と言い、〈愛にもえて／おそろしい獣になるとき／光りかがやく／そして神となる人間〉（「断章 5」）とするす暮鳥の展開は、エマーソンとの出会いによって「終に彼の汎神論を信じて基督教の一神論を放棄する様になつた」とみずから言い、やがて「神秘的半獣主義」「新自然主義」さらには「古神道大義」へと進み、「肉霊合致の人間神」を主張するに至った泡鳴の道行きと必ずしも無縁ではあるまい。しかしまたその泡鳴にして長詩「三界独白」や「ラザロの姉妹マルタ」などの詩篇に、あざやかなキリスト教的刻印を見ることもまた否めない。また暮鳥につながるものとして三野混沌がある。「荘厳なる苦悩者の頌栄」冒頭にエピグラフとして引かれる一句――〈天日燦として焼くが如し。いでて働かざるべからず――ヨシノ・ヨシヤ〉に見る吉野義也とは即ち三野混沌である。早くより暮鳥に敬事した混沌が同時に、暮鳥にいかに深く影響したかは引用の一句や、その作風にも明らかなところであろう。また暮鳥の詩風の類縁として、時代は下るが三好十郎の詩を挙げることができよう。その長詩「マリヤ達」や未完の叙事詩「唯物神」などを見れば、まさしく人間の苦悩に発する神への糺問とその奔放な詩語の展開において、あいつながるものが感じられる。また三好の「マリヤ達」が暮鳥中期の詩篇と同時に、賀川豊彦の『涙の二等分』（大8）のそれを想起させるのは何故であろう。「神が見放すまで私はこの貧民窟に仕へよう。」「この詩集は過去十三年間の　神の前の私の呻きである」という賀川の詩は、神にかかわる位相において、また文学的資質において先の両者とは異なるものだが、その詩法の発想の根において深く通底するもののあることは否めまい。

さてここで再び筆を明治末期にもどせば、逸すべからざるものに啄木の問題がある。妹光子の盛岡女学校入学時（明38・4）には旧新約聖書を贈り、その日記に貧困のなかに蔵書といえば売り残した二、三の詩集とともに、「新約全書位なもの」（明39・3・27）と言い、元日に起き出でては「約翰伝をよむ」（明40・1・1）とあるなど渋谷村在住の時期には聖書への深い愛着がみられ、その生涯が「渾然たる大詩篇」ともよぶべきキリストはまた「千古の大教育者」と呼ぶ彼には、自身を〈真人〉キリストに擬するごとき昂揚さえみられるが、やがて故郷を追われると共に、その宗教的昂揚もまた終る。しかし処女詩集『あこがれ』一巻にみる宗教的情調を「微弱な宗教的要素」と断じた啄木後期にこそ真の回心の生まれる契機はあったとみられるが、ついにそれは訪れなかった。ただ、詩に即していえば『あこがれ』以後の作として「心の姿の研究」における「起きるな」ほか一連の作（明42）や「詩六章」と題した「あゝほんとに」ほかの連作（明44）などに、近代詩にきざす実存的志向と詩語の肉質への接近の、ある微妙な契機を読みとることができよう。また詩作より劇作へと転じた小山内薫にも詩篇「林の雨」などに見るごとき、微妙なキリスト教的影響がうかがいとれる。

6

さて再び朔太郎、暮鳥の周辺にかえれば、朔太郎や室生犀星らとともに白秋主宰の「ザムボア」その他に詩稿を発表していた大手拓次があり、朔太郎はその最もよき理解者でもあった。死後刊行された詩集のひとつ『藍色の蟇』（昭11）によせた朔太郎の跋文に次の一節がある。「『神』『信仰』『忍従』『罪』『実在』『直心』『尼僧』『悪魔』『僧形』『祈禱』『香炉』『紫絶』等々の言葉は、実に大手君の詩の主調を成してるイメージである。全巻を通じて、読者はあのカトリック教寺院の聖壇から立ちこめてる、乳香や煉香の朦々とした煙の匂ひを感ずるだらう。かうした大手君の詩想は、おそらくボードレエルから影響されてる。しかしこの詩人の学んだものは、ボードレエルの中のカトリック教的気分であり、単にその部分の『香気』にすぎなかつた」。

朔太郎は拓次の――〈神よ、大洋をとびきる鳥よ、／神よ、凡ての実在を正しくおくものよ、〉の起句にはじまり、〈けれど神様よ、わたしの遺骸には永遠に芳烈な花を飾つてください〉の詩句に終る詩篇「枯木の馬」一篇を引きつつ先の言葉を述べているが、この詩人の特質をよく語るものであろう。また日夏耿之介もその第一詩集『転身の頌』は、朔太郎の『月に吠える』と同時期（大6・12）に刊行され、その高踏的な「ゴシック・ロマン体」とも称される詩風は、「黒衣聖母」ほかに見るごとき近代的頽唐趣味とともに、詩的荘厳と宗教的薫気との微妙な交錯を感じさせるものがある。また同時期にあって、より抒情的、観想的作風の裡に宗教的情操を包む詩人として生田春月、竹友藻風があるが、日夏自身「生田春月は殉情があつて、感覚に乏し」と断じ、藻風については『祈禱』（大2・7）に寄せた上田敏序の「しをらしい清教徒の少女を憶起させるニウ・イングランドの後園のやうだ」という言葉を引きつつ、『祈禱』一巻にその「感傷的祈念」の「集中」を読みとっていることは頷くべきものであろう。恐らくここにはひとり春月や藻風のみならぬ、象徴詩以後の詩語の肉質にかかわる問題がある。言いかえれば、詩語の肉感と求道《ぐ》、倫理、あるいは認識の鋭く交錯するところに、ひとりの詩人がいかに独自の詩圏を切りひらきえたかという課題でもある。ここにこの課題にかかわる独自の詩人として、八木重吉が注目される。

「一見あえかにみえながらじつは、日本語による詩のひとつの極相に立つ」ものとは、すぐれた評伝『詩人八木重吉』の著者田中清光の評するところである。また「日本の基督に関する詩は、八木重吉の詩をもって私は最高としたい」（草野心平）と言い、この詩人にあって「初めて、信仰告白が日本の詩といわず、日本の文学的言葉となった」（井上良雄）という評者の指摘は頷くべきものであろう。重吉の詩は暮鳥晩年の「雲」の詩風の影響下に出発するかとみえる。一見よく似た両者の作風も、しかし仔細に見れば暮鳥の曲折の果てのある種の饒舌や放胆、また一種文人趣味的、俳諧的低徊、自然詩人的な姿勢、あるいは東洋的心境などというごときものを示しているのに対して、重吉の――「自分の究極」に目指すところは「子供のような詩」だという作風は、同時に〈わたしでもなく／わたしをうごかすものでもなく／ふしぎなる両生のせかいの／いちばんやはらかな　いちばんはじめの／こころおどるいずみからものを言ひたい〉と言い、〈こころは／うごいておれよ／なまなましく／かんがえておれよ〉といういのちの初源に立つ肉の、詩心の顫動に立つ、無垢性への志向において暮鳥とはおのずからに異なるものがある。また〈これら〉〈わたし〉の詩語は――〈必ずひとつびとつ十字架を背負うてゐる／これらはわたしの血をあびてゐる／手をふれることもできぬほど淡淡しくみえても／かならずあなたの肺腑へくいさがつて涙をながす〉（「私の詩」）ともいう重吉の詩は、この詩の前半にも唱うごとくまさしく妻と子を、自らの肉なるものを、自然の恩愛を、肉なるゆえの痛みとおののきを、そのままに引きずりつつ、神のみまえを、キリストの眼差のうちを、歩みつくすことにほかならなかった。

この詩人の無垢なる感性は、同時に土着の心性の底にも深く届き、〈手をあはすれば／洗はれてゆく／ふしぎなるこの世かな／かたじけなきぼんのうの世かな〉のごとき「一念称名」、あるいは「一念合掌」ともよぶべき独自の表白ともなる。先にもふれた近代詩の技巧的彫琢とはうらはらに、詩語の肉質の欠落が問われる近代詩の歩みにおいて、重吉の詩はたしかに詩語の肉質、肉感の何たるかにおいて、またその求《ぐ》道の純一性において、ひとつの「極相」を示すものであろう。筆者はかつてこの重吉と草野天平のふたりを、近代詩における最もすぐれた求道的詩人として対比したことがある。たとえばここに――〈梅を見にきたらば／まだ少ししか咲いてゐず／こまかい枝がうすうす光つてゐた〉〈落葉の沈んでゐる池を見てゐたらば／泡が一つ浮いてきて／消えていつた〉――この二つの詩をならべてみれば、その詩法の類縁はまがうべくもあるまい。前者が重吉、後者が天平だが、この幼児のごとき無垢なる心眼、あるいは感性の流露は、しかし前者が、いのちの初源に発する魂の顫動をふまえた詩圏に発するものであるのに対して、後者が、身を最後は叡山の無住の僧庵におき、詩業と道念の一元を歩みつくし、詩語の圧搾と凝固に独自の詩法をきずかんとした詩的極北への一過程のものと見る時、両者の異なるところもまた深い。

天平を評して「叙情詩というのは、私たちの民族の伝統では汎神論的感受性の陶冶しかないの」であり、この詩人は「しだいに稀薄になってゆく自分の（日本人の）血を、ひそかに完成しに出かけていった」（安西均）のではないかと目する評家の指摘は、この国の近代詩をつらぬくキリスト教的水脈を探らんとするものにとって、ひとつの避けえざる問いでもあろう。恐らく天平のごとき詩人にあっては〈晩年の二年近くを叡山の山中にすごし、昭和二十七年春、四十三歳の生涯を終る〉、〈何処か知らない遠いところを思ひ／ただそつと坐つてゐるキリスト／来るものは来る／形あるものは無くなる／善も悪もない〉（「レオナルドの最後の晩餐」）と唱うキリスト像は、常にひとつの無垢なる聖者の像として、ひそかにイメージされるものであろう。これに類するものとしてはやはり独自の求道の道を歩んだ中勘助の詩篇、また高橋元吉の詩篇などが、その観想、あるいは倫理の触感として、独自のキリスト像をさりげなくしるすこととなる。さらに天平の血脈につながり、そのひそかに私淑するところでもあった高村光太郎の詩に見るもの、また尾崎喜八の温雅なる詩風のなかに描かれるところは、その独自の西欧体験をふまえた、よりひらかれた近代の場における表白でもあろう。さらにいささか位相は異なるが、武者小路実篤の簡明率直な表現もまたこれと無縁ではあるまい。これらがともに一聖者としてのキリスト像の簡浄素朴なる表現に終るとすれば、ここにおのれの詩法を〈神〉への直到と魂の真率なる表白に賭けんとした、一個独自の詩人の存在がある。言うまでもなく中原中也である。

「中原は恐らく、日本の近代詩人の中で最も形而上的要求が強かった人」（河上徹太郎）であり、カトリシズムの「普遍性と包括性」こそが、彼の詩人としての存在、またその詩法に真の「自由」を与えたという考察、また「信仰を口にするのが愧ぢられるこの世紀に中原は真向から神を信じ、詩を信じ、一元的な実在の喜びを信じ、すべてさういふものの一元を信じてゐた」（阿部六郎）という評家の指摘のともに肯なうべきは、「Ｉ　祈り」（「羊の歌」）と題した小詩一篇の――〈それよ、私は私が感じ得なかつたことのために、／罰されて、死は来たるものと思ふゆゑ。／／あゝ、その時私の仰向かんことを！／せめてその時、私も、すべてを感ずる者であらんことを！〉という詩句の一節によっても明らかであろう。

詩語の根源にあるべき「直観層」「純粋持続」「名辞以前の世界」をしばしばいう中原はまた、八木重吉と同じくその無垢なる感性の発露において、また土着の心性に通底するものがあった。これは愛児文也を失った一連の悼詩に見る賽の河原のイメージなどにもあざやかであり、「精神といふものは、その根拠を自然の暗黒心域の中に持つてゐる」「精神が客観性を有するわけは、精神がその根拠を自然の中に有するからのことだ」（「芸術論覚え書」）と言い、「自然――手を差伸べもしないが手を退きもしないもの、――が人間の裡にあつては恩愛的な作用をつとめる、その作用……」（「詩に関する話」）という彼にあって、伝統とは、土着性とは、この自然の属性の一部にほかならなかった。「本質的」な「魂の抒情詩人」（阿部六郎）たることにおいて、またその自然に属するがゆえの、詩語の肉質の過剰において、彼が独自の詩圏をひらきえたことは疑うべくもあるまい。

この中原、さらには八木重吉などとは逆に、仏教思想の深い影響を受けつつ、同時にキリスト教への独自な対応を示した詩人に宮沢賢治がある。賢治の令弟清六氏の証言（筆者あての私信）によれば、花巻在住の内村鑑三門下の斎藤宗次郎、照井真臣乳などより影響を受け、また「農林学校のころはよく教会に行って音楽会でピアノを聞き、宣教師にも会って」おり、また聖書はもとより「内村氏の著書なども沢山読んで」いたようだったという。未定稿ながらもその代表作というべき「銀河鉄道の夜」の草稿末尾に――「青年白衣のひととポウロについて語る」「開拓功成らない義人に新しい世界現はれる」などの語のあることも注目に価しよう。ただ、彼の批判する現実遊離の高踏的な生活態度を諷するに――〈いかにもさういふ敬虔な風に〉〈燦々として析出される氷晶を／総身浴びるその謙虚なる直立は〉〈その厳粛な教会風の直立も〉（「空明と傷痍」）などの詩句をしるし、キリスト教へのある深い異和感、距離感を示すとともに、また一面――〈こんなあかるい穹窿と草を／はんにちゆつくりあるくことは／いつたいなんといふおんけいだらう／わたくしはそれをはりつけとでもかへる〉（「一本木野」）などとしるされた詩句にふれる時、このすぐれて求道的な詩人の熱く希求するものが、何であったかを想わざるをえない。

また中原とはいささか別様な意味において、やはりカトリシズムへの親近、さらには入信によって独自の作品を遺した夭折の詩人野村英夫の存在をも逸することはできまい。堀辰雄の周辺にあって「野村少年」の愛称をもって呼ばれたこの最年少の詩人は、その没後刊行された『野村英夫詩集』（昭28・7）の跋文に堀辰雄のいうごとく「立原（道造）や津村（信夫）の相次いで死んだ頃から、急に詩作をはじめ」、昭和十八年四月カトリックに入信、二十三年十一月、三十一歳で病没した。その跋文のなかで詩人の少女への愛の苦悩や入信にふれ「さういふエレジアックな生がこの詩集の基調となつて一特色をなしてゐる」という堀の指摘は、その特質をよく語りえたものであろう。津村信夫や立原道造の系譜につながりながら、その詩情の敬虔への深まりは、また重吉や中也とも異なる一文体をひらきえたものと言えよう。ただそれが真の詩語の肉質をかちうるには、彼の生涯は余りに早く閉じられたというほかはあるまい。

7

さて、最後に『IL』の作者、金子光晴について述べねばなるまい。語り手（僕）はこの作中、キリストに向って次のように問いかける。――〈教へてください。主よ。僕たち日本人は、あなたの神について、ほんたうは、なに一つ知らないのです。〉〈木つ端のやうに燃えやすい日本人は、見境なくどんな神にでも帰依しますが、木や竹でつくつた家とおなじで、灰しかあとにのこらないのです。自然に服従する習慣しか、もとももつてゐないのです。僕たち日本人には、神を理解できても、あるひは感じとることができるとしても、神の肌であたためられてじんわり汗ばむやうな抱擁感は、まつたく味はつたおぼえがないのです〉（四）。この自然との同化――日本人の持つ神の欠落の切実な告白にもかかわらず、ここにはついにいかなるドラマも起りはしない。示し給え、主よという――この切実な問いかけに、キリストはただ黙して、ゆっくり首をふるばかりである。この沈黙のキリストは、ここでもあの「大審問官物語」のキリストを想わせるが、あの対者をつつみ、問いかえす囚人・キリストの重さはなく、逆に対者〈語り手〉のやさしさがキリストを包む。

〈隠退したはずの「東洋」にも／一つだけ、やることがのこつてゐた。／人類が終つたあとで／――幕をひく役だ〉（「IL」）〈そのときは死ぬよりほかないその神の顔に、どんな歯朶の葉をかぶせたものか〉

（「歯朶」、『IL』所収）――これらの言葉を引くまでもなく、作者の語るキリストへのやさしいふるまいの背後に、自然となかば同化した東洋のニヒリズムの影を見逃すことはできまい。こうして――〈日本に上陸したとき、キリストは、わざと跛《びつこ》をひいてみせた。／一目みてすぐ、僕は、やつこさんだな、と見やぶつた。〃サンダルを突つかけた、なまつ白いその素足の甲に、／釘で打ちぬいた、ふるきずのあとがあつたからだ〉――という冒頭の部分にはじまる『IL』の、一種言いがたい柔らかさと、ギニョール風なおかしみのからみ合った、この独自のキリスト像が、ついには海をみつめつつ〈茫洋として草箒《くさぼうき》のやうに立〉ち、吹き来たったつむじ風の渦中にまぎれ、〈海のむかうへきえて〉ゆく――この結末はきわめて象徴的であろう。作者の無類の文体によって描きとられるキリストのやさしさと肉感、しかしまた作者の感性に鞣《な》めされながら、やがてその影は稀薄となり、彼を通して自然の茫漠たる虚しさが透けてみえ、ついには自然そのもののうちに消え去ってゆく――このキリスト像に、どのような深い人間的共感が賭けられていようとも、しかしついにそれは評家のいうごとく「『IL』のキリストは現代の頽廃の根源であるとともに、人間が頽廃から回復する契機である」（満田郁夫）とは、ついに言いえまい。

詩人が「洗礼志願式」を受けたのは十一歳の時であり、少年時の感傷や虚栄、「西洋への憧れ」、さらには「稚い罪の意識」（「詩人」）のゆえでもあったという。さらに言えば「他人の心の虚につけ込んだり、放縦に見境なくなったり、良心のない、底ではすこしも人間を愛していない、ある種の日本人の索漠たる実利的な心境を、幼くしてはやく身につけながら」、それへの脱皮の願いもあったはずである。〈神学を志す身が、骨董商の手代になつて、海をわたつたりして、／二度とない青春を、うるところもなく無駄づかひした一日本人、それが、僕だ。〉とは、『IL』冒頭の一節だが、爾後の青春変転と長い放浪の生活は、彼に日本人としては稀なる〈異邦人の眼〉を与えた。詩人は――日本人とは「複雑ではないが、非常に込み入った事情でできあがっている、ごたついた人間」（「日本人について」）だという。しかしこれを救う道もまた容易には求めがたい。「無慈悲で、僭上な」人間の「理想」というものは、それがひとたび宗教や政治、教育というものの手に渡される時、「無私をおもてにかかげた人間のエゴ」という、一個の怪物（あるいは「亡霊」）と化する。詩人の生涯をつらぬくものは、この怪物（あるいは「亡霊」）への根づよい反逆であり、「神のお仕着せと、自分ののぞむものとのあいだに、あくまで差別を立てて、籠絡されまいとした強情さは」「後悔のない決着だった」（「日本人について」）という、宗教的リゴリズムへの批判ともなる。

かくして詩人の求める〈神〉あるいは〈救済者〉とは、人間の裡なる〈自然〉の解放者にほかならず、〈自然がやっとのことで人間と、その偏見から解放される日、キリスト教徒は、その日を、『最後の審判の日』となづけ〉（「人間の悲劇」五章）る。こうして詩人の描くキリストは、神と人との仲保者ならぬ、人間の「無慈悲」な「理想」が壟断せんとする〈神〉から、人間をかばう者としてあらわれる。もはや縷言するまでもあるまいが、永遠の反逆者の〈画額をイエス・キリストにささぐ〉（「鬼の児誕生」）とし、また〈海底をさまよふ〉〈青褪め〉〈疲れた〉キリスト（「人間の悲劇」八章）を描き、ついには『IL』のそれにきわまる――そのキリスト像はそれ自身ふしぎな魅力にみちてはいるが、ついに普遍の、根源の、「回復」者ではありえまい。

恐らく、いまは手短かに語るほかはないこの詩人のありようは、明治・大正・昭和と生きつづけた詩人自身の来歴を語るとともに、また近代の詩人たちとキリスト教との、ある微妙な対峙相関の機微をも映しているはずである。また加えていえば、この詩人が詩語の彫琢をきわめた詩集『こがね虫』（大12・7）一巻の世界を捨て、詩人としての自己をも捨てて放浪の旅へ出る昭和三年を境として、やがて独自の文体と詩語の肉質をかちとる過程もまた、すでにしばしばふれた詩語の技法と肉質をめぐる逆説的機微をあざやかに示現するものであろう。

さて、もはや紙数もつきた。湯浅半月より金子光晴に至る、上来四十人の詩人にふれつつ近代百年の水脈を辿ってみたが、なお掘りつくすべき多くの課題の残されてあることを覚える。いまひとりの評家の言葉を借りれば、我々は「まだまだ日本語の詩の、私たちの感受性の、魂の、遺産目録をけっして正当に編みおえてはいない」。「それを明日にむかうものの負債を認めるべきで」（田中清光）あろう。

あとがきに代えて――回想風に

これは四十数年来、と言ってもかなり断続的だが、書き続けて来た中原中也論の集成であり、名付けて〝中原中也という場所〟と題してみた。その意味は、年来のモチーフであり、ライフワークのひとつともいうべき〝日本近代詩における宗教性〟とは何かという課題、と言ってもキリスト教が中心だが、そのかなめに中原中也という詩人が存在しているということである。

巻頭の「『朝の歌』をめぐって」以下の三篇は、いずれも『近代日本文学とキリスト教・試論』（創文社、昭38）と題した著作からとったものだが、これは最初の論集『蕪村と近代詩』（「梅光女学院論集」、昭和37）に続く二冊目のもので、ここから〈近代文学とキリスト教〉という課題への、言わば実質的な歩みが始まったと言ってもいい。

元来、四十代なかばになったら、気に入ったエッセイ集、あるいは評論集といってもいいものを二冊ばかり出したら、それで結構だとぼんやり考えて来たのだが、実際この二冊がまさに四十代なかばの処女評論集といったものになった。考証的、実証的手続きはある程度とるが、究極は〈文学〉を論じるとは、ひとつのエッセイに過ぎぬとは、年来の持論であり、これは今日まで一貫して変わらぬものだ。

批評とは、他人の作品をダシにして自分を語ることだとは小林秀雄の言葉だが、これは単なる便法ではあるまい。相手の中に徹底して生きるということであり、相手が語り始めるまで力を尽くして待つほかはあるまい。このなかで「大岡昇平の『中原中也論』をめぐって」という一篇には、いささかの想いがある。大岡氏が語る中原の宗教性とは、非常に屈折したものがある。中原が「芸術とは自然の模倣ではない、神の模倣である」と言えば、「神を模倣するとは、明らかに冒瀆である」と言い、『山羊の歌』終末の「羊の歌」あたりで完成する告白体も、結局は「神に替つて歌ふという傲慢から生れた」ものだという。しかしこれらのきびしい批判のうらには、その宗教性に魅かれる自身の矛盾がある。「中原を讃めようとして、実は次第に中原を苛めかけている」。あるいは、すべては「信仰告白であるため――中原をみないで、自分を見ること」という。これらは戦後間もない大岡昇平の「疎開日記」中の言葉だが、すでに言う所は明らかであろう。戦地からの帰還後、中原家を訪ねたのは昭和二十二年一月のことだが、彼は中原の写真を前にして、「それはかつて棺の前で私を打ったと同じくらい強く私を打った」と言い、〈あ、おまへはなにをして来たのだと……〉、「かつて中原が故郷の風から聞いたと同じ声をこの写真から聞くように思った」という。

こうして中原を語ることは自分を語り、自分を問うこととなる。私は大岡氏の中原を語る文中に、この声をたえず聴いて来たように思い、その作中にもこの隠された宗教性というべきか、〈信〉の一語をめぐる機微の点滅を読みとりたいと思い、中原論の文中で『野火』一篇に問いかけてみた。これが巻頭三篇中の最後、「大岡昇平の『中原中也論』をめぐって」だが、中原中也論と言いつつ、殆ど『野火』を語り続けた意味もそこにある。『野火』は「狂人の手記」という設定であり、その狂気から醒めれば現実は地獄だ。この作者のきびしい認識を語ったのが『野火』だと多くの評者は言うが、逆であろう。〈狂人の手記〉というアリバイを創ることによって、作者は内面の〈信〉をめぐる機微を語る。それが〈神に栄あれ〉の一語によって閉じられる。これが『野火』の、かくされた主想ではなかったかと論じたわけだが、初めて自分の真の趣意を汲み取ってくれたと、大岡さんからの熱い手紙をもらったのも忘れがたい。飯島耕一氏が、大岡は第二の白鳥だと言ったという。そのあたりの機微も何か伝わって来るようである。

いずれにせよ中原における宗教性の問題は、大岡氏が問い続けたごとく、また我々に遺された主要な課題であろう。ただ宗教性とはキリスト教はともかく、仏教その他はどうなるかという問いは当然であろう。この点、この著作に向けられた書評の中で、私の心に残ったのは高橋和巳氏（「文学」昭39・4）のものであり、文学研究とは所詮一篇のエッセイだという私の論の趣意を汲みとって、極めて好意的な評価をもらったのだが、最後に著者がキリスト教に向けた関心の、たとえ半分の努力でも、伝統的、土着的なものの本質に向ける必要があるのではないかという指摘には、胸を刺される想いがあった。ここで想い出すのは、やむない事情によって水上勉を論じたときのことだ。

キリスト教サイドからの論も大事だが、やはり水上勉あたりを論じなければ駄目じゃないか。いや尠くとも是非、水上文学を一度論じてほしいとは、今は亡き越智治雄氏の言葉だった。たまたまのっぴきならぬ事情で水上論を引き受けることになり、それも期間はたった二ヶ月。そこで早速なじみの古本屋その他にあたり資料をかき集めた。『金閣炎上』などは、三島の『金閣寺』との対比で読んでいたが、『一休』『宇野浩二伝』、あるいは短篇の傑作ともいうべき『寺泊』や『壺坂幻想』ほか、めぼしいものをひと息に読みつつ、どうにかその全容に迫ることが出来た。水上氏も幸いひどく喜ばれ、近松の描いた女たちというエッセイ集の文庫版解説も急遽頼まれることになった。これも忘れがたいことだったが、今にしてこれをひと息に書かせたものは何かと問えば、自分の中にひそむ対者への深い共感というほかはあるまい。

「精神といふものは、その根拠を自然の暗黒心城の中に持つてゐる。……精神が客観性を有するわけは、精神がその根拠を自然の中に有するからのことだ」(「芸術論覚え書」)とは、折にふれ想い出す中原の言葉だが、中原にとってこの伝統、土着性といったものが、この自然の属性の一部にほかならぬとすれば、それは中原のなかにも、また我々のなかにも意識、無意識に深くはたらいているものではないか。水上氏の文学が私の心を搏ったのも、またその一面を語るものであろう。こう見て来れば、〝近代日本の詩人とキリスト教〟というこの宗教的課題も、制度としての宗教や一宗一派の教義にとらわれるものではなく、徹底的にひらかれたものでなくてはなるまい。

＊

さて、これをまるごと論じてみるという課題は、たまたま教文館から頼まれた仕事として、『中原中也の詩の世界』(昭60・11)として実現することとなった。これは巻頭に代表作二十篇ばかりを揚げ、あとは「解説」という形で語ることになっていたが、これはひと工夫もふた工夫も必要な所であり、形は「解説」となっているが、詩に解説も啓蒙的文辞も要るまい。限られた枚数ながら、思い切って中原のすべてをぶち込んで、多様な側面を簡潔に論じてみようとしたものがこの著作だった。幸い教文館の諒承もあって、この〝中原中也論集成〟といった一書に収めることになった。ねらいは中原の詩風の内実、その変化の流れを、たとえばダダイズム、道化、七五調、空、自然、名辞以前といった項目に集約しつつ、螺旋的に繋いでゆく所に工夫の一端があり、これはある雑誌の編集者がいたく共感してくれた所でもあった。

これは元来、シリーズとして計画されたもので、最初は安西均氏の担当で『石原吉郎の詩の世界』として出たが、これに続いて中原、八木重吉、山村暮鳥と続く予定が諸般の事情もあって、これで終りとなった。毎回ゲストを呼んで対談ということで、八木重吉の場合は劇作家の別役実氏に頼もうということになり、ある席上でたまたま別役氏と話す機会があり、快諾を得たが、これも沙汰やみとなったことはなんとも残念なことであった。これは本文中でもふれたことだが、前衛的な作家で、現実の不条理な状況を独自のユーモアと実存感覚で表わす別役氏が、実は八木重吉が好きで、その詩篇のひとつは作品冒頭でヒロインに呟かせるという趣向も試みたという。これは一見純朴な、透明な宗教的詩篇を書き続けた八木重吉にして、なおそのなかにひそむ暗い実存感覚の所在を語るものであり、ここでも「自然という暗黒心域」云々という中原の言葉は生きていよう。

さて、これに続く「中原中也の宗教性」と題した大岡氏との対談は、教文館の編集者であり、劇作家でもある今は亡き高堂要氏と、成城の大岡宅に伺っての収録で、先の『中原中也の詩の世界』の末尾に収められたものである。もう中原のことなんか何もないよと言いながらも実に楽し気に語り続けられた。テレ屋の大岡さんらしく、対談なかば書庫の方に行きながら、教文館には昔からずいぶんお世話になったなあと呟くように言われた。言うまでもなく、あの『少年』に出て来る大型聖書の購入をめぐっての父とのいさかいなども含めてのことであろう。また佐藤さんには借りがあるからなあと、ふっと呟くように言われたことも忘れがたい。またこれは活字にはなっていないが対談なかば、例の『野火』末尾の〈神に栄あれ〉の一句にふれると、書いたんだよなあと、なかば呟くように言われたのも耳に残る。「僕は中原のいった通り無意識の部分が多いもの書きですよ」と言われる通り、この無類の明晰な意識家はまたその故に、無意識のはたらきの意味するものがよく見えたひとであり、それによく身をゆだねることのできたひとである。現代にあって真の宗教性とはソーニャならぬ、ラスコリニコフにこそよく現れているとは、これもいかにも大岡さんらしい言葉であろう。

さて、次に続く「中原中也をどう読むか」（『中原中也を読む』梅光学院大学公開講座論集第54集、平16・7）以下の六篇はいずれもこの数年のものであり、「中原中也と小林秀雄」「中原中也一面」はいずれも昨年度の書き下しであり、これらを続いて読んで戴ければ、近代詩の宗教性をめぐる中原の位置といったものが、ほぼ理解戴けよう。ここでは河上徹太郎、小林秀雄の論などとからめつつ、高橋新吉、金子光晴、山村暮鳥、八木重吉、萩原朔太郎などとの対比を通して、中原における宗教性なるものの独自の意味も見えて来よう。なかでも「中原中也と小林秀雄」は、私にとって改めて多くの発見を含むものであり、その延長上に今も大学の公開講座でこれを続けている所である。

続く「中原中也という場所」（「ユリイカ」平12・6）は、先にもふれた大岡氏の中原論の微妙な屈折の機微を辿ったものであり、「中也・賢治・山頭火」（「中原中也研究」Ⅰ、平8・3）は、山頭火のいう〈生命律〉という一語の含む核心を三者を貫くものとして読みとろうとしたものであり、最後の「中原中也の場所」（『国文学 解釈と鑑賞』平1・9）は、その副題の示す通り透谷とあい呼応する所を、近代詩をつらぬく、かけがえのない軸として捉えんとしたものである。ここで改めて透谷の問題が浮上するが、人間とは「有限と無限の中間を彷徨するもの」にして、文学とは「人間と無限とを研究する一種の事業なり」（「明治文学管見」明26）と言った透谷の発言の趣意を、最も深く受けとめたのが、中原ではなかったかというのが、この一篇の言わんとする所である。もとより中原と透谷に直接の影響関係があったというのではなく、両者の資質がともにこの風土の特性、また負性にたわめられつつも、なお何事をか語りえたということである。

こうして続く「日本近代詩とキリスト教」（『近代日本キリスト教文学全集13』解説、教文館、昭52）は、湯浅半月、北村透谷から始めて金子光晴に至る四十人の詩人を選び、キリスト者である、無しを問わず、その宗教的刻印の微妙な跡を探ろうとしたものだが、ここでも、ことは透谷に始まり、中原にきわまるという想いは強い。これも「解説」ならぬ、近代詩をめぐる展開の跡を螺旋的に辿ったものだが、そこにあらわれて来るものは表現上の宗教性のにおいならぬ、その核心にあるものは何かという問題であり、ここでも中原の、あの『山羊の歌』終末の「祈り」と題した一篇の存在は重い。

余談ながら、中原の生誕百年を記念した「現代詩手帖」（平19・4）の特集で、「中原中也とわたし」と題したアンケートの筆頭に谷川俊太郎の名前があり、中原の詩の中で最も印象に残る一篇と、それを選んだ理由としてこの詩篇「祈り」を挙げ、「美よりも善を希求する切実さに打たれる」という谷川氏の言葉があった。これは私の心に深い共感と共に、つよくひびくものがあった。ここにいう〈善〉、倫理とは、また宗教性の別名にほかなるまい。

最後に「近代文学とキリスト教——中原中也の位置」（「中原中也研究」平15・8）と題した講演にふれることになるが、これは「中原中也の会」第七回大会でのものだが、まず遠藤、漱石、芥川、太宰、さらには明治の作家鷗外、二葉亭、透谷、藤村をめぐって、近代作家の問題を多く話したため、折角「中原中也の位置」という題を戴きながら、中原や近代詩にふれる余裕が少なくなった。ただこれについては最後に付記として、この点はいずれその宗教性も軸とした中原中也論を一本出すという予定で、これは序説的部分として読んで戴ければと記している。その予告がようやくこの一巻となったわけだが、いま自身の歩みをふり返って、なお道遠しという感は否めない。中原についても、また近代詩、さらには近代文学全体についても、課題は深まるばかりである。

ただ、ことわっておきたいのは、宗教、あるいは宗教性といった言葉に、狭くこだわってはなるまいということである。カフカが遺した言葉に、文芸ならぬ、〈文学〉とは魂を覚醒させるものだと言い、それでは宗教に行くのかと問われ、宗教とまでは言わぬ、ただ「祈りに傾くのだ」と言った言葉は、〈文学〉と〈宗教〉、あるいは〈信〉と〈認識〉をめぐる、問いつつ、また問われるという深層の機微を実に深く暗示するものではあるまいか。道遠しという感を抱きつつ、なお歩みを進めてゆくほかはあるまい。著作集の最後に記した言葉を使えば、すべてはまだ「ひとつの通過点」だと言い切ってみたい。初源の課題を摑みとって、未来に打ち返す。それが〈反復〉だとは、キルケゴールの言葉だが、我々もまたこの時代の状況をにらみつつ、根源的な〈反復〉をくり返してゆくほかはあるまい。文中、中原の言葉や詩句がくり返された所が多くあるが、これもこの一巻の主旋律をつらぬく、通奏低音のごときものと思って、お許し戴ければ幸いである。

最後にこの書の刊行に当って色々とご配慮戴いた思潮社会長小田久郎氏に、また編集の労をとって頂いた藤井一乃さんに心から感謝申し上げたい。

中原中也《なかはらちゅうや》という場所《ばしょ》

著者
佐藤《さとう》泰正《やすまさ》
発行者
小田久郎
発行所
株式会社思潮社
〒一六二−〇八四二 東京都新宿区市谷砂土原町三−十五
電話〇三（三二六七）八一五三（営業）・八一四一（編集）
ＦＡＸ〇三（三二六七）八一四二 振替 〇〇一八〇−四−八一二一
印刷
三報社印刷株式会社
製本
誠製本株式会社
発行日
二〇〇八年五月三十一日